UM TRONO NEGRO

KENDARE BLAKE

UM TRONO NEGRO

KENDARE BLAKE

Tradução
Isadora Sinay

GLOBO Alt

Um trono negro © Kendare Blake, 2017
Publicado originalmente pela HarperTeen, uma marca da HarperCollins Publishers
Direitos de tradução negociados por The Foreign Office e Wolf Literary Services LLC, EUA.
Copyright da tradução © Editora Globo S.A., 2017

Todos os direitos reservados. Nenhuma parte desta edição pode ser utilizada ou reproduzida — em qualquer meio ou forma, seja mecânico ou eletrônico, fotocópia, gravação etc. — nem apropriada ou estocada em sistema de banco de dados sem a expressa autorização da editora.

Título original: *One Dark Throne*

Editora responsável **Sarah Czapski Simoni**
Editora assistente **Veronica Armiliato Gonzalez**
Capa **Aurora Parlagreco**
Imagens da capa **John Dismukes**
Mapa de Fennbirn **Virginia Allyn**
Diagramação **Gisele Baptista de Oliveira**
Projeto gráfico original **Laboratório Secreto**
Revisão **Maria Marta Cursino e Monise Martinez**

Texto fixado conforme as regras do Acordo Ortográfico da Língua Portuguesa (Decreto Legislativo nº 54, de 1995).

CIP-BRASIL. CATALOGAÇÃO NA FONTE
SINDICATO NACIONAL DOS EDITORES DE LIVROS, RJ

B568t
Blake, Kendare
Um trono negro / Kendare Blake ; tradução Isadora Sinay. - 1. ed. - São Paulo : Globo Alt, 2017.
336 p. ; 23 cm. (Três coroas negras ; 2)

Tradução de: One dark throne
Sequência de: Três coroas negras
ISBN 978-85-250-6080-8

1. Ficção infantojuvenil americana. I. Sinay, Isadora. II. Título. III. Série.

17-44979
CDD: 028.5
CDU: 087.5

1ª edição, 2017

Direitos de edição em língua portuguesa para o Brasil adquiridos por Editora Globo S.A.
Av. Nove de Julho, 5229
01407-907 – São Paulo – SP – Brasil
www.globolivros.com.br

Lista de Personagens

Indrid Down
Capital, lar da Rainha Katharine

Os Arron

Natalia Arron
Matriarca da família Arron. Chefe do Conselho Negro

Genevieve Arron
Irmã mais nova de Natalia

Antonin Arron
Irmão mais novo de Natalia

Pietyr Renard
Sobrinho de Natalia, filho de seu irmão Christophe

Rolanth
Lar da Rainha Mirabella

Os Westwood

Sara Westwood
Matriarca da família Westwood. Afinidade: água

Bree Westwood
Filha de Sara Westwood, amiga da rainha. Afinidade: fogo

Wolf Spring
Lar da Rainha Arsinoe

Os Milone

Cait Milone
Matriarca da família Milone. Familiar: Eva, um corvo

Ellis Milone
Marido de Cait e pai dos filhos dela. Familiar: Jake, um spaniel branco

Caragh Milone
Filha mais velha de Cait, banida para o Chalé Negro. Familiar: Juniper, um cão de caça marrom

Madrigal Milone
Filha mais nova de Cait. Familiar: Aria, um corvo

Juillenne "Jules" Milone
Filha de Madrigal. Amiga da rainha e também a naturalista mais poderosa em décadas. Familiar: Camden, um puma (fêmea)

Os Sandrin

Matthew Sandrin
O mais velho dos irmãos Sandrin. Antigo noivo de Caragh Milone

Joseph Sandrin
Filho do meio. Amigo de Arsinoe. Banido para o continente por cinco anos

OUTROS

Luke Gillespie
Dono da Livraria Gillespie. Amigo de Arsinoe. Familiar: Hank, um galo preto e verde

William "Billy" Chatworth Jr.
Irmão de criação de Joseph Sandrin. Um dos pretendentes das rainhas

O Templo

Alta Sacerdotisa Luca

Sacerdotisa Rho Murtra

Elizabeth
Sacerdotisa iniciada e amiga da Rainha Mirabella.

O Conselho Negro

Natalia Arron, *envenenadora*
Genevieve Arron, *envenenadora*
Lucian Arron, *envenenador*
Antonin Arron, *envenenador*
Allegra Arron, *envenenadora*
Paola Vend, *envenenadora*
Lucian Marlowe, *envenenador*
Margaret Beaulin, *possui a dádiva da guerra*
Renata Hargrove, *não possui dons*

Greavesdrake Manor

Com um olhar crítico, Natalia Arron supervisiona a mudança de sua irmã mais nova de volta para Greavesdrake Manor. Genevieve foi banida de casa por apenas alguns meses. Porém, a julgar pela quantidade infinita de baús que os criados trazem até a porta, seria de se pensar que ela tivesse passado anos fora.

— Vai ser bom dormir na minha própria cama de novo — Genevieve diz. Ela inspira profundamente. O ar de Greavesdrake tem cheiro de madeira oleada, de livros e do saboroso e envenenado cozido que borbulha na cozinha.

— A cama na cidade também é sua — rebate Natalia. — Não aja como se tivesse sido um sacrifício.

Natalia observa Genevieve pelo canto do olho. As bochechas de sua irmã estão rosadas e suas íris lilás brilham. O cabelo longo e loiro cai por seus ombros. As pessoas dizem que ela é a irmã Arron mais bonita. Se eles ao menos soubessem os pensamentos maldosos que dançam naquela bela cabeça.

— Agora que você está em casa — continua Natalia —, seja útil. O que o Conselho anda sussurrando?

— A história foi contada como você instruiu — Genevieve responde. — A Rainha Katharine sobreviveu ao ataque da Rainha Arsinoe com o urso e sabiamente ficou escondida até que tudo estivesse seguro. Mas eles também ouviram os boatos.

— Que boatos?

— Bobagens, na maioria. — Genevieve faz um gesto de desdém, mas Natalia franze o cenho. Bobagens podem se tornar verdades quando bocas suficientes as repetem.

— Que tipo de bobagens?

— Que Katharine não sobreviveu. Alguns dizem até que a viram morrer, ou ainda que a viram indo para casa com a pele cinzenta e coberta de lama, com sangue escorrendo da boca. Estão chamando-a de Katharine, a Morta-Viva. Acredita?

Natalia dá uma risada que mais parece um grito e em seguida cruza os braços. É ridículo. Mesmo assim, ela não gosta nada disso.

— Mas o que de fato aconteceu com ela nos dias em que esteve desaparecida? — Genevieve pergunta. — Nem você sabe?

Natalia relembra aquela noite, quando Katharine voltou coberta de sujeira e sangrando por dezenas de cortes. Calada no *foyer*, com o cabelo preto imundo e espalhado pelo rosto, ela parecia um monstro.

— Eu sei o suficiente — Natalia responde, e então se vira para ir embora.

— Dizem que ela mudou. Mas mudou como? Será que já está forte o bastante para voltar ao treinamento com venenos?

Natalia engole em seco. O treinamento com venenos não será mais necessário. Mas ela não diz nada. Apenas inclina a cabeça e leva Genevieve para o hall de entrada, procurando por Kat, para que a irmã veja por si mesma.

Elas caminham juntas pela mansão até chegar onde a luz é filtrada por cortinas e o som dos criados carregando os baús de Genevieve é mais baixo.

Genevieve coloca suas luvas de viagem nos bolsos de sua calça de montaria. Ela está muito elegante em sua jaqueta vermelha macia e escovada.

— Tanta coisa a fazer — ela diz, espanando uma poeira imaginária de sua coxa —, os pretendentes podem chegar a qualquer momento a partir de agora.

A boca de Natalia se curva nos cantos. *Pretendentes*. Somente um requisitara Katharine para o primeiro cortejo. O menino loiro-dourado, Nicolas Martel. Apesar da excelente exibição de Katharine no banquete de venenos no Beltane, os outros dois pretendentes haviam decidido cortejar Arsinoe.

Arsinoe, com seu rosto marcado, suas calças com barra esfarrapada e seu cabelo curto e bagunçado. Ninguém em sã consciência poderia se sentir atraído por aquilo. Eles deviam estar curiosos a respeito do urso.

— Quem imaginaria que nossa rainha receberia apenas um pedido? — Genevieve diz, lendo a expressão azeda no rosto de Natalia.

— Não importa. Nicolas Martel é o melhor deles. Se não fosse por nossa longa aliança com o pai de Billy Chatworth, ele seria a minha primeira escolha.

— Billy Chatworth já está perdido para a Rainha Ursa — Genevieve resmunga. — A ilha toda sabe disso.

— Billy Chatworth fará o que o pai mandar — Natalia diz bruscamente. — E não chame Arsinoe de Rainha Ursa. Não queremos que esse apelido pegue.

Elas viram no corredor atrás da escadaria do quarto de Katharine.

— Ela não está em seus aposentos? — Genevieve pergunta ao passar por ali.

— Nunca se sabe onde ela está atualmente.

Uma criada carregando um vaso de oleandros brancos para e faz uma reverência.

— Onde está a rainha? — Natalia pergunta.

— No solário — a garota responde.

— Obrigada — agradece Genevieve. Ela então arranca a touca da cabeça da garota, revelando raízes castanhas sob a tintura loiro-Arron desbotada. — Agora vá cuidar desse cabelo.

O solário é amplo e iluminado, com muitas janelas abertas. Paredes pintadas de branco, almofadas multicoloridas no sofá. Não parece pertencer à casa dos Arron e normalmente está sempre vazio, a não ser quando elas estão recebendo visitas. Entretanto, supreendentemente Natalia e Genevieve encontram Katharine ali, cantarolando, cercada de embrulhos.

— Veja quem chegou — Natalia diz.

Katharine fecha a tampa de uma bonita caixa roxa, depois se vira para encará-las, com um amplo sorriso.

— Genevieve — cumprimenta Katharine. — É bom ter você e Antonin em Greavesdrake de novo.

Genevieve está de boca aberta. Ela não via Katharine desde o dia seguinte ao seu retorno, quando a rainha estava um desastre. Ainda suja e com várias unhas faltando.

Enquanto Genevieve encara Katharine, não é difícil para Natalia adivinhar o que ela está pensando. Onde está a garotinha de grandes olhos inocentes e coque severamente trançado? A garota magricela que baixa a cabeça e só ri depois de alguém rir primeiro?

Onde quer que essa Katharine esteja, definitivamente não é aqui.

— Antonin — Genevieve murmura, assim que reencontra a própria voz. — Ele já está aqui?

— Claro — Natalia responde. — Eu o chamei de volta primeiro.

Chocada como está com a atual visão da rainha, Genevieve sequer faz uma cara feia. Katharine então avança e segura seus pulsos. Se ela nota a forma como Genevieve recua frente a tal gesto súbito e pouco usual, ela não demonstra. Apenas sorri e a puxa para dentro do cômodo.

— Você gosta dos meus presentes? — Katharine pergunta, apontando para os pacotes a seu redor. Todos estão belamente embrulhados em papel colorido e amarrados com fitas de cetim ou grandes laços de veludo branco.

— De quem são? — pergunta Genevieve. — Dos pretendentes?

— Não *de* quem — Katharine a corrige —, mas *para* quem. Assim que eu der meus toques finais, eles serão enviados para Rolanth, para minha querida irmã Mirabella.

Katharine acaricia a fita mais próxima com um dedo calçado em uma luva negra.

— Você vai nos contar o que tem dentro deles — Natalia pergunta —, ou teremos que adivinhar?

Katharine joga uma mecha de cabelos por sobre os ombros.

— Dentro deles, ela encontrará muitas coisas. Luvas envenenadas. Joias contaminadas. Crisântemo seco pintado com toxina, que pode ser usado em um chá envenenado.

— Isso nunca vai funcionar — diz Genevieve. — Os pacotes serão verificados. Você não vai conseguir matar Mirabella com presentes envenenados lindamente embrulhados.

— Nós já quase matamos aquela naturalista com um presente envenenado lindamente embrulhado — Katharine argumenta em voz baixa. Ela então suspira. — Mas você provavelmente está certa. Isso será só um pouco de diversão.

Natalia olha para as caixas. Há mais de uma dúzia delas, de várias cores e tamanhos. Cada uma provavelmente será transportada individualmente, por mensageiros distintos. E esses mensageiros ainda serão trocados várias vezes, em diferentes cidades, antes de chegar a Rolanth. Parece muito trabalho para apenas um pouco de diversão.

Katharine termina de decorar uma etiqueta com estrelas e espirais. Ela então se senta no sofá de brocado branco e dourado e alcança um prato de frutinhas de beladona. Ela come um punhado, enchendo a boca, esmagando as pequenas frutas com os dentes até que o suco venenoso transborde dos cantos de sua boca. Genevieve engasga. Ela se vira para Natalia, buscando uma explicação, mas não há o que ser explicado. Quando Katharine se recuperou das feridas, ela logo se voltou para os venenos e começou a devorá-los.

—Ainda nada do Pietyr? — Katharine pergunta, limpando suco de seu queixo.

— Não. E não sei o que responder a você. Eu escrevi a ele assim que você retornou, para chamá-lo de volta. Também escrevi ao meu irmão, perguntando sobre o que poderia estar detendo Pietyr. Mas Christophe também não respondeu.

— Escreverei eu mesma a Pietyr, então — Katharine diz. Ela pressiona uma mão enluvada contra o estômago quando as frutinhas de beladona começam a fazer efeito. Se sua dádiva tivesse finalmente aparecido, o veneno não lhe causaria dor. Ainda assim, ela agora parece capaz de suportar mais do que antes, consumindo tanto veneno que cada refeição é quase um *Gave Noir*. Katharine sorri alegremente. — Deixarei uma carta pronta antes de ir para o templo hoje à noite.

— É uma boa ideia — diz Natalia. — Tenho certeza de que você será capaz de convencê-lo.

Ela faz um sinal para Genevieve para indicar que deixem o solário. Pobre Genevieve. Ela não sabe como agir. Sem dúvida ela gostaria de ser cruel, de beliscar ou de dar um tapa em Katharine, mas a rainha em frente a elas parece disposta a bater de volta. Assim, Genevieve apenas franze o cenho e faz uma leve reverência.

— A dádiva dela apareceu? — Genevieve sussurra para Natalia assim que terminam de subir as escadas. — A forma como ela comeu aquelas frutas... Mas eu percebi, apesar das luvas, que as mãos dela estavam inchadas...

— Eu não sei — Natalia responde em voz baixa.

— Pode ser a dádiva se desenvolvendo?

— Se for, eu nunca vi uma dádiva se desenvolver assim.

— Se a dádiva dela ainda não apareceu, ela precisa tomar cuidado. Veneno demais... Ela pode se machucar. Se prejudicar.

Natalia para de andar.

— Eu sei disso. Mas não consigo fazê-la parar.

— O que aconteceu com ela? — Genevieve pergunta. — Onde ela esteve durante aqueles dias?

Natalia se lembra da sombra da garota de pele cinzenta e fria que entrou pela porta da frente há algum tempo. Às vezes essa figura aparece em seus sonhos, debruçando-se sobre sua cama com os membros rígidos como um cadáver. Natalia estremece. Apesar do calor do verão, ela gostaria de poder se sentar de frente para uma lareira, com um cobertor sobre os ombros.

— Talvez seja melhor não saber.

A carta de Katharine para Pietyr consiste em apenas três linhas:

Querido Pietyr,

Volte para mim agora. Não tenha medo. Não demore.

Sua Rainha Katharine

Pobre Pietyr. Ela gosta de imaginar que ele está se escondendo em algum lugar. Ou correndo por entre arbustos que arranham e galhos que batem como chicotes, assim como ela na noite em que marcaram de se encontrar ao lado da Fenda de Mármore. Na noite em que ele a jogou lá.

— Eu preciso tomar cuidado com as minhas palavras, Docinho — ela diz suavemente para a cobra enrolada em seu braço. — Para que ele pense que ainda sou sua doce rainhazinha. — Ela sorri. — Não devo assustá-lo.

Ele provavelmente deve achar que, quando retornar, será jogado dentro das celas embaixo do Volroy, ou que Katharine permitirá que algum guarda com a dádiva da guerra bata sua cabeça contra as paredes até que seu cérebro saia para fora. Mas ela não contou a ninguém sobre o papel dele em sua queda naquela noite. E também não planeja fazê-lo. Ela disse à Natalia que havia caído sozinha na Fenda de Mármore enquanto fugia, em pânico, do urso de Arsinoe.

Sentada em sua escrivaninha, Katharine olha pela janela. A leste, embaixo das últimas colinas de Stonegall, a capital Indrid Down brilha sob o sol do fim da tarde. No centro, as negras torres gêmeas do Volroy se lançam ao céu, o grande castelo fortificado fazendo todo o resto parecer pequeno. Até mesmo as montanhas parecem menores se comparadas a ele, recuando como trolls quando expostos à luz intensa.

As frutas de beladona se reviram no estômago de Katharine, mas ela sequer faz uma careta. Mais de um mês já se passou desde que ela teve que ferir suas próprias mãos para conseguir sair do coração da ilha. Katharine agora pode suportar qualquer coisa.

Ela se inclina e abre a janela. Ultimamente seu quarto tem um leve cheiro de doença e do animal em que ela estiver testando seus venenos. Várias pequenas gaiolas de pássaros e roedores se acumulam no cômodo, em cima das mesas e encostadas nas paredes. Alguns animais já estão mortos, apenas aguardando serem descartados.

Katharine dá uma batidinha na gaiola no canto de sua escrivaninha para acordar o pequeno camundongo cinzento que repousa dentro dela. Ele está cego de um olho e quase careca por causa dos venenos que Katharine esfregou nele. Ela oferece um biscoito por entre as barras da gaiola e ele se arrasta para a frente, farejando, com medo de comê-lo.

— Houve um tempo em que eu era um camundongo — ela diz, retirando uma das luvas e colocando a mão dentro da gaiola para acariciar as pequenas patas carecas do animal. — Mas não mais.

Wolf Spring

Arsinoe e Jules estão na mesa da cozinha cortando pequenas batatas vermelhas quando Ellis, o avô de Jules, entra de repente pela porta lateral com seu Familiar, um spaniel branco. Ellis arqueia uma de suas grisalhas sobrancelhas para elas e exibe um pequeno envelope preto lacrado com o selo do Conselho Negro.

Vovó Cait faz uma pausa no trabalho de cortar as ervas, longa o suficiente apenas para afastar uma mecha de cabelo de seu rosto. As três mulheres então retornam às suas tarefas.

— Ninguém quer ler? — Ellis pergunta. Ele coloca a carta sobre a mesa e levanta Jake, seu spaniel, para que ele possa cheirar as batatas.

— Pra quê? — Cait desdenha. — Todos nós podemos adivinhar o que diz. — Ela aponta com a cabeça para o outro lado da cozinha. — Agora, você pode quebrar quatro ovos e colocar só as gemas naquela tigela pra mim?

Ellis põe Jake no chão e abre a carta.

— Eles fazem questão de dizer que todos os pretendentes pediram para cortejar primeiro a Rainha Katharine — ele diz enquanto lê.

— Isso é mentira — Jules resmunga.

— Talvez. Mas não importa. Aqui diz que devemos receber os pretendentes Thomas "Tommy" Stratford e Michael Percy.

— Dois? — Arsinoe torce o rosto numa careta de desgosto. — Por que dois? Por que *um*?

Jules, Cait e Ellis trocam olhares. Ter mais de um pretendente ao mesmo tempo é um grande elogio. Antes da exibição do urso no festival do Beltane, ninguém esperava que Arsinoe recebesse sequer um pedido de primeira corte, muito menos dois.

— Eles podem chegar a qualquer dia — Ellis diz. — E quem sabe quanto tempo podem ficar se gostarem de você.

— Eles terão ido embora antes do fim da semana — diz Arsinoe, cortando uma batata ao meio.

Jules pega a carta das mãos de Ellis.

— Tommy Stratford e Michael Percy — ela repete. Muito do festival do Beltane é somente um borrão para ela, mas Jules se recorda de que esses foram os dois pretendentes que chegaram juntos em uma balsa na noite do Desembarque. Eles pareciam não conseguir parar de rir. Billy queria estrangulá-los.

Arsinoe joga sua faca na mesa e empilha as últimas fatias de batata em uma travessa de madeira.

— Pronto, Cait — ela diz. — E agora?

— Agora você pode ir saindo desta casa — Cait responde. — Você não pode se esconder na minha cozinha pra sempre.

Arsinoe afunda em sua cadeira. As pessoas de Wolf Spring não se cansam de sua Rainha Ursa. Elas se reúnem em volta dela no mercado e pedem para que ela conte histórias sobre seu grande urso marrom. Elas lhe compram grandes peixes prateados e esperam que Arsinoe também os coma — crus, bem diante da vista de todos. Elas não sabem que o urso foi uma armação, que ele foi chamado ao palco durante a Cerimônia de Aceleração para dançar como uma marionete. Elas não sabem que era Jules quem estava controlando o animal com um feitiço de magia baixa. Apenas a família, Joseph e Billy sabem disso. E menos pessoas ainda sabem do maior segredo de Arsinoe: que ela não é uma naturalista, mas uma envenenadora. Sua dádiva foi descoberta quando ela e Jules comeram doces envenenados, enviados por Katharine. Jules quase morreu e ficou com dores constantes depois disso, além de ter ficado manca. Mas Arsinoe sequer passou mal.

Desse segredo, apenas ela, Jules e Joseph sabem.

— Vamos — diz Jules. Ela dá um tapinha no ombro de Arsinoe e se levanta, rígida. Ao lado dela, Camden, seu puma, poupa esforços com seu ombro quebrado pelo primeiro falso Familiar de Arsinoe, o mesmo urso doente responsável pela cicatriz no rosto da rainha. Nem dois meses se passaram entre o enfraquecimento de Camden devido a esse ataque e o enfraquecimento de Jules por causa do veneno. É como se a Deusa cruelmente tivesse planejado que esses dois eventos coincidissem.

— Aonde vamos? — Arsinoe pergunta.

— Pra fora do meu caminho — Cait diz, jogando restos de comida em direção aos armários, para Aria e Eva, os corvos Familiares. Os pássaros sacodem a cabeça satisfeitos e Cait baixa a voz. — Você precisa de um pouco de chá de salgueiro antes de ir, Jules?

— Não, vó. Estou bem.

Do lado de fora, no quintal, Arsinoe segue Jules para além do galinheiro enquanto ela e Camden alongam seus doloridos membros sob o sol. Arsinoe então dispara rumo à pilha de lenha.

— O que você está procurando? — Jules pergunta.

— Nada. — Arsinoe então volta com um livro, espanando pedaços de madeira da capa verde-clara. Ela o levanta, mostrando-o a Jules, que franze o cenho. É um livro sobre plantas venenosas, discretamente furtado de uma estante da livraria de Luke.

— Você não deveria estar mexendo com isso — Jules diz. — E se alguém te vir com ele?

— Vão pensar que estou tentando me vingar pelo que fizeram com você.

— Isso não vai funcionar. Ler um livro pra envenenar as envenenadoras? Você nem ao menos pode envenenar uma envenadora, pode?

— Diga "envenenar" mais uma vez, Jules.

— Estou falando sério, Arsinoe. — Ela baixa a voz até sair apenas um sussurro, apesar de estarem sozinhas no quintal. — Se alguém descobrir o que você realmente é, nós perderemos a única vantagem que temos. É isso o que você quer?

— Não — Arsinoe responde também em voz baixa. Ela não prolonga a discussão, cansada que está de ouvir Jules falar de vantagens e estratégias. Jules vem considerando opções desde antes de conseguir sair da cama depois do envenenamento.

— Você parece hesitante — diz Jules.

— Eu estou hesitante. Não quero matá-las. E não acho que elas realmente queiram me matar.

— Mas elas vão.

— Como você sabe?

— Porque toda rainha que já tivemos fez o mesmo. Desde o início.

O maxilar de Arsinoe se contrai. Desde o início. A velha parábola de que dádivas foram mandadas pela Deusa devido ao sacrifício de rainhas, trigêmeas enviadas à ilha quando as pessoas ainda viviam em tribos selvagens. Desde então, a rainha mais forte deveria matar as irmãs, cujo sangue alimentava a ilha. Ela governaria até que a Deusa enviasse novas trigêmeas, que cresceriam e se matariam e continuariam a alimentar a ilha com seu sangue. Dizem que um dia isso foi instintivo: o impulso de matarem umas às outras era tão natural quanto o dos cervos de brigar no outono. Mas isso é apenas uma história.

— Arsinoe? Você sabe que elas vão. Você sabe que elas vão te matar, querendo ou não. Até mesmo a Mirabella.

— Você só pensa assim por causa do Joseph — Arsinoe diz. — Mas ela não sabia e... ela não pôde evitar. — *Fui eu*, Arsinoe quase diz, mas ainda não tem coragem, mesmo depois de tudo o que seu feitiço fracassado custou às duas. Ela ainda é muito covarde.

— Não é por isso — Jules contesta. — E, além do mais, o que aconteceu com Joseph... foi um erro. Ele não a ama. Ele não saiu do meu lado nem uma vez enquanto eu estava envenenada.

Arsinoe desvia o olhar. Ela sabe que Jules tentou verdadeiramente acreditar nisso. E perdoá-lo.

— Talvez a gente devesse apenas fugir — Jules continua. — Nos escondermos até que uma destrua a outra. Elas não se preocupariam em te caçar tendo com o que se ocupar. Afinal, por que se dar ao trabalho de vasculhar arbustos atrás de uma perdiz quando há um cervo parado na clareira? Eu venho estocando comida, só por precaução. Suprimentos. A gente poderia levar cavalos pra conseguir ir mais longe, depois trocá-los por mais provisões quando começássemos a viajar a pé. Nós podemos circular pela capital, onde ninguém nos procuraria. E com certeza ficaremos sabendo quando uma das duas morrer. — Jules olha para ela pelo canto do olho. — E, só pra deixar claro, eu espero que seja Katharine a morrer primeiro. Será mais fácil envenenar Mirabella quando ela não estiver mais esperando por isso.

— E se Mirabella morrer primeiro? — Arsinoe pergunta, e Jules dá de ombros.

— Aí você vai até lá e enfia uma faca na garganta da Katharine, acho. Ela não pode te machucar.

Arsinoe suspira. Há tantos riscos, não importa qual rainha morra primeiro. Sem o urso como defesa, Mirabella poderia matá-la na mesma hora, mas se Katharine a cortasse com uma lâmina envenenada, o segredo de que Arsinoe é na verdade uma envenenadora seria descoberto. Então, mesmo que ela ganhasse, as Arron a reivindicariam e ela seria mais uma rainha envenenadora sentada no trono.

Deve haver um jeito, Arsinoe pensa, um jeito de escapar disso, para todas nós.

Se ela pudesse ao menos falar com as irmãs. Mesmo que à força. Se ela pudesse forjar um empate e as três ficassem trancadas juntas na torre. Se elas pudessem ao menos conversar, Arsinoe sabe que tudo seria diferente.

— Você tem que se livrar desse livro — Jules diz teimosamente. — Eu não aguento nem olhar pra ele.

Arsinoe enfia o livro em seu colete, culpada.

— Como você se sentiria se eu te dissesse pra esconder a Camden? — ela pergunta. — Se você odeia envenenadoras, você me odeia.

— Isso não é verdade — diz Jules. — Você é nossa. Você não foi criada como naturalista durante esse tempo todo? Você não é, no seu coração, uma verdadeira naturalista?

— No meu coração — ela diz —, eu sou uma Milone.

No pasto ao norte da Lagoa Dogwood, Arsinoe se abaixa e separa a folhagem e os tufos mais longos de grama. Ela mandou Jules à cidade, ao Lion's Head, para procurar por Joseph e Billy. Ela disse que a encontraria depois, assim que escondesse o livro de feitiços. Mas ela mentiu. Agachada, Arsinoe olha por entre a grama, não demorando muito para que ela consiga achar o que está procurando: um ramo florido de cicuta.

O veneno enviado por Katharine para Arsinoe, engolido também por Jules, aparentemente continha um pouco de cicuta. De acordo com o livro, a cicuta causa uma morte pacífica, paralisando o corpo a partir dos pés.

— Uma morte pacífica — Arsinoe murmura. Mas não misericordiosa quando misturada com os outros venenos que Katharine acrescentou. Era terrível. Uma morte lenta e debilitante, e Jules sofreu cruelmente.

— Por que você fez isso, irmãzinha? — Arsinoe se pergunta em voz alta. — É porque você estava com raiva? Porque você pensou que eu mandei o urso te partir em duas?

Na mente de Arsinoe, porém, Katharine não dá nenhuma resposta.

Pequena Katharine. Quando elas eram crianças, seu cabelo era o mais longo. E o mais brilhante. Seu rosto tinha as feições mais marcantes. Ela boiava no riacho atrás do chalé, o cabelo como algas negras ao seu redor. Mirabella soprava correntes na água, e Katharine ria e ria.

Arsinoe então se lembra do rosto de Jules contorcido de dor. A pequena Katharine não deve ser menosprezada.

Impulsivamente, ela se estica e arranca a cicuta pela raiz. De qualquer forma, ela não deveria ter essas boas lembranças. E ela não as teria, não fosse por Mirabella e seu maldito sentimentalismo, fazendo-a se lembrar de coisas que podem nem ser verdadeiras.

— E mesmo que sejam — Arsinoe murmura —, Jules está certa. Antes do fim do ano duas de nós estarão mortas. E não importa o quanto Mirabella esteja hesitante quanto a matar, porque ela com certeza não vai querer ser uma das que fracassarem.

Arsinoe cheira a flor de cicuta. Tem um cheiro horrível, mas ela a enfia na boca. O aroma rançoso ganha uma nova nota quando sua mastigação começa a liberar os sucos da planta.

A cicuta não tem um gosto bom. Mas ainda assim é… satisfatório. O que ela sente mastigando veneno deve ser algo como o que Jules sente quando amadurece uma maçã, ou quando Mirabella chama o vento.

— Mais tarde vou tirar um cochilo em uma cama de hera venenosa — Arsinoe diz com uma risada enquanto come as últimas flores. — Ou talvez isso seja ir longe demais.

— O que é ir longe demais?

Arsinoe se afasta rapidamente da cicuta. Ela joga os últimos ramos no chão e os revolve para que se misturem à grama.

— Pelo amor da Deusa, Junior — ela exclama. — Você realmente sabe como espionar alguém.

Billy sorri e dá de ombros. Por algum motivo, ele parece nunca ter o que fazer. E ele sempre consegue encontrá-la. Ela se pergunta se isso seria alguma dádiva do continente. A dádiva de ser intrometido.

— O que você está fazendo? — ele pergunta. — Não é mais magia baixa, é?

— Cait me mandou colher amoras — ela mente, apesar de sequer ser época de amoras.

Billy inclina o pescoço e olha por cima dos arbustos.

— Não vejo nenhuma amora. Ou uma cesta pra carregá-las.

— Você é um pé no saco — Arsinoe resmunga.

Ele ri.

— Não mais que você.

Ela passa por ele, afastando-os da cicuta.

— Tudo bem, desculpa — ela diz. — O que você está fazendo aqui? Achei que estivesse com Joseph e Jules, no Lion's Head.

— Eles precisam de um tempo só pra eles. — Billy colhe uma gorda folha de relva e a aperta entre os polegares para fazê-la assobiar. — E Jules disse que você tem notícias dos seus pretendentes.

— Então é por isso que você veio correndo. — Ela sorri, o sorriso levantando um lado da máscara preta envernizada que ela usa para cobrir as cicatrizes em seu rosto.

— Eu não vim correndo — ele insiste. — Eu sempre soube que isso aconteceria. Eu sabia que eles viriam atrás de você depois que vissem aquele urso. Quando te vissem no topo daquele penhasco no Desembarque. Todo mundo sabia disso. No píer, há uma fila de barcos pra terem o casco pintado. Em Wolf Spring, todos querem fingir que não se importam com o que o restante da ilha pensa. Mas isso é mentira.

Wolf Spring. Uma cidade dura, camponesa, à beira-mar, cheia de pessoas duras, camponesas e brutas. Elas valorizam a terra, as águas e o brandir de seus machados.

Arsinoe põe as mãos na cintura e olha a paisagem da clareira. É lindo. Wolf Spring é linda exatamente como é. Arsinoe não gosta de pensar em nada mudando para agradar supostos visitantes ilustres.

— Tommy Stratford e Michael… alguma coisa — ela diz. — Você está preocupado que eu goste mais deles do que de você?

— Isso não é possível.

— Por quê? Porque você é irresistível?

— Não. Porque você não gosta de ninguém.

Arsinoe ri com desdém.

— Eu gosto de você, Junior.

—Ah, é?

— Mas eu tenho coisas mais importantes pra pensar agora.

Desde que chegou na ilha, Billy deixou o cabelo crescer, e os fios já estão quase longos o suficiente para balançar com o vento. Arsinoe se pega imaginando como seria passar os dedos por eles, então prontamente enfia as mãos nos bolsos.

— Concordo — Billy diz, se virando para encará-la. — Quero que você saiba que eu me recusei a ir até as suas irmãs.

— Mas seu pai… Ele vai ficar furioso! Vamos interceptar a carta. Você a enviou por pássaro ou cavalo? Não me diga que foi por barco. A Jules não consegue chamar um barco de volta.

— Tarde demais, Arsinoe. Já está feito. — Ele se aproxima e toca a bochecha da máscara preta e vermelha dela. Ele estava presente naquele dia, quando ela estupidamente os levou rumo a um ataque de urso. Ele tentou salvá-la.

— Você disse que não queria se casar comigo — ela sussurra.

— Eu digo coisas demais.

Ele se inclina na direção dela. A despeito do que ela costuma dizer sobre não pensar no futuro, Arsinoe já imaginou esse momento muitas vezes, observando-o pelo canto do olho e pensando em como seria o beijo dele. Suave? Desajeitado? Ou parecido com sua risada, confiante e cheia de malícia?

O coração de Arsinoe está acelerado. Ela também se inclina para ele, mas então se lembra da cicuta que ainda cobre seus lábios.

— Não encoste em mim!

Ela o empurra, e ele cai sentado na grama.

— Ai — ele diz.

— Desculpa — ela emenda, acanhada, enquanto o ajuda a se levantar. — Eu não queria fazer isso.

— Quase me beijar ou me empurrar? — Ele se levanta sem olhar para ela, as faces vermelhas de vergonha. — Eu fiz algo errado? Você queria ter tomado a iniciativa? É isso? Porque por mim tudo bem...

— Não. — Arsinoe ainda pode sentir o gosto da cicuta no fundo de sua garganta. Ela quase se esqueceu. Ela podia tê-lo matado, e pensar nisso a deixa sem fôlego. — Desculpa. Eu só não quero. Não agora.

Jules e Joseph terminam de beber duas canecas de cerveja antes de reconhecer que Billy não vai voltar com Arsinoe.

— Provavelmente é melhor assim — Joseph diz. — Está ficando tarde. Bêbados podem começar a querer ver o urso dela.

Jules franze o cenho. Esse urso fantasma está se tornando um problema. Arsinoe não é vista com ele desde a noite da Aceleração, com a desculpa de que ele é violento demais e deve ser mantido nos bosques, longe das pessoas. Mas isso não vai satisfazer os moradores de Wolf Spring por muito mais tempo.

— Bom — Joseph diz, afastando-se da mesa —, vamos? Ou você quer mais uma porção de mariscos fritos?

Jules balança a cabeça e eles então saem juntos para a rua. A luz do início da noite é suave, e a água na Enseada de Sealhead brilha nas cores cobalto e laranja, sendo visível por entre as construções. Enquanto eles descem nessa direção, Joseph entrelaça seus dedos nos de Jules.

O toque dele ainda lhe dá uma sensação prazerosa, mesmo que agora esteja manchado pelo que aconteceu entre ele e Mirabella.

— Joseph — ela diz, erguendo a mão dele. — Os nós dos seus dedos!

Ele a solta e fecha a mão em punho. Os nós dos dedos dele estão cortados e arranhados por causa do trabalho nos barcos.

— Eu sempre disse que nunca trabalharia no pier com meu pai e Matthew. Embora eu também não saiba o que faria em vez disso. — Ele suspira. — Não é uma vida ruim, acho. Se é boa o suficiente pra eles, quem sou eu pra pensar diferente, certo? Desde que você não se importe de eu cheirar a peixe.

Jules odeia ver a expressão corajosa estampada no rosto dele. E o quanto ele parece encurralado.

— Eu não me importo — ela diz. — E, de qualquer forma, não é pra sempre.

— Não é?

— Claro que não. É só até Arsinoe ser coroada, lembra? Você no Conselho e eu na guarda pessoal dela.

— Ah — ele diz, passando o braço pelos ombros dela. — Nosso final feliz. Eu disse algo assim, não disse?

Eles andam intimamente pela ruazinha entre o Heath e Stone e o Wolverton Inn, Camden subindo e descendo por pilhas de caixotes de madeira cheios de garrafas vazias.

— Pra onde a Arsinoe foi esta noite? — Joseph pergunta.

— Para a árvore curvada, provavelmente. Pra fazer mais magia baixa com a Madrigal.

— A Madrigal está com o Matthew. Ela o encontrou nas docas assim que ele desceu do *Whistler*.

Madrigal e Matthew. Esses nomes juntos fazem Jules estremecer. O caso de sua mãe com o irmão mais velho de Joseph já deveria ter terminado a essa altura. Matthew deveria pelo menos já ter tomado um pouco de juízo. Ele deveria ter percebido quão caprichosa e instável é Madrigal. Ele deveria ter se lembrado de que ainda ama a tia Caragh, banida para o Chalé Negro ou não.

— Eles precisam acabar com isso — ela diz.

— Talvez. Mas não vão. Ele diz que a ama, Jules.

— Só com os olhos — ela resmunga —, não com o coração. — Joseph se encolhe quando ela diz isso, e ela olha de lado para seu belo perfil. Talvez seja assim que todos os homens amem. Mais com os olhos do que com o coração. Então talvez não tenha sido só a tempestade e as circunstâncias. E o delírio. A Rainha Mirabella com certeza é alguém melhor de se olhar do que ela, e talvez não tenha sido nada mais complexo que isso.

Jules se afasta.

— O que foi? — Joseph pergunta. Eles viram a esquina no fim da rua e um pequeno grupo sai das portas do Heath e Stone. Ao ver Joseph, o bando para abruptamente.

Joseph coloca um braço por cima dos ombros de Jules.

— Só continue andando.

Ao passar pelo grupo, porém, a garota mais próxima, corajosa por conta de muito uísque, dá um tapa na parte de trás da cabeça de Joseph. Quando ele se vira, ela cospe no peito dele.

Joseph exala nojo, mas faz o melhor que pode para sorrir.

Jules explode.

— Está tudo bem, Jules — ele diz.

— Não está nada bem — a garota fala, com raiva. — Eu vi o que você fez no Festival do Beltane. Vi como você protegeu aquela rainha elemental. Traidor! — Ela cospe de novo. — Continentino! — Ela se vira para ir embora, mas não antes de avisá-lo por cima do ombro: — Da próxima não vai ser cuspe. Da próxima vai ser uma faca entre as suas costelas.

— Bom, acho que isso é o bastante — Jules diz e Camden salta. A puma joga a garota no chão e, com a pata boa, a prende contra as pedras gastas da rua.

Embaixo da felina, a garota treme. A coragem do uísque se foi, mas ela ainda consegue sorrir.

— O que você vai fazer? — ela desafia.

— Qualquer um que ousar encostar em Joseph vai se ver comigo — Jules diz. — Ou talvez com a rainha. E seu urso.

Jules faz um sinal com a cabeça e Camden recua.

— Você não deveria protegê-lo — uma das amigas da garota diz, ajudando-a a se levantar.

— Desleal — acrescenta outra. Elas se afastam e viram a rua, rumo a suas casas.

— Você não devia ter feito isso, Jules — Joseph diz assim que ficam sozinhos.

— Não me diga o que eu devo ou não fazer. Ninguém vai encostar em você enquanto eu estiver aqui. Ninguém vai nem mesmo te olhar torto.

— E você preocupada com que você e Camden parecessem fracas com suas pernas ruins. Acho que agora te temem mais do que já temiam antes.

— Devem ter percebido que nosso humor está pior agora — Jules diz, seca.

Joseph se aproxima e coloca uma mecha do cabelo castanho ondulado dela para trás da orelha. Ele então lhe dá um beijo suave.

— Você não parece de mau humor pra mim.

Rolanth

— **Os preparativos foram feitos?** — pergunta Mirabella.

— Os guardas e a carruagem falsa ficarão prontos hoje à noite — responde a Alta Sacerdotisa Luca. — Embora as pessoas preferissem que você esperasse até amanhã de manhã para uma partida mais adequada.

O coração da Rainha Mirabella bate forte. Ela está sentada em um dos pequenos sofás de Luca, afundada até os cotovelos em almofadas de seda listrada, definitivamente parecendo ser uma rainha sem preocupações. Mas ela tem esperado por esta noite desde que Arsinoe a traiu ao mandar aquele urso atrás dela pelos palcos da Aceleração.

A porta dos aposentos de Luca se abre e Elizabeth entra. Ela rapidamente fecha a porta atrás de si, para abafar o barulho do restante do templo. Já não há paz no Templo de Rolanth, exceto na quietude dos aposentos pessoais de Luca. Todo o restante tem sido movimentado do nascer do sol até depois do escurecer. O altar está sempre fervilhando de visitantes acendendo velas ou deixando oferendas, como água perfumada tingida de azul brilhante ou preto, para sua rainha elemental. As sacerdotisas estão constantemente ocupadas supervisionando os presentes e caixas de suprimentos que chegam diariamente da cidade: todo o necessário para entreter com extravagância os pretendentes que estão para chegar.

Luca informa à rainha que os suprimentos estão sendo separados, mas todos sabem que, desde que Katharine voltou, todos os pacotes são testados em busca de veneno.

— Elizabeth — diz Luca —, por que você demorou tanto? O chá já está quase frio.

— Perdão, Alta Sacerdotisa. Eu quis trazer um pouco de mel do apiário. — Ela deposita sobre a mesa de Luca um pequeno vidro transparente de mel fresco, cheio até a metade e ainda pingando de um favo. Luca então mergulha uma colher no vidro e adoça os chás, enquanto Elizabeth espana a poeira de seu traje de inicianda antes de se sentar. Sua face está corada por causa da corrida e uma fina camada de suor faz sua testa bronzeada brilhar.

— Você cheira a jardim e ar quente de verão — diz Mirabella. — O que é isso no seu bolso?

Elizabeth mexe na saia de seu traje e puxa uma pequena pá, isto é, um copo adaptado, preso a um bracelete, ambos de couro.

— Eu mandei fazer no distrito central. Ela se prende diretamente ao meu braço. — Elizabeth levanta o braço para que Mirabella veja seu pulso, marcado por uma cicatriz onde a sacerdotisa lhe cortou a mão fora como punição por ter ajudado Mirabella a fugir da cidade. — Eu consigo prendê-la com uma mão só, assim fica muito mais fácil cuidar dos vegetais.

— Que maravilha — Mirabella diz, seus olhos se demorando nas cicatrizes.

Luca pousa as xícaras de chá em frente a elas.

— Então — Elizabeth diz — nós sairemos de manhã? — Ela toma um gole de seu chá e estuda a Alta Sacerdotisa por cima da borda da xícara. — Não se preocupe, Alta Sacerdotisa. Bree e eu a manteremos a salvo até encontrarmos a Rainha Arsinoe no bosque.

Mirabella fica tensa.

— Eu não preciso que me mantenham a salvo. Eu só preciso encontrar minha irmã e cumprir meu dever. E eu não quero esperar até de manhã, Luca. Eu gostaria de partir hoje à noite.

Luca toma seu chá, usando a xícara para esconder um sorriso.

— Por tanto tempo eu esperei que você criasse coragem para matar suas irmãs — ela diz. — E agora eu me preocupo que você esteja se precipitando demais.

— Não estou sendo precipitada. Estou pronta. Arsinoe mandou o urso dela atrás de mim e ele matou nosso povo e nossas sacerdotisas. Isso não pode ficar sem resposta.

— Mas o Ano da Ascensão mal começou. Nós podemos providenciar outras oportunidades para você. Assim como os Arron com certeza providenciarão para Katharine.

A boca de Mirabella se contrai. Luca praticamente a criou. A rainha conhece bem esse tom de voz da Alta Sacerdotisa, ela sabe quando está sendo testada.

30 KENDARE BLAKE

— Eu não vou hesitar — ela diz. — Essa Ascensão vai terminar muito antes do que o esperado.

— Muito bem, então. — Luca acena com a cabeça. — Leve minha égua, pelo menos.

— Crackle? — Elizabeth pergunta.

— Eu sei que ela não é tão boa quanto os cavalos brancos do templo — Luca diz — nem tão bonita quanto os cavalos negros que conduzirão sua carruagem falsa até Indrid Down, mas ela é firme e rápida, e é minha montaria de confiança há anos.

— Firme e rápida — Mirabella reflete. — Você acha que eu vou ter que fugir.

— Não — Luca responde suavemente. — Mas ainda assim eu preciso tentar protegê-la como puder. — Ela estica o braço por cima da mesa para segurar a mão da rainha no momento em que um grito corta as paredes da câmara. As três se levantam rapidamente.

— O que foi isso? — Elizabeth pergunta.

— Fiquem aqui — Luca ordena, mas Mirabella e Elizabeth a seguem escada abaixo, atravessando a porta e chegando até o longo corredor leste que leva aos depósitos superiores.

— O depósito principal! — Elizabeth aponta.

O grito corta o corredor mais uma vez. Está carregado de pânico e dor. Sacerdotisas gritam, berrando ordens assustadas. Quando Mirabella entra pela porta, se depara com caos e com borrões de vestes brancas de sacerdotisas correndo de um lado para o outro.

No canto da sala, uma jovem inicianda se agita e chora, enquanto outras quatro, aos berros, tentam segurá-la. Ela é praticamente uma criança, com catorze anos, no máximo, e o som de seus gritos faz o estômago de Mirabella gelar. Ele gela ainda mais quando Rho, a sacerdotisa de cabelo vermelho sangue com a dádiva da guerra segura a jovem pelo ombro.

— Sua tola! — Rho grita.

Cestas de comida caem; as vozes ficam mais altas, uma falando por cima da outra, tentando acalmar ou questionando a garota.

A voz de Mirabella ecoa pelo quarto em erupção.

— O que aconteceu? Ela está bem?

— Afaste-se, Mirabella, afaste-se! — Luca diz, correndo para o canto. — Rho, o que é?

Rho agarra a inicianda pelo pescoço e torce seu braço para cima. Ele está ensanguentado da mão até o pulso. Bolhas surgem e estouram enquanto elas observam, subindo pelo braço conforme o veneno penetra no corpo. Em direção a seu coração.

— Ela colocou a mão em uma luva envenenada — Rho diz. — Pare de se contorcer, menina!

— Faça isso parar! — a inicianda implora. — Por favor, faça isso parar!

Rho faz uma careta de frustração. Não há como salvar a mão da garota. Ela pega sua faca de serra, mas, depois de pensar por um instante, a joga no chão com um estrondo.

— Alguém me traga um machado! — Rho arrasta a garota para cima de uma mesa. — Estique seu braço, criança. Rápido. Agora nós ainda conseguimos cortar só até o cotovelo. Não deixe piorar.

Mais sacerdotisas se juntam a Rho para segurar a menina e tentar gentilmente silenciá-la. Uma delas passa correndo por Mirabella, trazendo uma machadinha de prata.

— Foi tudo o que consegui achar — ela diz.

Rho agarra a lâmina e a gira em suas mãos, testando o peso.

— Vire o rosto dela para o outro lado. — Ela levanta a lâmina para golpear.

— Vire o seu rosto também, Elizabeth — Mirabella diz, puxando a amiga mais para perto, para tampar os olhos e apertar o capuz dela, de modo que o pequenino e emplumado pica-pau aninhado no colo de Elizabeth não possa voar e ser visto.

A machadinha desce com um único baque seco e eficaz sobre a mesa. O fato de Rho não precisar de dois golpes é uma demonstração da sua dádiva da guerra. As sacerdotisas ao redor então enrolam o braço ensanguentado da pobre garota e a levam embora para ser cuidada. Talvez elas tenham conseguido salvá-la. Talvez o efeito do veneno, na verdade enviado para Mirabella, tenha sido bloqueado.

Mirabella cerra os dentes para não gritar. Foi Katharine quem fez isso. A pequena e doce Katharine, que Mirabella não conhece de fato. Mas Mirabella é mais esperta agora. Ela já cometeu o erro de ser sentimental com Arsinoe. Isso não vai acontecer de novo.

— Quando ela estiver melhor, vou mandar fazer uma pá para ela também. Como a minha. Cuidaremos dos jardins juntas. Ela nem vai sentir falta do braço — Elizabeth diz, chorosa.

— Isso é muito gentil da sua parte, Elizabeth — Mirabella comenta. — Assim que eu acabar com Arsinoe, vou cuidar de Katharine, para que ninguém mais tenha que temer luvas envenenadas fora da capital.

À noite, Mirabella, Bree e Sara Westwood se encontram com Luca e as sacerdotisas no pátio do templo. O vestido preto de Mirabella está coberto por uma macia capa marrom, e suas botas de montaria estão bem justas. Bree, Elizabeth e sua escolta de guardas e vigias estão vestidas de maneira similar. Qualquer um que as veja passar pode facilmente confundi-las com mercadoras viajantes.

Mirabella acaricia a crina de um dos cavalos negros de pernas longas que puxará a carruagem falsa até Katharine e Indrid Down. A carruagem linda, laqueada e decorada com prata, está vazia, e os cavalos são tão negros que poderiam ser apenas sombras se não fosse pelo brilho de suas ferraduras. Eles serão distração suficiente para Katharine e os Arron. Suficiente para mantê-los longe de Wolf Spring.

— Aqui está Crackle — Luca diz, entregando as rédeas de sua forte égua marrom nas mãos de Mirabella. — Ela não a decepcionará.

— Não tenho dúvidas. — Mirabella acaricia debaixo da crina do cavalo. Ela então se move para o lado de Crackle e monta na sela.

— O que é isso?

Mirabella se vira. Suas companheiras já montaram, mas uma das sacerdotisas está mexendo nas sacolas de Bree.

— Deixe disso! — Bree faz o cavalo avançar um passo. — São peras.

— Nós não examinamos nenhuma pera — a sacerdotisa diz.

— Isso é porque eu mesma as colhi, do pomar nas bordas do Parque Moorgate.

— Elas não deveriam passar — a sacerdotisa diz a Luca.

— Mas elas vão mesmo assim — Bree insiste. — A Rainha Katharine não é tão perigosa a ponto de envenenar especificamente essas três peras em particular, daquela árvore em particular, daquele pomar em particular dentre os muitos parques existentes em Rolanth. E se ela for — ela diz para Mirabella pelo canto da boca —, então ela merece ganhar.

Mirabella e Elizabeth contêm um sorriso. Não há muita luz, a lua está diminuindo e a fatia que sobrou dela está obscurecida pelas nuvens. Talvez a sacerdotisa não chegue a notar como os lábios das duas tremem com o riso.

— Viajem rápido — aconselha Rho. Ela baixa seu capuz e o cabelo ruivo cai por seus ombros. — E em silêncio. Nós ouvimos relatos sobre um outro urso nas redondezas de Wolf Spring. Um homem e seu filho tiveram as entranhas arrancadas e o pescoço quebrado. Sua irmã naturalista não consegue controlar o Familiar dela. Ou ela consegue, mas é perversa. De qualquer forma, não há tempo a perder.

Mirabella toma as rédeas de Crackle e a conduz para a estrada.

— Pela primeira vez, Rho, você e eu concordamos em algo.

Indrid Down

Os cascos do cavalo de Katharine deslizam pelos paralelepípedos do percurso que leva ao Templo de Indrid Down, e ela puxa a cabeça dele para cima com força. Ela adora cavalgar com velocidade pela capital, pelo meio das ruas, vendo as pessoas pularem para fora de seu caminho enquanto seu cabelo negro e o rabo de Half Moon tremulam para trás como bandeiras. Half Moon é o cavalo mais bem-disposto e ágil dos estábulos de Greavesdrake. Bertrand Roman, o guarda bruto que Natalia indicou por recomendação de Genevieve, não consegue acompanhá-lo nem em sonho.

Ao chegar ao templo, Katharine faz sinal para uma sacerdotisa iniciada que está parada nas sombras, conquistando seus braceletes negros ao servir na porta do templo. A iniciada avança imediatamente assim que Half Moon para e Katharine desmonta.

— Devo levá-lo para os estábulos, Rainha Katharine?

— Não, obrigada. Eu não vou demorar. Apenas ande um pouco com ele, por favor. Ah, e ele não reclamaria de um pouco de açúcar também, se você tiver à mão. — Ela se vira e sorri quando ouve Bertrand Roman se aproximando, arfando no topo de sua égua preta.

Katharine não espera. Ela então passa pelas portas, saindo do calor brilhante de junho em Indrid Down e entrando na nave do templo, que sempre cheira a incenso e madeira polida. O exterior do Templo de Indrid Down pode parecer tão dramático quanto o restante da cidade, com sua fachada de mármore preto e gárgulas ameaçadoras, mas o interior é surpreendentemente austero: apenas uma trilha já gasta de mosaicos negros no chão, bancos de madeira para os devotos e uma luz branca e brilhante entrando pelas janelas do andar superior.

Katharine acena para Cora, a sacerdotisa-chefe, e afrouxa a gola de sua jaqueta preta de montaria.

— Água fresca para a rainha — Cora pede, e uma inicianda corre para buscar um jarro.

— Você não deveria cavalgar tão à frente do seu guarda — Cora diz, fazendo uma reverência em seguida.

— Não se preocupe comigo, sacerdotisa — Katharine responde. — Natalia tem olhos e ouvidos em cada canto da ilha. Se tivesse havido qualquer movimentação em Wolf Spring ou Rolanth, você pode ter certeza de que eu estaria trancada em casa.

Cora dá um sorriso nervoso. Todas elas têm tanto medo. Como se Mirabella pudesse aparecer do nada e derrubar o templo, ou Arsinoe fosse invadir a cidade montada em seu urso. Como se as outras rainhas ousassem fazer algo assim.

Katharine anda por entre os corredores, cumprimentando os visitantes do templo com suas mãos cobertas por luvas pretas. O templo está quase cheio, mesmo neste horário pouco usual. Talvez seja mesmo como Natalia diz, talvez a Ascensão de fato aproxime as pessoas da Deusa. Ou talvez elas estejam lá apenas para dar uma olhada em sua Rainha Morta-Viva.

— Teremos um pretendente na capital em breve, não? — Cora pergunta.

— Sim — Katharine responde. — Nicolas Martel. Natalia está preparando o banquete para recebê-lo, no Hotel Highbern.

— Ficaremos honradas em recebê-lo no templo. Gostaria de recomendar alguma decoração?

— O Templo de Indrid Down já é elegante o suficiente — Katharine diz, distraída. — Embora Natalia goste de flores venenosas. Bom, providencie algo bonito, mas que não possa ser absorvido pela pele.

Cora assente com a cabeça e caminha com Katharine enquanto elas se aproximam do altar. Lá, atrás de uma corrente de prata, está a Pedra da Deusa, um grande círculo de obsidiana colocado no chão. Ela brilha com força, mesmo na luz baixa. Admirar suas profundezas lembra Katharine da sensação de olhar na escuridão da Fenda de Mármore.

— É linda — Katharine sussurra.

— Sim. Ela é. Muito bonita e muito sagrada.

Dizem que ela foi retirada do lado leste de Monte Horn. Que um dia a montanha se abriu, como um olho, para que pudessem pegá-la. Katharine não sabe se isso é verdade. Mas é uma boa história.

Ela se abaixa e segura o pulso de Cora. Os braceletes tatuados da sacerdotisa-chefe já estão velhos e desbotados, embora Cora não aparente ter mais de quarenta anos. Ela deve ter chegado muito jovem ao templo.

— Tanta devoção — Katharine diz, acariciando a tatuagem com o polegar enluvado.

No fundo do templo, as portas se abrem e se fecham em volta das botas barulhentas de Bertrand Roman. Katharine contrai os lábios.

— Um momento sozinha com ela, talvez — a rainha solicita.

— Claro. — A sacerdotisa-chefe faz uma reverência e se vira para esvaziar a sala. — Todos, por favor, rápido — ela anuncia. Há um farfalhar de roupas e de passos apressados pelos corredores. Katharine fica parada até que ouve o ruído da porta se fechando e tudo fica em silêncio.

— Você também, Bertrand — ela diz, irritada. — Me espere do lado de fora.

A porta se abre e se fecha de novo.

Katharine sorri e passa silenciosamente por baixo da corrente de prata que circunda a obsidiana. Ela pode sentir a Pedra da Deusa observando-a se aproximar.

— Você nos conhece? — Katharine sussurra para ela. — Nós ainda cheiramos à pedra e como a terra escura e úmida onde você nos jogou?

Ela se ajoelha e toca o chão de mármore, depois se inclina. A Pedra da Deusa está bem diante dela, negra e recurvada, refletindo sua imagem pálida.

— As coisas não serão do seu jeito desta vez — Katharine diz, seus lábios tão próximos da obsidiana que poderiam beijá-la. — Nós viremos atrás de você.

Katharine tira a luva e encosta a mão contra a superfície dura e fria diante de si. Talvez seja apenas sua imaginação, mas ela pode jurar que sente a Pedra da Deusa estremecer.

Wolf Spring

Arsinoe, Jules e Joseph chegam à livraria de Luke e encontram chá e sanduíches de peixe frito já servidos em uma mesa oval, no fim da escada que leva ao andar principal. Mais cedo, Luke mandou Hank, seu galo verde e preto, subir a estrada até a casa dos Milone para buscá-los. Jules ainda está com a ave sob o braço (ele exigiu ser carregado de volta), então o coloca no chão, fazendo levantar penas.

— O que é tudo isso? — Arsinoe pergunta. — Por que o convite oficial via galo?

Antes que Luke possa responder, Joseph a cutuca nas costelas e aponta a cabeça na direção do vestido pendurado na vitrine da loja: o vestido que Luke está fazendo para que Arsinoe use em sua coroação. Um pouco de renda foi aplicada no corpete, e ela faz uma careta assim que vê. Luke terá que remover o rendado se espera um dia vê-la nele.

— Venham — Luke diz. — Sentem. Comam.

Os três trocam olhares. Até Camden parece desconfiada, seu rabo batendo nervoso contra o tapete. Mas eles sobem as escadas, sentam-se e enfiam sanduíches de peixe na boca.

— Mirabella está planejando um ataque — Luke diz.

Arsinoe sente os olhos de todos sobre si e fica feliz que sua máscara esconda boa parte de seu rosto.

— Como você sabe? — Joseph pergunta.

— Um alfaiate amigo meu, que veio de Rolanth, me contou. Ele os viu preparando duas caravanas. E uma delas é uma isca, que vai até Indrid Down pra garantir que Katharine fique onde está.

— Como ele pode saber disso? — Jules argumenta. — A isca pode ser pra gente.

— Ele viu vigias na estrada e os seguiu quando contornaram a cidade na direção de Highgate. Ele então os perdeu de vista, mas perto dali é fácil de se esconder nos bosques. Nossos bosques.

Luke continua a servir, deslizando biscoitos para o prato de cada um deles.

— Vou ficar aliviado de acabar com uma delas, honestamente — diz ele. — Não achei que ela fosse ter coragem de vir, depois da forma como correu do urso no palco.

Joseph baixa a cabeça.

— Que sorte ter essa vantagem — Luke continua, sorrindo. — A Deusa está com você, como eu sempre disse.

— Sim. É ótimo estar por cima — Arsinoe diz, em voz baixa. Luke não sabe que o urso era uma farsa. Que a rainha estará sozinha nessa luta. Ele ficará muito desapontado quando ela e Jules fugirem para se esconder até que Katharine esteja morta.

— Não temos muito tempo — Luke diz. — Se estivermos certos, ela estará na nossa floresta em um ou dois dias, logo atrás dos vigias.

A sala fica silenciosa. Hank bica um biscoito entre os dedos imóveis de Arsinoe.

— A gente… — Jules diz, hesitante. — Deveria ir. Nos preparar.

— Claro — Luke diz, e todos se levantam. — Levem alguns biscoitos. E um pouco de peixe. Eu… eu estou tão feliz de ter dado essa notícia a vocês que quase gostaria de poder ir junto pra lutar.

Ele abraça Arsinoe sem medo algum, confiante de que ela vai ganhar. Ela o abraça de volta, com força.

— Temos que ir — Jules sussurra quando eles descem as escadas. — Se Mirabella está vindo, não temos outra escolha a não ser fugir.

— Posso trazer os cavalos depois do pôr do sol — diz Joseph.

— Não, eu levo os cavalos. Minha dádiva os manterá calmos.

Arsinoe anda pela loja com as pernas pesadas enquanto eles lhe asseguram que nada daquilo será por muito tempo. Que Mirabella dará meia-volta assim que encontrar Wolf Spring vazia e irá atrás de Katharine. Que talvez eles possam voltar em apenas uma semana.

— Eu não achei que ela fosse atacar — diz Arsinoe, atordoada.

— Eu disse — Jules resmunga, com os olhos apertados. — Eu disse que ela iria.

Eles saem da loja, prontos para se separar e correr para juntar suprimentos, mas dão de cara com uma multidão. O choque é tal que Camden rosna e arranha o ar na frente deles.

— O que... hum... o que vocês estão fazendo aqui? — Arsinoe pergunta. Mas ela já sabe a resposta. Eles vieram se despedir. Luke nunca foi bom em guardar segredos.

— Você vai trazer o urso até a praça antes de ir? — alguém grita.

— Ir? — pergunta Jules.

— Bom, você não pode ficar! Você não pode deixar a elemental vir a Wolf Spring! Ela é um pesadelo.

— Já aconteceram ataques de raios a oeste, em Kenora — outra pessoa grita. — As vacas queimaram nos pastos.

— Ela vai queimar nossos barcos no porto, procurando por você!

Joseph balança a cabeça. Ele deveria ter ficado quieto. Muitos ainda o odeiam por ter salvado Mirabella no Beltane. Outros o odeiam simplesmente porque ele passou tempo demais no continente.

— Vacas queimadas em Kenora — ele murmura, olhando, através de Jules, direto para Arsinoe. — Como se ela pudesse comandar tempestades na ilha toda enquanto está em Rolanth.

— Não importa, importa? — Jules pergunta, fria. — Se ela está vindo pra cá, eles têm razão de estar com medo.

— Eles têm — diz Arsinoe. — Se ela realmente quer me matar, não posso deixá-la fazer isso aqui.

— Certo. Então a gente foge.

— Não. Eu não posso deixar que ela queime casas me procurando. Preciso encontrá-la primeiro.

— Arsinoe, o que você está dizendo? — Jules pergunta, mas ela mal consegue ouvi-la em meio ao crescente barulho da multidão. Jules então grita mais alto que o burburinho das pessoas, tão alto que Arsinoe jura que as tábuas sob seus pés estremecem com o som. — Você não está pronta — Jules diz, e Joseph desliza uma mão sobre seu ombro. — Seu urso... não está pronto!

— Ele parecia pronto o suficiente no Beltane! — alguém grita, e a multidão aplaude.

Jules agarra Arsinoe pelo braço.

— Me deixe atrasar Mirabella. Deixe eu ser sua isca.

— Não, Jules. Você sabe que não pode interferir. — Ela se vira para Joseph.
— Onde está Billy? Ele deveria estar aqui. Ele deveria saber.

— O pai dele mandou um barco e ele foi pra casa. Ele disse que não ficaria
fora por mais de alguns dias. Eu… — ele pausa, indefeso. — Se você for antes
dele voltar, ele nunca vai se perdoar.

— Ele vai ficar bem — Arsinoe diz. — Você pode dizer que perguntei por ele?
Joseph faz que sim.

— Eu vou encontrá-la — Arsinoe diz em voz alta. — Vou mantê-la fora da
cidade, pra que ela não possa causar nenhum mal.

As pessoas sorriem, dão gritos entusiasmados e batem palmas. Alguém exige que a rainha traga o corpo de Mirabella amarrado ao urso para que todos
vejam. Então algo voa pelo ar e ela agarra: uma sacola cheia de provisões.

— Uma muda de roupa e um pouco de comida — Madge diz, dando uma
piscadela. — E bandagens, embora você não vá precisar delas.

Arsinoe engole em seco e sai da praça.

Jules tenta puxá-la de volta e Camden passa na sua frente, enrolando-se
em suas pernas.

— Você não pode. Você não está pronta.

— Não importa, Jules. Eu não tenho escolha.

Embaixo da árvore inclinada, Arsinoe se senta em um pequeno tronco, perfu-
rando uma frutinha de beladona com sua faca. Apesar de o veneno na lâmina
fazer seu sangue cantar, ela não quer usá-lo. Ela não quer machucar Mirabella.

Mas ela também não quer morrer.

— Não vamos chegar a isso — ela diz para si mesma. — Ela vai me ver, eu vou
vê-la, e nós vamos resolver isso. Tudo vai ser como antes. — Ela olha em volta, embaixo da árvore, procurando por algum sinal de aprovação da Deusa. Qualquer sinal.

As pedras antigas e enterradas estão cobertas de musgo, e as folhas da árvore
são longas e estranhas, mas isso é apenas um disfarce. Aqui no espaço sagrado,
onde o Olho da Deusa está sempre aberto, a árvore não se importa com verão, ou
inverno, ou com o tempo. Arsinoe escuta o silêncio absoluto e se pergunta quanto dela ficará preso ali para sempre depois que ela derramar tanto sangue na terra.

Ela volta ao trabalho, apertando e esfregando a beladona na lâmina da faca. As
cicatrizes no seu rosto começam a coçar, e ela ajusta a máscara sob sua coroa. Um
galho se parte atrás dela e ela rapidamente coloca a máscara de volta no lugar.

— Você não precisa usar essa coisa por minha causa — Madrigal diz, se movendo elegantemente por baixo dos galhos curvados, trajando um vestido verde brilhante. — Não deve ser confortável, nesse calor.

— Tudo bem — Arsinoe diz.

— Você gosta da forma como as pessoas te olham quando usa essa máscara — Madrigal diz e Arsinoe contrai os lábios. — Eu ouvi sobre o ataque de Mirabella. Achei que poderia te encontrar aqui. Esperava te encontrar, na verdade.

— Por quê?

— Porque significaria que você está fazendo algo mais do que só caminhar para a própria morte. Jules está ficando louca. Nem Joseph consegue acalmá-la.

Arsinoe baixa os olhos. Ela odeia pensar em Jules assim. Em pânico. Com medo.

— Existe alguma coisa a meu favor? — ela pergunta. — Algo que possa me ajudar? Me dar sorte? Fazer com que os ataques dela falhem?

— Seria preciso um feitiço e tanto. Há algo, sim, mas temos que trabalhar rápido. — Madrigal arqueia uma sobrancelha e olha para a faca de Arsinoe, que discretamente esconde a beladona na manga de sua roupa. Madrigal com certeza trouxe a própria faca, de qualquer forma.

— O que você está fazendo? — Arsinoe pergunta.

— Chamando seu urso — Madrigal responde. — O mesmo urso que enfeitiçamos com magia baixa para a Aceleração. Ele é o único que você pode chamar, e isso só se o feitiço que lançamos tiver sido forte o suficiente pra ainda estabelecer uma ligação entre vocês dois.

— Mesmo que tenha sido, ele nunca vai chegar aqui a tempo.

— Talvez não — Madrigal diz. — Mas vale a pena tentar.

— Muito bem, então. Me dê sua faca.

— Qual o problema com essa na sua mão?

— Estou guardando esta pra minha irmã — ela diz, e Madrigal lhe joga a sua.

Arsinoe anda até a árvore inclinada, pronta para abrir de novo os cortes em sua mão, pintar a runa do urso com sangue e pressioná-la contra a casca da árvore.

— Pode ser que ele só cause mais problemas. Definitivamente foi o que ele fez da última vez — ela diz.

— Ele só fez o que deveria fazer. — retruca Madrigal.

— Diga isso a Jules. Ela ainda se culpa por isso, sabe? Pelas pessoas que ele matou. Mesmo que tenha sido eu quem a convenceu. Mesmo que ela não tenha feito de propósito.

— Quem disse que ela não fez de propósito? — Madrigal pergunta. — Eu vi como o urso foi direto na Rainha Mirabella. Você não deveria subestimar as profundezas do temperamento da minha Jules. Ele está ficando cada vez pior. Mas quando a Ascensão terminar, ela ficará calma outra vez, e então vamos poder relaxar. Estou fazendo isso por ela e por todos nós tanto quanto por você.

Arsinoe encosta a faca em sua pele e então a afasta.

— Talvez eu não devesse. A magia baixa pode dar errado de novo.

Madrigal revira os olhos.

— É culpa sua, você sabe — Arsinoe diz. — O que aconteceu com Jules e Joseph. Foi o feitiço que fizemos que eu estraguei. Foi isso que juntou ele e Mirabella.

— Você não tem como saber disso.

Mas Arsinoe sabe. Ela sente, bem no fundo.

— Joseph é homem — Madrigal diz —, e os homens são voláteis. Eles deixam a razão de lado e não conseguem resistir a uma bela garota em uma praia tempestuosa. Não é preciso magia baixa pra causar o que aconteceu. Além disso, ele e Jules estão juntos de novo e está tudo bem. Então o que importa? — Ela bate o pé e seu longo cabelo castanho se arrepia com uma súbita lufada de vento. — Agora faça os cortes.

— Madrigal — Arsinoe começa —, como você encontrou este lugar?

— Faz muito tempo. Eu devia ter uns... catorze anos. Eu estava com Connor Howard. A gente se perdeu na floresta e acabamos embaixo desta árvore. Quando eu me deitei com ele aqui, algo em mim despertou. E eu tenho voltado desde então.

— Connor Howard? O sr. Howard? O padeiro? Mas ele é tão velho.

Madrigal ri.

— Ele não era, naquela época. Bom, não tão velho. — Ela inclina a cabeça. — Se você não quer fazer os cortes, nem sempre precisamos usar sangue. Algumas vezes você pode usar cuspe.

— Cuspe? — Arsinoe faz uma careta. — Eca. Pior ainda.

— Como você quiser.

Madrigal sorri, e Arsinoe faz um corte na palma da mão. No momento em que seu sangue toca a casca da antiga árvore, ela sente sua conexão com o urso e sabe que ele virá correndo.

COLINAS DE STONEGALL

A estrada que corta as Colinas de Stonegall está quieta. A caravana da rainha não cruza com ninguém há pelo menos meio dia. Vigias foram na frente — eles têm feito isso cada vez com mais frequência agora que Wolf Spring está tão perto. O silêncio deixa Mirabella nervosa enquanto ela, Bree e Elizabeth descansam encostadas em um carvalho. O único som de pássaro que ela ouve vem de Pepper, o pica-pau preto e branco de Elizabeth, que bica alegremente o tronco da árvore.

— Está tudo quieto demais — Mirabella diz. — Como se os pássaros tivessem sido silenciados. Eles agem assim, Elizabeth, quando uma rainha naturalista está por perto?

— Acho que não. Eles com certeza não agem assim comigo — Elizabeth vira a cabeça e olha carinhosamente para seu Familiar. — Arsinoe poderia pedir que eles fizessem silêncio, mas eles não o fariam por iniciativa própria.

— Uma revoada de pássaros com a cabeça prostrada — Bree reflete. — Seria uma procissão triste. — Ela está sentada atrás de Mirabella, dividindo o cabelo longo e negro da rainha para trançá-lo. — Eu me pergunto como é o cortejo das outras rainhas, como é quando elas deixam suas cidades.

— Espadas erguidas e escudos a postos para uma rainha da guerra em Bastian — Elizabeth sugere. — E talvez algumas flechas atiradas em direção ao céu, ou lançadas pela força da mente.

Mirabella ri.

— Elas não podem mais fazer isso. A dádiva enfraqueceu.

— Não sei. Às vezes parece que os pratos flutuam no ar quando Rho soca a mesa durante as refeições. — Elizabeth torce o nariz e dá uma risadinha. Mirabella sorri enquanto morde uma das peras proibidas de Bree.

Não faz muito tempo que ela era a Rainha Escolhida e pensava que deixaria Rolanth sob bandeiras tremulantes. Em vez disso, teve que sair no meio da noite, e ninguém nas cidades por onde passaram se deu ao trabalho de sequer lhe desejar boa sorte. Agora ela está escondida, em segredo, e mesmo que não estivesse, Arsinoe e Katharine fizeram apresentações muito boas na Aceleração. Não há mais uma Rainha Escolhida.

— Mal posso esperar para que isso acabe — Bree resmunga, observando a pera amarela e suculenta. — Então poderemos comer o que quisermos e irmos aonde quisermos de novo. Estou ansiosa para a chegada dos pretendentes, quando talvez a Rainha Katharine fique ocupada demais para continuar mandando venenos.

Bree se cala e Elizabeth a olha com dureza.

— Tudo bem — Mirabella diz. Não é como se ela não soubesse que nenhum dos pretendentes pediu primeira corte a ela.

— Não importa, de qualquer forma — Bree diz, erguendo a cabeça. — Nós sabemos quem você realmente quer. Aquele belo garoto naturalista. Talvez você possa mantê-lo como amante depois que se casar.

Mirabella sorri. Mas ela não consegue imaginar Joseph como amante. Ele exigiria ela por inteiro. Ele a mereceria inteira, e isso nunca poderia acontecer.

— Aquele garoto naturalista nunca mais vai falar comigo — ela diz suavemente —, depois que eu matar Arsinoe.

— Os vigias estão voltando — Elizabeth aponta com a cabeça para a estrada e se levanta. Eles já não estão longe de Wolf Spring, dos pastos e riachos onde os espiões dizem que Arsinoe geralmente anda sozinha. — É espantoso como eles podem deixá-la sair sozinha com tanta frequência no Ano da Ascensão.

— Os naturalistas não estão acostumados a criar uma rainha que realmente tenha chance de vencer — Bree diz. — Eles não sabem como tomar os cuidados necessários.

— Talvez eles não precisem — Mirabella rebate, levantando-se. — Com um grande urso marrom como Familiar da rainha.

O vigia para seu cavalo e faz seu relatório para o chefe da guarda, que acena com a cabeça. É seguro voltar a avançar.

— Tão perto de Wolf Spring, eu esperava já ter notícias relevantes — Mirabella diz, acariciando o pescoço de Crackle e montando logo em seguida. — Esperava que eles já tivessem avistado algo, pelo menos. Ainda não sabemos nada sobre o urso, e isso me deixa nervosa.

— Não é o urso que está com ela na maior parte do tempo, mas o puma — Bree diz. — E a garota Milone. E quase sempre — Bree hesita —, Joseph também.

Mirabella a fuzila com o olhar e Bree baixa os olhos. Ela não machucará Joseph. Ela não quer machucar Juillenne. Porém, se Juillenne interferir, se ela mandar seu felino atacar, então ela e o puma também terão que morrer com sua rainha.

Wolf Spring

Arsinoe sai de Wolf Spring pela estrada de Valleywood. É a rota mais usada para ir à capital, uma estrada boa e larga, coberta de árvores, que passa por Ashburn e Highgate até chegar às Colinas de Stonegall. Se o espião de Luke estiver certo, ela deve encontrar Mirabella em algum lugar da floresta de Ashburn.

Talvez Luke e seu amigo alfaiate estejam errados, talvez sua irmã siga pela Valleywood até Indrid Down.

Por algum motivo, entretanto, ela não acredita nisso. É como se ela pudesse sentir Mirabella avançando pelas montanhas. Ela quase consegue sentir seu cheiro, como uma chuva de verão que se aproxima.

— Você não pode ir atrás dela! Você não pode interferir!

— Eu não vou interferir — Jules diz. É difícil fazer as malas com a mãe dela no quarto. Tudo o que Jules pega para levar, Madrigal tira da bolsa. Uma echarpe. Uma maçã. Um rolo de bandagens. Madrigal os toma e os segura atrás das costas. Como se isso fosse impedir Jules de partir. Como se ela não estivesse disposta a ir de qualquer jeito, ainda que de mãos vazias.

— Se você não vai tentar salvá-la, então por que ir? Fique aqui. Espere conosco. Você não é a única que está preocupada!

— Ela é minha melhor amiga — Jules diz em voz baixa. A imagem de Arsinoe indo embora à tarde a assombra. Foi tão difícil deixá-la ir, mesmo sabendo que ela iria atrás.

— Você tem sido praticamente a minha sombra desde o Beltane — Jules diz. — Por quê? Porque você quer que eu te perdoe por estar com Matthew?

— Não — Madrigal diz, com uma expressão cheia de dor. Em um instante, porém, ela consegue retorcer o rosto, assumindo qualquer expressão que ela pense despertar mais simpatia.

— Não se dê ao trabalho de fazer o papel de mãe preocupada agora. E não me diga pra não ajudar. Você ajudou o bastante ensinando magia baixa para a Arsinoe. Você ajudou com o feitiço pra encantar o urso e levá-lo ao palco da Aceleração.

— Aquilo foi diferente. Aquilo era um show. Aquilo não era a Ascensão. Agora é com ela.

— Agora temos que terminar nosso trabalho — Jules diz, os lábios contraídos. — Eu sei que você não ficou muito por aqui, Madrigal, mas até você deve saber: ou Arsinoe sobrevive, ou nós duas morremos. Sempre foi assim.

As tábuas na entrada estalam. Cait aparece na porta do quarto de Jules e Arsinoe, seu cabelo grisalho preso firmemente na nuca, os olhos em alerta.

— Desculpa o barulho, vó. Está tudo bem.

— Ela vai atrás das rainhas — Madrigal resmunga. — Você nunca devia tê-la mantido aqui, tão perto de tudo isso.

— Você não estava por aqui pra dar sua opinião — Cait responde com sua voz calma, profunda. — Mas, sim, talvez não devêssemos. Nós sabíamos que a morte de Arsinoe partiria o coração dela. Mas essa é a consequência de se criar uma rainha.

— Não fale dela assim — Jules grunhe. — Como se ela não tivesse chance.

— Você devia ter mandado Jules pra longe — Madrigal diz.

— Pra longe. Não pra você. — Jules concorda. — Acho que estou feliz por você pelo menos não estar mentindo e fingindo que me queria naquela época. — Ela passa pela avó e corre escada abaixo, com Camden em seus calcanhares.

Cait e Madrigal esperam a porta da frente bater antes de voltar a falar.

— Nós deveríamos ter contado a ela — Madrigal diz.

— Não.

— Ela vai descobrir de qualquer jeito. Você não é cega. Você está vendo o que está acontecendo desde que o ano da Ascensão começou. Como o temperamento dela tem piorado. O urso que ela matou perto da árvore inclinada... que ela matou sem nem mesmo tocar! E quantos pratos quebrados já foram? Quantos vasos derrubados? Você tentou controlar, mas não funcionou.

— Madrigal — Cait diz, sua voz exausta. — Fique calma.

Madrigal ri.

— Quantas vezes você disse isso a ela? "Fique calma." "Não se preocupe." "Controle seu temperamento." O oráculo disse que ela era amaldiçoada. Que ela traria a queda da ilha. E mesmo assim você quis *acreditar* nela.

Cait encara sua filha em silêncio. Faz muito tempo desde a última vez que alguém pronunciou essas palavras em voz alta. Mas é verdade. Quando Jules nasceu, uma abençoada Cria do Beltane, a primeira garota da nova geração de Milones, Cait chamou uma vidente, como mandava o velho costume. Quando a vidente bateu o olho em Jules, no entanto, ela cuspiu no chão.

— Afogue-a — ela disse. — Ela carrega a maldição da legião. A dádiva naturalista dela será tocada pela dádiva da guerra. Afogue-a agora, antes que ela enlouqueça por isso.

Quando Madrigal se recusou a afogar a filha, a vidente tentou tomar Jules de seus braços. E, assim que tocou no bebê, ela caiu num transe e começou a balbuciar coisas que viriam a acontecer.

— Ela precisa ser afogada. Ela não pode viver. Ela é a ruína e a queda... — a vidente continuou, os olhos revirados, com o branco à mostra. Madrigal gritou e o bebê chorou, até que Cait e Ellis decidiram expulsar o oráculo.

Eles não podiam afogar a pequena Jules. Eles não fariam isso. Eles então ataram a maldição da legião com magia baixa, ataram-na com o sangue de Madrigal, a mãe do bebê. O que eles fizeram com a vidente, entretanto, Cait até hoje não consegue nem pensar. Depois de terminar tudo, eles concordaram em esquecer.

Cait encara Madrigal e sacode a cabeça.

— Você sabe porque a atamos. Não porque ela destruiria Fennbirn, e sim porque destruiria a si mesma.

— Mas ela não destruiu a si mesma. Ela está pronta agora.

— Ninguém nunca está pronto. A maldição da legião enlouquece as pessoas. Mais de uma dádiva ao mesmo tempo é demais pra uma mente aguentar.

— É o que dizem — Madrigal admite. — Mas também dizem que as dádivas sob a maldição da legião se tornam fracas. E a minha Jules é a melhor naturalista que qualquer um já viu. Só imagine como ela seria com a dádiva da guerra a seu favor.

No parapeito da janela, o corvo Familiar de Cait grasna e transfere o peso de uma pata para a outra, irritado. Madrigal sempre foi ambiciosa. Com certeza parte dela ficou animada com o fato de sua filha ter recebido tal profecia.

UM TRONO NEGRO   **49**

— É essa a questão? — Cait pergunta. — Sua filha. *Sua* filha. Você ser parte disso. Ter um destino grandioso. Isso tudo na verdade ainda é sobre você, Madrigal. *Você* ser parte disso. Você esperando seu próprio destino grandioso.

— Que coisa horrível de se dizer, mãe. — Por um momento quase imperceptível, os olhos de Madrigal se estreitam. Qualquer um que a conhecesse pouco não teria percebido, pois eles rapidamente se abrem de novo, implorando.

— Nós tínhamos que atá-la — ela diz, suave. — Aqueles com a maldição da legião eram queimados. Afogados. O Conselho teria exigido que eu a deixasse na floresta pra morrer. — Ela toca o ombro da mãe. — Mas ela cresceu. Forte. E lúcida.

— Nós atamos a dádiva da guerra de Jules pelo próprio bem dela — Cait diz. — E — ela hesita em dizer o que nunca quis acreditar —, como a vidente estava certa sobre a maldição da legião, você já deve ter considerado que ela pode estar certa também sobre todo o resto.

— Que Jules causará a queda da ilha? — Madrigal faz um som de desprezo. — Aquela vidente era louca, como muitos outros oráculos antes dela.

— Talvez. Mas a amarração permanece, Madrigal.

— Permanece. Mas não vai durar. Ela está enfraquecendo enquanto conversamos. Eu poderia soltá-la, se eu quisesse. O sangue de Jules é meu sangue. Eu sou a mãe dela. E vou fazer o que achar melhor.

Floresta de Ashburn

Quando Arsinoe se cansa de andar, ela para e acende uma fogueira de bom tamanho ao lado da estrada. O vigia de Mirabella a encontra deitada ali, a cabeça apoiada em sua sacola de roupas.

Ela ou ele é relativamente sorrateiro. Arsinoe só o escuta quando ele já está tão próximo que ela nem precisa gritar para ser ouvida. Claro que, para começar, um vigia realmente sorrateiro nunca teria chegado tão perto.

— Diga à minha irmã que estou aqui — Arsinoe diz, sem se mover. — Diga a ela que estou esperando.

— Mirabella — Elizabeth sacode seu ombro suavemente. — Mira, acorde. O vigia voltou.

Ainda está escuro demais na floresta para que se veja algo além de sombras. Mirabella pensou que tivesse adormecido apoiada no tronco de uma árvore, mas ela deve ter deslizado para o chão ao pegar no sono. Seu rosto está sujo de terra.

Em algum lugar à sua direita, Bree grunhe, e seu rosto então é iluminado por chamas laranjas quando ela põe fogo em uma pequena pilha de gravetos.

— Bom — diz Bree, com os olhos inchados. Ela faz um movimento com o pulso e o fogo aumenta. — O que é tão importante que nos faz precisar levantar de nossas camas de chão duro?

O vigia agacha e se ajoelha. Ele parece nervoso. Confuso.

— O que foi? — Mirabella pergunta. — O caminho até Wolf Spring está bloqueado?

— Pouco provável — Bree boceja.

— É a Rainha Arsinoe — o vigia diz. — Ela a espera na estrada principal.

Ninguém reage, exceto Bree, que acorda de repente e, sem querer, espalha pequenas chamas pelos ares.

— Como ela sabia que estávamos a caminho? — Elizabeth pergunta. — Ela deve ter espiões melhores do que pensávamos.

— Você viu o urso? — pergunta Mirabella.

— Não vi. Eu procurei por ele em todo canto, mas nem mesmo meu cavalo pareceu sentir o cheiro dele.

Mirabella olha para o leste. A aurora está começando a aparecer por entre as árvores. Pensar no urso faz um peso se instalar em seu estômago. Ela se lembra das garras e dos rugidos e gritos, então engole em seco.

— Partirei assim que estiver claro o suficiente para que eu não tropece em raízes — ela diz. — Eu preciso de Crackle ou posso ir andando?

— Mira! — Bree e Elizabeth exclamam juntas.

— Você não pode ir se não sabe onde o urso está — diz Bree.

— Nos deixe procurar mais quando o sol raiar.

— Não — Mirabella diz. — Se ela escondeu o urso, provavelmente não vamos conseguir achá-lo. Eu estarei pronta. — Ela olha para o rosto de suas amigas, iluminado pela luz da fogueira, e toma cuidado para não demonstrar medo. — Ela está aqui. Está na hora.

Joseph viaja o mais rápido que pode pelo trecho escuro e coberto de árvores da estrada de Valleywood. Ele está exausto após um longo dia de trabalho nos barcos e mal havia fechado os olhos para dormir quando Madrigal começou a jogar pedrinhas na janela de seu quarto.

Ele pensou que ela estivesse procurando por seu irmão, Matthew, mas quando ele abriu a janela, ela o chamou e acenou para ele com os braços. Então agora aqui está ele, correndo pela escuridão, esperando estar na direção certa, em busca de Jules e Camden. Elas não devem estar muito à frente, porque a dor na perna de Jules pode acabar fazendo com que ela desacelere depois de um tempo.

O que Madrigal lhe contou sobre Jules não pode ser verdade, sobre Jules ter a maldição da legião e ser marcada pela dádiva da guerra. Joseph viu uma criança com a maldição da legião uma vez, e o pobre garoto era praticamente louco. Ele ficava tampando os ouvidos com as mãos e batendo com os ombros contra uma parede. Joseph e Matthew cruzaram com ele em Highgate, quando a família do garoto estava viajando para o templo de Indrid Down, onde ele seria envenenado e seu sofrimento misericordiosamente teria fim.

Jules não é assim. Pelo que Madrigal disse, porém, o feitiço de magia baixa que ata a maldição de Jules está enfraquecendo, e a dádiva da guerra pode se mostrar a qualquer momento, em qualquer situação que a faça perder a cabeça. No entanto, ultimamente Jules tem perdido a cabeça com frequência, e ele não viu nada disso acontecer até agora.

Ele não sabe o que Madrigal está armando ao contar essas mentiras para ele. Mas, de qualquer forma, Joseph achou melhor ir atrás de Jules para mantê-la longe dos assuntos da rainha. Porque se ela intervir, o Conselho vai fazê-la pagar, ela tendo ou não a maldição da legião.

Arsinoe grita, assustada, quando Mirabella faz sua fogueira moribunda voltar repentinamente à vida. Ela não pôde evitar o susto. As chamas estão tão quentes! A madeira vira cinzas em segundos e, quando ela se afasta, sente cheiro de cabelo queimado. Sua máscara está tão quente que, por um instante, ela teme que tenha derretido sobre seu rosto.

— Você — Arsinoe cospe. Ela se encosta no tronco de uma árvore e fica em pé, vacilante. Mirabella está do outro lado da estrada. Arsinoe não ouviu sequer um passo ou o estalar de algum graveto se quebrando. — Você ficou mais silenciosa.

— Talvez você esteja dormindo mais pesado.

Arsinoe olha para baixo, para seu travesseiro improvisado, agora manchado de preto e cheio de roupas largas e de queijo duro.

— Pouco provável.

— Onde está seu urso? — Mirabella pergunta.

— Eu o deixei pra trás.

— Você está mentindo.

Arsinoe engole em seco. A faca envenenada é um peso reconfortante em seu colete, mas ela não quer usá-la. De qualquer modo, vai ser difícil chegar perto o suficiente. O fogo mostrou que ela não está de brincadeira. Mirabella encontrou sua coragem.

— É melhor você chamá-lo — Mirabella avisa, e uma pulsação estranha percorre a pele de Arsinoe. Ela então olha para baixo. Os pelos dos seus braços estão arrepiados.

Um relâmpago brilha com força na manhã nebulosa, e a árvore atrás de Arsinoe explode em faíscas. A energia corre até a planta dos seus pés, e a jovem rainha cai ajoelhada, rígida, quando a corrente força seus dentes a ficarem cerrados. Uma dor lancinante atravessa seus dedões e chega até a raiz de seus cabelos.

Fale, ela pensa, mas mal consegue abrir o maxilar. Então ela corre, uma perna se arrastando enquanto ela busca a cobertura das árvores. Arsinoe se joga em um arbusto baixo, mas o fogo de Mirabella o consome em uma explosão de luz laranja e fumaça sibilante.

— Pare, pare! — Arsinoe grita.

— Você teve sua chance de parar — Mirabella grita de volta. — Mas você mandou seu urso atrás de mim em vez disso.

O vento muda de direção, circulando ao redor do pescoço de Arsinoe, jogando seu cabelo por sobre seus olhos. Mirabella está armando uma grande tempestade em cima da irmã, e a primeira lufada joga Arsinoe contra uma árvore. Um galho bate em seus olhos e um pedaço do arbusto em chamas se solta, atingindo-a na lateral e abrindo um buraco em seu colete e em sua camisa. Ela faz uma careta e olha para a runa de magia baixa gravada em sua mão. Ela pode sentir o urso vindo. Ela deveria tê-lo chamado há muito tempo.

O próximo raio faz Arsinoe cair. Dor. Estrelas. E então escuridão diante de seus olhos. Ela rola, como se não tivesse ossos, de volta para a estrada.

Jules não está longe quando o primeiro relâmpago risca o céu. O chão treme, e o vento começa logo em seguida.

Jules e Camden começam a correr.

— Jules, espera!

Ela se vira. Joseph corre em sua direção, a camisa amassada.

— Eu não posso — Jules responde. Ela aponta para a fumaça subindo. Arsinoe precisa das duas.

Mirabella anda cuidadosamente na direção de Arsinoe, que está deitada na estrada. Ela deixa a tempestade engatilhada, pronta para cair com apenas um comando, e mantém um olho na floresta. Seu coração martela dentro do peito, mas até agora nenhum grande urso marrom apreceu correndo, urrando e batendo as patas.

Ele deve estar ali. Arsinoe disse que o deixou para trás. Mentira. Ele deve estar só esperando Mirabella baixar a guarda. Arsinoe ainda está deitada de costas na estrada, imóvel, um braço estendido acima da cabeça. Ela se parece com uma pilha suja de gravetos e farrapos. Mirabella a empurra com o pé.

— Levante-se.

Arsinoe está completamente imóvel. Mirabella chega mais perto. Pode mesmo ter sido tão fácil assim?

— Arsinoe?

Ela pensa ter ouvido um grunhido e recua, olhando desesperadamente ao redor em busca do urso. Mas ele não vem.

— O que você disse? — Mirabella pergunta, e Arsinoe se vira para ela.

— Eu disse "um". Fogo, raios, vento... Seria legal se você escolhesse só *um*.

Mirabella se endireita.

— Só porque você tem apenas um truque, não quer dizer que isso seja uma regra.

— Você não sabe nada sobre os meus truques. — Arsinoe a encara por detrás daquela máscara irritante. Suas narinas estão rodeadas de sangue. Sua mão se move para o interior do colete. Há cortes antigos na palma de suas mãos. — Você está diferente. — Ela olha para a capa marrom de Mirabella e para o cabelo negro da irmã, preso em uma longa trança. — Toda arrumada para a sua coroa. — Arsinoe tosse e seus olhos reviram. É um milagre que ela ainda esteja consciente.

— Por que você veio aqui? — Mirabella pergunta. — Você está desistindo? Você quer que eu te transforme em um pedaço de carvão?

— Talvez? Não tenho certeza. Não fui criada como você. Nós nunca fizemos planos. Eu só faço as coisas.

— É mesmo? — Mirabella diz, por entre os dentes. — Você só faz as coisas... Como o que você fez na Aceleração, quando mandou sua fera me dilacerar?

Arsinoe engole e faz uma careta, seus dentes rosados de sangue. Então, para espanto de Mirabella, ela ri, e suas mãos se afastam do colete, caindo na terra.

— Você acha que eu mandei ele pra cima de você — ela ri de novo. — Claro que você acha.

— Você mandou.

— Se eu mandei ou não, hoje ele não foi pra cima de você, não é?

— Você tentou me matar menos de dois dias depois de eu ter te salvado. Sua pirralha mal agradecida! — Mirabella fecha os punhos, tomando cuidado para manter o controle sobre seus elementos. Ela quer esganar a irmã. Ensurdecê-la. Socá-la até seu último riso. Ela poderia acertá-la com um raio agora e acabar logo com isso. Arsinoe é um alvo fácil, ela continua imóvel.

— O que você está fazendo aqui? — Mirabella grita. — Por que você veio até aqui?

— Pra te manter longe de Wolf Spring — Arsinoe responde. — Longe das pessoas que eu amo.

— Eu nunca os machucaria.

— Eles não têm tanta certeza disso. Ascensões podem ficar feias. Ascensões *são* feias —Arsinoe pausa. — Nós poderíamos desistir. Deixe Katharine e os Arron ganharem. As evenenadoras já ganharam três vezes. Não vai mudar muita coisa uma quarta rainha envenenadora, não importa o que as lacaias do templo digam.

— Abdicar? — Mirabella solta uma risada triste. — Nunca permitiriam isso. Pare de tentar barganhar só porque você está apanhando. Foi você quem disse que é assim que as coisas são. Nós matamos ou morremos.

Arsinoe respira devagar. Ela olha para as árvores e para a luz filtrada pelas nuvens.

A boca de Mirabella se curva para baixo. Seu olhar fica nublado. Ela não quer mais falar. Um único e rápido raio é tudo o que ela precisa e, se ela desviar os olhos, talvez não seja assombrada por isso depois.

— Mirabella — Arsinoe sussurra.

— Sim?

— Quando você for atrás da Katharine, não hesite. Eu sei que ela era nossa garotinha, cujo cabelo nós trançávamos com margaridas, mas ela não é mais.

— Jules, pare! — Joseph agarra Jules pelo braço.

— Nós não podemos parar! Você não está vendo a tempestade? Você não viu o raio?

— Arsinoe é esperta — Joseph argumenta. — Ela nunca entraria nessa briga sem um plano. Deixe-a fazer isso sozinha.

— Deixe-a fazer isso sozinha? Então você deixaria ela matar sua Mirabella? Ou você espera que ela perca?

Jules se solta e Joseph faz a única coisa que consegue pensar: ele a joga no chão.

A resposta dela é imediata e raivosa. Jules lhe dá uma cotovelada na têmpora, e a visão de Joseph oscila. Mas ele não a solta. Nem mesmo quando o formidável peso de Camden cai sobre ele e faz os três saírem rolando.

— Joseph, me solta! Me solta!

— Não, Jules, eu não posso!

Ela grita e bate nele com toda a força que tem. O som da briga deles provavelmente é alto o suficiente para chegar até as rainhas. Se Arsinoe perder, pelo menos ela saberá que Jules estava lá.

Os dentes de Camden se afundam nos ombros de Joseph, e ela o puxa com força, tentando tirá-lo dali.

— Ah! — ele grita. — Jules, por favor!

— Não! — ela grita. — NÃO!

É tão difícil mantê-la presa que ele nem nota as árvores tremendo. Ele também não ouve os galhos batendo, até que o primeiro se parte e cai no chão, afundando na terra.

Joseph desvia a cabeça enquanto mais galhos caem, fincando-se no chão como facas. Ele solta Jules e cobre a cabeça com os braços.

No mesmo instante, os galhos param de cair e as árvores param de tremer. O único som agora é o da respiração assustada dos dois e o dos grunhidos nervosos de Camden.

— O que foi isso? — Jules pergunta. Ela se ajoelha com dificuldade e aperta seu puma, apalpando sua pele para ter certeza de que Camden não se cortou ou foi esfaqueada pelos galhos.

— Eu acho — Joseph diz, ofegante — que isso foi você.

— O que foi isso? — Mirabella pergunta. — Você ouviu ? — É claro que Arsinoe ouviu. E ela conhece muito bem esses gritos.

— Foi Jules — Arsinoe diz, apoiando-se com esforço em um cotovelo, depois cuspindo sangue. — Algo aconteceu com ela! As suas sacerdotisas fizeram algo?

Arsinoe põe a mão dentro de seu colete e sua mão envolve o cabo da faca envenenada. Ela não quer fazer isso. Mirabella a salvou no Beltane. Mirabella a ama. Mas se Jules foi ferida, *todas* elas serão feridas.

— Não — diz Mirabella rapidamente. — Elas não fariam isso! E elas não estão daquele lado. Elas estão ali — Ela se vira e aponta para a direção de Highgate. Então faz uma cara de desdém. — Isso é para me distrair? Não vai funcionar!

A tempestade volta a escurecer acima delas, e Arsinoe considera suas opções. Talvez ela ainda possa atirar a faca e enfiá-la no coração de Mirabella.

Evenenadoras são naturalmente boas nessa arte, ou pelo menos é o que dizem. Mesmo que sejam, porém, Arsinoe nunca praticou.

A runa em sua mão começa a queimar.

Uma runa ardendo não é um grande aviso, mas Arsinoe grita junto com sua irmã quando o urso derruba algumas árvores e aparece na estrada. Ele urra mais alto do que um trovão, e suas passadas são tão longas e rápidas quanto as de um cavalo.

— Espera! — Arsinoe grita, e o urso hesita apenas o suficiente para não enfiar as garras no peito de Mirabella.

Mirabella cai de costas, sua coragem quebrada. Ela se arrasta de costas, o rosto molhado de lágrimas de pânico, sem dúvida por se lembrar dos últimos momentos no palco da Aceleração, quando ela assistiu ao urso destroçar várias sacerdotisas em seu caminho até ela.

— Espera, espera, vem pra mim — Arsinoe diz, com urgência, esticando sua mão com a runa.

O urso não é seu Familiar. O feitiço que os une é apenas magia baixa. Mas Arsinoe é uma rainha. Sua magia baixa é forte, e o urso a obedece. Ela esfrega sangue do seu nariz na palma da mão, pressionando-a contra a testa do animal, que lambe o rosto dela.

— Vamos — ela diz. Ela se agarra ao pelo do urso enquanto ele segura sua camisa queimada entre os dentes e a arrasta até a clareira, depois levando-a até a cobertura das árvores. Ele é rápido e surpreendentemente silencioso, de modo que eles já estão mergulhados na floresta quando Mirabella se recupera.

— Arsinoe — sua irmã grita. — Para onde você foi? Onde está se escondendo?

— Ela não espera realmente que eu responda, espera? — Arsinoe sussurra, e ela e o urso se embrenham, em silêncio, perto do chão, esperando que Mirabella não consiga achá-los.

Greavesdrake Manor

Natalia encara a carta em sua mão. De vez em quando ela dá um gole no conhaque misturado com dedaleira e tamborila o dedo contra o copo. A carta é de seu irmão, Christophe. Ela chegou nesta manhã e diz que o filho dele, Pietyr, voltou para casa apenas muito brevemente antes de partir para Prynn a negócios. De que se tratam esses negócios, ele não saberia dizer, mas presumiu que fosse algum pedido dela. Christophe (e ela podia visualizar o dar de ombros despreocupado dele) ainda mandou cumprimentos de sua esposa, Marguerite, que a convidou para uma visita à sua casa de campo assim que os afazeres com a Ascensão tiverem terminado.

Natalia amassa a carta. Como deve ser bom viver distante da capital e do Conselho e ser capaz de falar casualmente sobre a Ascensão. Sortudo o Christophe, que se casou e escapou. Mas ela não, e o filho dele, Pietyr, também não, então é melhor que o garoto apareça logo em sua porta. Katharine ainda deve ser coroada. Eles ainda têm trabalho a fazer.

Genevieve dá uma batida na porta e entra sem esperar permissão. Parece que todos na família agora decidiram dar dor de cabeça para Natalia.

— Passei a manhã no Highbern — Genevieve diz, se referindo ao hotel na cidade, onde elas darão o banquete de boas-vindas para o pretendente Nicolas Martel.

— E?

— Tudo está correndo bem. A prataria foi polida, o menu está fechado e as flores já foram encomendadas nas estufas.

— Bom — diz Natalia.

Elas não precisarão de muito para impressionar o garoto. Natalia se lembra de como ele olhou para Katharine na noite do Desembarque e no banquete. E ele aparentemente não foi dissuadido pelos desagradáveis rumores a respeito do retorno dela. Ela e Pietyr esperavam que Katharine pudesse escolher entre os pretendentes, mas, de qualquer forma, só é preciso um para manter as aparências até que Katharine seja coroada e escolha Billy Chatworth para ser seu rei consorte, assim como o combinado.

— O que é esse barulho? — Genevieve pergunta. Ela se vira e aponta com a cabeça para a direção do corredor. Natalia não ouve nada, mas quando Genevieve abre a porta, o som de palmas ecoa pelas escadas.

Natalia deixa seu conhaque sobre a mesa e ela e Genevieve seguem os aplausos, passando pelo foyer e pelo corredor de retratos até chegar ao salão de bilhar, onde uma pequena multidão de criados está reunida.

Elas deslizam para dentro em silêncio e, quando veem o que os está mantendo tão entretidos, Genevieve engasga.

Katharine colocou um alvo na parede mais distante das mesas. Sua criada, Giselle, está amarrada a ele. Enquanto Natalia e Genevieve assistem, Katharine atira cinco pequenas facas. Cada uma aterrisa com um baque audível a apenas alguns centímetros dos braços, dos quadris e da cabeça de Giselle.

Os criados aplaudem, e Katharine agradece. Ela vai alegremente até Giselle e lhe dá um beijo na bochecha antes de ordenar a outros criados que a desamarrem.

— O que é isso? — Natalia pergunta, e Katharine se vira.

— Natalia — ela exclama, e os criados então encolhem os ombros, se preparando para testemunhar uma grande discussão.

Natalia arqueia uma sobrancelha. Desde quando Katharine discute com Natalia, ou com qualquer um?

— Gostou? — Katharine pergunta. — Eu preciso de uma distração enquanto tenho que ficar presa aqui dentro por tantos dias, me escondendo da rainha elemental. E achei que os pretendentes ficariam impressionados com um pouco de esporte.

— Um pouco de esporte — Natalia diz. — Eles ficarão impressionados com sua destreza ao cavalgar e com sua habilidade com um arco. Mas acho que você logo vai descobrir que os estômagos dos continentinos não engolem tão bem uma noiva que seja excelente em atirar facas.

— É mesmo? — Katharine ri. — Eles são mesmo tão frágeis?

— Espero que nem todos eles — Genevieve diz em voz baixa.

Katharine fixa seus olhos negros sobre ela. Desde que voltou, Genevieve não ousou dizer muito à rainha. Ela apenas observou e fez relatos ao Conselho, para que eles pudessem sussurrar entre eles sobre como a rainha está colocando a si mesma em risco. Sobre como ela consome veneno demais sem ter a dádiva e algum dia pode acabar tomando a quantidade errada.

Katharine inclina a cabeça na direção do alvo.

— Você quer tentar, Genevieve? Dar um show para os criados?

Genevieve olha para Natalia, como que esperando que ela proíba, e, quando ela não o faz, Genevieve sorri abertamente para a rainha.

— É claro.

Ela se afasta da multidão e permite que Giselle e outra criada amarrem seus pulsos no alvo. O humor da sala esfria. Todos ficam nervosos. Katharine abre suas facas de prata em leque e as desliza por entre os dedos.

Ela lança a primeira, acertando bem ao lado da cintura de Genevieve, que se afasta.

— Tenha cuidado — Katharine a repreende. — Não se mova. E se eu jogar a próxima rápido demais e você acidentalmente entrar no caminho dela?

Ela lança de novo. Essa passa tão perto da bochecha de Genevieve que corta um cacho de seu cabelo loiro claro.

— Acho que já é o suficiente, Kat — diz Natalia. — Giselle, Lucy, soltem minha irmã, por favor. Tenho certeza de que todos nós poderemos apreciar um pouco mais do esporte da rainha em outro momento.

Giselle e Lucy soltam os pulsos de Genevieve. Ela fica em silêncio enquanto sai da sala com as criadas, mas lança a Natalia um olhar traído.

— Você me acha cruel — Katharine diz assim que ela e Natalia ficam sozinhas.

— Não — Natalia responde. — Um pouco inconsequente. Eu sei que Genevieve foi dura com você, Kat. Mas foi sempre pensando no seu bem.

Katharine suspira.

— Imagino que eu deva perdoá-la, então.

— Eu não sabia que você guardava rancor. Você nunca foi disso antes. O que mudou, Kat? O que realmente aconteceu com você na noite da Aceleração?

Katharine caminha pelo quarto escuro e afasta a cortina vermelha das janelas. Ela aperta os olhos por causa da luz do sol. O rosto dela já perdeu o ar encovado, embora ela venha ingerindo mais veneno. Katharine parece diferente. Ela parece nova.

— Apenas o que já te contei — ela diz. — Eu fugi e me perdi. Eu caí na Fenda e a Deusa me salvou. Se eu pareço estranha agora é só porque estou trancada dentro de casa há tempo demais. — Ela se vira para Natalia. — A carruagem de Mirabella era só uma isca, não era?

— Era. E já partiu. Então talvez isso queira dizer que uma de suas irmãs está morta.

Katharine cavalga Half Moon sobre as colinas perto de Greavesdrake. Ela galopa rápido, seus tornozelos chocando-se levemente contra os flancos dele. Ela quer chegar ao topo para ver a isca de sua irmã recuando, mas quando chega até lá, a estrada já está vazia.

— Está tudo bem, Half Moon — ela diz, acariciando o pescoço suado do cavalo. Ela sabe o que provavelmente a isca era: uma carruagem negra excessivamente ornamentada, com detalhes em prata e assentos de veludo azul, os cavalos escovados até suas crinas tingidas de branco brilharem.

— Eu queria que não tivesse sido só uma isca — ela diz para seu cavalo. — Queria que ela tivesse arrombado as portas de Greavesdrake e me encontrado enrolada nos lençóis. Eu então lançaria uma faca em sua bela garganta e ela ficaria tão surpresa...

Katharine faz Half Moon dar meia-volta e cavalga rumo à sua casa. Quando passam pela penumbra das árvores, ela sente um movimento e percebe que estão sendo seguidos.

Deve ser Bertrand Roman, sua sombra constante. Natalia o mandou atrás dela, e ele demorou todo esse tempo para alcançá-la. Ela freia Half Moon, mas percebe que as passadas atrás deles são leves demais para serem da égua negra e sofrida de Bertrand.

Katharine faz Half Moon galopar mais rápido. A seu lado, o perseguidor faz o mesmo. Ela olha para trás discretamente, espiando por cima do ombro, e vê um cavalo baio e um cavaleiro de cabelos loiros.

Pietyr? Ela faz Half Moon voar pelo caminho. Ele não vai alcançá-la, não vai ultrapassá-la. Ninguém na propriedade monta melhor do que ela, e nenhum cavalo do estábulo dos Arron sabe desviar de árvores como Half Moon.

Ela o ultrapassa facilmente e recua, circulando pela esquerda. Em seguida, ela empurra Half Moon para a frente tão de repente que o cavalo baio recua e empina com força. Katharine sorri com desprezo quanto Pietyr é jogado no chão.

Ela vai até onde ele está, caído e gemendo perto das samambaias. A boca dela se abre de surpresa.

— Você não é Pietyr!

O garoto, que de fato tem cabelo loiro, mas não o loiro claro de Pietyr e de Natalia, se levanta lentamente.

— Não, não sou — ele diz, limpando as folhas secas dos punhos da camisa. — Você não se lembra de mim? Eu sou Nicolas Martel.

— Meu pretendente! — Katharine solta e, pela primeira vez, ela não precisa usar os truques que Pietyr lhe ensinou para ficar corada. Ela se recorda dele agora, mas ele parece diferente do que ela viu sob os penhascos na praia no Desembarque, ou sob a luz da fogueira no banquete. No sol, o rosto tem ângulos suaves, e há uma curva agradável no seu lábio inferior. Seu cabelo loiro dourado chega até a gola da camisa e faz cachos em suas têmporas.

Katharine procura o que dizer. Ela solta um lado das rédeas e põe a mão na cintura.

— Isso foi algo estúpido de se fazer! Me pegar de surpresa desse jeito no Ano da Ascensão! Eu tenho facas envenenadas, eu poderia ter te matado!

Ela não deveria ser tão estridente. Segundo Pietyr, garotos do continente não gostam disso. Mas Nicolas sorri.

— Eu não quis te pegar de surpresa — ele diz. Seu sotaque é um pouco cantado; sua voz, baixa e suave. Isso imediatamente agrada a rainha. — Eu acabei de chegar. Eles me disseram para esperar na mansão, mas acho que eu estava curioso demais.

— Isso é… gentil. Mas alguém devia ter te impedido.

— Uma vez que eu decido algo, não é lá muito fácil conseguir me impedir. — Ele inclina a cabeça, com uma expressão intrigada. — Você teria me matado? Achei que as rainhas só eram letais umas às outras.

— Então você tem muito o que aprender — Katharine diz. Ela suspira. — Embora você esteja certo, minhas irmãs de fato são meu alvo preferido.

— Perdão — ele diz. — Parece que arruinei nosso encontro. Eu de cara na terra não era como eu pretendia me apresentar.

Katharine se vira em sua sela.

— Vamos achar seu cavalo. Se ele for dos nossos estábulos, ele foi treinado e não terá ido longe. Mas, neste exato momento, não sei para onde ele pode ter ido. — Ela estende uma mão. Nicolas a aceita e, com um puxão dela, ele monta na sela de Half Moon, logo atrás de Katharine, passando os braços pela cintura dela.

— Eu agradeço — ele diz em seu ouvido. — Talvez não tenha sido um primeiro encontro tão ruim no fim das contas.

Wolf Spring

Arsinoe, Jules e Joseph deixam a estrada de Valleywood e cortam pelo oeste, seguindo o córrego que eventualmente deságua na Lagoa Dogwood. Eles se esgueiram em direção à propriedade dos Milone enquanto o sol se afunda atrás das árvores, conseguindo assim evitar os olhos e as perguntas das pessoas na cidade.

Cait, Madrigal e Ellis saem esbaforidos pela porta da frente antes que qualquer um os avise de sua chegada. Jake, o spaniel, salta para os braços de Jules, e os corvos Familiares batem asas suave e preocupadamente contra a cabeça deles.

— Minha Deusa — Ellis vai até Arsinoe e a pega pela mão. — Vamos chamar uma curandeira.

— Não — Arsinoe diz. — Eu estou bem. Vejam.

Como se ela precisasse dizer a eles. O grande urso marrom é difícil de passar despercebido.

— Ele se chama Braddock — Arsinoe conta, colocando a mão no topo da cabeça peluda do urso.

Madrigal estende o braço como se fosse tocá-lo, mas reconsidera.

— Mirabella está morta, então? — ela pergunta.

A porta bate e, um momento depois, Cait retorna com uma bacia de água quente. Ela esfrega o rosto e os braços de Arsinoe, que estão cobertos de sangue e bolhas de queimadura. Cait parece a ponto de chorar, mas quando ela fala, sua voz sai como a de sempre.

— Você parece um cadáver ajeitado. É melhor que ela esteja morta. — Cait cutuca as costelas roxas de Arsinoe. — Você não vai sobreviver a outra luta como essa.

— Ela não está morta. Braddock, ele... Eu acho que ela não teve estômago pra enfrentá-lo de novo.

— Ela terá em breve — diz Jules, em uma voz baixa e cansada.

— Você a alcançou, pelo menos? — Madrigal pergunta a Joseph.

Jospeh aperta os braços em torno da cintura de Jules e apoia o queixo sobre a cabeça dela, de forma protetora.

— Eu a alcancei — ele diz. — E eu contei a ela o que você me disse.

— Entrem — diz Cait, em um tom grave. — É preciso cuidar dessas queimaduras. Braddock, eu receio, terá que ficar aqui fora. Ele não é um Familiar e, mesmo que fosse, não conseguiria passar pelas portas, de qualquer jeito.

Na manhã seguinte, Arsinoe acorda com sua máscara torta. Ela estava tão exausta que dormiu sem nem mesmo retirá-la. Ela a endireita e se volta para Jules, que está deitada de lado, virada para a parede. Mas Camden está sentada, a ponta de seu rabo negro subindo e descendo. Jules então está acordada.

É difícil acreditar nas coisas que Cait e Madrigal disseram na noite passada, ainda que Joseph tenha contado que viu os galhos das árvores caírem e fincarem-se no chão. Jules, sua forte Jules, tem a maldição da legião. Tocada pela guerra. Os Milone sabiam disso e esconderam durante todo esse tempo, sem sequer dar uma palavra de aviso. Eles ataram a dádiva da guerra com magia baixa, eles revelaram, mas o feitiço está começando a falhar. E o que aconteceria se ele se quebrasse totalmente? A maldição da legião é uma abominação, e os amaldiçoados acabam enlouquecendo. Todos sabem disso.

— Para de me encarar, Arsinoe — Jules diz. Ela se vira, piscando seus olhos bicolores. Arsinoe sempre os achou bonitos, um azul e um verde, mas Cait disse que o oráculo quis afogar Jules assim que os viu.

— Você vai ficar bem, Jules. Você ficou bem até agora.

— Claro que vou ficar bem — Jules se vira mais uma vez e encara o teto de vigas de madeira escura, com uma bela teia de aranha no canto leste. — Agora nós duas temos segredos. — Ela olha para Arsinoe de novo. — Por que não me contou que tinha chamado o urso?

— Eu o chamei depois de partir. Nunca achei que ele fosse chegar a tempo. Ele já devia estar procurando por mim. — Ela se senta na cama e olha pela janela. Braddock passou a noite no quintal, provavelmente pensando em como invadir o galinheiro. Arsinoe sorri.

— Mal posso esperar o Billy voltar pra eu poder mostrar a ele.

Jules sorri suavemente. Ela encara suas mãos e as fecha em punho.

— Você vai deixar que Madrigal desate a maldição? — Arsinoe pergunta.

— Você acha que eu deveria?

— Eu não sei.

— Joseph acha que não. Ele diz que é perigoso demais. Que essa amarração pode ser a única coisa segurando a maldição. Mas eu fico pensando em algo que Luke me disse... que deve haver um motivo para a Deusa ter me colocado ao seu lado. Como se eu pudesse ser forte. Como se eu pudesse te ajudar a ganhar.

— Você não precisa da dádiva da guerra pra ser forte — Arsinoe diz. — Você já é forte. Tem algo mais que Cait e Madrigal não nos contaram? Algo mais que o oráculo disse, algo que poderia ajudar?

— Não. Ela disse apenas que eu tinha a maldição da legião e a dádiva da guerra, e eles então a pagaram pra ficar quieta. Acho que é simples assim.

Elas sorriem uma para a outra, um pouco desconfortáveis. Arsinoe não sabe o que Jules vai decidir, mas ela gostaria que outra pessoa que não Madrigal tivesse a chave para desatar o feitiço.

Ellis bate na porta do quarto e espia para dentro, acompanhado de Jake, que dá um latido alegre.

— Levantem-se e vistam-se — ele diz. — Nós precisamos nos preparar para os pretendentes.

— Pretendentes — Jules diz e dá um sorriso.

Arsinoe puxa sua camisola de verão por cima da cabeça. Ela esteve tão focada em Mirabella que esqueceu completamente de Tommy Stratford e Michael Percy.

— Me acordem quando acabar — ela diz com um grunhido.

— Bom, se isso não te animou a levantar, que tal saber que na volta do campo sul eu encontrei Madge e ela me disse que o barco de Billy ancorou esta manhã?

Billy chega na casa dos Milone logo depois do meio-dia, enquanto Arsinoe passeia com o urso pela parte mais oeste do quintal.

— Ora, ora — diz Billy —, bem que Joseph me disse que era verdade. Eu quase não acreditei.

Arsinoe sorri. Billy é uma visão muito bem-vinda. Ela ainda não tinha se dado conta do quanto estava esperando por ele, do quanto sentiu falta dele enquanto ele esteve longe.

— O nome dele é Braddock — ela diz.

— Braddock, o urso. Parece apropriado. É seguro?

Arsinoe acaricia a grande testa de Braddock. Ela está com ele desde de manhã, acostumando-o aos cheiros e sons das pessoas. Como os Milone são naturalistas, sua dádiva deixa o urso à vontade. Mas pessoas sem dádiva também estarão no banquete, bem como os pretendentes do continente, que não têm noção de nada. Não importa quão dócil Braddock pareça, ela precisa tomar cuidado. Com o doce rosto dele pousado em seu quadril, é fácil esquecer que se trata de um laço de magia baixa, não de um Familiar.

— Ele é seguro por enquanto — ela diz. — Ele foi alimentado com maçãs maduras e robalo. E com uma das crianças que veio até aqui para espiá-lo.

Com cuidado, Billy desliza seus dedos para dentro do pelo marrom do urso.

— Ele é… — Billy diz, engolindo em seco. — Mais macio do que eu imaginei. E ele não cheira como o outro.

— O outro era velho. Doente. Foi um erro. Ou talvez tenha sido o preço a ser pago por esse.

— Magia baixa, não é? Você nunca sabe o preço até ter que pagá-lo.

Arsinoe o empurra, brincando, e Braddock levanta a cabeça.

— O que você sabe disso, menino do continente?

— Absolutamente nada — Billy diz, e então seus olhos se perdem no chão. — Tenho notícias.

— Notícias. Estou começando a odiar essa palavra. Nunca é nada de bom. Não mais.

Billy não sorri nem diz para ela deixar de ser tão pessimista. Mas não pode ser nada de tão ruim, já que ele acabou de voltar.

— Eu acho que fui vendido para os Westwood — ele diz.

— O quê?

— Eu fui nomeado Provador Real da Rainha Mirabella. Essa é a punição do meu pai por eu ter me recusado a tomar parte na corte dela. Tenho que partir pra Rolanth hoje à noite, ou serei deserdado. — Ele sorri, malandro. — Sempre a ameaça de ser deserdado… Mas ele me deixou voltar até aqui pra te contar. Pelo menos ele me permitiu isso.

— Mas — Arsinoe solta —, você não pode!

— Eu preciso.

Ao perceber o tom ansioso de Arsinoe, Braddock sacode a cabeça e se afasta.

— Junior! Não seja idiota. Você não pode ser provador! Seu pai não sabe do perigo? Ela... Katharine já está enviando veneno pra Rolanth. Uma das aias da Mirabella morreu em um vestido envenenado!

— Não era um vestido envenenado — Billy diz —, era uma luva envenenada. E ela não morreu. Eles conseguiram cortar a mão dela a tempo. Eles nem sabem se o veneno teria mesmo matado a menina ou se Katharine só estava brincando.

— Os Arron não brincam — Arsinoe insiste. — E como você sabe de tudo isso?

— Meu pai discutiu tudo minuciosamente com os Westwood.

Ela franze o cenho e ele sorri encantadoramente, escorregando a mão pela nuca dela, por baixo dos cabelos. Essa arrogância estúpida do continente... Mas Arsinoe não consegue se afastar.

— Todos os continentinos pensam que são imortais ou é só você?

— Eu estarei perfeitamente a salvo! Meu pai não me colocaria em risco. Além disso, quando ele cansar de ficar com raiva, eu voltarei pra você, prometo. E, nesse meio-tempo, eu posso espiar a Mirabella. — Ele acaricia a máscara dela com o polegar. — Eu soube do que aconteceu na floresta. Você não deveria tê-la enfrentado assim. Sua grande tonta.

Ela afasta a mão dele de sua máscara.

— Você tem certeza de que seu pai não fez outra barganha? Ele está sempre em Indrid Down, com os Arron.

— Ele gosta de Indrid Down. É mais parecida com a nossa casa. Civilizada. E ele está ansioso pra despejar os Arron quando você for rainha.

Ela revira os olhos e ele ri, tentando animá-la.

— Não fique tão preocupada! Eu sou o único filho dele. De onde eu venho, isso significa algo.

— Ninguém pode te fazer mudar de ideia?

— Ninguém — ele diz. — Nem mesmo você.

— Então você vai mesmo embora. Quando?

— Nós partimos pra Rolanth hoje.

— Mas você acabou de voltar. — Dentro dela, tudo fica subitamente pesado. Ela dá um passo desajeitado à frente e atira os braços em volta do pescoço de Billy. Depois de um "ah" de surpresa, ele a abraça com força.

— Não seja tola — ele diz para o cabelo dela. — Não importa pra onde eu vá, ainda sou sua pessoa. Nós lutamos juntos agora. Nós *estamos* juntos agora, não estamos?

— Estamos? — ela pergunta.

Ele beija a testa e a bochecha dela. Em seguida, beija seu ombro, ainda nervoso demais para beijá-la de verdade, o que é totalmente culpa dela. Ele então suavemente solta os braços de Arsinoe e se vira para ir embora.

— Billy! — ela chama, e ele para. — Por que você me escolheu? Em vez de uma das minhas irmãs?

— Porque eu te vi primeiro — ele diz, dando uma piscadela. — Eu volto logo. Mas… caso eu morra, quero que você se lembre de que poderia ter me beijado aquele dia na clareira.

Jules e Joseph carregam barris de cerveja para cima de uma carroça. Eles serão levados colina acima, para o pomar de maçãs a nordeste da casa dos Milone, onde o banquete para recepcionar os pretendentes acontecerá.

— Você é forte pra alguém tão pequena — Joseph diz enquanto eles carregam o último barril. Ele seca o suor da testa.

— O que é isso? — ela pergunta. — Um elogio mascarado de insulto?

Ele ri e os dois vão para a sombra, para os degraus atrás do Lion's Head. Camden se estica aos pés deles, deitando na pedra fria, e Jules se inclina para coçar sua barriga.

— Eu não acredito que o pai de Billy vai mandá-lo para ser provador — Jules diz. — Eu sinto que não deveríamos deixá-lo ir. Ou que ele deveria se recusar.

— Ele nunca se recusa a nada que venha do pai — diz Joseph, inclinando a cabeça, pensativo. — Ninguém nunca diz não ao pai dele. Durante todo o tempo em que vivi com eles, eu só vi gente puxar o saco dele e dizer o que ele queria ouvir. Ele está acostumado a ter as coisas do jeito que quer — Joseph dá de ombros. — Eu imagino como é ser assim.

— Não parece muito bom pra mim — diz Jules. — Parece que tudo se resume a puxação de saco e mentiras. Um de nós deveria ir com o Billy. Pra deixar a Arsinoe mais tranquila, pelo menos.

— Eu vou com ele, Jules — Joseph diz, e ela olha para ele, chocada.

— Eu não quis dizer você! E eu realmente só estava dizendo isso pra ser gentil!

— Eu não vou ficar lá — ele explica, dando um meio sorriso por causa da explosão dela. — Só vou ajudá-lo a se instalar. Ter certeza de que está tudo bem. Para a Arsinoe não ficar preocupada.

— Ela ficará de qualquer jeito. — Jules cruza os braços. — Você vai ver a Mirabella? Deitar na cama dela, talvez?

— Em parte é por isso que estou indo. Pra vê-la! Não pela cama dela! — ele acrescenta assim que Jules levanta os punhos.

— Por que você precisa vê-la?

— Pra dizer a ela que acabou. Pra ter certeza de que ela saiba.

— Ela não precisa saber, precisa? — Jules pergunta, consciente de quanto soa maldosa, mas incapaz de se conter. — Nunca foi nada, pra começar. Mirabella vai morrer ou se casar com um pretendente. Você nunca foi uma opção.

— Jules — Joseph toma o rosto dela entre as mãos e a beija —, eu te amo. O que eu fiz foi errado, mas eu também errei com ela. Tudo isso foi culpa minha. Ela não sabia de você até ser tarde demais.

Jules suspira.

— Vá, então.

— Quer dizer que você confia em mim?

Ela se vira e olha direto para os bonitos olhos dele, de um azul cor de tempestade.

— Nem um pouco.

Os pretendentes chegam

Indrid Down

O Highbern Hotel é o melhor da capital, um retângulo alto e imponente feito de tijolos cinzas e calhas de chuva douradas e moldadas como cabeças de falcões, perto o suficiente do Volroy para lançar sua sombra matutina sobre os jardins ocidentais. As bandeiras em preto e branco sobre as portas foram substituídas por outras inteiramente negras, estampadas com serpentes enroladas e flores venenosas. Um claro anúncio de que a rainha envenenadora está presente.

No salão principal de baile, Katharine se senta, inquieta, entre Natalia e Nicolas Martel, que faz *aaahs* e *ooohs* admirado com o luxo do lugar. Nada de novo para ela. Katharine já esteve no Highbern muitas vezes para o chá com Natalia e para outros banquetes que ocorreram ao longo dos anos. Pessoalmente, ela sempre achou que o lugar cheirava a velho, como se tudo estivesse apodrecendo sob os carpetes. Mas hoje as portas e janelas foram abertas, então pelo menos ela pode aproveitar o aroma de lilás que flutua das grades do jardim do Volroy.

— Você ouviu as notícias de Highgate? — Renata Hargrove pergunta.

Natalia organizou a disposição dos lugares de modo diferente para o banquete do pretendente, criando um ambiente mais íntimo, com mesas redondas cobertas com toalhas de um vermelho profundo. Para a felicidade de Katharine, isso permitiu que ela colocasse Genevieve praticamente do outro lado da sala.

— Que notícias são essas? — Natalia pergunta.

— Aparentemente a elemental conjurou não uma, mas duas tempestades. Com raios potentes e incêndios com fumaça visível a quilômetros de distância.

— E, ainda assim, a naturalista está viva — diz Lucian Marlow, o único homem não Arron do Conselho Negro.

— Uma pena aquela carruagem ter sido apenas uma isca. Nós estamos precisando de chuva por aqui. — Natalia beberica seu vinho envenenado e os convidados riem. —Apesar de que, com alguma sorte, ela vai acabar matando a naturalista e nós nunca mais precisaremos fechar as janelas para não sentirmos cheiro de urso.

— Mas como isso poderia ser divertido para a nossa Rainha Katharine? — Lucian diz, rindo em seguida.

Katharine o ignora e se inclina para Nicolas.

— Você deve pensar que somos horríveis, com toda essa conversa sobre morte.

— De jeito nenhum — ele diz, com seu sotaque suave. — Eu fui instruído sobre os hábitos das rainhas. Além do que, no campo de batalha, já vi muita morte, muitas pessoas morrendo. Golpes no meu país custam dezenas de milhares de vidas. Seu Ano da Ascensão parece civilizado em comparação àquilo.

— Você parece muito seguro — Katharine diz. — Mas seus olhos estão nervosos. Talvez até com medo.

— Apenas de acidentalmente acabar comendo algo que não deveria estar no meu prato. — Nicolas sorri, baixando os olhos como que para se certificar.

O banquete é um *Gave Noir*, mas não como o da Aceleração. Cada prato é servido separadamente, e todos os envenenadores presentes participam, não apenas a rainha.

Katharine enfia seu garfo em uma salada verde salpicada de cogumelos venenosos e ajusta as luvas em suas mãos irritadas. Por baixo delas, sua pele está cicatrizando depois de ter sido esfregada com urtiga. A combinação de cascas de machucado com suor faz com que ela queira arrancar sua pele fora.

—Antes do Festival do Beltane eu achava que assistir a um *Gave Noir* fosse vulgar. Mas depois — ele olha para ela por debaixo de uma mecha de seus cabelos loiros —, percebi que há algo de atraente nisso. De você poder comer algo que eu nunca poderia provar.

— Quer que eu descreva a sensação para você?

— Você acha que conseguiria?

— Eu não sei. — Ela olha para os cogumelos, cujos chapéus são vermelhos com pintas brancas. — Muito do que comemos é amargo ou não tem muito gosto. Mas há algo na sensação do veneno. É como engolir poder. — Ela espeta um com seu garfo e o enfia na boca. — E o fato de nossos cozinheiros afogarem tudo em manteiga também ajuda.

Nicolas ri. A voz dele não é grave — na verdade, a de Natalia é mais —, mas é agradável.

— Deve ser mais que isso — ele diz. — Todos os envenenadores aqui torceram o nariz ao ver meus pratos. — Ele olha ao redor da sala, e Katharine arqueia as sobrancelhas ao mirar o prato dele: uma tigela rasa de sopa fria de verão. Apenas ele, a sem-dádiva Renata Hargrove e Margaret Beaulin, que possui a dádiva da guerra, estão comendo aquilo, e todos parecem fingir não estar com fome.

— Não dê atenção a eles — Katharine diz. — Envenenadores são sempre assim a respeito de comida não venenosa. — Ela levanta a mão, toca as flores do centro de mesa e, em seguida, as torres de frutas brilhantes. — Eles a acham deselegante, mesmo que seja servida em travessas da melhor prata ou que esteja coberta de açúcar.

Nicolas também levanta a mão, e os dedos dos dois se tocam. Ele aproveita a oportunidade e pega a mão dela para apertá-la intensamente contra os seus lábios, com tanta força que ela consegue sentir o beijo apesar de estar usando luva.

Katharine realmente sente. E fica chocada com o quanto. Por um momento, Pietyr surge em sua mente, a lembrança dele forte o suficiente para fazer o coração dela saltar. Ela então cerra os dentes e respira fundo. Katharine se recusa a pensar em Pietyr dessa forma novamente. Pietyr, que tentou assassiná-la. Ela leva as mãos ao rosto. Sua face está corada. Mas Nicolas pensará que é por causa do beijo.

— Há tanto luxo aqui — Nicolas comenta. — Mas tem menos alma do que no Festival do Beltane. Aquelas noites ao lado das fogueiras foram tão empolgantes. Olhar você através das chamas... Olhar você da areia. Haverá outros festivais como aquele?

— O próximo é o Solstício de Verão — Katharine diz, tossindo quando sua voz falha. — É celebrado em toda a ilha, claro, mas na verdade é uma comemoração dos naturalistas, uma festa de colheita e fartura. E também há a Lua da Colheita, organizado pelos elementais, com incêndios e ventos gelados.

— E qual é o festival dos envenenadores? — Nicolas pergunta.

— *Todo* festival — Natalia responde, do outro lado de Katharine. Ela deveria ter imaginado que Natalia estava ouvindo.

— Em todo festival há um banquete — Natalia explica. — E todo banquete é para os envenenadores.

O prato principal é servido: cerdo envenenado com uma pera brilhante enfiada na boca depois de assado. Os criados servem primeiro a mesa de Katharine e Natalia, para dar a elas as melhores partes, além de generosas colheradas de molho de laranja adoçado com melaço e arsênico. O cerdo é delicioso, suculento e robusto. A ave magrela no prato de Nicolas parece triste e encolhida se comparada a ele.

Depois da refeição, Katharine conduz seu pretendente para a pista de dança.

— Eu não posso acreditar em como você está bem — Nicolas sussurra, olhando para ela com espanto. — Havia tanto veneno... o suficiente para matar um homem com o dobro do seu tamanho.

— Suficiente para matar vinte — Katharine o corrige, sorrindo. — Mas não se preocupe, Nicolas. Eu como veneno desde que era criança. Hoje, sou praticamente feita dele.

Rolanth

Mirabella se volta para a frente do espelho com uma expressão incomodada, enquanto Sara e as sacerdotisas ajustam o caimento de seu vestido.

— O tecido é tão fino em alguns lugares — Mirabella diz, estudando um ponto transparente perto do quadril.

O vestido é feito de um material translúcido e possui camadas que se sobrepõem e se enrolam sobre si mesmas. É leve como o ar e se move com a brisa.

— É lindo — Elizabeth assegura à rainha.

— O traje ideal para receber um pretendente — diz Bree.

— William Chatworth Junior não está aqui como pretendente. Ele está aqui como prisioneiro. Todo mundo sabe que ele já escolheu Arsinoe. Esse banquete é uma farsa.

Sara fecha um colar em volta do pescoço de Mirabella: o mesmo que ela havia escolhido para o Beltane, com contas de obsidiana e gemas que queimam como fogo.

— A cabeça dos homens é volúvel — Sara diz, tocando as gemas do colar. — Isso o fará lembrar da dança de vocês. Ele estava de olho em você naquele dia, não importa o que digam sobre a naturalista.

Com um sorriso travesso, Bree empurra Mirabella para o lado e dá uma volta em frente ao espelho.

— Mal posso esperar pelo banquete. Maçãs cozidas e cerdo... tortinhas de frutas vermelhas... Com toda essa história de venenos e provadores, na maior parte dos dias eu tenho tanto medo do meu prato que mal consigo dar uma garfada. — Bree aponta para o espaço entre seu vestido e sua axila. — Olhem para este corpete! Meus peitos encolheram!

— Bree — Elizabeth diz, dando risadinhas —, eles não encolheram.

— É fácil para você dizer, com esse belo par que você tem. Se as vestes do templo não escondessem nossos peitos, com certeza ninguém olharia para mim duas vezes. — Ela agita a saia para a frente e para trás. Apesar do que ela diz, o vestido, bordado com hortênsias de um azul vivo, lhe cai muito bem.

— E em qual jovem você está de olho agora, minha filha? — Sara pergunta.

— O aprendiz de vidraceiro da Sra. Warren — Bree responde. — O moreno. Com belos ombros e sardas. — Ela se vira. — Mira, se nos apaixonarmos, você tem que prometer que vai indicá-lo para a guarda real. E você tem que prometer também que vai se livrar dele quando nós não nos quisermos mais.

— Bree — Elizabeth argumenta —, ela não pode dispensar alguém só porque você cansou! Se um dia você acordar e perceber que a guarda de Mira está cheia dos seus antigos amantes... a culpa será só sua.

Mirabella tenta sorrir. Elas têm se esforçado para animá-la desde que Arsinoe e seu urso escaparam na Floresta de Ashburn. Mirabella procurou por eles sem parar, mas foi como se tivessem simplesmente evaporado.

— Vão haver rumores — Mirabella murmura. — Vão dizer que eu corri para casa com o rabo entre as pernas.

— Mas nós sabemos a verdade — Elizabeth protesta. — Foi Arsinoe que fugiu, não você.

Sim, Arsinoe havia fugido. Mas por quê? O urso havia pegado Mirabella totalmente de surpresa. Ele poderia tê-la partido em duas. E ela não entende por que ele não o fez, por que Arsinoe não contra-atacou.

O pavilhão no Parque Moorgate foi decorado com coroas de flores e longas fitas azuis e brancas. O templo deseja apresentar William Chatworth Jr. para Mirabella exatamente ali. Como se ele fosse um presente.

— Tanta gente veio — Mirabella sussurra quando a carruagem para. Toda a Rolanth deve estar vazia, desde as fazendas de ovelhas ao sul até as barracas do Mercado de Penman ao norte.

Mirabella respira fundo. O ar cheira à torta de maçã e à fumaça de especiarias, liberada pelas fogueiras.

— Mirabella! A Rainha Mirabella chegou!

Aqueles que estão próximos à carruagem correm até ela. Assim que Mirabella, Bree e Elizabeth descem, são rapidamente colocadas entre nove sacerdotisas guardiãs. Na multidão, alguns que já beberam um pouco além da conta tentam chegar perto demais.

— Afastem-se! — Bree grita no momento em que as sacerdotisas agarram o cabo de suas facas com serra.

— Deveríamos ter trazido Rho — Elizabeth diz.

— Rho está com Luca — Mirabella responde.

— Além disso — Bree acrescenta —, quem é que gosta de levar Rho a qualquer lugar? — Mas Elizabeth está certa. Se Rho estivesse lá, elas não teriam que se preocupar com a multidão.

— Você está ouvindo isso? — Elizabeth murmura. Mirabella não escuta nada além do barulho das pessoas e da música vinda dos instrumentos ao lado do pavilhão.

— Ouvindo o quê, Elizabeth?

Elizabeth torce o pescoço na direção dos galhos cheios de folhas verdes que projetam sombras no caminho.

— É Pepper — ela sussurra. — Ele está agitado. Ele reconheceu alguém.

— Eu acho que sei quem —— Bree diz. Ao lado da fonte, Luca e Rho estão à frente de um bando de sacerdotisas. Ajoelhado aos pés delas, com a cabeça baixa, sendo possível ver apenas o topo de seu cabelo claro, está seu pretendente, William Chatworth Jr.

E, à direita dele, Joseph Sandrin.

Mirabella quer gritar, mas ela não reage. Ela foi criada como uma rainha e sabe que todos os olhos estão focados nela. Ela não pode perguntar o que Joseph está fazendo ali. Ela não pode sequer apertar a mão de suas amigas.

— Rainha Mirabella — William diz —, eu vim para servi-la.

— Você é muito bem-vindo — É a resposta fria e distante que ela consegue dar.

William levanta os olhos e ela se força a sorrir. Joseph veio para ficar? Então essa é a forma que ele encontrou de ficar perto dela?

— Venha, Mira — Bree sussurra e a escolta para a mesa do banquete. Elizabeth faz uma mesura e sai para jantar com suas colegas sacerdotisas.

Joseph se acomoda ao lado de William Chatworth, que está sentado à esquerda de Mirabella. À direita dela, a Alta Sacerdotisa Luca faz sinal para que os músicos comecem a tocar, e dançarinos e malabaristas enchem a grama em frente à mesa.

Quando uma sacerdotisa inicianda traz para Mirabella o primeiro corte de lombo de javali assado, Chatworth pega seu garfo e sua faca antes mesmo que ela possa tocá-los.

— Ainda não, minha rainha — ele diz. — Este é o meu trabalho. Mastigar, engolir e ver se eu morro, pra que você não morra. — Ele se serve de um pouco da carne e de um pedaço da torta de maçã, acompanhando tudo com o vinho da taça dela.

Mirabella espera. Ele tamborila os dedos.

— Sem dores. Sem queimação. Sem sangue escorrendo dos olhos.

— Você acha que é seguro então, William?

— Me chame de Billy, por favor — ele diz. — E sim, eu acho que é seguro. Com certeza mais seguro do que o que você fez com Arsinoe na floresta.

Mirabella o olha intensamente. Seus olhos estão apertados nos cantos como em um sorriso, mas, por baixo, estão frios como gelo.

— Não há desculpa plausível para algo assim — ela diz. — Então não pedirei nenhuma.

— Que bom. De qualquer forma, eu a teria cuspido de volta no seu rosto.

— Posso pegar meu garfo de volta, Billy?

— Não. — Ele inclina a cabeça na direção da multidão, onde as pessoas comem javali assado e peixe defumado com fatias de pão, dançando e rindo e observando de soslaio a mesa real. — Nós devemos dar a eles um espetáculo de verdade. Não é isso o que eles esperam? Uma história de amor protagonizada pela rainha deles?

Ele corta um pedaço de carne e o espeta com o garfo dela. Ele então o oferece a Mirabella, apoiando ternamente a mão no encosto da cadeira dela, como se estivesse lhe dando doces na boca.

Quando ela come, as pessoas aplaudem.

— Agora sim — Billy diz. — Assim é melhor. Apesar de você ter ficado hesitante. Você achou que eu enfiaria o garfo na sua garganta? Cada uma dessas sacerdotisas bárbaras cairia em cima de mim no exato momento em que eu fizesse isso.

— Mas sua morte seria útil para Arsinoe. Então talvez você ainda arrisque.

— As coisas ainda não estão tão ruins, Rainha Mirabella.

Ela tenta olhar para trás dele, para Joseph, mas ele está virado para o outro lado, conversando com Rho. Ninguém parece estar escutando; ninguém parece ouvir as coisas que Billy está dizendo a ela. Sara está falando com Luca. Até mesmo Bree está distraída, tentando chamar a atenção de um garoto de cabelo castanho.

— É assim que vai ser — Billy diz, sua voz baixa. — Eu vou provar a comida para você e vou sorrir. Vou acalmar o meu pai. — Ele dá a ela mais um pedaço do doce de maçã. — E então estarei de volta para minha Arsinoe antes mesmo que ela possa sentir minha falta.

Wolf Spring

— **Eu não vou usar isso** — Arsinoe diz.

Madrigal suspira e larga o longo vestido preto em cima da cama de Arsinoe.

— É a primeira vez que eles vão te ver. Você poderia usar um vestido. Pelo menos uma vez.

Arsinoe fica de frente para o espelho e acerta os punhos de sua camisa preta, depois ajusta a máscara em seu rosto.

— Eu não uso um vestido desde que eu tinha seis anos de idade. Em parte era essa a razão pela qual eu estava chorando quando eles vieram nos levar do Chalé Negro. — Ela afasta as mãos. — E então? Como estou?

Madrigal arqueia as sobrancelhas.

— Ah, quem se importa, afinal? — Arsinoe dispara.

— Você está com um humor péssimo. Isso porque nem os viu ainda.

— Tommy Stratford e Michael Percy — Arsinoe grunhe enquanto tira o colete e o joga de lado. Talvez seja melhor um outro. O listrado que Luke fez para ela. A rainha olha para seu reflexo carrancudo, detendo-se em um pedaço de cicatriz rosa e macia que escapa de debaixo da máscara preta e vermelha.

— Qual é exatamente a punição? — ela pergunta. — Se Braddock acidentalmente comê-los?

— Não é inteligente brincar com essas coisas.

— Queria que Billy estivesse aqui.

— Se ele estivesse, haveria uma briga — Madrigal diz, e Arsinoe esconde um sorriso. — Bom, se você não vai vestir isso, talvez eu possa passá-lo pra Jules. Vai ficar mais comprido, mas...

Ela se abaixa para pegar o vestido e algo pequeno e escuro cai de seu cinto verde.

— O que é isso? — Arsinoe pergunta.

Madrigal rapidamente pega objeto e o guarda.

— Não é nada — ela diz. Mas Arsinoe já fez magia baixa o suficiente para reconhecer a corda usada para tirar sangue. — Não é o seu sangue — Madrigal garante. — Nem mesmo eu ousaria usá-lo. Além disso, é melhor usar o próprio sangue pra esse tipo de feitiço.

— E que tipo é esse? — Arsinoe, porém, já sabe. A corda está amarrada a um anel de ouro que ela conhece. Ela espera estar errada, mas o anel parece exatamente com um que Matthew deu a Caragh há muito tempo.

— Apenas um feitiço — Madrigal responde, evitando os olhos dela.

— Como você conseguiu isso? Você mexeu nas coisas dela? Eu achei que ela tivesse levado tudo para o Chalé Negro.

— Bom, ela não levou. Ela devolveu pra ele. E o que isso importa? — Madrigal vai até a janela e olha para fora, onde, lá embaixo, no quintal, Braddock está fazendo amizade com Camden e Jules. — Está quase na hora de ir.

— Não mude de assunto — Arsinoe diz, e Madrigal se vira.

— Caragh não está aqui — ela rosna —, então por que ele ainda deveria amá-la? Por que ele não deveria me amar?

— Porque o que você fez é errado. É isso o que você tem feito todo esse tempo? É por isso que ele veio até você, pra começar?

— Não. Ele me queria. Ele ainda me quer, mas…

— Mas ele não te ama.

— É claro que ele me ama. É só que… — Madrigal pausa. — Não tanto quanto ele a ama.

— Bom, e daí? Se ele ainda gosta de você de alguma forma?

Madrigal sacode a cabeça.

— Você não entende. — Ela coloca uma mão sobre a barriga.

— Você está grávida.

— Sim. — Ela olha para a barriga e sorri com tristeza. — Outra Cria do Beltane, acho. Parece que levo jeito pra isso. Só que desta vez não vou contar nada a ninguém.

— Porque você quer que a criança tenha um pai — diz Arsinoe. — Você quer que ela tenha Matthew. — Ela contrai os lábios. Todo esse tempo usando magia baixa e Madrigal ainda tem coragem de fazer isso. Sabendo dos riscos. Sabendo que há sempre um preço.

— Isso não vai acabar bem pra você — Arsinoe diz.

— Vai dar tudo certo. Vai, sim. Mas você não pode contar nada a Jules. Não até que eu esteja pronta. Ela vai ficar feliz, eventualmente. Jules adora bebês.

— Ela não vai criá-lo pra você, se é isso o que você está pensando — Arsinoe diz, fazendo Madrigal recuar como se tivesse levado um tapa. Foi algo cruel de se dizer. Mas não foi sem motivo. Ela olha para o cinto de Madrigal, onde o encanto está escondido.

— Você deveria jogar isso fora enquanto ainda há tempo. É mais uma maldição do que um encanto.

O urso está encarando as galinhas quando Arsinoe vai para o quintal. Ao vê-la, ele vira a cabeça para trás e abre a boca. Camden então abaixa o rabo e ergue as orelhas, assumindo posição de ataque.

— Não faça isso — diz Jules, tocando a cabeça da felina —, ele é um amigo agora.

— Camden, Camden — Arsinoe a repreende. — Você não consegue perdoar meu urso por ser um urso, mas perdoa todo o resto? Eu já vi como você se aninha no Joseph, sua peluda coração mole.

Jules ri e afaga as costas de sua puma.

Eles andam juntos até o pomar: duas garotas, um urso e um felino. O estômago de Arsinoe está contraído como um punho. A máscara em seu rosto é um conforto, bem como a faca envenenada em seu colete, mas ainda assim ela gostaria de poder se enfiar em um buraco e se esconder até o dia seguinte.

— Eles já chegaram? — Arsinoe pergunta.

— Sim.

— Como eles são?

— Meio bufões — Jules responde com sinceridade. — Mas lembre-se de que você achou o mesmo de Billy quando ele chegou.

— Sim, mas quais as chances de eu estar errada duas vezes? — Ela chuta pedrinhas pelo caminho e Braddock as rebate como se fosse um jogo. É difícil imaginar que ele seja o mesmo urso que despedaçou pessoas na praia durante a Aceleração. Mas ele é, e algum dia ela ainda verá suas garras partindo alguém ao meio de novo.

— Como você está, Jules? Você está bem?

— Eu não estou enlouquecendo, se é isso o que você quer saber — Jules diz.

— Não foi isso o que eu quis dizer, eu só...

— Eu estou bem. Não me sinto estranha. Ou doente. Nada está diferente.

— Bom — Arsinoe considera —, isso não é exatamente verdade.

Jules começou a treinar sua dádiva da guerra. Arsinoe sabe que sim. Jules tem passado muito tempo sozinha, e isso não pode significar outra coisa.

— Você me mostra?

— Eu não gosto — Jules diz.

— Por favor? Eu entendo o que é ter uma dádiva que é um mistério pra todo mundo à minha volta. Às vezes eu me pergunto que tipo de envenenadora eu seria se eu estivesse com os Arron. Você também deve se perguntar como teria sido se tivesse sido mandada para os guerreiros em Bastian City.

— Eu seria uma naturalista, como sempre — Jules resmunga. Ela respira fundo e tensiona o maxilar, levantando o braço na direção das árvores mais próximas. Enquanto Arsinoe a assiste, os galhos de um bordo começam a tremer, como se estivessem carregados de esquilos agitados. Então o tremor subitamente para.

— Isso foi você? — Arsinoe pergunta.

— Eu estou praticando quebrar galhos. Ganharíamos tempo ao cortar lenha no inverno — Jules responde amargamente.

— Bom, isso seria útil.

— Dizem que os que têm a dádiva da guerra não conseguem mais fazer as coisas flutuarem. Que a parte da telecinese se foi.

— Acho que isso não é verdade. As dádivas estão se fortalecendo em toda a ilha. Antes que a gente se dê conta, teremos grandes oráculos de novo e nada mais será surpresa. — Arsinoe faz uma careta. — Eu me pergunto o que tudo isso significa.

— Talvez que uma grande rainha esteja chegando — diz Jules. — Talvez você.

Rolanth

No dia seguinte ao banquete, Joseph vai até Mirabella na Westwood House. Bree secretamente o deixa entrar na sala de estar.

— Você merece uma conversa com ela — Bree diz. — Depois de tê-la salvado. Mas se você tentar algo em nome da rainha naturalista, pode ter certeza de que vou esfolar você e seu belo amigo pretendente e mandar seus corpos de volta para lá em uma canoa.

— Hum, obrigado — Joseph diz, então Bree faz uma reverência para Mirabella e sai.

— Em uma canoa? — ele pergunta assim que ficam sozinhos.

— Uma canoa de rio, provavelmente — O sorriso de Mirabella é tenso. Nervoso. Este encontro não é como os anteriores. Joseph está bem-vestido e composto, e o dia lá fora não está nada nublado.

— Pelo menos nossos corpos apreciariam uma bela paisagem no caminho de volta para nossas famílias, não? — ele diz e ela ri.

— O que você está fazendo aqui? — ela pergunta.

— Nesta casa? Ou em Rolanth?

— Ambos.

Ele não responde de imediato, e ela adentra mais o quarto, indo em direção à janela.

— Você veio me dizer para ficar longe de Arsinoe? Para poupá-la?

— Se fosse para isso teria sido uma viagem perdida, não teria?

— Então, por quê? — Mirabella mantém as mãos ao lado do corpo. — Não foi assim que imaginei que te veria de novo. Não foi assim que deixamos as coisas aquela noite na praia, quando você me salvou do urso e tudo o que eu conseguia pensar era que teria que me separar de você. Já passou tanto tempo desde o Beltane?

— Não — ele diz suavemente —, não passou.

— Quando eu te vi com William Chatworth, com Billy, eu quis correr para você no mesmo instante. A noite passada eu não consegui dormir, pensando que você daria um jeito de vir até mim. Eu esperei. — Ela olha para ele e ele desvia o olhar. — Imaginei que você estivesse com ele. Não muito longe do meu quarto, mas com muitas portas trancadas e Westwoods vigilantes no caminho.

— Mirabella...

— Eu continuo falando porque sei que, quando eu parar, vai estar tudo acabado. É isso o que você veio me dizer.

— Eu vim me despedir.

A garganta de Mirabella aperta. Seus olhos ardem. Mas ela é uma rainha. Um coração partido deve ser escondido.

— Você a escolheu. Foi porque não poderia me ter? — Ela quer apagar o que acaba de dizer no momento em que as palavras saem de seus lábios. Ela odeia seu tom. Esperança idiota.

— Eu a escolhi porque a amo. Sempre a amei.

Ele não está mentindo. Mas essa não é toda a verdade. Isso está claro na forma como ele evita os olhos dela.

— Palavras — ela diz. — Você também disse que me amava uma vez. Você ainda... me quer, Joseph.

Ele finalmente a olha, mas o que ela vê no olhar dele não é desejo. É culpa.

— Parte de mim pode sempre te querer — ele diz — e vai sempre se importar com o que acontece com você. Mas eu escolho a Jules.

— Como se houvesse uma escolha a ser feita — ela rebate.

— Se houvesse, se realmente houvesse, minha escolha seria a mesma. O que aconteceu entre nós foi um erro. Eu não estava pensando. Eu não sabia onde estava ou quem eu era.

— E na noite da Caçada? Naquele momento nós dois sabíamos. Você ainda vai me dizer que foi um erro? Um acidente?

Joseph baixa a cabeça.

— Aquela noite foi...

Êxtase. Paixão. Um momento de paz no meio do caos do festival.

— ... desespero — ele diz. — Eu queria estar com Jules, mas ela me recusou. Eu achei que a tivesse perdido.

Um amargor sobe pela garganta dela. Jules o quer e o tem, e agora ela se vangloria. Ela não pode nem mesmo permitir que Mirabella fique com suas memórias. *Mas isso não é justo*, Mirabella pensa, fechando os olhos. *Eu sempre soube que era a intrusa na história deles.*

— Por que você veio até aqui para me dizer isso? — ela pergunta. Sua voz soa estável e distante.

— Acho que não queria que você tivesse esperanças. Eu te devia isso, não devia? Eu não podia só desaparecer, não depois do que aconteceu.

— Muito bem — ela diz. — Não terei esperanças. Se é que algum dia eu tive.

— Sinto muito, Mirabella.

— Não peça desculpas. Eu não preciso disso. Quando você volta para Wolf Spring?

— Hoje à noite.

Ela se vira para ele e sorri, a mão dobrada sobre a saia.

— Bom. Vá em segurança, Joseph.

Ele engole em seco. Ele tem muito mais a dizer. Mas ela não quer ouvir. Então ele sai, e a textura do papel de parede da sala ondula diante dos olhos dela.

Quando o barulho dos passos dele desaparece, Bree se esgueira para dentro do quarto e vai abraçá-la.

— Ele a escolheu — Mirabella diz. — Eu sabia que ele a escolheria. Ele era dela antes de ser meu.

— Eu ouvi — Bree diz suavemente.

— Você estava ouvindo.

— Claro que eu estava. Você está bem, Mira?

Mirabella vira a cabeça. Se ela fosse até as janelas ao sul, poderia vê-lo partir. Poderia saber se em algum momento ele olhou para trás.

— Eu estou bem, Bree. Acabou.

Bree suspira.

— Não — ela diz. — Eu vi como ele te abraçou naquela noite, Mira. E como ele pulou na frente do urso por você. Metade da ilha viu aquilo. Você está certa: como rainha, de fato deve estar acabado para você. Mas qualquer um que tenha olhos pode ver que para ele nunca estará.

Wolf Spring

O pomar está cheio quando elas chegam, tão repleto de atividades que ninguém sequer nota a chegada de um grande urso marrom.

— Eles estão ali — Jules aponta dois rapazes que conversam com Ellis e Madrigal, ambos com cabelo loiro avermelhado. Madrigal flerta com os dois sem qualquer pudor.

— Espero que eles não achem que darei risadinhas desse jeito — Arsinoe diz.

— Ninguém espera que alguém dê risadinhas assim — Jules responde, assumindo uma expressão azeda ao observar a mãe.

— Quem é Tommy e quem é Michael?

— Tommy é o mais alto, e Michael, o mais bonito.

— Jules! — Arsinoe a repreende. — Quando Joseph voltar, vou contar isso a ele.

Arsinoe endireita os ombros. Sua desagradável missão não pode mais ser adiada. Ela estica a mão para Braddock e o acaricia. Ele está calmo, piscando curiosamente para tudo o que acontece ao redor e para a comida empilhada sobre as mesas.

Arsinoe vai na direção dos pretendentes e levanta um braço para cumprimentá-los no exato momento em que um grupo de crianças sai correndo de detrás das árvores. Ela cai no meio delas, curvada no chão enquanto elas gritam, entretidas com um jogo de pega-pega. Braddock grunhe e entra na brincadeira. Ele rola Arsinoe de um lado para o outro na terra, e ela bate em algumas cadeiras, derrubando-as. Maçãs caem como uma chuva de granizo, e ela cobre a cabeça, com o urso se deitando sobre suas pernas.

Alguém grita e Arsinoe rapidamente levanta as mãos.

— Não, não, Braddock, pra trás, agora — ela diz, ajoelhando-se bem a tempo de ver Jules arrancar uma faca da mão de Tommy Stratford. — Chega, Braddock, chega — Arsinoe ri e acaricia a grande cabeça marrom do urso.

— Desculpe — Tommy diz. — Eu pensei... Eu pensei que ela estivesse sendo atacada.

Michael Percy toma coragem e deixa Tommy para trás ao oferecer uma mão à Arsinoe.

— Um urso dá bastante trabalho — ele diz, ajudando-a a se levantar. — Como você consegue?

— Às vezes não consigo. Como você acabou de ver — ela sorri e a expressão dele vacila. Sem dúvidas ele se lembra da chacina ocorrida no palco da Aceleração. Mas o urso não era Braddock naquela época. Era só um urso enfeitiçado por magia baixa. Assustado e com raiva.

Arsinoe solta a mão de Michael. Não há nada de errado em aceitar ajuda de um pretendente. Ainda assim, ela se pergunta o que Billy diria e o que ele estaria fazendo em Rolanth, com uma das irmãs dela.

Tommy se aproxima pelo outro lado.

— Você está bem? — ele pergunta, falando rápido como que para impedir as perguntas de Michael. Se eles continuarem assim, Arsinoe vai se cansar antes mesmo do fim do dia.

— Por que vocês escolheram fazer a corte juntos? — ela pergunta aos dois. — Dividir um barco no Desembarque foi estranho, mas isso é realmente incomum.

— Competitividade — Tommy diz, simplesmente. Ele sorri e exibe dentes brancos e brilhantes em seu rosto bonito e agradável. Ele tem um porte mais pesado que o de Michael, mas possui o mesmo cabelo loiro-arruivado e feições similares. Olhar para eles é como ver um a olho nu e o outro através de uma lente de aumento.

— É verdade. Sempre fomos assim. — Michael se intromete. Ele se inclina para ajudar Luke a arrumar uma mesa bamba. Arsinoe sorri como quem pede desculpas, mas Luke apenas lhe dá uma piscadela. Ninguém parece se importar em limpar nada. Enquanto ela tiver o urso, nada do que ela fizer estará errado.

— Nós somos primos, sabe — Michael continua. — Frenquentamos as mesmas escolas, passamos os verões na propriedade um do outro. Quando você passa tanto tempo junto com alguém, é difícil não começar uma competição.

— Você deve sentir o mesmo em relação às outras rainhas — Tommy diz.

— Não é bem a mesma coisa, já que no meu caso a competição envolve eu ter que matá-las — Arsinoe diz, virando o pescoço para olhar para Jules. Talvez ela possa livrá-la de pelo menos um dos rapazes. Eles ficaram quase tão impressionados com Camden quanto com Braddock.

Ela volta a olhar para Tommy e ele desvia os olhos. Ela leva um momento para entender por que: ele estava tentando espiar o que ela tem por baixo da máscara. Arsinoe não consegue decidir se ri ou se soca a cara dele.

— Por que vocês quiseram fazer a primeira corte comigo? — ela pergunta. — Pensaram que eu morreria primeiro?

Michael balança a cabeça enfaticamente.

— De jeito nenhum — ele diz. — Nós apenas tínhamos que ver o urso de perto. Não podíamos esperar. — Ele aponta, tímido, para Braddock, que se move pesadamente à frente deles. — Posso? — ele pergunta. — Quer dizer, ele é seguro?

— Se você der um peixe pra ele, é perfeitamente seguro.

Quando o sol se põe sobre o pomar e as tochas são acesas para a noite, Arsinoe e Jules se afastam da multidão. É uma noite agradável. As crianças de Wolf Spring correm umas atrás das outras, indo de tocha em tocha, destemidas. As pessoas estão sentadas às mesas, jogando jogos ou beliscando sobras de torta. Camden está recostada nas pernas de Jules, e Braddock dorme em algum lugar escuro, finalmente cheio de comer peixes e maçãs e cansado dos gritos das crianças.

— Eles não são tão ruins — Jules diz. — Poderiam ser bem piores.

— Imagino que sim. — Arsinoe inclina a cabeça, cansada. Tommy e Michael estão em uma mesa perto dos leitões assados, balançando a cabeça e rindo de algo que Luke está dizendo.

— Luke parece gostar deles.

— Não se engane — diz Jules. — Ele apenas os tolera. Você sabe que o coração dele pertence ao Billy quase tanto quanto o seu.

— O meu? Eu não lembro de ter dado meu coração a ninguém.

— Bom. Assim que ele voltar de Rolanth, talvez você dê.

— Talvez — Arsinoe faz um barulho de desdém e cruza os braços. Seu coração então dá um pulo: sua faca não está mais em seu colete.

— Jules, minha faca sumiu. — Ela apalpa todas as partes de seu corpo, como se a faca pudesse ter se movido sozinha para outro bolso.

— Ela provavelmente caiu quando você estava rolando no chão com Braddock — Jules diz. — Nós podemos encontrá-la amanhã, com a luz do dia.

— Não, você não entende. — Arsinoe olha rapidamente para as pessoas ali. Seu povo, tranquilamente conversando e bebendo. Luke chama Tommy e Michael da ponta da fileira mais próxima das macieiras, e eles se levantam para brincar de sombra com as crianças. Antes de ir, Tommy corta mais um pedaço de carne e o leva à boca, e então o coração de Arsinoe de súbito para.

Ele usou a faca dela. A mesa toda a usou. Sua faca, com a lâmina envenenada.

— Ah, Deusa — ela sussurra, correndo até a mesa para recuperá-la.

— Arsinoe? Qual o problema? — Jules pergunta, indo atrás dela.

— Eles usaram minha faca! A faca que eu derrubei.

Jules leva um momento para entender. Para ela, Arsinoe ainda não é de fato uma envenenadora.

— Quem estava comendo aqui? — Jules pergunta.

— Os dois pretendentes… E não sei quem mais! Nós precisamos chamar uma curandeira Jules, agora! — Arsinoe se prepara para correr, mas Jules rapidamente a impede.

— Chamar uma curandeira e dizer o quê? Que nossa envenenadora secreta acidentalmente envenenou os próprios pretendentes? Você não pode fazer isso!

Arsinoe pisca.

— O que você está dizendo? Isso não importa agora. Eles precisam de ajuda!

— Arsinoe, não.

Com mãos de ferro, ela agarra o braço de Arsinoe assim que ouvem o primeiro grito.

— Veneno! — Luke grita. — Veneno! Chamem as curandeiras! Os pretendentes foram envenenados!

— Não — Arsinoe sussurra, desconsolada, mas Jules a segura, pegando a faca e guardando-a em seu bolso traseiro.

— Você não quis fazer isso — Jules sibila. — Isso não é culpa sua. E agora é tarde demais pra ajudá-los.

Greavesdrake Manor

— **Envenenar os pretendentes?** Eu não fiz nada disso! — Katharine declara. — Por que eu os envenenaria antes mesmo de conhecê-los? — Ela cruza os braços e volta as costas para as grandes janelas do escritório de Natalia.

— Porque eles escolheram sua irmã — Genevieve diz. — Porque ela tinha dois, e você, apenas um. Porque você simplesmente podia fazer isso! — Genevieve também cruza os braços, e Natalia esfrega as têmporas com dedos cansados.

— Parem de alfinetar uma à outra como crianças mimadas — ela resmunga.

— Bom, ela realmente causou uma confusão — Genevieve quase grita. — Voltar dos mortos é uma coisa. Mas assassinar pretendentes do continente? — Ela joga as mãos para o alto.

— Eu não fiz isso, eu já disse! — Katharine grita de volta. — Natalia, não fui eu!

— Se você fez ou não, não importa. Eles estão mortos, de qualquer forma, e se não foi você, alguém o fez por você. O que faremos agora? — Natalia tenta acalmar seus nervos com mais um gole de conhaque com teixo. Mas ela já bebeu demais e sua mente está devagar, quando deveria estar rápida como nunca. Ela olha para seu copo e o entorna.

— Poderia ser pior — ela diz. — Os pretendentes têm famílias que devem ser acalmadas e consoladas, mas houve uma época em que países inteiros teriam que ser apaziguados. Não acontecerá uma guerra por causa disso.

— Pense no dinheiro que isso vai custar — Genevieve choraminga. — Os recursos e favores. Ela vai falir a Coroa antes mesmo de usá-la.

— Pelo menos eles eram primos, então teremos que lidar apenas com uma família, não com duas — Katharine murmura, e Natalia a repreende com uma sobrancelha arqueada.

— A ilha não vai gostar nada disso — Genevieve anda de um lado para o outro. Quando ela para, seu corpo todo se agita com o movimento de seu pé batendo no chão. — Os rumores estão se espalhando. Não foram só os pretendentes que morreram. Um velho e uma garotinha de Wolf Spring também sucumbiram ao veneno. E isso em meio a boatos de fazendeiros morrendo em incêndios e gado morto por raios. Esta Ascensão está saindo do controle! — Ela aponta para Katharine. — Se você ao menos soubesse envenenar como a Rainha Camille ou a Rainha Nicola. Limpa e rapidamente. Venenos que acertavam direto o alvo e não matavam ninguém além do necessário.

— Genevieve, fique quieta — Natalia diz. — O modo como uma rainha envenena é problema dela. Escreva um pronunciamento do Conselho. Lembre as pessoas que as maiores Ascensões são sangrentas e turbulentas. São dessas que as rainhas mais fortes surgem. Pretendentes podem morrer. É sabido. Se eles ainda estivessem vivos para a coroação no Beltane, poderiam acabar morrendo nas florestas de Innisfuil, durante a Caçada aos Veados.

— Ainda assim, tudo isso é um grande caos — Genevieve diz, agora falando com mais suavidade.

— Natalia — Katharine diz —, eu realmente não…

Natalia a dispensa com um gesto de mão.

— Mesmo não tendo sido você, nós precisamos dar um jeito nisso. — Ela se levanta e sai de detrás da mesa para olhar pela janela, para a grande cidade de Indrid Down, além das colinas.

— De qualquer modo, aqueles pretendentes não eram importantes. Nossa aliança com o pai do menino Chatworth ainda se mantém. Chatworth fez grandes esforços para ganhar a confiança dos Westwood, caso nós precisemos deles. O garoto será um bom rei consorte quando chegar a hora.

— Não podemos deixá-lo longe da minha irmã? — Katharine pergunta. — Eu não gosto de tê-lo entre nós. Eu quero chegar até ela. Gostaria de olhá-la nos olhos enquanto dilacero aquele belo rosto com uma faca envenenada. — Ela vai até a garrafa de conhaque de Natalia e se serve de uma dose, então bebe tudo em um grande e único gole.

— Agora você ingere veneno em todas as refeições — Genevieve diz.

— Como você sabe?

— Os criados falam. Eles dizem que você passa mal a noite toda. Que você ingere veneno demais e que isso acabará lhe fazendo mal.

Katharine apenas ri.

— Eles não ficaram sabendo? — ela pergunta. — Não se pode matar o que já está morto.

Natalia franze o cenho. Os rumores da Rainha Morta-Viva não desapareceram, como elas esperavam. Pelo contrário, eles se fortalecem cada dia mais, e Katharine não está exatamente ajudando as pessoas a deixar isso para trás.

— Kat — pergunta Natalia, pensativa —, você realmente quer ir até a Mirabella?

Katharine e Genevieve olham curiosas para ela.

— Com o templo inspecionando todos os pacotes que chegam a Rolanth, seria mais fácil se vocês ficassem cara a cara — Natalia diz. — Então que tal se colocássemos vocês juntas? Todas vocês juntas, para o Solstício de Verão? Faltam pouco mais de duas semanas. Nós poderíamos ir a Wolf Spring.

— Perfeito — diz Genevieve. — Qualquer dano causado a Wolf Spring por conta das rainhas será uma punição por não terem protegido bem os pretendentes. Mas acho que a Alta Sacerdotisa Luca não vai gostar disso.

— Quem liga para o que ela gosta ou não gosta? — Katharine diz. — Se dependesse de vocês, eu não faria nada até depois do Beltane, e as três rainhas terminariam presas na torre. Eu prefiro não ter que pensar em quão bem eu me sairia presa em um cômodo com um urso.

— Além disso — Natalia diz —, acho que a Alta Sacerdotisa também vai forçar a mão de sua rainha. Ninguém ficou feliz quando Mirabella voltou da Floresta de Ashburn e deixou Arsinoe viva. Se oferecermos bancar o festival da Lua da Colheita em Rolanth, eu não acho que ela fará objeções ao Solstício.

— Conversarei com o Conselho agora mesmo. — Genevieve faz uma meia reverência e então vai em direção à porta.

— Espere — diz Natalia. — Deixe-me mandar uma carta para Luca primeiro. Talvez possamos nos poupar de uma discussão.

Rolanth

Billy pediu que uma mesa para dois fosse posta no gramado ensolarado atrás da Westwood House. É uma bela mesa, com uma toalha branca e brilhante e talheres de prata. Quando Mirabella se senta, porém, os raios de sol incidem sobre um dos talheres e quase a cegam. Ela então chama algumas nuvens e logo o céu está cheio de trovões.

— Qual o ponto de comer do lado de fora assim? — Billy pergunta. — Se você queria sombra, eu podia ter pedido pra que colocassem a mesa sob as árvores.

— Eu não vou deixar que chova — Mirabella diz, enquanto ele aperta os lábios, de mau humor. Ele começou a gostar de Bree e Sara. E, claro, não pôde resistir a Elizabeth. Mas quando Mirabella fala, ele mal ouve. Billy passa a maior parte do tempo na cidade com Bree e seu aprendiz de vidraceiro e, quando não está lá, está com Elizabeth no templo, fascinado com as sacerdotisas de branco e seus braceletes tatuados em preto.

Mirabella pigarreia e se vira para o carrinho de comida. Felizmente, Billy é um bom provador e assumiu o controle total da cozinha. Infelizmente, ele é um péssimo cozinheiro.

— O que trouxe para nós hoje?

— Ensopado de porco — ele diz —, com pão pra acompanhar. E, de sobremesa, uma torta de morangos com creme.

— Você está ficando muito habilidoso — ela diz, sorrindo.

— Mentir é um desperdício quando você sabe que eu tenho que provar tudo. — Ele serve a ambos. O ensopado parece fino e estranhamente pálido. Uma camada de gordura se formou na superfície. Ele usa o garfo e a faca dela para provar a comida, aguardando em silêncio para ver se vai acabar desmaiando ou espumando pela boca.

— Eu não sei por que me dou ao trabalho — ele diz. — As sacerdotisas ali — ele fala, apontando para as profundezas do interior da casa — me observaram preparar tudo e ainda insistiram pra que elas mesmas provassem.

— Elas não confiam em você?

— Claro que não. Meu pai deu sua palavra de que eu obedeceria, mas todo mundo sabe o que sinto pela Arsinoe. — Ele pigarreia. — Mesmo assim, não quero que você coma nada além do que eu preparar, está claro?

— Por que não?

— Porque me certificaram de que, se você morrer enquanto eu estiver em serviço, Rho vai serrar minha cabeça fora e a enviar de volta para o meu pai em uma canoa.

Mirabella ri.

— Parece que mandamos muitos presentes macabros em canoas.

— Sim — Billy arqueia a sobrancelha. — Joseph me contou o que Bree falou antes de ele partir.

O pano que cobre o carrinho de Billy faz um barulho e uma galinha marrom põe a cabeça para fora, pulando de dentro da cesta onde estava se escondendo.

— Tem uma galinha no seu carrinho.

— Eu sei — Billy fala, ríspido, jogando seu guardanapo no colo.

— Por que tem uma galinha no seu carrinho?

— Porque isto deveria ser um ensopado de galinha — ele diz. — Eu alimentei essa ave pessoalmente por dias pra ter certeza de que ela não seria envenenada antes de matá-la. E agora… — Ele coloca um pouco de água para Mirabella e bebe do copo dela. A galinha cacareja e Billy atira um pedaço de pão para a ave. — Agora o nome dela é Harriet — ele diz em voz baixa.

Mirabella ri.

— Com certeza você deve achar que passei tempo demais com naturalistas brutos — ele diz.

— Eu nunca diria isso. Os naturalistas são a força vital da ilha. Eles nos alimentam. Eles garantem boas caçadas.

— Uma resposta digna da realeza. Foi isso o que te ensinaram a falar?

— Você acha que porque fui criada para a Coroa eu não sei pensar por mim mesma.

Billy dá de ombros. Ele então pega uma colherada do ensopado gorduroso e a engole antes de se servir de um pouco de pão.

— Eu já conheci garotas como você. Não rainhas, claro, mas garotas muito ricas, muito mimadas, que cresceram sem ouvir nada além de elogios. Nada além de conversas sobre o importante lugar que a família delas ocupa no mundo. E eu nunca gostei de nenhuma delas, a não ser pra olhar.

Mirabella pega um pedaço de porco. Está horrível. Se tudo o que ela puder comer entre agora e a coroação tiver que ser preparado por Billy, ela ficará tão magra quanto Katharine.

— Essas são palavras cruéis — ela diz. — Sua família não é pobre, ou você não estaria aqui.

— Verdade. Mas eu poderia ser, se meu pai não ficasse me lembrando diariamente que ele vai tomar tudo de mim, que vai doar todo o dinheiro dele se eu não fizer por merecer.

— E o que deve ser feito para você merecer? — ela pergunta.

— Concordar com qualquer coisa que apareça na cabeça dele. Entrar na escola certa, impressionar o governador, ganhar uma partida de críquete. Me tornar rei consorte de uma ilha secreta e mística.

— Mas você fugiu da ilha — Mirabella diz. — Com Arsinoe. Você abriria mão da sua fortuna por ela?

Billy ri, com um pedaço de pão na boca.

— Não seja ridícula. Eu sempre planejei voltar.

Mirabella baixa a cabeça e sorri. As palavras dele dizem algo, mas a verdade parece outra, revelada pela cor que sobe por sua face.

— Além disso — ele diz —, eu não acredito que ele esteja falando sério. Pelo menos não mais. Ouvir a mesma ameaça diariamente acaba fazendo com ela perca a força, não? Por que você está sorrindo?

— Por nenhum motivo. — Ela espeta um pedaço de batata com o garfo e a joga no chão, para a galinha. — É uma tragédia o que aconteceu com os pretendentes de Arsinoe em Wolf Sping. Mas parte de você deve estar feliz por eles não estarem mais lá com ela.

— "Feliz" não é a palavra que eu usaria pra falar disso. Aqueles caras morreram. Katharine é louca. Eu facilmente poderia ter sido o morto. Eu não sei se você é realmente a "rainha escolhida", como todos por aqui parecem acreditar, mas, pelo bem de Fennbirn, é melhor que não seja Katharine. Ela seria a ruína do lugar.

— A rainha coroada é a rainha que deveria receber a coroa.

Billy suspira.

— Meu Deus. Não é cansativo papagaiar a retórica do templo o tempo todo? Você pensa por você mesma em algum momento?

— Eu pensei por mim mesma ao salvar Arsinoe — Mirabella diz, rígida, e as nuvens acima deles escurecem. — Em Innisfuil, quando tentaram parti-la em pedaços. E dois dias depois ela mandou um urso atrás de mim. Então não me diga que ela seria melhor para a ilha. Ela é tão sem coração quanto Katharine.

Ele espeta um pedaço de porco como se desejasse que fosse o olho de Mirabella.

— Ela não mandou o urso atrás de você, sua grande idiota — ele diz.

— O quê?

— Nada. Não importa.

— Não. O que você quer dizer com isso? É claro que ela mandou!

Mirabella espia as sacerdotisas e baixa a voz.

— Quem mais poderia controlar o Familiar dela?

— Quem mais você acha? — Billy pergunta, em voz igualmente baixa. — Outra naturalista poderosa, talvez? Uma que tivesse uma boa motivação pra te machucar depois de você ter roubado o garoto que ela ama? Talvez alguém por quem Arsinoe sempre mentiria? — Billy acrescenta. Quando Mirabella abre a boca, ele a interrompe. — Não fale o nome dela em voz alta. Eu não deveria ter te contado isso, Arsinoe vai me matar.

— Então — Mirabella diz, enquanto Billy volta a brincar com sua comida horrorosa —, Arsinoe nunca quis me machucar.

— Não. Ela não quis. Arsinoe cresceu acreditando que morreria. Ela só não contava com ter tantas coisas pelas quais viver. Jules e Joseph e os Milone — ele sorri de leve. — Eu. Mas que diferença faz você saber disso? Esse é o costume da ilha, não é? A ordem natural. Então o que isso muda?

Os dedos de Mirabella se enfiam no guardanapo. Ela quer gritar ou chorar, mas, se ela o fizer, as sacerdotisas aparecerão no mesmo instante.

— Eu quase a matei aquele dia, na estrada — ela sussurra. — Por que ela me deixou fazer isso?

— Talvez porque ela soubesse que você precisava fazer isso. Talvez ela quisesse tornar mais fácil pra você.

Os olhos de Mirabella se enchem de lágrimas, e Billy rapidamente seca a boca. Ele espeta um pedaço de torta de morango com o garfo e o estende para a rainha.

— Aqui — ele diz. — Você tem que experimentar isso. — Quando ela morde, ele usa o polegar para disfarçadamente secar a lágrima que escorre pelo rosto dela. — Desculpa — ele diz com suavidade —, acho que nem mesmo tentei considerar seu ponto de vista. Foi egoísta da minha parte.

— Tudo bem — Mirabella diz. — Ela sabe que você a ama?

Billy arqueia as sobrancelhas.

— Por que ela deveria, se nem eu mesmo sabia? Não foi como li nos livros. Um raio. Olhos se encontrando. Trocas intensas de olhares. Com Arsinoe foi mais como... ter água gelada jogada na cabeça e acabar aprendendo a gostar disso.

— E ela te ama?

— Não sei. Acho que talvez sim — ele sorri. — Espero que sim.

— Eu espero que sim também. — Outra lágrima escorre pelo rosto dela, e Billy se inclina para a frente para discretamente escondê-la. — Está tudo bem — ela diz. — Elas vão pensar que estou chorando porque esta torta de morango está realmente horrível.

Billy baixa o garfo, insultado. Então os dois começam a rir.

Wolf Spring

Os dois pretendentes são colocados em compridas caixas de madeira para serem enviados para casa, conforme manda a tradição do continente. As caixas parecem pequenas e estão tão imóveis que a garganta de Arsinoe se fecha. Ela conheceu Tommy e Michael por tão pouco tempo. Dois garotos que pensaram que poderiam ser reis. Que pensaram que talvez tudo não passasse de um grande jogo.

O Conselho Negro mandou os envenenadores Lucian Arron e Lucian Marlowe para examinar os corpos, esperando encontrar evidências de que eles não haviam sido envenenados. Mas é claro que haviam sido.

— Deixe que espalhem quantos rumores quiserem — Joseph diz. — Todo mundo saberá que eles perderam o controle sobre sua rainha envenenadora. — Ele passa um braço pela cintura de Jules e o outro pela de Arsinoe, mas ela desliza para fora do abraço. Foi ela quem matou aqueles garotos, não Katharine. Foi ela quem agiu de modo imprudente e os matou.

Arsinoe se aproxima da ponta da doca, observando o barco que leva os corpos de Tommy e Michael sumir na caverna.

— Eu não consigo respirar, Jules — ela diz, engolindo ar. Ela sente Camden e seu pelo quente se apertarem contra suas pernas, e Jules então logo está lá, para ajudá-la a manter-se em pé. — Você estava certa. Eu não devia ter brincado com isso. Eu não sabia como ter cuidado.

— Quieta, Arsinoe — Jules sussurra. Há pessoas demais nas docas. Ouvidos demais.

Arsinoe espera até que o barco suma de vista e se vira em direção a costa, seus pés martelando nas tábuas de madeira. Quanto mais cedo ela chegar na casa dos Milone, mais cedo este dia terminará.

— Rainha Arsinoe! — alguém grita quando ela cruza as docas rumo à colina. — Onde está seu urso?

— Bom, ele não está no meu bolso — ela dispara sem pensar duas vezes. — Então ele deve estar na floresta.

Rolanth

A carta de Natalia é endereçada à Alta Sacerdotisa, não à rainha, mas Rho insiste que ela seja aberta por iniciandas enluvadas, em um quarto fechado. Ela não permitirá que Luca a toque antes de ser cuidadosamente examinada.

— Você está sendo ridícula — Luca diz. As sacerdotisas passaram a maior parte da manhã com a carta e nenhuma delas sofreu sequer um corte de papel.

— Não há nada a ganhar me envenenando — Luca anda pelo quarto, indignada. — Se houvesse, Natalia já o teria feito. A Deusa sabe como ela teve muitas chances.

Luca vai para a janela a leste e a abre para que a brisa entre. Por ser tão ao norte, Rolanth não costuma ficar terrivelmente quente, mas, no verão, seus aposentos no templo podem ser bastante abafados. Quando suas pernas eram jovens, ela aliviava a tensão subindo e descendo as muitas escadas da Torre Leste do Volroy. Luca suspira. Ela está tão velha. Se Mirabella for coroada e elas tiverem que voltar a Indrid Down, ela terá que ser carregada para cima e para baixo em uma liteira.

A porta de seus aposentos finalmente se abre, e Rho entra com a carta nas mãos. Pela expressão dela, Luca sabe que a ordem para não lê-la foi ignorada.

— E então? — Luca pergunta. — O que diz? — Ela agarra a carta com raiva, e Rho sequer desvia o olhar. Rho nunca desvia. Sua firmeza pode ser tanto um conforto quanto uma irritação.

— Veja você mesma — Rho diz.

Os olhos de Luca passam pela carta tão ansiosamente da primeira vez que ela mal compreende uma palavra, então precisa ler de novo.

A carta é iniciada apenas com seu nome, "Luca", como se ela e Natalia fossem velhas amigas. Nada de "Alta Sacerdotisa". Nenhuma outra saudação. O canto da boca de Luca se torce para cima.

— Ela quer colocar as rainhas juntas nos grandes festivais. No Solstício de Verão, em Wolf Spring, e na Lua da Colheita, aqui.

— Elas estão armando algo — Rho diz.

Luca contrai os lábios e lê a carta de novo. É curta e, para os padrões de Natalia, quase convencional.

Luca lê em voz alta:

— "Com certeza você veria como bem-vinda a chance de ter Mirabella cumprindo suas promessas". — Ela solta a carta e desdenha. — Com certeza.

— Natalia teme um empate. Ela não quer que a Ascensão termine com as rainhas presas em uma torre — diz Rho. — Ela sabe que as envenenadoras não se dão bem nessa circunstância.

— Mirabella provavelmente também não, se Arsinoe ainda estiver viva e com seu grande urso marrom. — Luca dá tapinhas no queixo.

— Você sabe que ao mandar essa carta ela está tentando te enrolar com cortesias, não? Ela sabe que podemos impedir que isso aconteça. O Conselho Negro não tem a última palavra quando se trata dos grandes festivais.

Luca chuta algumas almofadas bordadas que estão no chão.

— Eu acho que deveríamos aceitar — ela diz. — Mirabella é forte. E, a despeito do que quer que os Arron estejam planejando, acho que estaremos prontas.

— Nós temos que tomar cuidado — Rho alerta. — Mas gosto das chances que temos com as três rainhas cara a cara. Mirabella é mesmo forte, como você disse. — Os olhos de Rho brilham. Apesar de suas palavras cautelosas, ela deseja ver sangue derramado.

Luca baixa a cabeça e pede orientação à Deusa. A única resposta que ecoa por seus ossos, entretanto, é a que ela sempre soube: que se a Coroa é destinada a Mirabella, então será ela a triunfar e a tomá-la.

— Luca? — Rho chama, sempre impaciente. — Devemos começar a preparar um mensageiro para ir a Wolf Spring?

Luca respira.

— Faça isso. Comece agora mesmo. Vou tomar um ar.

Rho concorda e Luca sai para caminhar pelas escadas e pelo templo, evitando os devotos que diariamente lotam o altar.

Ao passar por um dos estoques inferiores, ela estica a mão para fechar uma porta que está levemente entreaberta, então espia alguém ali dentro. É o pretendente Billy Chatworth, que procura algo nos estoques do templo, acompanhado de uma grande galinha marrom empoleirada sobre alguns baús de vestidos ao lado dele.

— Alta Sacerdotisa — ele diz quando a vê, inclinando-se em uma breve mesura. — Eu estava atrás de frutas pra tentar fazer uma torta.

— Para adicionar à sua galinha? — ela pergunta, rindo. — Você não precisa fazer tudo isso. As sacerdotisas podem preparar as refeições.

— E me deixar com quase nada pra fazer? Além disso, não estou acostumado a deixar minha vida na mão de outras pessoas.

Luca concorda. Ele é um rapaz bonito, de cabelo claro e sorriso fácil. Apesar de sua devoção à Rainha Arsinoe, Luca passou a gostar dele. Ela não confia nem um pouco nele, e as sacerdotisas observam cada movimento de Billy, mas, para Luca, o carinho que ele tem por Arsinoe é mais uma evidência de seu bom coração. Quando a naturalista estiver morta, ele aprenderá a amar Mirabella da mesma forma.

— Você caminharia comigo, Billy? — ela pergunta. — Preciso esticar estas velhas pernas.

— Claro, Alta Sacerdotisa.

Ele a toma pelo braço e eles atravessam o pátio e as hortas, indo até a plantação de rosas. O dia está bonito. Uma brisa leve e fresca corre na direção dos penhascos de basalto da Shannon's Blackway, e as rosas, cor-de-rosa e brancas, estão cheias de abelhas do apiário.

— Você e Mirabella estão se dando bem? — ela pergunta.

— Bem o suficiente — ele responde, mas agora há mais ternura na voz dele do que quando ela fez a mesma pergunta algumas semanas atrás. — Ela está emagrecendo com a minha comida. Mas eu estou melhorando, juro.

— Bom, você não tem como piorar. Ela me contou sobre seus ensopados.

Eles passam por Elizabeth e ela acena, usando um véu sobre o rosto para coletar mel.

— Eu poderia pegar um pouco? — Billy pergunta.

— Eu levarei para você mais tarde — Elizabeth responde. — E alguns grãos para a sua galinha.

Luca se vira para olhar atrás deles. Ela notou que a galinha marrom os vinha seguindo desde os depósitos.

— Parece que você encontrou um Familiar — Luca diz. — Pretende levá-la a Wolf Spring quando voltar?

— Acredito que sim. Mas quem sabe quando isso vai ser.

— Mais cedo do que você pensa. — Luca para e se vira para encará-lo. — Você ouviu falar do festival do Solstício de Verão?

— O próximo grande festival — ele diz. — Eu ouvi Sara e as sacerdotisas discutindo os preparativos.

— Aqui em Rolanth os elementais sacrificam alguns vegetais e carne de coelho. Eles então os levam até o rio, os incendeiam e os empurram para o mar. — Luca se vira para o sul, na direção da cidade, lembrando-se de todos os festivais que ela já presidiu. Às vezes Mirabella fazia lindas exibições de águas saltitantes. Luca se sentia tão perto da Deusa nesses momentos. Ela sentia que estava exatamente onde deveria estar, fazendo exatamente o que deveria fazer.

— Em Wolf Spring — ela continua —, eles colocam lanternas nos barcos e, no crepúsculo, os levam ao porto. Eles também jogam grãos no mar para alimentar os peixes. É mais rústico, talvez, mas adorável. Eu passei o festival lá muitas vezes quando era menina. — Ela suspira. — Vai ser bom ver tudo aquilo outra vez.

— Por que você iria até o festival de Wolf Spring? — Billy pergunta, desconfiado.

— Todos nós iremos. Você, eu, Mirabella e os Westwood. O Conselho Negro e a Rainha Katharine também. Mandarei uma mensagem a Indrid Down dizendo que as rainhas passarão os grandes festivais restantes juntas. Solstício de Verão em Wolf Spring, e a Lua da Colheita aqui, em Rolanth.

— Você quer colocá-las juntas. Pra que uma morra.

— Sim — ela diz. — É assim que as coisas funcionam no Ano da Ascensão.

Greavesdrake Manor

Nicolas coloca alvos no amplo e plano pedaço de grama atrás do pátio traseiro. Ele então lança uma flecha e a acerta perto do centro do alvo, bem à esquerda da que ele tinha acabado de lançar.

— Perfeito — Katharine diz, batendo palmas. Nicolas baixa o arco e a deixa tentar. É preciso dar algum crédito a ele, já que seu sorriso vacila apenas de leve quando ela acerta exatamente no centro.

— Não tão perfeito quanto isso. — Nicolas se inclina e beija o topo da mão enluvada dela. — Não tão perfeito quanto você.

Katharine cora e aponta com a cabeça para a extremidade do campo, na direção dos alvos.

— Não vai demorar muito até você ser páreo para mim. Você está ficando muito bom. Eu não acredito que você nunca praticou arco e flecha antes.

Nicolas dá de ombros. Ele é quase tão bonito quanto Pietyr, mesmo vestido de forma estranha, em uma camisa branca do continente e sapatos também brancos. Seus ombros esticam o tecido quando ele se posiciona com o arco, e a parte de baixo de seu cabelo dourado, perto da gola, está escurecida de suor.

— Eu nunca tive interesse — ele diz, lançando outra flecha. Ela se desvia ligeiramente para o lado. — Jogada não tão boa. Você deve ter me distraído.

— Desculpe.

— Não peça desculpas. É uma distração bem-vinda.

Katharine pega outra flecha. Seu arco foi feito recentemente e é mais comprido e mais duro do que o anterior. Também, os braços dela nunca foram mais fortes.

Ela posiciona a flecha e a dispara. Então outra. E depois outra. O barulho que as flechas fazem quando acertam o alvo é sólido e satisfatório. Katharine se pergunta se fariam o mesmo som ao acertar as costas de Mirabella.

— Eu não preciso nem checar o alvo para saber que seus tiros foram melhores que os meus — diz Nicolas assim que eles baixam os arcos e vão na direção de uma pequena mesa de pedra sob a sombra de um grande e verde amieiro.

— Eu pratico arco e flecha desde pequena. Embora eu deva admitir que nunca fui tão talentosa. Alguns meses atrás, essas flechas poderiam acabar perdidas na cerca-viva.

Na mesa estão duas jarras de prata e duas taças. Uma está cheia da bebida de Katharine: vinho de maio, cor de palha e adoçado com mel e frutas do bosque, venenosas ou não. A outra contém o vinho de Nicolas: vermelho escuro e refrescado com água. Impossível confundi-los.

— Me disseram que vamos partir em breve para Wolf Spring — Nicolas diz. — Bem quando eu estava começando a me acostumar com Greavesdrake Manor.

— Não ficaremos fora por muito tempo. E dizem que o ritual de solstício deles é lindo: lanternas flutuantes brilhando pelo porto. Eu sempre quis ver. Só achava que para isso teria que esperar ser coroada.

Nicolas dá um grande gole de vinho. Ele olha de soslaio para ela e seus olhos se estreitam com malandragem.

— Ficarei ansioso para voltar para a sua casa e para a capital. Mas eu mal posso esperar para te ver cara a cara com suas irmãs. Eu espero — ele diz, tocando a mão enluvada dela — que você não me deixe para trás quando isso acontecer.

— Te deixar para trás? — ela pergunta.

— Quando você matá-las. O que você vai fazer, é claro. — Ele aponta para os arcos, para os alvos cheios de flechas. — Os criados me contaram sobre sua habilidade com facas. Lançando-as perto de um alvo? Eu gostaria de ver isso.

O estômago de Katharine se contrai de prazer e um arrepio corre por suas costas, como se ela estivesse sendo tocada por dedos invisíveis.

— Mesmo? — ela sussurra. — Talvez você ache isso só agora. Você pode mudar de ideia quando vir sua futura rainha enfiar uma faca no peito de sua bela irmã.

Nicolas sorri.

— Eu venho de uma família de soldados, Rainha Katharine. Eu já vi muito disso. E até pior. — Ele dá outro gole de vinho. O líquido se concentra nos cantos de sua boca, de um vermelho vivo. — E eu não gosto de ficar longe de ação.

O pulso de Katharine acelera até que seu coração esteja batendo tão rápido que ela sente como se tivesse mais de um dentro do peito. O olhar de Nicolas faz o sangue dela subir ao rosto. Ela já viu esse olhar antes, em Pietyr, logo antes de ele puxá-la para levá-la para a cama.

— Natalia prefere que eu faça meus envenenamentos da segurança do ninho dela — Katharine diz. — É como os Arron gostam de agir. Quietos e refinados. Não há nada que eles gostem mais do que um jantar com uma conversa agradável que termine com a cara de alguém caída no prato.

Nicolas deixa seus olhos passearem pelo corpo dela.

— Há um charme nisso — ele diz. — Mas eu consigo imaginar suas mãos em volta da garganta das suas irmãs. Uma memória para carregar comigo na nossa noite de núpcias.

Giselle pigarreia.

— Hã-hã, perdão, minha rainha.

— Giselle — Katharine diz. — Me perdoe. Nós estávamos tão… entretidos… que não te ouvimos.

Giselle olha de Katharine para Nicolas e cora ligeiramente ao notar a expressão dos dois.

— Natalia pediu para eu te chamar — a criada informa. — Ela diz que você tem uma visita.

— Mas eu já estou com uma visita.

— Ela diz que você deve ir.

Katharine suspira.

— Por favor, vá — Nicolas diz. — Você não quer deixar a dama da mansão esperando.

Katharine se arrasta escada acima e ao longo do corredor que leva ao escritório de Natalia.

— Natalia — ela começa —, você mandou… — As palavras não terminam de sair de sua boca. Porque, parado no meio da sala, com as costas retas e os olhos brilhantes como os de um coelho assustado, está Pietyr.

— Eu sabia que você iria querer vê-lo imediatamente — Natalia diz, sorrindo. — Não seja dura com ele, Katharine. Eu já dei uma boa bronca por ele ter nos deixado por tanto tempo.

Mas é claro que ele ficaria longe. Por medo de que ela o mandasse para as celas no subsolo do Volroy, tão profundas que ele nunca mais veria a luz do sol. Ou pelo terror de que ela mandasse Bertrand Roman esmagar seu cérebro contra as pedras da longa entrada oval. Ou ainda que ela decidisse resolver a questão por conta própria.

— Sem dúvidas vocês dois gostariam de ficar sozinhos — Natalia diz.

— Sem dúvidas.

As gaiolas de pássaros e roedores mortos foram retiradas do quarto de Katharine assim que Nicolas chegou, mas, embora as janelas do cômodo sejam mantidas abertas o dia inteiro para combater o cheiro, ele ainda permanece, e ela espera que Pietyr possa senti-lo quando entrar. O cheiro de morte. De dor. Não da dela — pelo menos não mais.

Ele entra no quarto antes dela, então não vê quando ela pega uma adaga que repousa sobre umas das mesas. Ele entra desavisado nos aposentos de Katharine. Tão confiante. Como se ele ainda tivesse o direito de estar ali.

Ele dá um tapinha no vidro da jaula de Docinho e a cobra levanta sua bela cabeça.

— Vejo que Docinho está bem — ele diz, e Katharine salta sobre ele.

Ela o arrasta até a cama e gira o corpo em volta do dele, ajoelhando no colchão para agarrá-lo pelas costas. Um braço se enrola no topo da cabeça dele, enquanto o outro encosta a adaga levemente em sua garganta.

— Kat — ele diz, engasgando.

— Isso vai ser uma confusão — Ela pressiona a adaga contra a pele dele com mais força. Não será difícil matá-lo. A lâmina é afiada e a veia dele está próxima e visível. — Giselle terá que providenciar outra colcha. Mas o que Natalia diz é verdade. Você não pode envenenar um envenenador.

— Kat, por favor.

— Por favor o quê? — ela ruge, apertando a cabeça dele com mais força. O pulso dele se acelera sob as mãos dela. Mas, mesmo querendo esfaquear o pescoço dele, ela se lembra de como era ficar pressionada contra ele assim. Seu Pietyr, que ela amava e que disse amá-la também. O cheiro dele, uma mistura de baunilha e âmbar, faz lágrimas de raiva brotarem nos olhos dela.

— Como você pôde, Pietyr!

— Eu sinto muito — ele diz, enquanto a faca corta seu pescoço.

— Você vai mesmo sentir — ela sibila.

— Eu tive que fazer aquilo! — ele grita rápido, tentando impedi-la de cortá-lo ainda mais. — Kat, por favor. Eu achei que fosse necessário.

Ela não solta a cabeça dele.

— Por quê?

— Havia uma conspiração. Natalia me contou dias antes do Beltane. As sacerdotisas tinham montado um esquema para tornar Mirabella uma Rainha de Mão-Branca. Depois de sua exibição ruim na Aceleração, elas planejavam tomar os palcos. Elas planejavam te cortar em pedaços e te jogar no fogo.

— Mas eu *não tive* uma exibição ruim — Katharine diz, pressionando a faca de novo.

— Eu não sabia disso! Quando você veio até mim naquela noite, perto da Fenda de Mármore, eu achei que você estivesse fugindo delas! E eu não suportaria vê-las pondo as mãos em você. — As mãos dele sobem pelos braços dela e Katharine se contrai, mas ele não tenta mover a adaga. Ele só a toca suavemente. — Eu achei que elas estivessem vindo te matar. E eu não podia permitir isso. Eu preferia que fosse eu.

— Ah! Então você me jogou naquele buraco! — Katharine grita por entre os dentes. O seu corpo todo treme de raiva. Pelo choque e pela desorientação que ela sentiu quando ele a empurrou.

O que ele fez foi um crime. Foi traição. Ela deveria rasgar a garganta dele e assistir a seu sangue formar uma piscina em volta de suas pernas.

Em vez disso, porém, ela se afasta e joga a adaga na parede.

Pietyr se curva para a frente, a mão pressionando a ferida superficial em seu pescoço.

— Você me cortou — ele diz em voz baixa, sem conseguir acreditar.

— Eu deveria ter feito pior. — Ele se vira para olhá-la, e ela se delicia com o medo nos olhos dele. — Eu ainda posso. Ainda não decidi.

Pietyr, esperto e calculista. Ele está vestindo sua camisa cinza e uma jaqueta escura, além de ter mantido seu cabelo um pouco mais comprido, exatamente como ela gosta. Olhando-o em sua cama, ela o odeia, ela ainda está com muita raiva dele. Mas ele ainda é seu Pietyr.

— Eu não te culparia. Mas eu sinto muito, Kat. — Ele olha para os delineados e redondos ombros dela. — Você está diferente.

— O que você esperava? Ninguém permanece igual depois de ser empurrado na Fenda de Mármore e ter que escalar para conseguir sair de lá.

— Eu quis voltar para você por tanto tempo.

— Claro que quis. Voltar para a sede de poder dos Arron.

— Voltar para você. — Os dedos dele tremem de desejo, e ele levanta a mão para acariciar o rosto dela.

Katharine dá um tapa para afastá-la.

— Você não sabe para o que voltou — ela diz, agarrando a cabeça dele e o beijando com força, seus lábios duros o suficiente para tornar o beijo uma punição. Ela morde o maxilar dele. Ela lambe o sangue do corte em seu pescoço.

Pietyr enrola os braços em volta da cintura dela e a puxa para si.

— Katharine — ele diz, suspirando em seguida. — Como eu te amo.

— De fato. — Ela o empurra com força. — Como você deve me amar, Pietyr! — ela diz, levantando para voltar para Nicolas. — Mas você nunca mais me terá.

Wolf Spring

A casa está quieta. Algo estranho para uma casa naturalista, que normalmente é repleta de latidos e grasnados e sempre tem alguém na cozinha, ou Cait conversando com os pássaros enquanto eles voam e cantam no quintal. Jules respira fundo e escuta o ar se movendo. Ela beberica uma xícara quente de chá de salgueiro e acaricia a cabeça de Camden, apoiada em seu colo.

Ela e a puma se tornaram mais próximas do que nunca desde que a maldição da legião de Jules foi revelada. Elas se uniram ainda mais uma à outra, sem saber o que exatamente isso significa para seu laço. Só de pensar na possibilidade de um dia acordar e descobrir que Camden já não é parte dela a apavora mais do que qualquer outra coisa que ela possa ser capaz de fazer com a dádiva da guerra.

Madrigal entra, retornando do mercado com os braços cheios de cestas. Quebrando a paz.

— Você pode me ajudar? — ela pergunta. — Vou fazer caldo de frutos do mar com creme fresco e biscoitos com aquele queijo branco macio que você gosta.

— Qual a ocasião especial? — Jules pergunta, desconfiada. Ela pega a cesta de mariscos e os joga na pia para lavá-los.

— Nenhuma. — Madrigal coloca o restante das compras no balcão. — Mas quando estiver pronto, você poderia fazer as tigelas flutuarem para a mesa.

— Não é assim que funciona.

— Como você sabe? — Madrigal pergunta. — A dádiva da guerra tem sido fraca há tanto tempo que ninguém mais sabe como funciona.

Isso é bem verdade. Tudo o que Jules já ouviu sobre a dádiva da guerra veio de lendas antigas. Recentemente só há boatos. Pessoas em Bastian City com uma habilidade absurda com facas e arcos. Tiros quase impossíveis, dados de forma tão precisa que as armas parecem puxadas por uma corda.

Mas se trata mais de empurrar do que de puxar. Jules praticou isso, sozinha e em segredo, aterrorizada e maravilhada com o que é capaz de fazer.

Na pia, Madrigal começa a esfregar os mariscos. Quase parece que ela já tinha feito isso antes. Ela então seca a testa. Círculos amarelados mancham a pele embaixo de seus olhos. Ela ainda está sem fôlego da caminhada.

— Você está bem? — Jules pergunta.

— Estou. E você, como está? Isso é chá de salgueiro? Sua perna está te incomodando?

— Madrigal, o que está acontecendo?

— Nada — ela diz. — Só que... — Ela faz uma pausa e joga os mariscos lavados em uma panela. — Só que eu estou grávida. — Ela vira o tronco para Jules e dá um sorriso rápido, então volta a olhar para as próprias mãos. — Matthew e eu vamos ter um bebê.

Aria voa nervosa para a mesa. Suas penas fazem um barulho suave em meio ao silêncio.

— Você — Jules diz — e Matthew, o Matthew da tia Caragh, vão ter um bebê?

— Não o chame assim. Ele não é o Matthew *dela*.

— É assim que todos nós pensamos nele. É como *sempre* pensaremos nele.

— Sinceramente, Jules — Madrigal diz, com um tom levemente enojado. — Depois do que aconteceu entre Joseph e a Rainha Mirabella, eu achei que você tivesse crescido um pouco.

Jules fica nervosa e, no balcão, a faca de Madrigal começa a tremer como se tivesse vontade própria.

— Não, Jules. — Madrigal recua. — Não faça isso.

A faca para.

— Não vou — Jules diz em voz baixa. — Quer dizer, eu não queria fazer isso.

— Sua dádiva da guerra é forte. Você deveria me deixar desatá-la.

— A vovó Cait diz que a amarração pode ser o que está me mantendo sã.

— Ou o que está te segurando.

Jules olha para a faca. Ela poderia fazê-la se mover. Fazê-la voar. Fazê-la cortar. Nada em sua dádiva naturalista jamais pareceu tão cruel ou tão fora de controle.

Madrigal pega a faca e Jules respira melhor ao vê-la segura em sua mão.

— Suponho que isso quer dizer que você não está feliz com o bebê. Mas você não pode odiá-lo, Jules, só pra me irritar. Você não vai, vai?

— Não — Jules diz, sombria. — Eu vou ser uma *boa* irmã.

Madrigal olha pra ela, depois rola batatas pelo balcão e começa a cortá-las.

— Eu achei que eu ficaria tão feliz — ela murmura. — Achei que esse bebê me faria tão feliz.

— Que pena pra você, então — diz Jules. — Nada nunca é tão bom quanto você quer que seja.

Um segundo corvo, maior que Aria, entra pela cozinha e aterrisa na mesa, trazendo uma carta no bico. É Eva, o Familiar de Vovó Cait, e a carta tem o selo do Conselho Negro. Cait aparece logo em seguida e rapidamente percebe a raiva no rosto de Jules.

— Imagino que você tenha contado a ela sobre o bebê.

— Por que todo mundo nesta família fica sabendo das coisas antes de mim? — Jules pergunta.

— Não ligue pra isso, Jules. Você vai superar.

Jules aponta a cabeça para a carta trazida por Eva.

— O que diz?

— Que Wolf Spring ficará lotada em breve. Parece que as outras duas rainhas e suas comitivas virão para o Solstício de Verão. Onde Arsinoe se meteu?

— Na floresta, eu acho, com Braddock.

— É melhor você ir até lá, então, e contar a ela.

Jules se levanta da mesa e ela e Camden saem. Elas correm pelo caminho até a estrada, alongando os músculos de suas pernas ruins. Elas encontram Joseph assim que chegam na bifurcação que leva ao topo.

— Por que tanta pressa? — ele pergunta quando ela segura sua mão e o arrasta junto.

— Notícias para a Arsinoe. Estou feliz por você estar aqui. Nos poupa uma viagem.

—Ah, não — Arsinoe diz assim que Jules e Joseph a alcançam. — Quais são as notícias agora? — Ela observa Braddock arrancar amoras de um arbusto, seus lábios quase tão eficientes quanto dedos.

— Mirabella e Katharine estão vindo pra cá — Jules diz. — Para o Solstício de Verão. E cada uma delas está trazendo um exército de apoiadores. A carta do Conselho acabou de chegar.

Os ombros de Arsinoe se curvam. As outras rainhas aqui. Wolf Spring ficará inundada de estranhos.

— Serviu mesmo pra muita coisa tentar manter Mirabella fora da minha cidade.

— Não gosto disso — Jules grunhe, Camden rosnando ao lado dela. — Nós não vamos conseguir te proteger. Vai ser um caos.

— Não vai ser fácil — Joseph concorda. — Mas pelo menos nós estaremos aqui, em casa. Onde sabemos como as coisas são.

— O Solstício de Verão é em menos de uma semana — Arsinoe diz. — E não houve nenhuma carta de Billy alertando qualquer coisa sobre isso. Pra que serve ter um espião em Rolanth se ele não pode nos contar nem isso?

— Pode ser que Rolanth não tenha ficado sabendo antes de nós — diz Jules. Mas isso é pouco provável. Mesmo que seja um plano dos Arron, o templo precisaria concordar.

Arsinoe suspira.

— Naturalistas. Sempre os últimos a saber.

— Quando você for coroada, haverá naturalistas no Conselho — Joseph diz. — Wolf Spring finalmente terá voz em como Fennbirn deve ser governada.

Arsinoe e Jules se entreolham. *Joseph*, o olhar diz, *sempre o otimista*.

— Billy escreveu? — ele pergunta. — Ele está bem? Seguro?

— Ele escreveu duas vezes. Mas tinha prometido escrever todo dia. — Arsinoe cruza os braços. Duas cartas, ambas formais e rígidas, não contendo sequer uma gota da personalidade horrível da qual ela sente tanta falta.

Ela olha para seus amigos, parados na clareira onde já estiveram tantas vezes. O sol do verão projeta suas sombras no chão, e essas sombras parecem ser fantasmas da infância deles, correndo para sempre por entre as árvores.

— Nosso final feliz — ela diz baixinho.

— Arsinoe — diz Jules. — Você precisa fazer algo. Você sabe por que elas estão vindo.

Com certeza não é para conversar. Foi besteira acreditar que uma conversa impediria Mirabella de encher suas costas de bolhas.

Arsinoe observa Braddock fuçar arbustos. Ela não quer colocá-lo em perigo. Ou Jules. Ou Joseph. Eles são tudo o que ela tem. Amigos e magia baixa.

Greavesdrake Manor

Katharine segura Docinho com cuidado enquanto extrai seu veneno, pressionando as glândulas da cobra. O veneno amarelo escorre pelos lados do pote de vidro. Não há muito. Docinho é uma cobra pequena e, mesmo usando um pote pequeno, seu veneno mal cobre o fundo.

Nicolas se inclina por cima da cama de Katharine e a observa, encantado.

— Estranho — ele sussurra — que tão pouco possa causar tanto dano.

Katharine libera a cobra com um movimento suave e a coloca de volta em sua gaiola. Irritada, Docinho se retorce e morde o vidro, agitando-se enquanto tenta atacar e injetar um veneno que já não está nela.

Nicolas recua; Katharine ri. Ela tampa o pote.

— Para que você vai usá-lo? — ele pergunta.

— Talvez para nada. — Ela sacode o pote e observa o veneno escorrer. — Eu só queria ter algo dela comigo, já que devo deixá-la para trás. Agora vamos! — Ela o empurra da cama divertidamente, e ele beija seus dedos enluvados.

No andar de baixo, Natalia arqueia uma sobrancelha, já esperando por eles na porta. Mas ela não reclama. Na verdade, ela dá um discreto sorriso de boca fechada ao vê-los de mãos dadas.

Do lado de fora, uma caravana negra cheia de Arrons e venenos se estica pelo longo caminho com formato de ferradura.

— Mal posso esperar para ver a cara dos caipiras de Wolf Spring quando chegarmos — Katharine diz. — Eles vão ficar com o queixo no chão.

Os criados da casa se enfileiram para dar adeus e, quando a rainha passa por Giselle, uma de suas criadas, Katharine aperta seu ombro. Giselle recua, seus olhos baixando para os degraus de pedra.

Ela tem medo de mim, Katharine percebe e então olha para o fim da fila. Todos eles têm medo dela. Até mesmo Edmund, o fiel mordomo de Natalia.

Katharine sorri para Gisele e beija a bochecha da criada, como se não tivesse notado coisa alguma. Em seguida, ela se vira ao ouvir o som de cascos de cavalo vindo em sua direção.

Ela não vai viajar em uma carruagem como os outros, de modo que Pietyr surge montado em uma alta égua preta, puxando dois cavalos selados atrás de si: o favorito de Katharine, Half Moon, e o cavalo baio que Nicolas trouxe do continente.

— Esta será uma boa oportunidade para deixar que as pessoas a vejam — Natalia diz.

— Para verem o quanto você está bem e saudável — Genevieve acrescenta, ficando quieta assim que Natalia a fuzila com o olhar.

A ilha poderá vê-la enquanto passa, uma rainha viva, não o cadáver decadente que os rumores querem fazer crer.

— Qualquer que seja a razão, estou feliz por poder ir com Half Moon — ela diz. Carregados como estão, a carruagem se moverá a passo de lesma, e ficará ainda mais devagar quando for preciso navegar pelas estradas íngremes e malcuidadas das colinas.

Pietyr começa a descer de seu cavalo para ajudar Katharine a montar.

— Não se preocupe, Renard — Nicolas diz, usando o nome não Arron de Pietyr de propósito, só para irritá-lo. — Eu ajudarei minha rainha.

— Ela ainda não é sua rainha — Pietyr resmunga e Katharine sorri para ele, antes de Nicolas ajudá-la a subir em Half Moon.

— Cuidado, Pietyr — ela sussurra depois que Nicolas sai para montar em seu próprio cavalo. — Ou Natalia e Genevieve te mandarão embora. — Ela toma as rédeas de seu cavalo, mas Pietyr segura com força o cabresto de Half Moon.

— Elas podem até fazê-lo, mas eu não irei — ele diz. — Eu ficarei aqui até o dia em que você me mandar embora.

O pulso de Katharine acelera. O olhar que Pietyr lança para Nicolas é tão raivoso que ela se pergunta se é uma boa ideia manter os dois em Greavesdrake. Se a rivalidade deles continuar assim, um dia ela entrará na sala de estar e encontrará Nicolas envenenado ou Pietyr jogado no sofá com uma faca nas costas.

— Podemos ir à frente? — Nicolas pergunta, alinhando seu cavalo com o dela. — Podemos contornar as carruagens se nos distanciarmos demais... Quer dizer, a menos que seu cavalo vá se cansar.

— Impossível. — Katharine acaricia o pescoço longo e esguio de Half Moon. — Half Moon pode correr por dias e ainda assim nunca se cansar. Ele é o melhor cavalo de toda a ilha.

Eles trotam juntos pela estrada, à frente da caravana, mas atrás da guarda e dos vigias. O dia está quente, mas com uma brisa fresca e forte. Um verdadeiro dia de verão. Talvez um bom sinal.

— O que é aquilo ali? — Nicolas aponta para o fim do caminho.

Um grupo de mulheres com vestes preto e branco, sacerdotisas do templo de Indrid Down, se reuniram para dar uma benção à rainha. Quando eles se aproximam, Katharine nota que Cora, a sacerdotisa-chefe, não está entre elas.

— Tantas carruagens... — diz uma das sacerdotisas de cujo nome ela não se lembra. — Wolf Spring transbordará.

— De fato — Katharine diz. — Quando eu for embora de lá, eles terão uma rainha a menos, mas vão dispor de muito dinheiro da capital. Vocês vieram dar a Benção da Deusa?

— Viemos. Esta noite vamos para as colinas rezar e queimar oleandro.

Half Moon começa a ficar inquieto e Katharine segura sua rédea.

— Todos sabem que o templo apoia Mirabella — ela diz. — Mas vocês são sacerdotisas de Indrid Down e servem a envenenadores desde sempre.

— Todas as rainhas são sagradas — a sacerdotisa responde.

O maxilar de Katharine tensiona. Ela olha para Nicolas, que afasta seu cavalo.

— Eu sei que vocês não gostam de mim — Katharine sussurra. — Eu sei que vocês sentem que não sou a escolhida, mesmo que não me digam.

— Todas as rainhas são sagradas — a sacerdotisa repete, em sua voz monótona e irritante.

Katharine gostaria de derrubar aquelas vestes brancas no chão com seu cavalo. Enfiá-las na lama até que estivessem manchadas de vermelho escuro e marrom. Mas a caravana se aproxima, já é possível ouvir barulhos de cascos e metais e de baús e cordas batendo. Katharine sorri por entre os dentes.

— Sim — ela diz. — Todas as rainhas são sagradas. Mesmo aquelas que vocês jogam no abismo.

Rolanth

Uma mulher e seu marido se ajoelham em frente ao templo, oferecendo água tingida e perfumada. A água é de um azul-escuro cor de tempestade e está armazenada dentro de uma bela tigela em mosaico, feita com vidro azul e branco.

— Bênçãos para você, Rainha Mirabella — a mulher murmura, e Mirabella estende a mão sobre sua cabeça curvada. Ela os reconhece do distrito central. São comerciantes que vendem sedas e pedras preciosas. Quando passaram por lá, ela avistou a mulher pela janela da carruagem, gritando ordens para os trabalhadores que estão restaurando o Teatro Abobadado.

Não são muitas pessoas de Rolanth que a acompanharão a Wolf Spring. Como foi anunciado que a Lua da Colheita aconteceria em Rolanth, em apenas alguns meses, há simplesmente muito o que fazer.

— Obrigada por sua oferenda — Elizabeth agradece, pegando a tigela para levá-la para dentro. Bree segura o braço de Mirabella.

Uma vez no interior do templo, Mirabella respira fundo. O ar cheira a rosas perfeitamente abertas, e há ainda o cheiro do sal do mar e da essência fria e terrosa de seus adorados penhascos de basalto. Hoje eles partem para o longo caminho até Wolf Spring. Charretes foram carregadas com suprimentos e, na Westwood House, carruagens aguardam com uma parte do guarda-roupa da rainha dentro de baús.

— Você parece tão triste — Bree diz enquanto elas dão a volta no domo sul. — Você não está nem um pouco animada?

Mirabella faz uma pausa na frente do mural da Rainha Shannon, repleto de tempestades e raios em tinta azul e dourada. A rainha do tempo parece estar olhando para ela.

— Eu não deveria estar animada — ela diz. — Eu deveria estar pronta. Nenhum decreto do Conselho Negro pode ser considerado confiável enquanto ele for controlado pelos Arron.

Bree revira os olhos.

— Agora você está soando como Luca. Isso é algo bom, você não vê? Você poderá matar Katharine e Arsinoe, então não teremos que nos preocupar com mais nada além de banquetes e pretendentes até a sua coroação no Beltane.

Todos em Rolanth parecem concordar com isso, doutrinados por Luca durante todos últimos anos para acreditar na lenda de Mirabella.

— Será difícil te proteger em Wolf Spring — Elizabeth diz. — As pessoas são meio selvagens. E, com o templo obrigado a permanecer neutro, Rho não poderá ajudar.

— A dádiva dela protegerá Mirabella — Bree diz, confiante. — E nós também. É para isso que servem os guardiões.

Ela dá um tapinha na mão de Mirabella, mas a verdade é que elas sempre contaram com as sacerdotisas para a sua segurança. Os Westwood não têm nenhuma experiência em protegê-la.

— Você está com medo, Mira? — Elizabeth pergunta.

— Meus sentidos estão aflitos — ela responde. — Eu não gosto de sair de Rolanth. E não gosto que isso não tenha sido ideia nossa. — Mirabella não consegue parar de pensar no que Billy lhe contou. Que Arsinoe não mandou o urso atrás dela. Além do fato de também não ter contra-atacado na Floresta de Ashburn nem usado o urso para machucá-la...

Ela encara os olhos grandes e escuros de Elizabeth.

— Eu só tenho medo do que preciso fazer.

Elizabeth passa um braço em volta da rainha.

— Vai ficar tudo bem — ela diz. Pepper, o pica-pau, espiando de seu esconderijo no capuz dela, belisca a orelha de Mirabella.

— Pepper deveria estar em uma árvore — Bree sussurra. — É arriscado manter ele com você no templo, com tantos olhos sobre nós.

— Eu sei. — Elizabeth gira os ombros e Pepper desaparece em suas vestes. — Mas é difícil fazê-lo ficar longe de mim quando ele sabe que estou nervosa ou chateada.

— Então não fique nervosa ou chateada! Mira não vai falhar.

Quando elas passam pela porta aberta de um depósito, elas veem Billy debruçado sobre um barril. Harriet, a galinha, cacareja assim que as vê. Billy se endireita e espana pó e palha de seu cabelo.

— Oh, Oh! Vocês me pegaram.

— O que você está fazendo? — Mirabella pergunta.

— Estou separando coisas pra levar com a gente pra Wolf Spring. Fiquei sabendo que aqui havia conservas de tomates e amoras. Vou usá-los no meu prato que você mais gosta: tomates em conserva mornos sobre torradas.

— Eu achei que você estaria cozinhando melhor a essa altura — Bree reclama. — Mira está tão magra que metade dos vestidos dela precisou ser mandada para a costureira.

— Por que você não me ensina, então, Bree? — ele pergunta. — Se você for melhor que eu, eu como meu chapéu.

Elizabeth ri.

— Bree mal consegue fatiar pão para um sanduíche.

— Ah, e quem precisa fatiar pão, afinal? — Bree entra no depósito para ajudar Billy a examinar as caixas. — O que aconteceu com fazer compras na cidade? — ela pergunta, sua voz ofegante enquanto eles levantam uma tampa.

— Minha mãe te deu dinheiro, e as sacerdotisas ficaram de inspecionar o que quer que você comprasse.

— Sim, bom, esse dinheiro pode ter ido parar em um ótimo restaurante na rua Dale. E em alguns dos pubs ao lado do mercado.

— Billy Chatworth! — Mirabella exclama. — Você tem se banqueteado enquanto eu tenho comido tomates em conserva com torrada!

Billy sorri.

— Eu tentei ir ao mercado. Mas eu não gostei dos vendedores de lá. Eles cuspiram em Harriet como se ela fosse um Familiar.

O sorriso de Mirabella some. O ressentimento do povo diminuirá com o tempo. Luca diz que, uma vez que a Coroa for ganha, a ilha se unirá sob o governo de Mirabella.

— Talvez eu devesse ir junto… — Bree começa, então Elizabeth grita.

Ela sacode a cabeça e cobre a boca com a mão. Pepper sai de seu capuz e voa círculos barulhentamente em volta do depósito, em pânico, seu corpinho se debatendo contra as paredes.

Elizabeth aponta com o cotoco de seu punho.

Uma sacerdotisa jaz morta atrás da pilha de barris. Ela não parece estar morta há muito tempo. Sua face ainda está corada, e cachos dourados caem sũavemente sobre sua testa. Do pescoço para cima, ela poderia estar dormindo. Mas, dali para baixo, o que se vê é um horror de veias tão inchadas e inflamadas que pulam de seu peito como rachaduras em um vaso. O corpete do vestido envenenado é justo e toca grande parte de sua pele. O tecido azul agora está listrado de sangue, e as unhas da garota, cheias de sua própria carne, provavelmente por ter tentado escapar dele.

— Calma, calma — Billy diz, puxando Elizabeth para perto e tentando aquietá-la. — Mirabella, se afaste.

Passos ecoam pelo corredor: sacerdotisas vindo para investigar a origem dos gritos.

— Coloque Pepper de volta nas suas vestes! — Bree sibila.

Mas o pobre pássaro está aterrorizado. Pensando rápido, Mirabella sai pela porta para desviar a atenção, para que Elizabeth possa se acalmar e escondê-lo novamente.

— O que foi? — É a primeira pergunta da sacerdotisa. Ela examina Mirabella dos pés à cabeça, e as outras entram no depósito. Quando veem a garota caída, algumas delas gemem dolorosamente. A garota era uma delas. Uma das suas.

Luca para de andar por um instante para tocar o cabelo de Mirabella. A rainha está sentada no sofá dos aposentos da Alta Sacerdotisa, cercada por Bree, Elizabeth e uma almofada bordada.

A porta se abre, mas é apenas uma inicianda carregando uma bandeja com chá e biscoitos que Billy eficientemente prova, mesmo sabendo que tudo sairá intocado dali.

— Eu não quero mais que você faça isso — Mirabella diz.

— É pra isso que estou aqui — ele diz gentilmente. — Eu sabia dos riscos. Assim como meu pai quando me mandou.

— Você estava aqui para provar um ponto — Luca o corrige. — E para que seu pai pudesse fazer média conosco. Pessoalmente, eu acho que ele é louco de te colocar no caminho dessa envenenadora, mesmo com minhas sacerdotisas provando tudo antes de você.

— Ninguém mais deve fazer isso — Mirabella diz. — Sem mais provadores. Não mais. — O rosto da garota morta flutua em sua mente, em conflito com outra imagem presa dentro dela: a pequena Katharine, doce e sorridente.

A porta se abre de novo. Desta vez é Rho. Ela baixa o capuz e seu cabelo vermelho cai por seus ombros.

— Quem era? — Luca pergunta.

— Uma inicianda, Rebecca.

Luca pressiona as mãos contra o rosto. Mirabella não a conhecia, exceto de vista.

— Ela era... ambiciosa. — Luca explica, finalmente se sentando em uma de suas cadeiras estofadas demais. — Ela devia estar testando o vestido.

— Sozinha? — Rho pergunta. — E vestindo-o?

— Ela era uma boa sacerdotisa. Devota. Veio de uma fazenda em Waring. Eu escreverei à família dela e enviarei uma bênção. Depois que ela for cremada, nós colocaremos as cinzas em uma urna, caso a mãe deseje ficar com elas.

Mirabella se encolhe. Tudo é tão rápido. Tão objetivo.

— Ela sofreu? — Mirabella pergunta. — Eu não me importo se você acha que essa é uma pergunta fraca, Rho. Eu quero uma resposta.

O maxilar de Rho destrava.

— Eu não sei, minha rainha. Pela pele embaixo das unhas, eu diria que sim. Mas o veneno agiu rápido. Ninguém a ouviu gritar, e ela não teve tempo de sair do depósito em busca de ajuda.

— Você sabe o que foi? — Luca pergunta.

— Algo absorvido pelo contato com a pele. As feridas estão localizadas perto do corpete, onde o vestido é mais justo. Vamos examiná-lo antes de destruí-lo, para procurar por alfinetes ou lâminas escondidas.

— Katharine — Mirabella sussurra. — Você se tornou tão terrível.

— Rebecca nunca deveria ter colocado aquele vestido — Rho diz.

— Mas ela não tinha como saber — Bree protesta. — Você não percebe? O vestido era azul! Não foi enviado para a rainha. Foi enviado para uma de nós! — Ela fuzila Rho. — Por que ela faria uma coisa dessas?

— Ela é esperta, essa envenenadora. Se ela não consegue atingir diretamente a rainha, ela vai forçá-la à ação matando aqueles à sua volta.

— Ela não é esperta — A voz de Elizabeth é baixa, enquanto ela seca os olhos com o dorso das mãos. Mirabella a abraça. — Ela é cruel.

Wolf Spring

Na clareira, junto da árvore inclinada, Arsinoe deixa que Madrigal tire sangue fresco de seu braço. Acima delas, folhas verdes e finas farfalham em seus antigos galhos.

— Pronto — Madrigal diz —, é o suficiente.

Arsinoe pressiona um pano para estancar o sangramento.

— Você tem algo pra comer? — ela pergunta, e Madrigal lhe joga um saco. Dentro dele há um alforje de cidra e algumas tiras de carne seca.

Ela come. A sangria já não a incomoda mais. Seus braços e mãos estão tão cobertos de cicatrizes que ela não pôde arregaçar as mangas durante toda a estação.

Madrigal se inclina devagar sobre a pequena fogueira que elas acenderam quando chegaram. Ela está grávida não tem mais de dois meses, mas sua barriga já aparece.

— Você quer uma menina? — Arsinoe pergunta.

— Eu quero que você se concentre — Madrigal diz, soprando as chamas.

— Mas e se você tivesse que escolher?

Madrigal levanta os olhos, cansada. Ela nunca pareceu tão pouco entusiasmada em fazer magia baixa. A criança suga suas forças.

— Não importa. — Ela se senta em um tronco. — Os Milone dão à luz apenas a garotas, e os Sandrin, apenas a meninos. — Ela passa a mão pela barriga. — Então teremos que esperar pra ver qual sangue vai vencer.

Um vento, frio para a época do ano, varre a clareira, e as folhas da velha árvore sibilam como cobras.

— As outras rainhas estão chegando — Madrigal diz, aspirando a brisa. — Se você quer amaldiçoar suas irmãs, o momento é agora.

Arsinoe concorda. Uma lembrança da pequena Katharine com margaridas no cabelo surge em sua mente. Mirabella apertando-a com força quando as sacerdotisas tentaram matá-la, depois que ela subiu à superfície em Innisfuil. Ela as repele.

Arsinoe precisa se concentrar. Mais da metade de uma maldição depende da intenção.

— Juillenne sabe que você pediu minha ajuda? — Madrigal pergunta.

— Sim.

— E ela não tentou te impedir?

— Pra alguém que quer que eu me foque, você com certeza parece distraída. O que essa maldição vai fazer, aliás? — Arsinoe pergunta.

— Eu não sei.

— O que você quer dizer?

— Isto não é o mesmo que uma runa ou um encanto — Madrigal responde. — Uma maldição é uma força que se solta no mundo. E, uma vez que você a solta, não pode chamá-la de volta. O que passar por esta fumaça hoje terá a marca da sua vontade e da vontade da Deusa. Mas também carregará vontade própria.

Magia baixa sempre carrega vontade própria. Será que foi por isso que ela flutuou aquele dia, na tempestade, e colocou uma rede sobre Joseph e Mirabella? Os cortes no braço de Arsinoe latejam, e ela sente o peso do preço que ela ainda nem sonha pagar.

Madrigal derrama o sangue de Arsinoe no fogo. As chamas parecem saltar sobre ele, lambendo-o, devorando-o sem som ou assobio algum. Ela derrama o restante e alimenta a chama com cordões embebidos em sangue mais antigo. Seus murmúrios são como murmúrios para sua criança ainda não nascida.

Atrás dela, a árvore inclinada estala e Arsinoe fica tensa, mas isso é bobagem. A árvore não pode se mexer. Ela não vai acordar e se libertar de suas raízes.

— Pense nelas — Madrigal diz.

Arsinoe pensa. Ela pensa em uma garotinha sorrindo e brincando no riacho. Ela se lembra de Mirabella séria e pronta para mergulhar caso ela caísse.

Eu as amo, ela percebe, *eu amo as duas.*

— Madrigal, pare.

— Parar? — Madrigal pergunta, quebrando o contato visual com as chamas.

O fogo cresce como uma onda na direção de Madrigal. Arsinoe grita e salta para pressioná-la contra o chão, apagando as chamas com as mangas de sua camisa. Em um segundo, o fogo está morto, reduzido à fumaça, mas o fedor de cabelo e pele queimados é forte.

— Madrigal? Madrigal, você consegue me ouvir?

Arsinoe toma o rosto perturbado de Madrigal entre suas mãos. Seu ombro foi queimado profundamente, carbonizado, o vermelho da carne exposto. Mas ela não parece sentir.

— Meu bebê — ela sussurra —, meu bebê.

— O quê? — A barriga de Madrigal está intacta. Ela não caiu com força. O bebê está bem. — Madrigal? — Arsinoe seca lágrimas da face de Madrigal.

— Meu bebê... meu bebê... — Seus gritos crescem, e os cantos de sua boca se viram para baixo. — Meu bebê!

— Madrigal! — Arsinoe dá um tapa nela. Apenas de leve, nada tão forte quanto os de Cait, mesmo quando ela está brincando. Os olhos de Madrigal se movem para a esquerda e então se fixam no rosto dela.

O pote que continha o sangue de Arsinoe, agora vazio e manchado de vermelho, cai da mão de Madrigal e rola pelo chão. Arsinoe arrisca dar uma olhada para a árvore inclinada. Ela continua no lugar, tentando parecer inocente.

— O que aconteceu? — Arsinoe pergunta.

— Nada — Madrigal diz.

— Madrigal, o que você viu?

— Eu não vi nada! — ela responde com raiva, secando rapidamente o rosto. — Não era sobre você! E não era real. — Ela se levanta, os braços cruzados protetoramente sobre a barriga. Era sobre a criança, mas disso Arsinoe já sabe. O que quer que seja, devia ser horrível.

Arsinoe olha de novo para a árvore, para o espaço sagrado. Magia baixa não concede apenas o que se deseja, ela também não mente. A árvore inclinada não mente, e uma pontada de medo acerta as entranhas de Arsinoe, por Madrigal e seu bebê, por Jules e sua pequena irmã ou irmão que ela tanto amará.

— Você tem razão — Arsinoe a consola. — Foi culpa minha. Eu não consegui me concentrar. Eu ficava vendo imagens das minhas irmãs... memórias. Nós podemos tentar de novo...

— Nós não podemos tentar de novo! — Madrigal se solta e corre para longe clareira. Ela sequer olha para trás quando Arsinoe a chama.

Arsinoe olha para baixo, para as cinzas da fogueira, agora já frias. Ela poderia tentar de novo sozinha. Mas, de alguma forma, ela sabe que não dará certo. O Solstício de Verão chegou, e ela não poderá obter mais nenhuma vantagem além dos segredos que já possui.

— As outras rainhas estão chegando — Arsinoe diz para a árvore. — E parece que você as quer aqui.

Solstício de Verão

Estrada de Valleywood

Cavalgando perto da linha de frente da caravana de Indrid Down, Katharine ergue o nariz na direção da brisa e inspira profundamente. Não falta muito para Wolf Spring. Ela quase pode sentir o cheiro do mercado de peixe. Dizem que o peixe deles é o melhor de toda a ilha, e ela espera que de fato seja, pois Natalia está com desejo de peixes venenosos.

— Você me contaria mais sobre o festival do Solstício de Verão? — Nicolas pergunta. Ele e Pietyr cavalgam ao lado dela, tão perto que Half Moon fica incomodado com a falta de espaço. — Eu ouvi dizer que haverá banquetes e belas luzes.

— Lanternas acesas nos portos — Pietyr interfere. — E muitas oportunidades para envenenamentos. Wolf Spring é famosa por seus bêbados; haverá confusão e movimento. Além disso, Arsinoe não ousará usar o urso no meio de tantas pessoas do seu povo. — Ele olha com raiva para Nicolas, e Katharine morde a parte de dentro da boca para conter o riso.

— O urso não me assusta — ela diz. — Eu trouxe algo especial para ele.

Ao ouvir isso, Nicolas sorri. Katharine trouxe consigo lanças longas e afiadas, perfeitas para perfurar o flanco de um urso. Nicolas as admirou com grande aprovação antes de partirem de Greavesdrake.

— Conte-me mais sobre as rainhas que você enfrentará. Uma naturalista e uma elemental. É sempre assim? Eu ouvi falar de outros tipos... Rainhas oráculos e rainhas da guerra.

— Há muito tempo não temos rainhas oráculos — diz Katharine. — Pelo menos não desde que uma ficou louca enquanto estava no trono e ordenou a execução de muitas das famílias do Conselho. Ela dizia que estavam conspirando contra ela. Ou melhor, que conspirariam contra ela no futuro. Ela disse que havia previsto isso. Agora, quando uma rainha nasce com o dom da visão, ela é imediatamente afogada.

Katharine espera que ele fique pálido, mas, em vez disso, ele apenas concorda com a cabeça.

— Um governante louco realmente não é algo aceitável. Mas e a dádiva da guerra? Por que não existem mais rainhas da guerra?

— Ninguém sabe por que a dádiva da guerra enfraqueceu. As rainhas afogadas explicam por que a cidade-oráculo de Sunpool está quase vazia, mas Bastian segue próspera. A dádiva da guerra permanece. Ainda assim, há gerações não nasce uma rainha que a tenha.

— Uma pena — diz Nicolas. — Embora você, doce Katharine, tenha espírito de guerra o suficiente para mim.

Ele sorri. Que pretendente ela foi atrair. Nicolas é refinado e encantador, mas tem sede de sangue. Ele diz que ela é ousada demais para se restringir a apenas envenenar pratos. Que ela é habilidosa demais com facas e flechas para desperdiçar esse talento. Quando ele lhe disse isso, ela quase o beijou. Ela quase o jogou no chão. Natalia quer que Billy Chatworth seja o rei consorte de Katharine, para preservar a aliança entre as famílias. Mas, quando os pretendentes forem para a Caçada aos Veados, uma caçada sagrada e aberta apenas para eles, Billy Chatworth não terá chance. Nicolas o caçará como Billy caçará os veados. E então Katharine ficará livre para escolhê-lo.

Avisos do chefe da guarda percorrem a fila.

— Estamos quase lá — diz Pietyr. — É logo depois da próxima curva.

— Então vamos para a frente. — Katharine bate os calcanhares nos flancos de Half Moon antes que Pietyr possa protestar. Nicolas ri e corre atrás dela. Enquanto ela segue a curva da estrada que leva a Wolf Spring, a maresia sobe como um muro, chocando-se contra seu peito.

Eles não param até chegar aos arredores da cidade. Como era esperado, o lugar não é nada demais. Construções de madeira cinzenta e placas com tinta desbotada. No entanto, as pessoas nas ruas e nas vitrines das lojas param o que estão fazendo para observá-los, seus olhares levemente hostis e muito apreensivos. Quando o restante da caravana chega, a maior parte parece aliviada por poder desviar os olhos.

— Você sequer sabe para onde estamos indo! — Pietyr diz, com raiva, quando os alcança.

— Sinceramente, Renard — Nicolas diz —, ali está a cidade e ali está o mar. Como poderíamos nos perder?

Katharine ri. É verdade. Ela não sabe por que foi necessário mandar Primo Lucian e Renata Hargrove, a sem dádiva, visitar Wolf Spring com uma semana de antecedência para escolher uma acomodação. Em uma cidade deste tamanho, não devem haver mais do que quatro ou cinco alternativas.

— Onde ficaremos, Pietyr? — ela pergunta.

— No Wolverton Inn — ele responde. — O cocheiro principal sabe o caminho, se você puder segui-lo.

Katharine suspira.

— Muito bem. — Ela freia Half Moon para que o restante da caravana possa alcançá-los, então ajusta o peso das facas envenenadas presas em seu quadril. Enquanto eles passam pelas ruas, por todas essas pessoas salgadas e cheias de ódio, Katharine mantém o queixo erguido. Não é uma boa recepção. Mas ela e suas facas com certeza se divertirão no local.

Wolf Spring

A chegada das rainhas toma a cidade como uma corrente, trazendo vida a Wolf Spring. Trabalhadores carregam madeira e tábuas para construir novos deques de observação com vista para o porto. O Wolverton Inn e o Bay Street Hotel preparam as acomodações para seus hóspedes. Comerciantes mantêm suas lojas abertas até mais tarde e procuram tarefas a serem realizadas do lado de fora, na esperança de conseguir dar uma espiada na envenenadora morta-viva ou em Mirabella, a lendária elemental. Segundo Ellis, que tem sido os olhos e os ouvidos da cidade desde que as outras rainhas chegaram, até Luke ficou varrendo a calçada na frente da livraria até depois de seu horário, embora antes tenha tirado o vestido da coroação de Arsinoe da vitrine.

— A gente devia ter recusado isso — Jules diz.

— A gente não podia — Arsinoe responde.

Katharine e os Arron já estão acomodados em seus quartos no Wolverton Inn, provavelmente enlouquecendo a pobre Sra. Casteel e o jovem Miles com pedidos loucos de envenenadores. A oeste, a colina do templo está infestada de sacerdotisas de Rolanth tentando tornar os modestos aposentos de pedra adequados para a Rainha Mirabella.

— É monstruoso. Armar para a gente assim — Arsinoe diz. — Como se fôssemos peças de um jogo de tabuleiro. Se isso é obra da Deusa, então ela é cruel. E se é do Conselho e do Templo, então somos tolos por dançar de acordo com a música deles.

— Talvez — Jules diz. — Mas, como você disse, não podíamos recusar.

— Por que não podemos simplesmente ficar aqui? Eu só quero viver nossa vida aqui, como sempre fizemos.

Pelo canto do olho, Arsinoe vê Jules fechar os punhos e olhar nervosa para as árvores, avaliando se elas começam a sacudir.

— E o nosso final feliz? — Jules pergunta. — Não vale a pena lutar por isso? — Quando Arsinoe não responde, ela perde a paciência: — Pare de agir como uma criança! Se você ganhar, você continua viva, e isso é melhor que nada.

Arsinoe se encolhe.

— Eu não ia te bater — Jules diz. — Não mais forte do que de costume. Não por causa dessa maldição.

— Desculpa, Jules. Você me assustou, só isso.

— Claro — diz Jules, soando pouco convencida. — Claro.

— Está piorando? — Arsinoe pergunta. Mas elas nem sabem o que exatamente significa piorar. A dádiva da guerra se fortalecer? O temperamento de Jules ficar pior? Jules enlouquecer?

— Estou bem — Jules respira profunda e lentamente. — Eu queria que tivesse dado certo, você e Madrigal na árvore.

Elas ajudaram Madrigal a cuidar das queimaduras. Com o bálsamo de Cait, mal ficarão cicatrizes, mas Madrigal ainda se recusa a dizer o que viu nas chamas, sobre a criança que está esperando.

— Acho que teremos apenas as vantagens que já temos — Arsinoe diz.

— Você não está com medo? Por que você não luta por você mesma?

— Claro que estou com medo! Mas só posso fazer o que tenho feito, Jules.

Por um longo tempo, Jules fica em silêncio, e Arsinoe pensa que a conversa acabou. Mas então Camden rosna e a lenha empilhada começa a se mexer e a sacudir.

— Nós vamos te manter a salvo só pra te irritar, Arsinoe — Jules diz sombriamente. — Camden, Joseph e eu.

— Você quer dizer que vai usar sua dádiva da guerra? Você não pode! Se eles descobrirem, eles vão… — Arsinoe faz uma pausa e baixa a voz como se o Conselho já pudesse ouvi-la. — Eles vão te levar a Indrid Down e te prender. Eles vão te matar. A ilha não brinca com loucura.

— Talvez eu não fique louca. Talvez a dádiva deva ser desatada. Talvez seja por isso que eu a tenho, pra te proteger quando você se recusa a cuidar de você mesma.

— Eu não quero que você faça isso, Jules. Por favor.

— É a sua vida. Não me diga pra ficar fora disso. — Jules olha para ela com raiva e depois sai andando pela estrada.

— Jules!

— Vou só me encontrar com o Joseph — ela diz, por cima do ombro. Jules então desacelera o passo e sua voz suaviza. — Não se preocupe. Só vamos ficar de olho no que os Arron e o templo estão armando.

Ao lado da Lagoa Dogwood, Arsinoe escapa com Braddock por alguns momentos, antes que o caos tenha início. Mas ela não consegue ficar sozinha por muito tempo. Billy logo a surpreende, de volta de Rolanth.

— Arsinoe — ele diz.

— Junior! — Todo o seu corpo se inclina para ele. Ela se joga em cima dele e lança os braços em volta de seu pescoço. As mãos dele apertam as costas dela, pressionando também algo que faz um barulho suave.

— Esta recepção é melhor do que eu esperava — ele diz.

— Então não a estrague com seus comentários.

Billy ri e eles se separam. Ele parece igual, sem marcas de veneno. Inteiro e de volta para casa, com ela, onde é o lugar dele. Os olhos de Arsinoe se movem pelo rosto, pelos ombros e pelo peito de Billy. Em seguida ela olha as mãos dele, corando.

— Junior — ela diz —, você trouxe uma guirlanda.

Uma muito bonita, aliás: vinhas suaves enroladas muitas vezes, torcidas e enfeitadas com flores roxas e azuis.

— Eu que fiz — ele estende os braços. — Pra você.

Arsinoe a pega e a gira entre os dedos.

— Quer dizer, eu não fiz — ele conserta —, mas fui eu quem disse à garota do mercado o que colocar nela. Não é um buquê — ele acrescenta rapidamente. — Eu sei que eles não fazem o seu tipo. Naturalista ou não.

— Mas você me trouxe um buquê uma vez. Lembra? No inverno passado, depois que fomos atacados pelo urso velho e doente.

— Aquele era do meu pai.

Arsinoe dá um sorriso. Ela então passa o dedo pelo pedaço de fita azul amarrado na guirlanda, usado para prendê-la na porta de casa nos dias que precedem o festival.

— Isso é… muito gentil — ela diz, com uma falta de sarcasmo que não lhe é característica. — Vai ser a primeira que vou soltar na água.

Ela ri quando Braddock vem inspecioná-la, farejando tudo com seu grande focinho marrom.

— Ele vai estar com você no festival? — Billy pergunta, acariciando-o entre as orelhas.

— Sim. Vou mantê-lo perto das docas, longe da maior parte da multidão.

— Mas ele ficará tranquilo? Tão perto das outras rainhas? Depois do que aconteceu no Beltane…

— Acho que ele ficará bem. — Ela às vezes se esquece de que Billy assistiu ao ataque na Aceleração. Agora ele está tão à vontade com Braddock, bagunçando o pelo dele e o afagando como a um gatinho.

— Seu urso mimado. — Arsinoe dá um tapinha no ombro de Braddock e ele se afasta rebolando, seu pelo o mais brilhante já visto por ela em um urso marrom. Wolf Spring o tornou gordo e bonito, bem-alimentado apenas com os melhores peixes.

— Me diga que você tem um plano — diz Billy. — Uma arma ou uma ação de que ninguém sabe.

— Eu tenho um urso. Alguns diriam que é o suficiente. — Ela olha para a guirlanda. — Precisamos mesmo falar sobre isso? Você acabou de voltar.

— Acabei de voltar — ele repete — como parte do pessoal de Mirabella.

Festival estúpido. A volta de Billy é a única coisa boa de tudo isso. Arsinoe então se vira para ele e toca seu pescoço.

— Estou feliz de te ver bem. O alfaiate amigo de Luke contou histórias horríveis sobre envenenamentos em Rolanth. Sacerdotisas desfiguradas… gado envenenado… Algo disso é verdade?

Billy faz que sim. Ele não diz mais nada, mas de repente parece tão assombrado que logo ela percebe que deve ser tudo verdade. Ou até pior do que contam.

— Eu devia ter escrito — ele diz. — Mas realmente não havia nada pra contar, e tudo o que eu queria dizer, não conseguia colocar no papel.

— Nós dois somos assim. Eu nunca consigo encontrar palavras que não pareçam estúpidas quando escritas. Jules, pelo contrário, pode escrever por dias.

— Precisamos ter certeza de estar sempre cara a cara, então. Pra que nunca existam mal-entendidos.

Ele passa os dedos pela borda da máscara dela, descendo até seu queixo. Um pedacinho de cicatriz aparece por trás da madeira laqueada.

— Eu não sei mais quando vou poder te ver — ele diz.

— Você não está com os Sandrin?

— Mesmo em Wolf Spring, eu ainda sou o provador oficial de Mirabella. Vou ter que ficar ao lado dela durante as cerimônias do festival.

A garganta de Arsinoe se fecha. Ver Billy ao lado de sua irmã vai doer, mesmo que sejam só aparências.

— Então você não vai fazer o que fez no Beltane... Deixar Mirabella e vir até mim.

— As coisas são diferentes agora — ele diz baixo.

— Diferentes como?

Billy segura os ombros dela e ela prende a respiração. Não há veneno em seus lábios desta vez. Se ele a beijar, ela corresponderá. E nunca mais o soltará.

Mas, em vez disso, ele a aperta contra o peito.

— Arsinoe — ele diz, beijando o cabelo, os ombros dela, todos os lugares, menos onde ela mais deseja. — Arsinoe, Arsinoe.

— Eu espero que a gente possa conversar mais uma vez, pelo menos — Arsinoe diz. Ela enfia o rosto no ombro dele. — Antes de uma das minhas irmãs me pegar.

— Não diga coisas assim. Da parte de Mirabella, não há nenhum plano específico, exceto continuar viva.

— Ou você só não sabe — Arsinoe replica, se afastando. — Você me contaria, Junior? Se soubesse? Você contaria a ela se soubesse de algum plano meu?

Ele desvia o olhar.

— Não responda — ela diz. — Foram perguntas injustas. Mirabella não é só um nome pra você agora, ou só um rosto em cima de um penhasco. Eu não espero que você a odeie por causa de mim.

Billy toma as mãos dela e enlaça seus dedos.

— Talvez não — ele diz. — Mas eu nunca deixaria nada acontecer com você. E isso nunca vai mudar.

Templo de Wolf Spring

No chalé do templo, Luca corre um dedo pelo parapeito da janela e então o levanta para Rho.

— Ao menos está limpo.

— Ao menos isso. — Rho ri. — Você ficou mole e mimada como um gato, Alta Sacerdotisa. — Luca ri também. Isso é bem verdade. Ela é a Alta Sacerdotisa há muito tempo, de modo que tem aproveitado todas as mordomias que acompanham o cargo. Deixando as regalias de lado, as modestas acomodações do chalé são perfeitamente suficientes.

As sacerdotisas de Rolanth fizeram um ótimo trabalho limpando e liberando o espaço necessário. Elas não souberam informar muito sobre a segurança dos arredores do terreno, mas Rho cuidará disso. O mais difícil será manter Mirabella por perto. Rho já a viu caminhando pelas bordas do jardim do templo, olhos na cidade e no porto. Sua rainha de coração mole está curiosa a respeito da vida que a irmã viveu aqui, além de ainda ansiar por ver aquele garoto, Joseph Sandrin.

— Eu gosto daqui — diz Rho, respirando fundo. — É um lugar mais duro que Rolanth. E mais honesto.

— E tal conclusão após uma rápida farejada no ar.

— Você me conhece, Luca. Eu não preciso de muito tempo para entender um lugar.

— Ou uma pessoa — Luca complementa. — O que você acha dessa envenenadora? Eu não a considerava uma ameaça até ela desaparecer no Beltane e retornar misteriosamente depois.

UM TRONO NEGRO **141**

— Então ela se arrastou para fora de um poço. — Rho faz uma expressão de desdém. — Para mim ela ainda é fraca, foi apenas moldada pelos Arron.

Luca anda até a janela que dá para o leste, com vista para o mercado e o porto. É um dia bonito e ensolarado. Na cidade, as pessoas estão ocupadas enfeitando a praça para seus convidados. Apenas as rainhas, seus guardiões e alguns poucos sortudos caberão ali. O restante ocupará as ruas laterais para o banquete: Wolf Spring, Rolanth e Indrid Down festejando juntos.

— Nós erramos vindo até aqui? — Luca pergunta.

— Não.

— Mesmo que não possamos ajudá-la?

Rho coloca firmemente uma mão no ombro da mulher mais velha diante de si.

— Isso *é* ajudar. Uma jovem rainha só tem um propósito na vida, que é a Coroa.

— Eu sei que você está certa — Luca responde. — Mas ainda assim não gosto disso.

— Eles celebram com guirlandas — Bree diz, enquanto gira uma ao redor do dedo. — Esta foi feita para você pelas sacerdotisas de Wolf Spring. Elas fizeram uma para cada rainha. — Ela entrega a guirlanda para Mirabella. É linda, feita com maestria, com flores silvestres azuis, lírios brancos e hera. — Eu vi a que fizeram para Katharine. Toda de rosas vermelhas e espinhos.

— O que eles fazem com elas? — Mirabella pergunta, mas é Elizabeth, não Bree, quem responde.

— Nós as colocamos na água, com lanternas de papel no centro — ela diz, com o rosto voltado para o porto, um tanto nostálgica.

— Este lugar te deixa com saudades de casa, Elizabeth? — pergunta Mirabella. — É parecido com Bernadine's Landing?

— Um pouco. Minha casa não era perto do mar, mas a região toda tem uma paisagem semelhante e as mesmas tradições.

— Eu não vi o urso quando fui explorar a cidade — Bree diz de repente, deixando Mirabella tensa. — Embora houvesse muita conversa sobre ele. Onde você acha que ela o escondeu? E por quê? Talvez ele não seja seguro. Ele foi tão brutal naquela noite... É assim com você, Elizabeth? Pepper nem sempre faz exatamente o que você manda?

Elizabeth olha para uma árvore próxima e o pica-pau inclina a cabeça para ela.

— Pepper quase nunca faz exatamente o que eu mando — Elizabeth diz, sorrindo em seguida. — Nossos Familiares sabem o que sentimos e nós sabemos o que eles sentem. Nós estamos unidos, mas ainda somos independentes. Um Familiar tão forte... Pode ser difícil controlá-lo quando ele está com raiva.

— Não importa — Mirabella diz finalmente. — Durante o festival, nós veremos esse urso até nos cansarmos.

Bree fica na ponta dos pés para olhar por cima do ombro de Mirabella.

— O quê? — Elizabeth pergunta. — Algum belo garoto naturalista?

Bree arqueia uma sobrancelha, mas ela logo faz um bico.

— Não. É só o Billy voltando. Ele foi levar a galinha para os guardiões dele. Não que ele não seja perfeitamente belo. Se ele não fosse um pretendente...

— Ela para assim que Elizabeth acerta uma noz nela.

Billy disse que iria levar Harriet para os Sandrin, para mantê-la a salvo, mas Mirabella sabe que ele foi ver Arsinoe.

— Eu já volto — ela diz para Bree e Elizabeth.

— Não vá muito longe!

— Não vou. — E ela nem poderia, com tantas sacerdotisas observando.

Ela corre um pouco até alcançar Billy, então começa a andar ao seu lado. Ele olha para ela e rapidamente volta a encarar o chão.

— É assim que vai ser, então? — Ela pergunta depois de alguns momentos. — Uma visita à minha irmã e não somos mais amigos?

Ele para no sopé da colina e aperta os olhos por causa dos raios de sol refletidos pelas ondas na Enseada de Sealhead.

— Eu queria que não fôssemos. Quando meu pai me mandou pra Rolanth, eu jurei que te odiaria. Que eu não seria um tonto como Joseph, que ficou preso no meio da coisa toda. — Ele lhe lança um sorriso triste. — Por que você não podia ser horrível? Você não tem modos? Você devia ter feito a gentileza de ser terrível. Pra que eu pudesse te desprezar.

— Desculpe. Quer que eu comece agora? Que eu cuspa no seu olho e te chute?

— Isso soa como algo que Arsinoe faria, na verdade. Então eu acharia fofo.

— Você contou a ela que eu sei da verdade? — Mirabella pergunta. — Que eu sei que ela não tentou me matar?

Billy balança a cabeça e, internamente, o coração de Mirabella dói. Ela quer que Arsinoe saiba. Ela quer contar pessoalmente à irmã e sacudi-la pelos ombros até que seus dentes batam por não ter lhe dito a verdade sobre o urso naquele dia na Floresta de Ashburn.

— Arsinoe diria que a ausência de ódio não muda nada. Mas eu acho — Mirabella diz lentamente — que eu aguentaria morrer. Se eu soubesse que a irmã que teria que me matar... se eu soubesse que ela me ama. — Ela ri de si mesma. — Isso faz algum sentido?

— Eu não sei — diz Billy. — Acho que sim. Mas eu odeio que você e Arsinoe precisem pensar assim.

Ele a olha com tristeza.

— Eu não quero te odiar depois disso. Mas pode ser que eu odeie. Eu odiarei todas vocês se ela morrer.

Mirabella olha para o mar. É tão agradável ali. Em outra vida, as coisas poderiam ter sido diferentes. Arsinoe poderia tê-la recebido na entrada da cidade e lhe mostrado o mercado e os lugares onde ela e Jules brincavam quando crianças.

— Não seja tão precipitado ao dizer "depois disso" — Mirabella diz. — Nós estamos aqui só pelo festival. Talvez nada aconteça.

— Mirabella — Billy diz suavemente. — Não minta pra você mesma.

Wolverton Inn

Genevieve não parou de olhar com raiva na direção do templo de Wolf Spring desde que elas pisaram em seus respectivos quartos. Ela anda de um lado pro outro, resmungando, cruzando e descruzando os braços. Está irritada por Mirabella ter chegado em Wolf Spring primeiro. Katharine revira os olhos assim que Genevieve vai até a janela mais uma vez. Não há como ver o templo. O hotel fica muito no centro da cidade para isso, não importa o quanto ela insista em apertar o nariz contra o vidro.

— Saia daí — Natalia diz. — É melhor chegar por último do que chegar no meio. Não havia como chegar primeiro. Arsinoe mora aqui.

Katharine as ignora enquanto elas tagarelam sobre aparências e segurança, como se isso tivesse alguma importância. Ela então desliza a lâmina de uma pequena faca de atirar por uma pedra de amolar, escutando o som do atrito. Mais e mais afiada. Ela precisará de todas elas em perfeitas condições, além de uma besta e muitas flechas.

— Kat — Natalia a chama. Pelo canto do olho, Katharine vê Genevieve enrijecer ao reparar nas facas. — O que você está fazendo?

— Me preparando.

— Para quê? — Pergunta Genevieve. — Você não precisa disso. Você está totalmente segura.

— Natalia — Katharine diz, ignorando Genevieve. — Com o que você envenenaria esta aqui? — ela passa a ponta de seu dedo pela lâmina afiada, fina como papel. Ela corta a pele tão rápido que nem chega a doer, o sangue demorando um instante para aparecer. — Eu preciso de algo forte o suficiente para matar um urso.

— Não tema o urso — diz Genevieve.

— Eu não o temo — Katharine sorri. — Eu tenho um plano.

Festival do Solstício de Verão

— **Ela está cometendo um erro.**

— Mesmo assim, Jules, é um direito dela. Você não pode forçá-la. — Jules e Joseph estão no quarto de cima, estudando a movimentação em Wolf Spring pela janela com a ajuda de uma longa luneta preta e dourada, presente do pai de Billy.

— Desde quando eu fiz algo *além* de forçá-la? — Jules murmura. — Arsinoe sempre foi minha protegida. Tem sido assim desde o momento em que pus os olhos nela, quando éramos crianças.

Ela olha pela luneta. As ruas estão fervendo, cheias de pessoas, e ainda faltam horas para o início do festival.

— Elas vão bloquear todos os lados — Jules diz. — Nos encurralar.

— Pelo menos conhecemos as ruas e os esconderijos. Nós estamos em vantagem.

— Isso é uma armadilha — ela rebate. — Eu não acho que as vantagens que temos vão adiantar de alguma coisa.

Joseph olha para baixo.

— Eu nunca te ouvi falar assim.

— Então você nunca esteve ouvindo. — Ela fecha os olhos. — Desculpa. Isso não é justo. É só que estamos cercados de envenenadores e elementais e ninguém parece estar com medo como deveria.

— Eu estou com medo — ele diz, pegando a mão dela. — Eu tenho medo por Arsinoe e eu tenho medo por você, Jules. Eu sei que você vai dizer que não precisa de proteção. Mas eu não confio em Madrigal. Eu acho que ela pode te desatar sem que você saiba. Talvez ela até já tenha feito isso.

Jules aperta a mão dele. Pobre Joseph. Ele está com olheiras e parece mais magro. Ela não havia notado.

— Minha mãe é um problema, mas não um desse tipo. — Ela coloca a luneta novamente em frente ao olho. — E todo mundo precisa de proteção às vezes.

No mercado, há tantas sacerdotisas vestidas de branco que parecem uma patrulha. Elas estão sem dúvida inspecionando a comida, embora Jules não entenda por quê. Mirabella deve ter trazido seus próprios suprimentos, então qualquer veneno teria que ser colocado durante o preparo ou na hora de servir sua comida.

— Os envenenadores vão atacar no banquete. Isso é certeza. Arsinoe não pode comer ou tocar nada... e ela também não pode ser tocada por estranhos, já que a pele deles pode estar envenenada. Ela não pode ter contato com veneno nenhum, porque senão as pessoas se perguntarão por que ela não morre... Ter que guardar esse segredo é quase tão ruim quanto ter que se preocupar com veneno! — ela xinga, depois fecha a luneta entre as mãos.

— Onde está a Arsinoe agora?

— Se arrumando. Vai levar mais tempo que o normal. O Solstício de Verão é o único dia do ano em que ela deixa Madrigal trançar uma flor em seu cabelo.

Joseph ri.

— Eu deveria voltar pra lá. Mas estou tão cansada. — Ela esfrega as têmporas. — Eu estou tão cansada, Joseph.

— Jules, essa responsabilidade não é só sua.

— Cait vai estar ocupada com a organização da cerimônia. Ellis vai ajudar a controlar Braddock na multidão. E Madrigal não serve pra *nada*.

— Não se esqueça do Luke — diz Joseph. — E de mim. E da própria Arsinoe. Ela não é indefesa. E só uma das rainhas aqui é realmente uma ameaça.

— Uma faca envenenada ainda é uma faca. — Jules diz. — Ainda pode matar. — Ela solta um suspiro trêmulo e Camden vai até a ponta da cama de Joseph para se esfregar no joelho dela.

— Você precisa descansar — ele diz. — Esta pode ser uma longa noite.

— Não posso. — Ela sacode a cabeça, virando-se como que para ir embora. — O que está acontecendo na praça?

Joseph enlaça os braços dela com os dele e a segura com força.

— Daqui você pode ver bem. Está vendo? Todas as mesas se enchendo de lanternas de papel prontas para serem soltas no porto. Como em qualquer outro ano.

Mas este não é como qualquer outro ano. O céu azul acima da cidade está congestionado de fumaça, todas as casas se preparando para o banquete. No hotel no templo, duas outras rainhas aguardam, procurando uma oportunidade para matar Arsinoe.

— Uma vez eu disse que era como se você nunca tivesse voltado — Jules diz. — Que eu queria que você não tivesse voltado. Não era verdade. Eu não conseguiria fazer isso sem você.

Joseph estica a mão e afasta o cabelo do rosto dela.

— Eu sempre voltarei pra você, Jules. — Ele aperta os braços em torno dela e Jules o abraça com força.

Ela se aperta ainda mais contra ele, mas, quanto mais forte o abraça, mais sente ele indo embora. Joseph já não pertence a este lugar. E ela já não sabe a qual ela própria pertence.

— Me beija, Joseph — ela diz, porém é ela que se inclina para ele e o puxa para si.

Seus braços deslizam para as costas dele, e Jules puxa a camisa de Joseph até despi-lo dela. Ele desliza a camisa dela para fora de seus ombros, e os dois riem quando as mãos dela ficam presas.

— Eu te amo — Jules diz, permitindo-se ter um momento em que isso é tudo o que importa. Apenas Joseph e a mão dele em seus ombros. Somente o toque de seus dedos no cabelo dela. Ela se deita na cama e o puxa para junto de si.

— Eu te amo, Jules. Vou te amar enquanto viver.

Arsinoe mexe na barra de seu colete. Ela já o usou centenas de vezes antes, mas hoje ele parece errado, largo e está lhe caindo mal. A máscara em seu rosto também parece não se ajustar, não importa quantas vezes ela amarre e desamarre o laço em sua nuca.

Deve ser a trança. Ela cai pela lateral de sua cabeça e provoca coceira por conta dos ramos de aveia e das pétalas de flores. O cabelo dela é trançado de maneira parecida em todo Solstício de Verão, mesmo que ela o corte tão curto que a trança aparente brotar de sua cabeça como um pequenino braço rígido. Mas isso nunca a incomodou antes. É o dia que está errado, não a trança.

Ela encontra Madrigal sentada no quintal, na sombra, com Matthew descansando a seu lado.

— Você viu a Jules? — Ela pergunta.

— Não vi — Madrigal responde. — Eu achei que ela já estaria aqui a esta hora. Não podemos atrasar a procissão pra sempre. — Os ombros dela caem, mostrando o curativo que cobre a queimadura que se estende por seu colo e seu braço. Ela deveria estar alegremente colocando sua guirlanda feita de vinhas e pequenas flores brancas na cabeça de Matthew. Em vez disso, ela está sentada, pálida e magra quase por completo, exceto pela barriga.

Matthew estende a mão e puxa Arsinoe para perto de si. O sorriso típico dos Sandrin está firmemente estampado em sua face, charmoso e bonito o suficiente para fazer a rainha corar. Madrigal também não deve ter dito a ele o que viu nas chamas.

— É uma bela guirlanda — ele elogia.

Arsinoe gira a guirlanda do templo em volta do dedo.

— Já tive mais bonitas. — Ela pensa na que Billy lhe deu. Ela teve que entregá-la a Cait quando as sacerdotisas chegaram com a guirlanda da rainha naturalista, que mais parece um buquê do que uma guirlanda, na verdade. Há tantas flores silvestres roxas e amarelas que a lanterna de papel terá que ser espremida no meio delas.

A porta da casa bate e Cait vai até eles, com Eva empoleirada em seu ombro.

— Está na hora.

— Já? — Arsinoe pergunta. — Não vamos esperar por Jules?

— Não podemos esperar mais. Como anfitriãs, devemos chegar antes. Jules sabe disso. Tenho certeza de que ela vai nos encontrar lá.

Arsinoe expira e chama Braddock, enquanto Madrigal e Cait tomam seus lugares à frente dela, com Matthew por último. Ellis então se aproxima e aperta o ombro de Arsinoe.

— Pare — ela diz, lançando um sorriso incerto para ele. — Parece que você está se despedindo.

— Nunca — contesta Ellis. — Só quis dizer que estou aqui. Não precisa se preocupar com Braddock.

Arsinoe assente com a cabeça. O sol de Wolf Spring baixa de um jeito suave e dourado.

— Estranho — ela comenta — me sentir em tanto perigo em um dia tão bonito.

Eles começam a andar. Durante todo o caminho ela não consegue sentir as próprias pernas. Ela tenta apenas não tropeçar, mantendo a mão esquerda enterrada no pelo quente de Braddock.

Quando chegam à baía, o lugar já está cheio de gente ocupando as docas e se espremendo em torres feitas às pressas. A Alta Sacerdotisa Luca está na beira da água, acompanhada de três sacerdotisas, incluindo Autumn, a sacerdotisa-chefe do templo de Wolf Spring. Quando Luca avista Arsinoe, ela incli-

UM TRONO NEGRO **149**

na ligeiramente a cabeça, em um cumprimento. Não há ameaça no gesto, mas o estômago de Arsinoe se aperta mesmo assim. Ela procura ansiosamente por Jules, mas a amiga não está em lugar nenhum.

Mirabella anda rígida ao lado de Billy, logo atrás de Sara e Bree. Hoje os Westwood resolveram ignorar o fato de ele ser apenas o provador oficial dela, então o estão tratando como um verdadeiro pretendente. Até agora ele aceitou de bom grado o novo cargo, embora procure por sua Arsinoe na multidão.

Sara desacelera e a fila se entronca, de modo que Tio Miles e Nico quase derrubam Mirabella. É bom que o vestido dela seja curto e sem cauda, ou já estaria coberto de marcas de pegadas.

Mirabella estica o pescoço. A repentina freada foi causada por terem chegado perto demais da procissão de Katharine, muito mais extensa e repleta de membros do Conselho Negro. A única coisa que Mirabella consegue ver da irmã, porém, é a parte de trás de sua cabeça, seu cabelo quase totalmente solto, exceto por um pequeno coque enfeitado com flores vermelho sangue. Ela está de braços dados com seu pretendente, o belo garoto de cabelo dourado.

Eles logo começam a se mover novamente, e o estômago de Mirabella sente algo parecido com animação. Ela está em Wolf Spring, onde Arsinoe cresceu. Em algum lugar perto da água, a irmã a espera. Só que ela não estará sozinha. Ou sorrindo. E ela estará acompanhada por um urso.

Quando eles alcançam a costa, tudo está estranhamente silencioso. Mirabella esperava olhares raivosos dos envenenadores. Talvez algum desprezo por parte dos naturalistas. Mas não há nada disso. Nem palmas ou qualquer ruído de conversa. Não se parece nada com um festival.

Quando eles tomam seus lugares, Billy fica tenso. Arsinoe está lá e, ao notá-lo, um rubor sobe por seu rosto, por trás da máscara.

Mirabella sorri para si mesma. Sem rancores hoje. Nada acontecerá, nada além de belas lanternas flutuantes e uma arca cheia de frutas e grãos que será queimada no mar. O urso de Arsinoe está calmo, e Katharine parece interessada apenas em seu pretendente, sussurrando em seu ouvido de forma tão íntima que chega a ser quase escandalosa.

O Conselho Negro planejou muito e fez de tudo para juntá-las. Mirabella se alegra em saber que eles ficarão tão amargamente desapontados quando nada acontecer.

***

Arsinoe olha para suas irmãs do outro lado da baía. É a primeira vez, desde o Chalé Negro, que ela fica tão próxima das duas ao mesmo tempo. A pequena Katharine está maquiada demais, ao estilo dos Arron, mas ela já não se parece com uma boneca. Seu queixo está alto, e suas bochechas, cheias. Uma leve sombra de sorriso brinca no canto de seus lábios.

Já Mirabella aparenta frieza, como sempre. Suas irmãs são ambas rainhas e sabem bem o que devem fazer.

— É assim que será — Arsinoe sussurra. — Alguém vai morrer.

— Eles deveriam ter escolhido outro lugar para a cerimônia — diz Nicolas. — Algum lugar que não cheirasse como o interior de um marisco.

O vento havia mudado de direção, carregando consigo os aromas do mercado de Wolf Spring. Mas Katharine não se importa. Ela gosta do pouco que viu de Wolf Spring até agora. O ar selvagem e o porto cheio de gastos barcos de pesca flutuando na água e brilhando com lanternas de papel sob a luz azul do crepúsculo.

— As rainhas virão à frente — anuncia a Alta Sacerdotisa. Katharine fica quieta assim que Luca estende a mão para a naturalista. — Rainha Arsinoe.

Arsinoe anda até a beira da água, vestida não como uma rainha, mas como uma fazendeira, assim como no Beltane. Ela recebe uma lanterna de papel já acesa de uma sacerdotisa de Wolf Spring e se inclina para ajeitar embaraçadamente sua guirlanda.

— Rainha Katharine.

Katharine pega sua lanterna com uma sacerdotisa de Indrid Down. Ela a coloca no centro de sua guirlanda e a solta, então sorri quando suas rosas vermelhas tiram as flores silvestres de Arsinoe do caminho.

— Não é possível que permitam que a Alta Sacerdotisa entregue a lanterna à Mirabella — alguém murmura na multidão enquanto Katharine volta para o seu lugar. Mas é claro que é. Mirabella recebe sua lanterna da própria Luca, junto com um beijo na testa. A reação dos envenenadores é tão forte que Katharine quase consegue ouvir seus dentes rangendo.

Mirabella solta sua guirlanda e, se exibindo, usa sua dádiva para empurrar a dela e as de suas irmãs para fora do porto. Como se fosse um sinal, os barcos liberam o restante das lanternas até que toda a baía esteja brilhando. Um dos barcos mais próximos puxa uma arca cheia de maçãs e trigo, levando-a até a multidão reunida e soltando-a em seguida.

— O povo de Rolanth traz uma oferenda para honrar o povo de Wolf Spring — Mirabella diz. — Para agradecê-los por nos receber em sua cidade.

Katharine chama a criada mais próxima.

— Pegue meu arco. Rápido. E as flechas de fogo. — A garota mal tem tempo de fazer que sim antes de Katharine empurrá-la em direção à multidão.

— Em Rolanth — Mirabella continua —, é assim que celebramos o Solstício de Verão. Espero que os naturalistas nos permitam esse sacrifício, em agradecimento a eles e à Deusa.

Cabeças se voltam para uma mulher de aparência dura e cabelo grisalho, com um corvo em seu ombro. Deve ser Cait Milone, a matriarca da família Milone, os guardiões de Arsinoe. Cait considera a oferta de Mirabella por longos e tensos momentos, até finalmente dar sua permissão com um suave movimento do queixo. Ela é dura, essa mulher. Talvez até mais dura que Natalia.

As pessoas atrás de Katharine gritam e comemoram, e a criada logo volta com seu arco, desviando-se de diversos corpos até conseguir chegar à rainha.

— Muito bem — Katharine sorri. — Obrigada.

— Kat — Pietyr diz com o canto da boca. — O que você está armando? — E então alguém grita.

— Mira, ela tem um arco!

Katharine revira os olhos. Foi a garota Westwood, a que gosta de brincar com fogo.

Com o berro, a multidão se agita e coletivamente tenta se dispersar. As sacerdotisas arrastam Luca para fora do caminho, apesar da resistência da velha tonta, e a estúpida garota Westwood corre pela margem da água.

— Bree, não! — Mirabella grita.

Katharine põe a mão na cintura.

— Bree, não, de fato — ela diz. — Eu só quero ajudar. — Ela vai até o centro e se vira para encarar a multidão. — Minha irmã me constrangeu. Eu não trouxe uma oferenda. Mas posso ajudá-la a queimar a dela.

Katharine posiciona a flecha e acende sua ponta na lanterna mais próxima. A flecha queima lindamente enquanto a rainha aponta o arco para o céu que escurece. Quando ela puxa e atira, a flecha sobe por sobre a baía e acerta a arca bem no meio. O fogo se espalha, e a plateia faz um barulho de alívio. Muitos batem palmas devagar, não apenas envenenadores. A Alta Sacerdotisa Luca então olha feio para Natalia, mas quando Katharine se vira para a chefe dos Arron, ela faz um gesto de aprovação. O momento de Mirabella foi eficientemente roubado.

— Isso me faz pensar em outra coisa — Katharine diz alto, olhando para seu arco. — Sei que há um grande banquete nos esperando na praça. Mas estamos em Wolf Spring, não estamos? Lar dos naturalistas? — As pessoas na plateia confirmam, seus olhos refletindo as chamas da arca. Mirabella e a Alta Sacerdotisa recuam, mas não há para onde ir, exceto o mar.

— Não tenho nada a oferecer — Katharine quase grita. — Nenhum belo presente. Mas, ainda assim, honrarei a rainha naturalista. — Seus olhos pousam em Arsinoe, que acaricia seu urso. O animal parece confuso. Nada temível, pobrezinho. — Antes de nos sentarmos para comermos juntas... Eu gostaria que a Rainha Arsinoe liderasse suas irmãs em uma caçada.

O estômago de Arsinoe afunda. Todos estão celebrando o desafio de Katharine. Até mesmo o povo de Wolf Spring. Esses selvagens, grandes tolos, não resistem a uma caçada. E com Braddock, eles pensam que Arsinoe pode vencer. Eles acham que a rainha envenenadora acaba de cometer um erro fatal.

No meio dos envenenadores, um belo garoto com cabelo loiro pálido sussurra furiosamente no ouvido de Katharine. Natalia Arron e o Conselho Negro parecem desconfortáveis. Isso não estava nos planos. Mas agora ninguém pode impedir, nem as sacerdotisas ou os Westwood.

Trata-se de um desafio proposto por uma das rainhas. É para isso que eles estão ali, afinal.

Arsinoe olha para a frente. Ela não quer fazer Cait e Ellis se sentirem culpados por não poderem fazer nada a respeito. Logo em seguida, a voz grave de Cait corta o silêncio.

—A caçada começará na floresta norte, depois do pomar. Preparem suas rainhas.

No mar, o sol está se pondo. Mas ainda há muita luz. Luz demais para que possam esperar pela total escuridão, quando a familiaridade de Arsinoe com a paisagem poderia ajudá-la. O olhar dela percorre a multidão. Os olhos de Billy estão marejados, como se ela já estivesse morta. Luke está rezando, provavelmente agradecendo à Deusa pela vitória garantida. Arsinoe mergulha os dedos no pelo de Braddock.

— Jules — ela sussurra. — Onde você está?

Caçada das rainhas

Arsinoe foge da multidão na baía. Braddock corre ao seu lado, dando-lhe cabeçadas fortes o suficiente para quase a derrubarem. Ela se inclina para dar um beijo rápido em suas orelhas. O dócil urso acha que é tudo uma brincadeira.

— Arsinoe!

Ela se vira. Billy está no sopé da colina. Ele não pode segui-la. Se eles ao menos tivessem um momento para conversar, ele tentaria dizer a ela o que fazer. Ele poderia encontrar Jules e Joseph. Talvez agir como um continentino tolo e deixá-la brava o bastante para ela ter pelo menos uma chance contra as irmãs.

— Não fique tão triste — ela diz, mesmo que ele esteja longe demais para ouvi-la. — Nós dois sabíamos que uma delas faria algo assim.

Correr provavelmente pareceu covarde. Nenhuma de suas irmãs correu. Mirabella mal poderia, cercada como estava de sacerdotisas e Westwoods. E, Katharine, claro, não o faria. A pequena envenenadora estava apenas esperando uma oportunidade, incubando um plano todo seu.

— Arsinoe!

Luke aparece, com Hank em seu ombro.

— Eu não posso esperar! — Ela grita. Ela precisa chegar ao pomar e à floresta antes de suas irmãs, ou tudo estará acabado antes mesmo de começar. Katharine sugeriu que Arsinoe liderasse a caçada. Mas isso significava apenas que Arsinoe seria a presa.

— Luke, fique longe da floresta! Encontre a Jules! Encontre a Jules e o Joseph!

Luca e os Westwood param Mirabella a oeste da praça. Eles formam uma muralha de vestes ao redor dela, então Bree, Sara e Elizabeth tiram a rainha de seu vestido de Solstício, trajando-a em suas roupas de caçada: calças justas e botas leves, uma túnica quente e uma capa.

— Rápido, rápido — Luca ordena, sem fôlego.

— Eu preciso da minha besta — Bree diz. — E de uma para Elizabeth.

— Bree, você não pode interferir.

— Eu sei. Mas isto é uma caçada. Você acha que a rainha envenenadora vai entrar naquela floresta sozinha? Ela terá uma guarda inteira de Arrons!

— Ela está certa — diz Elizabeth. Uma das sacerdotisas lhe entrega uma besta e ela a segura com a mão boa. — Nós não vamos interferir. Mas não vamos deixar você enfrentar isso sozinha.

Mirabella olha para Luca, mas a Alta Sacerdotisa não diz nada. Em vez disso, Luca segura Bree e Elizabeth pelos ombros.

— Boas meninas — ela diz. — Amigas leais. Não deixem nossa rainha cair em armadilhas. Se a morte a encontrar, deve vir de uma rainha, *apenas* de uma rainha.

— Espere — Mirabella protesta. — Arsinoe não sabe que ela pode levar sua guarda! Eu a vi correndo sozinha, os Milone não foram atrás dela!

— Bom — diz Sara. — Uma vantagem.

— Mas não é justo!

— Mira — Luca diz o mais gentilmente que pode. — Isso nunca seria justo. Agora, para a floresta. Pela montanha, para o pomar. Siga as sacerdotisas de Wolf Spring.

— Katharine, o que você fez? — Pietyr pergunta. Ele coloca as mãos na cabeça, enquanto criados ajudam Katharine a sair de seu vestido e a entrar em suas roupas de caça.

— Ela está fazendo o que deve fazer — diz Nicolas, observando-a se trocar. Pietyr parece a ponto de parti-lo em dois.

— Fique fora disso — Pietyr ruge. — Eu já tive o suficiente das suas ideias do continente. Você é só um pretendente, nem ao menos é o escolhido dela. Você não é um Arron.

Katharine os deixa discutir. A tensão entre eles eventualmente vai acabar transbordando. Ela só espera estar por perto para poder assistir quando acontecer.

— Se ele colocou ideias na minha cabeça, Pietyr, com certeza não foram tantas quanto você pôs. Nem de longe — Katharine diz. Pietyr se cala. Ele fuzila Nicolas com o olhar. É bom que ela os leve na caçada.

Katharine coloca as facas em suas bainhas e as prende na cintura quando Natalia entra no quarto.

— Minha doce Kat. Você continua a me surpreender.

— Assim vai ser mais fácil, Natalia. Você vai ver. — Ela desliza uma faca mais longa para dentro da bota. — Seria um caos tentar envená-las no jantar. Muitas mãos e mudanças de pratos. Você sabe que nunca fui boa nisso.

— Você é uma arqueira habilidosa, Kat, mas eu nunca te vi ser uma boa caçadora. Este é um risco maior do que o Conselho gostaria de correr.

— Seja como for, eles não podem impedir agora. — Katharine acena para uma criada. — Besta. E flechas mergulhadas em *helleborus* — ela ordena, referindo-se ao veneno preferido dos Arron para caçadas.

— Não, não podemos — Natalia concorda. — A espera pelo seu retorno será longa, com minha irmã e Renata falando no meu ouvido. Não enrole. Você tem que me prometer.

Katharine faz uma pausa. Ninguém mais pode ver o que ela vê nos olhos de Natalia. Natalia nunca demonstraria medo ou dúvida. Mas eles estão lá. *Tenha cuidado e volte para mim*, é o que ela na verdade quer dizer.

— Eu prometo, Natalia.

— Bom. — Natalia pisca, e o momento acaba. — Ir a cavalo é a melhor maneira, eu acho. Eu mandei selarem Half Moon, bem como os cavalos de Pietyr e Nicolas. Bertrand Roman irá com vocês. E Maragaret Beaulin também.

— Maragaret Beaulin? — Pietyr pergunta, checando sua própria besta. — Do Conselho?

— Essa mesma — Natalia responde. — Ela tem a dádiva da guerra. Será útil.

Wolf Spring

Jules desperta lentamente na cama morna, embaixo do agradável peso do braço de Joseph sobre seu peito. Os olhos dele se abrem assim que ele sente ela começar a se mexer, e ele então lhe dá um beijo no ombro.

— Olá, minha Jules — ele diz, e as bochechas dela ficam quentes. Joseph ri. — Agora você decide corar? Depois de tudo isso?

— É novo pra mim — ela sussurra.

— E pra mim.

— Você entendeu o que eu quis dizer.

— Eu sei — ele diz, subindo em cima dela de novo para beijá-la. — Mas é verdade. Eu sempre soube que a primeira vez com você seria especial. Não importa de quantas formas diferentes eu a tenha imaginado.

— Joseph. — Ela ri, soltando-se dele e indo em direção à janela.

A Enseada de Sealhead está cheia de lanternas acesas flutuando.

— Joseph — Jules diz, agarrando o parapeito. Eles pegaram no sono. Dormiram por tempo demais.

Caçada das rainhas

Arsinoe avança mais e mais fundo na floresta.

— Pra onde vamos, Braddock? — Ela já está sem fôlego de tanto chutar a relva pesada de verão. Ela olha em volta. A árvore inclinada? Talvez lhe desse sorte. Mas não é longe o suficiente. E, além disso, não existe lealdade alguma entre elas, nenhuma razão para a árvore favorecê-la entre qualquer uma de suas irmãs.

— Ali há arbustos grossos — ela ofega. — Onde os veados vão. — Jules já a levou lá. Arsinoe então vira à direita e à esquerda, entrando em pânico por um momento ao pensar que, de alguma maneira, ela conseguiu se perder entre as árvores de sua própria terra.

Pouco tempo atrás, o som grave do berrante de guerra soou em Wolf Spring. Essa é a forma das pessoas da cidade lhe dizerem que pelo menos uma de suas irmãs entrou na floresta. É a única ajuda que ela pode esperar, e parece que já se passou um século desde esse sinal.

Em algum lugar, folhas farfalham e gravetos se quebram sob passos. Os sons estão distantes, mas não baixos. É um ruído de perseguição, mais do que de emboscada. Arsinoe se agacha e se esconde atrás de um grande tronco. Ela faz sinal para Braddock, e ele vem cheirar suas mãos para ver o que ela tem.

— Urso idiota. Você tem que fugir, você não percebe? Elas te matarão se você ficar aqui. — Ele pisca para ela com seus calmos olhos de urso. Por ser grande e marrom, ele nunca deve ter tido muito a temer e, embora ele possa sentir o medo de Arsinoe, sem o laço de um Familiar ela não pode fazê-lo entender.

Se ao menos Jules aparecesse. Ela já deve saber, a esta altura, o que aconteceu. A não ser que ela tenha sido pega. Esse pensamento faz o estômago de Arsinoe gelar. Se alguém machucou Jules, Arsinoe dará um jeito de fazer a pessoa pagar.

— Não podemos descansar por muito tempo, garoto — ela diz, dando um tapinha na grande cabeça de Braddock. — Temos que continuar nos movendo.

— Em cima daquela árvore — Bree diz e aponta. A árvore é alta, com muitos galhos espalhados e escaláveis, e está cheia de folhas. Elas querem colocar Mirabella no topo, para que ela possa ver suas irmãs chegando e queimá-las com fogo ou raios quando se aproximarem.

— Elas podem não passar por aqui — Mirabella objeta.

— Me dê sua capa. — Elizabeth estende a mão e Mirabella então lhe entrega, para que Bree ajude Elizabeth a vesti-la. — Eu serei uma isca. Vou encontrá-las e trazê-las para bem aqui embaixo de você.

— Não! É perigoso demais. Você não pode correr mais que um urso ou desviar de uma flecha envenenada. Nós precisamos ficar juntas.

— Quanto tempo você quer passar em cima dessa árvore? — Elizabeth pergunta. — Esta caçada só vai terminar quando uma rainha estiver morta. — Ela endireita os ombros. — Não se preocupe comigo, Mira. Eu posso ter só uma mão, mas minhas pernas nunca foram tão fortes.

— Leve Bree com você, pelo menos.

As amigas se entreolham, relutantes, mas elas sabem que não vão conseguir fazer a rainha concordar se não for assim.

— Tudo bem, então — Mirabella diz. Ela se vira e olha para cima. — Precisarei de ajuda para alcançar os primeiros galhos.

Katharine e sua guarda são os últimos a entrar na floresta, mas isso não a incomoda. Ela sempre planejou ser a caçadora a perseguir suas presas.

— As outras rainhas estão bem à frente — Margaret Beaulin diz, escaneando as árvores.

— Nós devíamos ter trazido cães — diz Bertrand Roman.

Katharine ri.

— Isso acabaria com qualquer espírito esportivo. — Ela prefere que as irmãs corram. Elas não podem correr para sempre, afinal. Nem podem ter ido longe, já que estão a pé. Ela faz Half Moon se virar, inquieto. Ele está tão ansioso para partir quanto ela.

— É um desperdício de palavras pedir para você ficar no meio de nós? — Pietyr pergunta, e Nicolas sorri.

— Claro que sim — Katharine responde.

— Um grande urso marrom pode eviscerar um cavalo galopando. Pense em Half Moon, se não quer pensar em você.

Katharine acaricia o elegante pescoço de seu cavalo negro.

— Aquele urso não vai encostar em nós. E, se você o vir, tente trazê-lo vivo. — Ela bate os calcanhares nos flancos de Half Moon e dispara adiante, sem esperar para ouvi-los argumentar. Eles reagem como se capturar o urso vivo fosse uma tarefa impossível, mas Katharine mergulhou suas flechas em uma poção sonífera. Algumas flechadas e a fera cairá serenamente no chão.

— Não será tão fácil assim para você, irmã — Katharine sussurra, inclinando-se para a frente, entusiasmada, em sua sela.

Wolf Spring

Jules e Joseph correm pelas docas até o mercado com Camden à frente, pulando em caixas e pilhas de cordas, frustrada por eles não poderem saltar e escalar como ela.

— Já está praticamente escuro — Jules geme. — O banquete já deve ter começado!

— Arsinoe vai entender. — Joseph fica para trás, tentando abotoar a camisa. Jules não lhe deu muito tempo para se vestir antes de sair de casa. — E ela está segura. Todo mundo está com ela. Madrigal e Ellis.

— Madrigal! De que ela serve? Normalmente de nada, e agora menos ainda, passando mal por causa do bebê.

— O bebê é seu irmão ou sua irmã.

Jules olha para ele irritada. É Arsinoe quem importa agora. Jules pode até imaginar o quanto ela vai reclamar quando eles se esgueirarem até o lado dela na mesa do banquete. "Por que demoraram tanto?", ela perguntará. "Eu não tinha ninguém pra tampar meus ouvidos durante os discursos do Conselho."

Eles andam rapidamente pelo mercado, passando por barracas vazias e pelo beco que leva à praça. Mas o pedaço da praça que Jules consegue ver está vazio. Não há ninguém nas mesas e não há risada nas ruas. Ela então se vira para olhar o porto. Talvez ela tenha se enganado e as lanternas que viu da janela de Joseph fossem uma ilusão ou um sonho. Não, elas de fato estão lá, queimando e flutuando na água. A cerimônia já acabou.

— Onde está todo mundo? — pergunta Joseph.

Camden reclama e balança sua cauda de ponta escura para a frente e para trás. Algo está errado.

— Tentamos as docas e a costa? — Jules sugere. Ela não consegue pensar em nenhum outro lugar.

— Juillenne! Joseph! — Luke aparece correndo, com Hank saltando e piando atrás dele. — Onde vocês estavam?

— Nós pegamos no sono — responde Jules honestamente, preocupada demais para timidez. — O que aconteceu? Onde está todo mundo?

— Estão no pomar — Luke despeja de uma vez. — Esperando nas bordas da floresta. Os envenenadores e a rainha, a Rainha Katharine, ela as desafiou pra uma caçada!

— Uma caçada? — Joseph repete, franzindo o cenho. — Luke, onde está Arsinoe?

— Eu não sei! Ela foi para a floresta com Braddock. As outras duas rainhas estão atrás dela agora. Especialmente aquela envenenadora. Ela ficou encarando a Rainha Arsinoe o tempo todo!

— Onde? — Jules exige saber. Quando Luke começa a balbuciar, ela o sacode. — Onde?

— Na borda sul, perto do riacho. Mas ela pode ter ido pra qualquer lugar. Onde você estava, Jules? Por que você não estava aqui?

Jules não responde. Ela corre imediatamente para a floresta, não para perto do pomar, onde a multidão a veria, mas colina acima, fora da estrada, seguindo o riacho. Camden dispara na frente, seu nariz rosado farejando o ar. Em pânico e afobada, Arsinoe pode ter ido para qualquer lugar. Mas ela não deixaria Braddock para trás, e o cheiro do urso será fácil para Camden rastrear.

— Jules, espera — Joseph chama. Ele está logo atrás dela, mas mesmo suas passadas longas não são páreo para as pernas curtas de Jules quando o sangue dela está quente.

— Esperar pelo quê? — ela dispara, frustrada. Ela pausa por um momento e se vira. — Eu sei que não podemos interferir. Mas eu não posso deixá-la ser caçada sozinha, Joseph. Você pode?

— Não. — Ele agarra o braço dela e eles começam a correr de novo. — Precisamos encontrá-la.

Caçada das rainhas

Os envenenadores veem Braddock primeiro. Sua forma enorme e desajeitada é impossível de esconder. Arsinoe então ouve os gritos e as passadas. Ela olha para o urso.

— Corra!

Mas o instinto de um grande urso marrom não é correr. É lutar. Ele se vira para seus perseguidores, ainda distantes em meio às árvores. Ele fareja o ar, curioso, levantando-se nas patas traseiras.

— Não — Arsinoe implora. Ela acaricia a lateral dele desesperadamente, fazendo sinais com as mãos para onde eles devem ir, mais para dentro da floresta, para a parte densa, onde os cavalos não poderão ganhar velocidade. — Por favor, Braddock, por favor, venha! Eles vão te matar!

Eles não podem matá-lo. O grande e doce urso. Os envenenadores se lembrarão do caos que ele instaurou na noite da Aceleração. Eles não vão querer arriscar. Eles não darão sequer tempo para Arsinoe lhes explicar que ele não tem um temperamento ruim, que foi tudo culpa dela.

— Vamos Braddock, venha! — Os pés dela se movem sem sair do lugar e seus olhos saltam dele para os cavaleiros que se aproximam. Katharine está logo à frente, besta em punho.

— Por favor! — Arsinoe sibila, chorando de alívio quando ele cai sobre as quatro patas e a segue para os arbustos.

Mirabella fica tensa quando ouve o som do galopar de cavalos. Eles estão perto, mas ela agora está segura o suficiente no alto da árvore. Ela se aperta contra o tronco e prende as pernas, seus pés firmemente apoiados no "V" de um galho. Bree e Elizabeth saíram há pouco tempo. Ela as perdeu de vista quase imediatamente. Será que ela as verá passar por ali, com Katharine logo atrás? Ou seguidas por um urso? Ela abre e fecha as mãos. Seu raio é mais forte que seu fogo, mas o fogo é mais rápido. E mais preciso.

Os gritos e passadas aumentam, e ela se vira para tentar ver algum movimento. Os sons são violentos. Estridentes. Mas Elizabeth e Bree foram para a direção oposta. Elas devem estar a salvo, a não ser que tenham dado a volta.

É terrível ter que ficar ali parada, ouvindo suas irmãs caçarem uma à outra. Se perguntando o que está acontecendo. Sem saber o que esperar. A coisa mais inteligente a se fazer seria ficar exatamente onde ela está. Apenas aguardar que tudo acabe e que Bree e Elizabeth voltem.

Mirabella desce da árvore e cai no chão.

Sua irmã naturalista e o urso os ouviram chegar e correram para a folhagem como coelhos assustados, mas isso não irá salvá-los. A distância vencida pelas pernas de Half Moon é muito maior que a alcançada pelas pernas de Arsinoe. Se Arsinoe fosse esperta, ela montaria no urso. Ou talvez existam limites até para o que um Familiar permite.

— Não os perca de vista! — Nicolas grita, animado, seus olhos brilhantes. Até Pietyr entrou no espírito, cavalgando tão focado quanto um falcão caçador.

O urso entra em seu campo de visão e Katharine prepara a besta. Mas ela não está atrás dele. Os outros, com suas flechas mergulhadas em sonífero, podem até se divertir com o animal. Mas ela quer apenas Arsinoe. Sua presa sempre foi Arsinoe, a rainha de Wolf Spring, a que deveria morrer aqui, em frente a seu próprio povo. Parece apropriado.

Half Moon salta pelas raízes e arbustos, e o urso aumenta de tamanho à sua frente, fazendo a rainha de preto que corre a seu lado parecer uma anã. Katharine deveria ter pincelado as ferraduras de Half Moon com veneno, para que ela pudesse simplesmente passar por cima de Arsinoe. Paciência. Talvez ela guarde essa ideia para Mirabella.

Ela sorri, mas então o urso se virar para lutar.

***

— Não, Braddock, não! — Arsinoe grita e bate o pé, mas ele não a obedece. Ele está cansado de correr. As passadas e vozes estranhas se aproximando o deixam nervoso. Ele se apóia nas patas traseiras e ruge para que eles se afastem. Braddock não vai atacá-los a menos que precise.

Arsinoe não sabe o que fazer. Eles não vão parar, mas Braddock não volta para perto dela. Ela sacode a cabeça e se vira para correr sozinha, mas para depois de apenas algumas passadas. Ele é seu urso. Ela não pode deixá-lo para trás.

— Vá! — Mirabella grita.

Arsinoe congela. Ela procura a voz por entre árvores e avista Mirabella escondida atrás de um tronco largo, seu capuz cobrindo seu cabelo.

— Vá! — Mirabella ordena de novo, os olhos desesperados. — Vá agora! Corra, Arsinoe! Você precisa correr!

— Eu não posso! — Ela grita enquanto Braddock cai de quatro e ataca os cavalos. Ela só pode ficar parada e observar as facas e flechas voando contra ele. Ela só pode escutar quando elas mergulham fundo em seu pelo macio e marrom.

Ela olha para Mirabella, seus olhos embaçados.

— Corra você — Arsinoe diz. — Salve-se. Eles já me pegaram. — Ela então se vira e faz um cone com as mãos para gritar. — Venham me pegar, seus envenenadores covardes! Se vocês tiverem coragem de ir onde seus cavalos não podem!

Ela não espera para ver se eles vão morder a isca. Ela sabe que vão. E ela sabe onde está. Arsinoe não está longe da clareira dos veados, onde ela pode se jogar no chão e se esconder. Se ela tiver sorte, Katharine passará sem vê-la. Talvez até perto o bastante para que Arsinoe possa agarrá-la e cortar a garganta dela.

— Fiquem aqui! — Katharine ordena. Ela mostra os dentes e faz Half Moon passar pelo urso ferido e cambaleante, rumando para dentro dos arbustos, atrás de Arsinoe. Quando Half Moon passa pelas raízes, a rainha naturalista fica bem ao alcance, e Katharine mira.

— Para onde você acha que está fugindo? — Ela sussurra e dá o primeiro tiro. A flecha acerta Arsinoe bem no meio das costas. Ela cai com um pequeno engasgo, um som com o qual Katharine se deliciará ainda por muitas noites depois que tudo terminar. Katharine comemora sua vitória e então vira Half

Moon em um círculo. Ela poderia jurar ter ouvido outro grito vindo de algum lugar entre as árvores.

Bree tampa a boca de Mirabella com as mãos, impedindo seus gritos. Mirabella resiste e tenta se soltar, mas Elizabeth também está ali. Juntas, elas jogam a rainha no chão.

Arsinoe caiu. Katharine lhe deu uma flechada nas costas e ela caiu. Acabou.

Lágrimas quentes escorrem pelo rosto de Mirabella enquanto ela observa Katharine desmontar de seu cavalo. De onde elas estão, escondidas nos arbustos, o corpo de Arsinoe é apenas uma pilha imóvel de roupas pretas.

Katharine chuta Arsinoe nas costelas, virando-a para cima, e a rainha ferida uiva como um cachorro.

— O que vai te matar primeiro — Katharine pergunta —, meu veneno ou minha flecha? — Ela inclina a cabeça. — Sem últimas palavras? Sem uma última resposta? — Ela se inclina para ouvir. Então ri.

— Me soltem — Mirabella sussurra, furiosa.

— Não, Mira — Bree sussurra de volta. — Por favor. Acabou. A flecha estava envenenada. Deixe isso acabar logo.

— Não — Mirabella diz, mas Bree está certa. O que quer que ela pudesse ter feito por Arsinoe, ela não o fez a tempo.

Katharine gira a máscara listrada de vermelho de Arsinoe em seu dedo.

— Em que monstro esse urso te transformou — Katharine diz, estudando o rosto marcado e exposto de Arsinoe. — Você deveria ficar feliz que o matamos.

Arsinoe tosse. Sua respiração é difícil e úmida.

— E que monstro eles fizeram de *você*, pequena Katharine. Com ou sem cicatrizes.

O que acontece em seguida é tão rápido que Mirabella quase não vê. Juillenne Milone repentinamente salta das árvores atrás de Katharine.

— Saia de perto dela! — Ela grita, e Katharine voa para trás, caindo com um baque. A mão de Jules está esticada como se ela a tivesse empurrado, mas ela está longe demais para sequer tê-la tocado. Sem piscar, Mirabella assiste a Jules correr para Arsinoe. Quando Katharine se levanta, Jules faz a mesma coisa de novo, empurrando Katharine para trás com uma força invisível, fazendo-a rolar no chão em que aterrisa.

— Arsinoe, ponha seu braço em volta do meu pescoço. Me ajuda, Arsinoe, rápido!

Jules chama o cavalo de Katharine e o faz ajoelhar, então monta com Arsinoe na sela. Elas galopam velozamente, o puma de Juillenne correndo atrás com suas três pernas, e tudo o que Katharine pode fazer é gritar e socar o chão.

Mirabella, Elizabeth e Bree se abaixam assim que o restante da caravana de Katharine a alcança.

— Rainha Katharine! Você se machucou?

— Não. — Katharine se levanta e limpa poeira e grama de sua saia. — Eu a peguei. Eu peguei Arsinoe. Mas aquela naturalista roubou o corpo. — Ela avança e salta com precisão em uma sela, atrás de um garoto com cabelo loiro platinado. Um dos Arron. — Corra, Pietyr! Eu não vou perder o cadáver da minha irmã! — Ela bate com o pé no cavalo e ele dispara, o restante dos envenenadores a acompanha.

— O que foi isso? — Bree pergunta depois que o barulho das passadas some. — Embora eu nunca tenha visto, eu poderia jurar que é a dádiva da guerra.

— Mas como? — Elizabeth pergunta. — Jules Milone é uma naturalista.

— Eu não sei. — Mirabella começa a soluçar. — E eu não me importo. — Ela se apoia em suas amigas e elas a abraçam. Elas estão salvas. Mirabella deveria ficar grata, mas não consegue, com Arsinoe morta.

Wolf Spring

Joseph se perdeu de Jules e Camden no momento em que a puma farejou Braddock. Elas foram rápidas demais para ele e, embora tenha tentado alcançá-las, ele não tinha chance. Joseph então voltou pela floresta até o pomar, onde pelo menos não precisaria se preocupar sozinho.

Ele sai da floresta e se junta à multidão silenciosamente reunida, abrindo caminho entre as pessoas até encontrar Billy junto dos Milone e de Matthew.

— Alguém está vindo!

— É a Arsinoe? — Billy pergunta, com o pescoço esticado.

— É cedo demais — Cait diz com a voz baixa. — Cedo demais.

E ela está certa. A rainha que emerge das árvores não é Arsinoe, mas Mirabella.

— Mira — Billy diz. — Ela está bem? Katharine está morta?

Joseph olha nos olhos de Mirabella e gela.

— Eu sinto muito — Mirabella diz. — Mas a Rainha Katharine a flechou nas costas.

As pessoas reunidas mal reagem. Não há uma celebração ruidosa da parte dos envenenadores. Não há alívio da parte dos elementais. Eles guardarão suas preces e seus brindes para mais tarde, quando estiverem sozinhos. Quanto aos naturalistas, eles são um povo de ferro e têm se preparado para essa notícia desde que Arsinoe nasceu.

— Não. Não! — Billy abre caminho a cotoveladas para chegar até Mirabella, que está sendo amparada por Bree Westwood e uma das sacerdotisas. Ela olha para Billy com pesar. Ela não consegue sequer olhar nos olhos de Joseph.

— Mira, você está mentindo! — Billy grita. — Eu não acredito. Eu não vou acreditar até vê-la.

Matthew tenta segurar o braço de Billy, mas ele se solta. Joseph então o segura pelos ombros e Billy o agarra de volta, tremendo tanto que eles quase caem.

— Qual o problema com eles? Por que eles não estão fazendo nada? — Billy se vira para os Milone e grita em seus rostos sombrios e silenciosos. — Qual o problema de vocês? Entrem lá e a encontrem!

— Calma, Billy — Joseph diz em seu ouvido. — Pode não ser verdade. Não pode ser. Jules e Camden estavam na trilha dela.

O coração de Joseph pesa ao ouvir suas próprias palavras. Se Jules e Camden também estiverem mortas, ele ficará louco.

— Eu vou entrar — Billy diz, soltando-se.

— Billy — Mirabella levanta as mãos. — Você não vai encontrá-la. Ela se foi.

— Ela não se foi!

— Não. Eu quero dizer que ela… — Seus olhos se voltam para Joseph. — Jules tentou salvá-la. E depois… ela levou Arsinoe embora.

Os olhos de Joseph se enchem de lágrimas. Madrigal abraça sua barriga e cai de joelhos.

Eu sinto muito, Mirabella diz silenciosamente para ele.

— Eu sei — Joseph sussurra. — Eu sei.

A multidão se tensiona ao ouvir o barulho de passadas e o farfalhar de folhas. Os Arron dão um passo à frente com seu sempre fiel Conselho Negro. Até agora, eles inteligentemente se mantiveram à margem, mas sua rainha está voltando. E uma rainha que volta vitoriosa deve ser honrada, independentemente de onde essa vitória aconteceu.

Margaret Beaulin é quem primeiro cavalga para fora das árvores. Ela freia seu cavalo e trota diretamente em direção a Natalia Arron, tão perto que Natalia precisa inclinar a cabeça para evitar a respiração cansada do cavalo.

— Está feito.

— Eles ainda podem estar errados — Billy diz. Joseph mantém um braço por cima do peito de seu irmão de criação enquanto Natalia questiona cada cavaleiro, até mesmo o pretendente de cabelo dourado. A Rainha Katharine então emerge, cavalgando com o menino Arron.

— Ela roubou meu cavalo — Katharine espuma. — Ela roubou Half Moon!

— Quem? — Cait Milone exige saber. — Arsinoe?

Katharine parece realmente furiosa, mas quando vê quem está perguntando, seu rosto se acalma e ela baixa os olhos respeitosamente.

— A Rainha Arsinoe, minha irmã, está morta, Senhora Milone. Eu a acertei com uma flecha envenenada da minha besta. Quando disse "ela", me referi à sua neta, Juillenne. Ela roubou meu cavalo e fugiu com o corpo de Arsinoe.

— Se foi assim — Cait diz, sua voz estrangulada —, então ela agiu movida pela dor e logo vai voltar a si.

— Tenho certeza de que você está certa, Cait — diz Natalia. — Mas o corpo da rainha deve ser devolvido. A Rainha Arsinoe merece ter seus ritos fúnebres.

Os olhos de Joseph se estreitam quando Katharine cobre o rosto, talvez para esconder um sorriso. Quando ela baixa as mãos, seu rosto é puramente solene.

— Ainda há algo mais — ela diz. — Quando a garota Milone me atacou, não foi com seu Familiar. Foi com a dádiva da guerra.

Silêncio. Então gritos de descrença. A voz de Katharine ecoa por cima do barulho.

— Pensem o que quiserem, Wolf Spring. Mas eu vi. Juillenne Milone tem a maldição da legião.

Floresta nordeste

Jules freia o cavalo assim que elas chegam nas margens do Rio Calder. O ar da noite é gelado e as águas correm escuras sob o luar. Arsinoe está caída sobre a parte mais elevada da sela. Morta? Jules se recusa a pensar que sim, mas está com medo demais para checar. Ela chama Camden e segura o cavalo com força no momento em que a puma se prepara para cruzar o rio.

— Posso dizer uma coisa sobre os envenenadores — Jules diz. — Eles sabem criar belos cavalos. Esse daqui é, de longe, mais rápido que qualquer montaria de Wolf Spring. E mais forte. — Half Moon carregou o considerável peso de Camden por pelo menos um terço do caminho, e Jules nem precisou usar sua dádiva para convencê-lo.

— Arsinoe? Você consegue me ouvir?

Não há resposta. Jules range os dentes enquanto o cavalo dá os últimos saltos antes de alcançar a outra margem, sacudindo Arsinoe na sela. A rainha não disse uma palavra desde que fugiram de Katharine. Ela sequer gemeu. Mas Jules vai continuar. Ela vai continuar a correr enquanto sentir calor emanando do corpo de Arsinoe.

— Por favor, Arsinoe. Não esteja morta.

A flecha saindo das costas de Arsinoe pressiona a perna de Jules sempre que o cavalo se move. Algo precisa ser feito. Cada vez que a flecha se movimenta, ela causa mais danos. Jules então levanta gentilmente o ombro de Arsinoe para dar uma olhada.

— Não toque nisso — Arsinoe grasna, e Jules fica tão assustada que quase grita. — Não toque na flecha. Você não sabe o que Katharine usou nela.

Jules se inclina para a frente e cobre a cabeça de Arsinoe de beijos. Ela está viva. Está até mal-humorada.

— Então vou embrulhar minha mão em algo primeiro — Jules diz, sorrindo por entre lágrimas de alívio. — Isso precisa sair.

— Não. — Arsinoe faz uma careta, seus dentes brancos sob o luar. — Deixe-a aí.

Jules desliza o braço em volta do pescoço de Arsinoe. Ela não é curandeira, e ninguém ajudará uma rainha ferida agora que a Ascensão começou. Ela só consegue pensar em um lugar e uma pessoa. Mas a jornada até lá parece longa demais.

— Está tudo bem, Jules — Arsinoe sussurra.

Ela olha para o rosto pálido de Arsinoe. Ela está fraca, mas o sangramento diminuiu.

Camden desce do cavalo e elas retomam o ritmo, seguindo para o norte.

Templo de Wolf Spring

— **Mira, tome um pouco de cidra quente.** — Elizabeth coloca um copo em suas mãos, mas Mirabella mal olha para ele. — Mesmo no Solstício, as noites ficam frias aqui, ao lado do mar.

— Isso veio dos barris lá fora? Ela não pode beber isso, sua tola! — Uma das sacerdotisas de Rolanth agarra o copo com tanta força que a cidra transborda. — Isso não foi inspecionado.

— Não a chame de tola — Bree diz, espumando de raiva. — Se a rainha não pode beber essa cidra, então vá esquentar uma que ela *possa* beber.

A sacerdotisa faz uma cara feia, mas obedece. Depois que ela se vira, Bree finge chutá-la nas costas. Em seguida, ela se vira para Elizabeth.

— Você deveria deixar a ordem, se elas te tratam assim.

— Eu sou uma iniciada, Bree. Nós existimos para sermos xingadas.

— Você é uma das melhores amigas da rainha.

— A Deusa não dá tratamento preferencial. Nem suas sacerdotisas.

Bree sopra uma mecha de cabelo para longe de seu rosto e resmunga. Mirabella pensa ouvir a palavra "besteira".

Elizabeth e Bree não saíram de seu lado desde a Caçada das Rainhas. Elas a acalmam enquanto as outras pessoas ao redor voam por aí como pássaros preocupados, confusos e ineficientes, chocando-se uns contra os outros. Luca está na casa dos Milone com os membros do Conselho Negro, discutindo uma punição para Jules. Ela agrediu uma rainha e sequestrou o corpo de outra. Mas sua ofensa mais grave faz parte do que ela é: alguém com a maldição da legião.

Mirabella fecha os olhos. Pobre Jules. Pobre Joseph. Não deveria haver punição alguma. Deveriam haver homenagens. Honra. Ela fez apenas o que Mirabella teve medo demais para fazer. Mirabella poderia ter desarmado Katharine com a mesma facilidade, usando uma lufada de vento. Ela poderia ter derrubado sua irmã envenenadora e o cavalo apenas com um raio.

A porta do templo se abre e a Alta Sacerdotisa entra. Sara avança para cumprimentá-la e tomar suas mãos.

— Luca — ela diz. — Acharam o corpo da Rainha Arsinoe?

— Não, e é provável que não o achem — Luca responde. — A garota Milone conhece essas florestas como ninguém e, agora que a noite caiu, há pouca chance de conseguirmos achar seu rastro antes de amanhã. Até lá, ela já estará muito a nossa frente.

— Qual será a punição? — Mirabella pergunta e o quarto silencia. Pelo seu tom, é óbvio que ela pensa que não deveria existir alguma.

— Não haverá punição pelo roubo do corpo, Mira — Luca diz com gentileza. — O Conselho está satisfeito o suficiente com uma rainha morta. E eles não querem enfurecer o povo de Wolf Spring ao assassinar uma de suas filhas favoritas. — Ela arqueia a sobrancelha e inclina a cabeça. — Francamente, eu fiquei impressionada. Surpresa, mas impressionada. Porém, ainda há a questão da maldição da legião. Quando Juillienne Milone voltar, ela terá que ir à capital para ser interrogada.

— Filhas favoritas — uma das sacerdotisas de Rolanth desdenha. — Wolf Spring vai trazê-la à força agora que sabem que ela tem a maldição da legião. É provável que eles mesmos a executem. — Murmúrios de concordância correm pelo quarto. As sacerdotisas de Rolanth e Wolf Spring olham feio umas para as outras, cada lado desafiando o outro a discordar.

— Luca, você sabe que isso é uma mentira — Mirabella diz. — Eles não vão interrogá-la. Eles vão trancafiá-la e condená-la à morte assim que a Coroa for definida.

— Pode ser — diz Luca. — A Deusa sabe que é perigoso que alguém tão forte carregue a maldição. Se ela enlouquecer... enfim, a decisão é deles. — Ela olha com calma para Mirabella. — A não ser que você seja coroada rainha. Então a decisão partiria do seu Conselho.

Mirabella pode salvar Jules. É claro. Ela tem que conseguir salvá-la, por Arsinoe.

A porta se abre de novo e Rho entra.

— Alguns dos Arron voltaram para a floresta com uma grande liteira e uma carroça — ela diz. — Cordas. Lanternas.

— Para quê? — Mirabella pergunta.

— Para fazer um tapete da vitória, acho. Eles estão atrás do corpo do urso de Arsinoe.

— Que horror. — Elizabeth estremece só de pensar. — Dessacrar um Familiar assim. O Familiar de uma rainha!

— Katharine é cruel — Mirabella sussurra. — Eu sinto tanto, Arsinoe, por não ter acabado com ela muito tempo atrás.

Montanhas Seawatch

Half Moon finalmente começa a arrastar suas ferraduras. Jules acaricia o pescoço suado dele.

— Bom garoto, corajoso — ela elogia. Jules exigiu bastante dele, só diminuindo o passo ao chegar nos caminhos pedregosos no sopé da montanha.

Em seus braços, Arsinoe começa a tossir. Todo o seu corpo convulsiona e endurece como uma tábua, ameaçando cair da sela.

— Arsinoe, fique quieta!

Jules para o cavalo e desmonta, suas pernas doendo tanto que mal se mexem. Ela amaldiçoa os envenenadores, mas, sinceramente, a dor pode muito bem ser decorrente de ter passado tantas horas montada.

— Camden, me ajude.

Jules desce Arsinoe e Camden escorrega por baixo dela, ajudando a amortecer a queda. A puma ronrona e, preocupada, lambe o pescoço melado da rainha. Quando a flecha saindo de suas costas se dobra contra o chão, Arsinoe grita, e Jules rapidamente a rola de lado.

Sob a pálida luz do luar e das estrelas, Arsinoe parece morta.

— Eu ouço um riacho por perto — Jules diz, com uma animação forçada. — Mas fraca como estou agora, eu não conseguiria convencer um peixe nem a jogar água na minha cara, imagine a virar nosso jantar.

— Sem peixe — Arsinoe murmura. — Água.

Jules guia Half Moon pelo som do riacho e ela e Camden se inclinam com ele para que possam matar a sede. Nas bolsas presas ao cavalo, ela encontra um cantil de prata e joga fora o veneno que Katharine havia guardado ali dentro, lançando-o a favor da corrente para dissipá-lo. Ela enxágua três vezes e então enche o cantil com água gelada e limpa.

— Aqui. — Jules se ajoelha e coloca a cabeça de Arsinoe em seu colo, pressionando o cantil contra seus lábios. Arsinoe só consegue dar um gole antes de começar a tossir de novo e, quando ela termina de beber, há manchas de sangue escuro em seu queixo.

— Você não devia ter feito isso, Jules. Você vai ter problemas.

— Desde quando a gente se preocupa com problemas? — Jules estuda com carinho o rosto marcado de Arsinoe, acompanhando as linhas das cicatrizes com seu polegar.

— Ela pegou... minha máscara.

— Eu vou buscá-la de volta — Jules promete. — Eu vou buscá-la de volta, trazendo a cabeça dela pra acompanhar.

— Não. — Arsinoe começa a tossir de novo. Mais sangue cobre seu queixo. — Não é seu trabalho. Deixe... Mirabella.

— Você não devia ter tentado fugir — Jules diz. — Você não devia estar sozinha naquele momento. Eu sinto tanto. Eu nunca estou presente quando você precisa de mim.

— Você sempre está comigo.

— Não hoje. Eu estava com Joseph e nós pegamos no sono! Eu devia estar com você, mas eu estava com ele! Dormindo!

Arsinoe sorri.

— Finalmente.

Jules seca seu rosto.

— Ele não é mais importante que você! Ele é infiel. Pouco confiável. Ele não vale isso!

— Bom, e quem vale? — Arsinoe retruca. — Mas ele é melhor do que você pensa. Foi minha culpa, Jules. O que aconteceu entre ele e Mirabella.

— Do que você está falando?

— Eu fiz um feitiço. E deu errado. Faz tempo, foi antes de eu saber o que a magia baixa pode fazer. Mas eu nunca quis te machucar. — Ela tosse de novo, os dedos curvados como garras. Quando ela para, uma camada de suor cobre sua testa.

— Eu não consigo respirar — ela diz. — Jules. Eu não consigo respirar. — Seus olhos se fecham.

— Arsinoe? — Jules se inclina e a sacode suavemente. — Arsinoe, não!

Em pânico, ela olha ao redor procurando alguém, qualquer pessoa, para quem gritar. Camden se aproxima. Ela afaga o rosto de Arsinoe e a cabeça da rainha cai, frouxa.

— Vamos. Camden, vamos!

Jules levanta o corpo de Arsinoe e pede para o cavalo ajoelhar. Eles estão tão cansados. Mas Arsinoe está morrendo. Então eles têm que continuar.

Hotel do Gato de Rabo Torto

Os envenenadores conseguem chegar apenas até Highgate antes de parar para celebrar. Sob o comando de Genevieve e do Primo Lucian, do Conselho, eles tomam por completo o primeiro hotel que encontram: o Hotel do Gato de Rabo Torto. Apesar do nome estranho, o hotel é limpo e bem-cuidado, a cozinha equipada com panelas e utensílios suficientes para cozinhar um improvisado banquete de venenos. Eles brindam à Rainha Katharine e ouvem a história da caçada ser contada várias vezes.

Eles até mesmo arrastam o urso para dentro, amarrado na parte de trás de uma carroça. Envenenado e inconsciente.

— O que acontecerá com ele agora? — Nicolas pergunta, olhando para o animal. — O que acontece com um Familiar depois que seu naturalista morre?

Katharine se reclina em sua cadeira e, com a cabeça inclinada, estuda o grande urso marrom. Ele ainda é enorme e amedrontador, mesmo estando amarrado em uma carroça e com a língua pedurada para fora.

— Ele voltará para a floresta, eu suponho.

— Mas em Wolf Spring eu ouvi dizer que os Familiares têm vida longa, além do natural — Nicolas continua. — Será que ele ainda vai viver muito? Ou será que sem o laço com sua naturalista ele vai envelhecer e morrer como qualquer outro urso?

Sentado ao lado de Katharine, Pietyr termina sua taça de vinho de maio e a bate com força na mesa.

— É melhor fazer essas perguntas a um naturalista — ele diz. — Talvez você queira voltar e perguntar a eles. Então já poderiam aproveitar e te levar para Rolanth. Você deve começar sua corte à Rainha Mirabella em breve, não?

Nicolas sorri e dá de ombros.

— Em breve — ele diz. — A menos que minha rainha a mate antes. — Ele inclina a cabeça, beija a mão enluvada de Katharine e deixa a mesa. Ele se aproxima do urso, e Katharine o observa entornar sua taça de vinho sobre a cabeça do animal.

— Você não pode realmente gostar dele — Pietyr solta.

— Por que não? Há muito nele para se gostar. Nunca vi ele ter olhos para mais ninguém além de mim, por exemplo. E eu nunca encontrei margaridas no cabelo dele, colocadas por sacerdotisas fogosas.

— Eu não tive nenhuma outra garota depois de você, Kat — Pietyr diz com a voz baixa. — Você estragou todas as outras para mim. — Ele volta os olhos para Nicolas, que está rindo e brindando com a sem dádiva do Conselho, Renata Hargrove. — Ele não te ama como eu amo. Ele não pode.

— E como você sabe, Pietyr? — Katharine pergunta, chegando tão perto que ele deve estar sentindo a respiração dela em seu ouvido. — O que ele precisa fazer para provar que sim? Me jogar na Fenda de Mármore?

Pietyr fica tenso. Katharine se recosta e joga, alegre, um punhado de frutinhas venenosas na boca.

— Você está comendo demais. Você vai passar mal esta noite.

— Mal, talvez — ela diz, comendo mais um punhado. — Mas não vou morrer. Eu sou envenenada desde criança, Pietyr. Eu sei o que estou fazendo. Você precisa relaxar e tentar se divertir.

Ele se acomoda em sua cadeira e cruza os braços, o único desanimado no local. As canções dos músicos camponeses não são refinadas, e o hotel é simples, sem um único candelabro. Mas os envenenadores, tão encantados com sua vitória em Wolf Spring, não parecem notar. Até mesmo Natalia está dançando, suas costas retas, sorrindo suavemente nos braços de seu irmão mais novo, Antonin.

— Toquem mais alto! — Genevieve ordena. — Assim, se as carruagens da elemental passarem por aqui, eles vão ouvir!

Todos comemoram, os músicos tocando ainda mais alto. Katharine gostaria que Mirabella pudesse ouvir tudo isso. Ver tudo isso. Mas, embora as carruagens de Rolanth possam passar por ali carregando sacerdotisas, Mirabella não estará em nenhuma delas. A rainha elemental e seus Westwoods viajaram para

Wolf Spring pelo mar, onde eles podem controlar as correntes e os ventos e, é claro, onde eles têm certeza de que não encontrarão envenenadores.

Margaret Beaulin se aproxima da mesa e faz uma mesura. Ela então se encosta, tão bêbada que seu olho esquerdo começou a dançar.

— Um movimento inspirado, trazer o urso para dentro — ela diz. — A única coisa melhor que isso seria se fosse o corpo de Arsinoe amarrado naquela carroça.

Os olhos de Katharine se estreitam.

— Uma rainha vencida merece seus rituais fúnebres, Margaret — ela rosna, em uma voz diferente. — Ela merece o amor e a afeição de seu povo.

Há velas queimando nas janelas de todas as vilas pelas quais passaram, em homenagem à Rainha Arsinoe. E é assim que deve ser.

Margaret acena com uma mão, alheia ao tom grave de Katharine.

— Deixe que eles fiquem de luto e superem logo. O nome dela não será mais pronunciado depois da sua coroação. Ficará perdido no tempo. Como uma pedrinha num rio.

Os dedos enluvados de Katharine apertam a madeira de sua cadeira com tanta força que ela range.

— Katharine? — Pietyr pergunta. — Você está bem?

Katharine agarra sua taça de vinho envenenado. Ela quer jogá-lo na cara de Margaret Beaulin, pular sobre ela e enfiá-lo por sua garganta guerreira.

Talvez algum dia. Mas não hoje. Ela se levanta e os músicos param de tocar. Os envenenadores imediatamente param de dançar.

— Um brinde. À minha irmã, a Rainha Arsinoe.

Bocas se abrem de leve. Todos hesitam, como se esperassem uma piada. Mas Katharine não está brincando e, eventualmente, Natalia vai até sua taça de vinho e a levanta. Depois de um momento, os outros a acompanham.

— Seria fácil odiá-la — Katharine diz, pensando em sua irmã, seus olhos perdendo o foco na multidão. — Outra no meu caminho até a Coroa. Mas a Rainha Arsinoe era inocente nisso tudo. Tão inocente quanto eu. Antes do urso — ela aponta para o animal —, antes do Beltane, as pessoas sentiam por ela o que sentiam por mim. Pensavam que éramos fracas. Nascidas para morrer. Meros sacrifícios para a lenda da rainha escolhida. Então não vamos nos esquecer da rainha que realmente odiamos. A queridinha de Rolanth e do templo.

Katharine levanta sua taça.

— Um brinde à Rainha Arsinoe, minha irmã, a quem eu matei com misericórdia. Não será assim com a Rainha Mirabella. A Rainha Mirabella sofrerá.

Chalé Negro

Quando Jules chega ao Chalé Negro, ela está exausta demais para ser sensata. Ela força o cavalo, também exausto, pelos últimos metros, entre as árvores. No córrego, ele quase tropeça e cai. Ela precisa segurar com força sua pobre cabeça para mantê-lo de pé.

— Caragh!

Ela trota pelo caminho de terra até a borda de arbustos com folhas resinosas. Sua voz está estrangulada e estranha. Parece que faz uma eternidade desde que Jules ouviu a voz de outra pessoa pela última vez. Por horas ela não escutou nada além de passadas de cavalo e árvores farfalhando.

— Caragh!

A porta da frente do chalé se abre, e sua tia Caragh aparece cautelosamente.

— Juillenne?

— Sim — Jules diz. Seus ombros caem. Eles doem sob o peso de Arsinoe. — Sou eu.

Caragh não fala nada, mas seu cão cor de chocolate passa pela porta, desce os degraus de pedra e pula alegremente em volta do cavalo.

— Tia Caragh, nos ajude! — As palavras saem finas como papel, e Jules desliza para fora da sela, carregando o corpo de Arsinoe consigo. Mas elas não caem no chão. Os braços de Caragh estão lá para ampará-las.

— Jules — Caragh diz. Ela segura o rosto da sobrinha com as duas mãos e então a apalpa de cima a baixo. Ao lado dela, seu cão fareja animadamente Camden, que está caída na grama. Finalmente, Caragh afasta o curto cabelo preto do rosto de Arsinoe. Seus lábios tremem quando ela vê as cicatrizes.

— Eu não sabia pra onde mais poderia ir. — Jules sussurra.

Passadas ecoam pela porta do chalé até a varanda. Jules levanta os olhos e avista uma mulher velha, vestida toda de preto, forte como um pequeno touro. Cabelos brancos caem por seu ombro direito em uma longa trança.

— Caragh — a mulher velha diz. — Elas não podem ficar aqui.

— Quem é ela? — Jules pergunta. — Eu pensei que você estivesse sozinha. Eu pensei que seu banimento… que sua punição fosse ficar sozinha até que a nova rainha chegasse.

— Essa é Willa — Caragh explica. — A velha parteira. Alguém tinha que me ensinar. — Ela olha para a velha. — Não vou mandar minha sobrinha embora.

— Eu não ligo pra ela. — Com a cabeça, Willa aponta para Arsinoe. — Essa é uma rainha morta. E nenhuma rainha pode voltar pra cá depois que cresce. A menos que esteja gestando suas trigêmeas.

— Ela não está morta! — Jules grita. — E você vai ajudá-la!

Willa ri.

— Veja só essas ordens — ela resmunga enquanto desce os degraus. — Agora eu vejo a semelhança entre você e sua tia.

— Vire-a, Jules — Caragh diz. — Deixe-me ver.

— Tome cuidado. Não toque. É uma flecha envenenada.

A mão de Caragh para no ar.

— Uma flecha envenenada? Jules, não há nada que possamos fazer com isso.

— Não, você… — Jules hesita. O que importa se Caragh descobrir o segredo? Todos na ilha acham que Arsinoe está morta. O fato de ela na verdade ser uma envenenadora não faz diferença alguma agora.

Jules abre a boca para explicar, mas para assim que nota a expressão impassível de Willa.

— Você sabia — diz Jules. — Você sempre soube.

Willa se abaixa e pega um dos braços de Arsinoe.

— Leve-a para dentro — ela diz, mal-humorada. — Ela mal está viva, mas vamos ver o que pode ser feito. Eu também sou uma envenenadora. Posso lidar com a flecha.

Jules se remexe na cama desconhecida. Lá fora está completamente escuro, e ela afasta as cobertas em busca de Camden, para que a grande puma possa acalmá-la com seu ronronado. Então ela se lembra. Elas estão no Chalé Negro. Com Arsinoe. E Caragh.

Retirar a flecha envenenada, limpar e costurar a ferida foi mais fácil do que Jules esperava, provavelmente porque Arsinoe não recobrou a consciência em momento algum. A mão precisa de Willa torceu e puxou, esfregou e enfiou até que a rainha estivesse sob um cobertor macio, parecendo tão calma e serena como se estivesse tirando uma merecida soneca. Depois, Caragh ajudou Jules a descer o corredor até o outro quarto, onde ela e Camden pegaram no sono assim que fecharam os olhos.

Jules escorrega para fora da cama, ainda vestida e calçada, e Camden se espreguiça e pula para o chão. Há luzes projetando sombras no corredor. Caragh e Willa ainda devem estar acordadas em algum lugar.

Jules entra silenciosamente no quarto onde elas colocaram Arsinoe e espia. A respiração da rainha é breve, mas visível à luz da vela na mesa ao lado. Jules observa por alguns instantes, mas Arsinoe com certeza não vai acordar esta noite. Então ela sai na ponta dos pés, indo na direção da outra fonte de luz, esperando encontrar a tia.

O Chalé Negro não é um lugar pequeno. É maior que a casa dos Milone e cheio de coisas finas: candelabros de prata, gloriosas pinturas a óleo e tapetes tão felpudos que ela não resiste a passar o pé neles. Ela pausa brevemente para olhar para o topo de uma escada longa e escura, então segue a luz e os sons pela sala de estar até a cozinha.

O cão cor de chocolate as ouve se aproximar e trota para fora. Ele dança em círculos em volta de Camden, farejando alegremente antes de encostar seu longo corpo em Jules.

— Você acordou — Caragh diz assim que a sobrinha entra na cozinha brilhantemente iluminada por várias lamparinas amarelas. — Como está Arsinoe?

Jules se senta à mesa, de frente para a tia.

— Ainda descansando. Ainda respirando.

— Pela sua cara ao chegar, você também deveria ainda estar dormindo. Aquele seu pobre cavalo está roncando pesado no celeiro, pode ter certeza.

— Ele não é meu — ela diz, embora suponha que agora ele seja. — Eu o roubei. Da Rainha Katharine.

— Hum — diz Willa, que chegou por trás dela muito silenciosamente para alguém que usa uma bengala. — O que raios está acontecendo com este Ano da Ascensão? — Ela coloca um punhado de flores silvestres brancas e amarelas ao lado de Caragh, enquanto esta mói óleos e ervas com um pilão. — É uma boa coisa Arsinoe ter vindo agora. Estão todas floridas.

— Nós temos mais — Caragh diz. — Em conserva ou secas, no depósito.

— Frescas são melhores — Willa diz e dá um tapinha em seu queixo.

Jules observa em silêncio enquanto as duas mulheres conversam. Há um afeto fácil entre elas que é estranho de se ver. Jules está feliz por Caragh não estar sozinha. Está feliz por vê-la sorrir. Não foi assim que ela imaginou a tia durante os últimos cinco anos.

— Vocês não sabem nada sobre a Ascensão, então? — Jules pergunta. — Não recebem nenhuma notícia?

— Worcester nos traz mantimentos todo mês — diz Willa. — Em seu carrinho, puxado por seu bom e velho pônei. Algumas vezes ele nos traz algumas notícias também.

— E de vez em quando ele vem duas vezes no mesmo mês — complementa Caragh. — Quando Willa está particularmente atraente. — Ela ri e Willa faz uma careta.

— O que é isso? — Jules pergunta, apontando para o pilão.

— Um unguento para Arsinoe.

— Deixe-o mais grosso do que da última vez. — Willa alonga as costas. — Vou dormir um pouco antes que a rainha acorde. *Se* ela acordar. Ela perdeu muito sangue e está fraca. Foi uma longa cavalgada pra vocês, imagino.

Jules cavalgou o mais rápido que pôde. Talvez ela devesse ter ido para outro lugar. Um lugar mais perto.

Willa passa por ela e aperta seu ombro com firmeza.

— Não se preocupe demais. Ela sempre foi a mais forte delas, desde quando era pequena.

— Você… se lembra dela, então?

— Claro que sim. Eu me lembro de todas elas. Até completarem seis anos elas foram minhas.

Willa sai, deixando Jules e Caragh sozinhas.

Caragh estuda a sobrinha, sua cabeça inclinada enquanto separa folhas das flores e as coloca na tigela do pilão.

— Você cresceu tão bem, Jules. Tão bonita.

— Eu mal *cresci*, pra começar — Jules resmunga. — Eu sou mais baixa que todo mundo em casa.

— Pequena — Caragh diz —, mas feroz.

As orelhas de Camden se sacodem para a frente e para trás, como se ela estivesse concordando. Camden sempre foi melhor que Jules em aceitar elogios.

— Eu sabia que você era forte desde menina. Mas nunca imaginei um puma. — Ela olha para baixo. — Como estão papai e mamãe?

— Eles estão bem. Sentem sua falta. — Jules estende sua mão para o cão, que vem descansar o queixo no joelho dela. — Eles sentem sua falta também, Juniper — ela diz, e o cachorro ofega, feliz. — Principalmente o Jake.

— E como está Madrigal?

Jules hesita. Como contar a Caragh sobre Madrigal e Matthew? Sobre o bebê? Será que ela deveria contar, sendo que não diz respeito a ela e não fará diferença nenhuma, já que Caragh continua banida?

— Madrigal é Madrigal. Já faz muito tempo que eu parei de esperar que ela fosse qualquer coisa além dela mesma.

— Isso é provavelmente sábio — diz Caragh. — Mas ela te ama, Jules, de verdade. Sempre amou.

Não tanto quanto você, Jules quer falar.

— Eu nunca pensei que te veria de novo, Tia Caragh.

Caragh mói com mais força a mistura do unguento. Seu tempo no chalé trouxe mais músculos a seus braços e mais volume à sua cintura. Seu cabelo marrom-dourado está comprido e mal-arrumado. Ela ainda é bonita. Jules sempre achou Caragh tão bonita quanto Madrigal, mas de um jeito diferente.

— Eles vão acabar me deixando sair daqui alguma hora — Caragh diz. — E vão me substituir por alguma boa sacerdotisa. Alguém como Willa. Não muito depois da nova rainha ser coroada, eu imagino.

— Por que eles fariam isso?

— Porque essa punição partiu da disputa entre os Arron e os Milone. E a próxima rainha não será uma rainha Arron. Willa parece certa disso e, tendo criado as meninas quando pequenas, ela deve de fato saber.

— Ela deve — Jules diz, sombria. — Embora talvez ela possa não ter mais tanta certeza agora.

Mar Ocidental

A jornada de Wolf Spring a Rolanth pelo mar é rápida. Mais rápida do que passar dias em uma caravana. Naquela manhã, Mirabella observou as sacerdotisas soltarem pássaros no deque, para que voltassem a Rolanth e anunciassem o retorno da rainha.

Ela se pergunta se a notícia da morte de Arsinoe chegará antes dela. Se ela voltará e encontrará velas nas janelas e seu povo vestido de luto, de preto e vermelho. Ela espera que sim. Ela espera não precisar dar a notícia a eles.

Quando o navio passou pelo Cabo Horn, muitas luzes eram visíveis na costa. Mas Cabo Horn fica bem mais ao sul que Rolanth.

Mirabella encara as paredes de madeira escura de sua cabine. Ela não foi muito útil nesta viagem, deixando que outros elementais guiassem o navio. Ela não tem mais vontade, desde a morte de Arsinoe, de suar sua dádiva. E eles não precisam dela, de qualquer forma, com tantas pessoas capazes de controlar os ventos. E Sara é boa o suficiente com a água para cuidar das correntes sozinha.

Alguém bate na porta.

— Sim?

A porta se abre e Billy coloca a cabeça para dentro. Ela não o tem visto muito desde que deixaram o porto. Na única vez em que ela se aproximou do quarto dele, ouviu-o chorando por trás da porta e foi embora.

— Quer um pouco de companhia?

— Por favor. — Ela faz um gesto para que ele entre e se sente.

— Meu quarto é quieto demais — ele diz. — Eu sinto falta da Harriet cacarejando.

Mirabella deixa de lado o livro que estava folheando. Ela deveria se sentar direito, tirar as pernas da cama e passar a visita para uma mesa. É impróprio para ela estar quase deitada enquanto Billy está sentado aos seus pés. Mas o que importa? Eles não são estranhos. E ela não tem energia para se importar com formalidades, de qualquer jeito.

— Harriet vai ficar bem com a família de Joseph? — Ela pergunta.

— É melhor que fique. Se eu voltar e encontrá-la em uma panela de ensopado…

Billy para de falar. Seu rosto está cinzento. Mórbido. Ele não olhou para Mirabella desde que entrou, seus olhos vendo apenas através dela. Ele queria usá-la como uma distração para o luto, mas ela está falhando em entretê-lo.

— Não falta muito para chegarmos a Rolanth — Mirabella diz, levantando a voz.

— Eu sei. Vocês, elementais, trapaceiam. Chamando ventos e empurrando as águas. Isso mal conta como navegar. — Ele sorri, mas sorrir parece errado, já que seus olhos continuam tristes.

— Pelo menos você a viu de novo — Mirabella diz docemente. — Pelo menos você teve algum tempo com ela. Espero que seus últimos momentos tenham sido bons.

— Eu deveria ter dito a ela. Eu nunca disse a ela.

— Tenho certeza de que ela sabia.

— Como ela poderia? Tudo o que eu fiz foi dizer a ela que ela era desajustada. Inapropriada. Irritante, sem nenhuma qualidade que um homem busca em uma esposa. — Ele dá uma risada vazia. — E isso era verdade. Mas eu estava disposto a ignorar tudo isso.

Mirabella expira. Ela gostaria de rir.

Billy alcança a mesa de cabeceira e pega algumas joias que Bree deixou ali.

— Esta é uma cabine tão estranha. Coisas jogadas. Nada pregado.

— Nada disso é necessário em um navio elemental.

Ele enrola a pulseira preta e prateada em seus dedos, então deixa suas mãos caírem no colo.

— O que você vai fazer agora? — Ele pergunta. — Você vai esquecê-la também?

Mirabella se vira para a parede, como se pudesse ver através dela, o oceano se revirando do lado de fora. Como sempre, ela sente os elementos à sua volta. O relâmpago que ela poderia fazer estalar no céu límpido. O vento que poderia gritar por ela. O ruído do suave bruxulear da chama de sua vela. Ela poderia expandir sua dádiva e usar o oceano como um punho. Derrubar o navio e acertá-lo com ondas até que se quebrasse totalmente. Todos os elementais a bordo não seriam o bastante para impedi-la.

Mas Billy está lá, alguém que Arsinoe amava. E em algum lugar lá fora está Jules, ainda sendo caçada. E Kat. Ela não pode esquecer de Kat.

Ainda há tanto trabalho a fazer.

— Eu não vou esquecê-la se você ficar e me ajudar a lembrar — Mirabella diz. — Se você ficar e me ajudar a vingá-la.

— Ficar — ele diz.

— Sim. E reinar comigo, por ela.

Eles se olham em meio à luz baixa e silenciosa. Ele parece tão surpreso por ouvir isso quanto ela está por acabar de dizer. Desde criança, Luca tentou convencê-la de que ela era uma rainha importante. Uma lição que Mirabella não queria aceitar ou na qual não acreditava. Mas agora ela acredita.

— Você me escolheria como seu rei — ele diz.

— Rei consorte — ela o corrige. — Mas, sim.

— É isso o que ela iria querer?

— Não sei. Mas nós precisamos casar com alguém. E quem gostaríamos de ter… nós não podemos.

Billy a encara intensamente.

— Então formamos um bom par. — Ele sacode a cabeça. — Eu não posso fazer isso. Tão cedo. Parece errado.

— Você quer vingá-la, não quer? Ou você quer desistir agora e voltar para o continente? Você vai seguir adiante e cortejar Katharine, a assassina dela?

— Não — Billy rosna e sua expressão fica nublada. — Nunca.

— Então fique e seja parte disso comigo. — Mirabella estende sua mão. Ela precisa que ele diga sim. De repente, ela não consegue suportar a ideia de Billy indo embora. Ele, o único pretendente que amou sua irmã, ele deve ser rei.

— Eu queria que ela tivesse tudo — ele diz, encarando a mão de Mirabella. — Eu queria ter tudo com ela. — Mirabella espera. Ela deixa que ele seque os olhos e respire fundo. Billy Chatworth tem um bom coração. Ele é inteligente, forte e leal.

— Selamos esse negócio com um aperto de mãos, então? — ele pergunta.

— É assim que se faz no continente?

— Só entre homens honrados — ele diz, deslizando sua mão para a dela.

Não é a primeira vez que eles se tocam. Mas agora esse toque é permeado pelo fato de saberem que, um dia, trocarão muito mais do que um simples aperto de mão. Os dedos de Billy escorregam para longe dos dela, e ele desvia os olhos, culpado. Mas Arsinoe e Joseph não estão ali para julgá-los.

— E agora? — ele pergunta.

— Agora nós levamos a luta até Katharine.

O barco ancora em Rolanth logo depois, e Bree e Elizabeth aparecem para levar Mirabella para cima. Elas ficam surpresas ao encontrar Billy lá, ajustando a leve capa de verão nos ombros da rainha.

— Você está todo de preto — Elizabeth diz a ele.

— De onde venho, preto é a cor do luto.

— Bem, aqui é a cor das rainhas — diz Bree. Ela desamarra o esvoaçante lenço vermelho que leva em seu pescoço e o prende em volta do dele. — Pronto. Pela sua Arsinoe.

Ele toca o lenço e olha para Mirabella.

— Ou eu deveria estar todo de preto? Por você? — Ele pergunta, mas ela sacode a cabeça.

— Não — Mirabella diz. — Assim é apropriado.

Bree e Elizabeth se entreolham. Nem mesmo elas sabem sobre o acordo dos dois. A notícia se espalharia rápido demais, e Mirabella não quer ter que lidar com perguntas de Luca ou com preocupações de Sara.

Mirabella e Billy sobem juntos ao deque e encontram uma multidão reunida nas docas de Rolanth. Por todo o porto, velas queimam nos prédios brancos e imponentes, e as pessoas estão vestidas de preto e vermelho, para honrar o luto de uma das rainhas. Seus olhos estão sóbrios, e seus queixos, levantados. O único som que se pode ouvir é o das aves marinhas brigando por pedaços de peixe.

Sara e Luca já estão no deque, mas Mirabella passa rapidamente por elas, puxando Billy logo atrás de si, antes que qualquer uma das duas pudesse falar alguma coisa. Este é o seu povo. Seu momento. Ela então abre a boca, os olhos de todos voltados para ela.

— Sem dúvidas vocês já sabem do que aconteceu em Wolf Spring — ela diz, alto. — A morte da minha irmã, a Rainha naturalista Arsinoe, pelas mãos da Rainha envenenadora Katharine. — Ela pausa e deixa o burburinho aumentar, os sussurros carregados de desdém pelos envenenadores. — Agora a Rainha Katharine quer vir a Rolanth, para o festival da Lua da Colheita. Para triunfar perante todos vocês.

As pessoas começam a gritar, e ela deixa que o façam, falando ainda mais alto por cima dos rostos raivosos e punhos agitados.

— Ela pensa que vai desfilar por nossa cidade, pela *minha* cidade, e me matar como se fosse um jogo. Mas ela não vai!

Mirabella sente o farfalhar de vestes se movendo perto de seu ombro, e a voz calma de Luca então corta o barulho.

— Mira — ela diz. — O que você está aprontando?

Mirabella dá um passo para trás e pega a mão de Billy.

— Hoje eu escolho meu rei consorte! E ele me escolhe, unindo Wolf Spring e Rolanth sob a mesma coroa! Hoje eu desafio a Rainha Katharine para um duelo! — ela grita. — Um duelo em Indrid Down! E eu gostaria que vocês me acompanhassem até lá, para colocarmos juntos um fim nessa envenenadora.

Seu povo comemora. Ela levanta a mão de Billy, entrelaçada na sua, e eles comemoram ainda mais alto. Era isso o que eles queriam. Ver sua rainha escolhida ascender e tomar seu trono.

— Mirabella — Luca diz. — Isso não é sensato.

— Talvez não, mas está feito — responde Mirabella. — Katharine acha que vai celebrar a Lua da Colheita aqui. Mas quando a Lua da Colheita chegar, ela já estará morta.

Wolf Spring

Joseph retira seu pano do balde com sabão e franze o nariz. Alguém jogou ovos nas vitrines da Livraria Gillespie. Uma dúzia inteira, parece. E, no calor do meio-dia, as gemas grudentas escorrendo pelo vidro já começam a feder.

Joseph começa pelo topo e vai descendo, o pano com sabão e a água não faz nada além de misturar a meleca toda. Ele devia ter trazido uma escova. E mais baldes.

— Que desperdício de bons ovos.

Joseph levanta os olhos e avista Madge, a responsável pelos melhores mariscos fritos do mercado, refletida na vitrine, com uma cesta coberta por tecido azul pendurada no braço. Ele olha para ela, e os olhos enrugados de Madge se apertam, enojados.

— Se quem fez isso tivesse um cérebro — ela diz —, teria usado ovos podres. Aí o cheiro seria suficientemente ruim pra te fazer vomitar nos próprios sapatos.

— Você sabe quem foi?

— Pode ter sido qualquer um.

Joseph molha o pano no balde de novo e volta a limpar. Pode ter sido qualquer um. Faz pouco menos de uma semana desde que Jules desapareceu com o corpo de Arsinoe. Desde que a cidade inteira ficou sabendo de sua maldição da legião. Como eles se voltaram rápido contra ela! Contra ela e contra todos que a amam.

— Pode ser que ele nem tenha ouvido os ovos — Madge diz, seus olhos no tecido preto que Luke pendurou do lado de dentro da livraria para cobrir as vitrines. Preto e vermelho, para sua rainha. — Não é como se ele tivesse vindo dar uma espiada do lado de fora, ou saído de casa, desde que tudo aconteceu. Ele sequer saiu da cama, exceto pra fazer xixir.

— Como você sabe? — Joseph pergunta, então Madge levanta o tecido sobre sua cesta para mostrar ostras fritas e pão fresco. E uma pequena garrafa de cerveja.

— Eu disse sem sair da cama, exceto pra urinar. Quem você acha que o está alimentando?

Joseph sorri para a cesta. A boa e velha Madge.

— Talvez você não devesse — ele diz. — Todos vão saber. Minha família teve barcos soltos do porto durante a noite, por pessoas covardes demais pra boicotar nosso negócio cara a cara. Podem parar de ir à sua barraca.

— Deixe que parem. Quem precisa deles? — Ela pausa e faz uma careta por sobre o ombro para qualquer um que possa estar vendo. — Os amaldiçoados merecem compaixão. Compreensão. Não ser linchados até a morte como uma galinha com uma mancha negra. — Ela aponta o dedo para os ovos quebrados. — Não receber a sentença que o Conselho dará quando ela voltar.

Joseph raspa cascas de ovo do vidro sem dizer nada. Após um momento, Madge aperta o ombro dele e entra na loja, silenciando a alegre campainha da porta com uma mão.

Ele leva quase duas horas para limpar toda a sujeira da vitrine. Quando termina, seu pano está arruinado, todo melequento, e a água em seu balde é uma mistura nojenta e fedida. Não importa quantas vezes ele enxague o vidro, parece que a Gillespie vai sempre feder um pouco em dias muito quentes. Mas pelo menos está melhor que antes.

Joseph está alongando seus ombros e suas costas quando um bonito corvo preto pousa ao lado do balde e espia para dentro da livraria.

— Aria — ele diz, e a ave grasna.

Ele olha em volta, procurando Madrigal. Ela está andando calmamente em sua direção, vinda da praça. As mangas de sua camisa branca estão arregaçadas por causa do calor, e sua saia negra está amarrada com uma faixa vermelha.

— Ainda nada da Jules? — Ele pergunta, mesmo já sabendo a resposta.

— Nada.

— Eu achei que ela já teria voltado a esta altura.

Madrigal dá de ombros.

— Cavar uma cova ou construir uma pira leva tempo — ela diz. — Nossa Jules está bem. Ela vai voltar assim que terminar.

— E se não tiver terminado? E se Arsinoe estiver viva?

— Os Arron levaram Braddock. Arsinoe nunca teria permitido isso se estivesse viva. E encontraram sangue dela bem onde a Rainha Katharine disse que encontrariam.

— Eu não disse que ela não foi ferida — Joseph diz, tentando se explicar sem contar à Madrigal a verdade sobre a dádiva de envenenadora de Arsinoe. — Eu só não sei pra onde Jules pode ter ido. Se ela precisava de um lugar seguro.

— Não há lugar algum em que Jules se sinta segura — Madrigal diz. — Não desde que a Ascensão começou. Ou talvez nunca houve. Ela sempre esteve atenta. Pronta. Isso era a dádiva da guerra agindo, mesmo antes de ela descobrir. — Madrigal respira e seu rosto desmonta. — Apenas algumas *pessoas* foram capazes de fazer Jules se sentir segura. Você costumava ser uma delas, Joseph. E minha irmã, Caragh.

— Caragh — Joseph sussurra, e os olhos de Madrigal se acendem quando ela entende o que ele quer dizer.

— O Chalé Negro. Mas é tão longe.

— Você conhece nossa Jules. Ela teria tentado.

Agitado, Joseph pega o balde e derrama um pouco do líquido melequento em seus sapatos. Ele se sente um tolo por não ter pensado no chalé antes. Ele quer correr para lá imediatamente, de tanta certeza que tem de que a encontrará lá.

— Você tem que tomar cuidado — Madrigal diz. — O Conselho agora tem espiões aqui. Eles estão nos observando. Temos que esperar pela noite. A escuridão nos dará cobertura.

Greavesdrake Manor

Os Arron dão uma grande festa em Greavesdrake Manor em honra à vitória de Katharine. Pequenas comemorações na estrada ao voltar de Wolf Spring não foram suficientes. Nem o desfile ao entrarem na capital, com Katharine cavalgando em frente ao urso, revivido e urrando.

— O animal foi um espetáculo — Renata Hargrove comenta com diversos convidados. — Se jogando contra as cordas e mexendo a cabeça para a frente e para trás. Mesmo pouco tempo depois de ter sido envenenado e ter sangrado muito.

— Onde ele está agora?

— Preso no pátio do Volroy. Eu mal posso olhá-lo sem ter arrepios.

— Espere até eu desfilar com ele a caminho de Rolanth, na Lua da Colheita — Katharine diz. Ela pega uma taça de champanhe e não se dá ao trabalho de farejar toxinas antes de entornar quase metade de uma vez. — A pobre Mirabella vai provavelmente desmaiar.

Nicolas passa um braço pela cintura de Katharine e a puxa para a pista de dança. Ele a aperta com força e cochicha coisas que fazem o coração dela acelerar. Pietyr assiste a tudo de sua mesa, o maxilar tão tenso que seu rosto parece prestes a se partir em pedaços.

— Por que você está olhando para ele? — Nicolas pergunta.

— Para quem?

— Para Pietyr Renard. Aconteceu algo entre vocês dois. Eu sei pela forma que ele nos observa.

— Se aconteceu, já está acabado. — Ao dizer isso, porém, os olhos de Katharine se movem para Pietyr. Nicolas é bonito. Ele é corajoso e a deseja. Mas ele não substituiu Pietyr, e ela teme amargamente que ele nunca o substitua.

— Mande-o embora — Nicolas sussurra.

— Não.

— Mande-o embora — ele diz de novo. — Logo eu estarei na sua cama, e não quero olhar para trás e correr o risco de encontrá-lo parado a nos observar, como agora.

Katharine se afasta. Ela o encara friamente. Foi um pedido. Mas soou como uma ordem.

— Pietyr ficará o quanto quiser — ela diz. — Ele é um Arron. Ele é da família.

Nicolas dá de ombros e sua voz retorna à suavidade habitual.

— Como você desejar. Mas ele participará da Caçada aos Veados?

— É possível.

— E ele então tentará me envenenar? Me cortar com uma lâmina envenenada?

— Você vai tentar enfiar sua faca nas costas dele? — Katharine replica, mas Nicolas apenas ri.

— Claro que não, minha querida — ele diz. — Quando eu mato um homem, eu o olho nos olhos.

Katharine força um sorriso. É claro que ele está brincando. Ele deve estar. Ninguém tem permissão para machucar Pietyr. Ninguém além dela.

Algo do outro lado da sala chama a atenção de Nicolas, e ele se afasta.

— Um momento, Rainha Katharine. Tenho um presente para você, e ele acabou de chegar. — Ele pede licença e abre caminho por entre os convidados, indo em direção às portas, onde o mordomo de Natalia, Edmund, está esperando.

Pietyr se aproxima de Katharina por trás.

— Ele te deixa no meio de uma música?

— Ele disse que tem um presente para mim.

Ele a gira em seus braços e eles começam a dançar. É mais fácil e natural do que com Nicolas. Ela e Pietyr combinam. Quando ela olha nos olhos dele, ela se vê: sua melhor versão a encara de volta.

— O que quer que seja esse presente, não será digno de você. Ele não sabe como tratar uma rainha envenenadora.

Nicolas volta, com Edmund carregando uma bandeja de prata logo atrás dele. Um vaso ocupa o centro da bandeja, exibindo um pequeno ramo de folhas verdes coroado por pequenos botões brancos. Em volta do vaso, estão dispostos diversos copos cheios de um líquido branco.

Nicolas os guia para fora da pista de dança até a mesa de Natália, onde ela está sentada conversando com Genevieve e Antonin — seus irmãos —, na companhia de Primo Lucian e outros membros do Conselho Negro.

— Se me permitem — Nicolas diz, e os olhos de todos se erguem para ele. — Eu trouxe um presente em honra à vitória da Rainha Katharine. — Ele coloca um copo na frente de cada envenenador da mesa, entregando um até mesmo para Pietyr, antes de servir Natalia e Katharine. — Espero que não se importem de eu ter usado seus criados, mas... eu queria que fosse uma surpresa.

Natalia olha para as plantas no vaso.

— Ageratina branca — ela identifica.

— Eu não creio que vocês a tenham aqui — diz Nicolas.

— Não temos. — Ela ajeita sua pesada mamba negra quando a entorpecida cabeça da cobra escorrega para fora de seu braço. — Mas eu a conheço bem. Comer apenas um ramo pequeno pode intoxicar uma vaca inteira, tornando até mesmo a carne e o leite completamente venenosos.

— Servir um veneno conhecido por envenenar leite em um copo de leite... — Pietyr diz, farejando seu copo. — Você é um ótimo aluno, Nicolas. Em breve será um especialista.

— Renard — Nicolas responde —, que talento você tem para fazer um elogio soar como uma ameaça.

Katharine olha para os dois e Natalia levanta seu copo, sabendo, como sempre, quando é preciso desviar a atenção.

— Um veneno realmente exótico — ela diz. — Um belo presente. Nós o saborearemos devagar. — Seu olhar encontra o de Katharine. Devagar e em pouca quantidade, ela quis dizer. Katharine foi exposta a ageratina branca apenas duas ou três vezes na vida.

Katharine levanta seu copo e o vira, secando os lábios com o dorso da mão e ouvindo exclamações em seguida.

O olho de Natalia treme por sobre a borda do copo, mas ela dá um gole mesmo assim.

— Você ficará bêbada com isso, Rainha Katharine — ela diz. — É forte demais. Você deveria se retirar agora para os seus aposentos.

Katharine, entretanto, não é levada para seu quarto, e sim para o escritório de Natalia. Quando chega lá, o veneno já está tomando seu corpo. Ela mal tem tempo de tirar Docinho do pulso e entregá-la a Pietyr antes de cair no tapete.

As convulsões são violentas. Dolorosas. Seus dentes rangem e ela morde a língua. O sangue tem o mesmo gosto do leite envenenado.

Ela pode sentir o medo na voz de Pietyr e de Natalia, enquanto eles correm para invocar o outro lado de sua dádiva, o lado da cura, combinando suas memórias de velhas lições. Remédios. Antídotos. Garrafas tilintam nas estantes de Natalia enquanto ela as examina. Gavetas rangem ao abrir e batem ao fechar.

— Ponha sua mão na garganta dela — Natalia ordena. — Faça-a esvaziar o estômago.

Pietyr ajoelha ao lado da cabeça dela. Ele tenta.

— Não consigo passar pelos dentes.

— Katharine! — Natalia aparece acima dela. Sua única mãe. Seu rosto está repleto de medo. — Kat, vomite agora!

As convulsões diminuem e ela relaxa, embora a dor continue. Parece que alguém enfiou a mão por entre suas costelas e está apertando seu coração.

Pietyr a coloca em seu colo. Ele beija sua testa e afasta o cabelo negro e úmido do rosto dela.

— Katharine, por favor — ele sussurra. — Você vai se matar se continuar assim.

A cabeça de Katharine gira facilmente em seu pescoço. Quando ela fala, sua voz é áspera e estranha, quase alheia.

— Não seja ridículo, garoto. Você não pode matar o que já está morto.

Chalé Negro

Quando Arsinoe acorda, a primeira coisa que ela vê é Jules e Camden dividindo uma poltrona. Ela sorri fracamente, piscando por contra da claridade, cada músculo de seu corpo doendo, tenso. Mas ela está quente e viva, e a cama em que está deitada seria bastante confortável se não fosse pelos pontos latejando em suas costas. Ela não tem ideia de onde está, mas há algo muito familiar neste quarto.

— Jules?

— Arsinoe! — Jules e Camden pulam da poltrona. Camden salta em suas quatro patas, ronronando, seu rabo sacudindo para a frente e para trás.

— Água — Arsinoe grasna, engolindo pelo que lhe parece uma eternidade após Jules lhe servir um copo. Sua boca tem um gosto horrível. Como se ela tivesse tomado sangue velho.

— Tia Caragh! — Jules grita. — Willa! Ela acordou!

— Willa? — Arsinoe esfrega os olhos. Agora ela sabe exatamente onde está. No Chalé Negro, onde ela nasceu.

Caragh entra no quarto com Juniper, seu cachorro marrom-escuro, e imediatamente se inclina para beijar Arsinoe na bochecha. Arsinoe só consegue encará-la. A velha Willa então empurra Caragh para fora do caminho e pressiona o dorso de sua mão contra a testa de Arsinoe.

— Sem febre — Willa constata. — Sua sorte está durando.

— Ela tem mais sorte do que qualquer um de quem já ouvi falar — Jules diz. — Quantas vezes você já quase morreu? Três? Quatro?

— Algo em torno de dez ou onze — Arsinoe tenta se levantar do travesseiro. Caragh e Jules prendem a respiração, mas Willa rapidamente coloca outro atrás dela.

— Deixe ela sentar — ela diz, mal-humorada. — É bom para os pulmões. Além disso, a dádiva de envenenadora a fará melhorar mais rápido do que vocês pensam.

— Dádiva de envenenadora — Arsinoe diz. — Então meu segredo já não é mais tão secreto.

— Ela já sabia — Jules conta.

Arsinoe estende a mão e acaricia a cabeça marrom de Juniper. Olhando para os olhos doces e escuros do cachorro, ela quase sente vontade de chorar. Ela sentiu tanta falta deles.

— Você deve estar surpresa de estar aqui — diz Caragh.

— Eu estaria surpresa de estar em qualquer lugar. — Ela pausa, relembrando a Caçada das Rainhas. O olhar maldoso no rosto de Katharine. — Braddock?

Jules sacode a cabeça.

— Eu não sei, Arsinoe. Tivemos que fugir tão rápido... — ela não diz mais nada, mas Arsinoe sabe que os envenenadores não teriam deixado o urso vivo. Eles nem poderiam, bravo como ele estava. Pobre Braddock. Ela foi tola em pensar que poderia protegê-lo.

— Billy — ela diz de repente. — Ele deve achar que estou morta. Todo mundo deve.

— Todo mundo acha — confirma Jules. — Pelo menos ninguém veio te procurar.

— Vou sair para buscar mais flores para o unguento. — Willa se arrasta em volta da cama e vai em direção à porta. — Agora que ela acordou, há vegetais que precisam ser colhidos. Eu não me esqueci do que era necessário para alimentá-la quando criança, mas só posso imaginar o quanto ela come agora. Venha, Caragh.

Caragh assente. Antes de ir, porém, ela toca o rosto marcado de Arsinoe.

— Eu lamento que você tenha sido flechada nas costas — ela diz. — Ainda assim, estou feliz por te ver.

Ela sorri com os lábios fechados, quase sombria, enquanto arregaça as mangas. Nada em Caragh é livre e despretensioso como em sua irmã, Madrigal. Mas há mais em um único gesto seu do que em dezenas de abraços de Madrigal.

— A forma como ela me olha... — Arsinoe diz assim que ela e Jules ficam sozinhas. — É como se ela não visse nenhuma cicatriz no meu rosto.

— Ela não mudou — Jules diz. — Não nesse sentido, pelo menos.

— Em que sentido, então?

Jules inclina a cabeça para trás.

— Só é estranho vê-la aqui. Tão calma. Como se ela estivesse em casa. Eu sei, ela está na casa dela, mas...

— Sei o que você quer dizer — Arsinoe diz. — Quero ela de volta em casa também.

Jules agarra a ponta da cauda de Camden e esfrega seu pelo até que a puma lhe dá uma patada.

— Me conte o que aconteceu. Eu só me lembro de ser acertada nas costas. E então de você me puxando pra cima da sela daquele cavalo.

— Eu usei a dádiva da guerra — Jules responde. — Eu empurrei Katharine pelo ar sem tocá-la. Ela deve ter rolado três vezes antes de cair no chão.

— Queria ter visto isso.

— Eu não sei como fiz. A maldição está atada. A dádiva da guerra não é tão forte, eu só... fiz. Porque precisei.

— Você poderia fazer de novo? — Arsinoe pergunta.

— Nem por todos os bolos no forno do Luke.

Arsinoe quase pergunta como Jules está se sentindo. Se a maldição está afetando a mente dela. Mas ela não o faz. Jules está bem. Segura. A pergunta só a faria se preocupar mais.

— Jules — Arsinoe aperta um olho. — Quando eu estava perdendo a consciência e voltando... eu confessei que usei magia baixa em você e Joseph?

— Sim.

— Eu te disse o quanto sinto muito? Que eu não sabia o que minha magia baixa podia fazer?

— Sim. E não importa. Nós nunca vamos saber se realmente foi sua magia, ou a beleza de Mirabella, ou Joseph estar quase morto e ser facilmente excitável. — Arsinoe ri. — Além do que, eu já o perdoei.

— De verdade?

— De verdade. — Jules diz, confirmando com a cabeça.

Camden levanta as orelhas.

— O que foi? — Arsinoe pergunta. Elas param de falar e escutam. Passadas de cavalo vindas da direção das montanhas. Jules corre para a janela. Se forem cavaleiros do Conselho Negro, não há tempo de fugir.

Arsinoe joga sua colcha para o lado e faz uma careta ao pendurar as pernas na lateral da cama.

Jules se vira e franze o cenho.

— Arsinoe, sua tonta! Fique na cama!

— Tonta? Que coisa pra se dizer depois de eu quase ter morrido.

Mas Jules já não está ouvindo. Seus olhos estão arregalados, os nós de seus dedos brancos devido à força com que ela agarra a cortina.

— Fique aí — ela diz, correndo para a porta. — É o Joseph!

— Joseph? Camden, fique aqui e me ajude!

A puma salta da cama e sai correndo atrás de Jules, tão feliz por vê-lo quanto a garota.

— Felina apaixonada idiota — Arsinoe resmunga. Ela usa a mesa de cabeceira como apoio e agarra o braço da poltrona. De alguma forma, ela consegue chegar à janela, segurando-se com força na cortina.

Logo à frente dos degraus do chalé, Jules e Joseph estão com os braços enroscados um em volta do outro. As rédeas ainda estão enroladas no cotovelo de Joseph, então Jules provavelmente deve tê-lo arrancado do cavalo. Madrigal está ali também, sentando-se muito reta e olhando diretamente para Caragh.

Arsinoe se vira e sai mancando do quarto, apoiando-se na parede enquanto segue pelo corredor. Quando ela alcança a porta, Joseph está tão abraçado a Jules que de início ele sequer a vê. Quando a nota, ele grita.

— Arsinoe!

— Arsinoe. — O queixo de Madrigal cai, e Arsinoe acena para ela com a cabeça antes de Joseph tomá-la gentilmente nos braços, apertando um pouco forte demais.

— Cuidado — ela diz. — Realmente atiraram em mim com uma besta.

Ele dá um beijo no rosto dela e se vira para Jules.

— Você conseguiu, Jules. Você a salvou.

— Sim, ela está viva. — Willa chega à varanda carregando duas galinhas. — E tão popular. Vocês são todos bem-vindos à nossa mesa esta noite. Mas amanhã vão embora. Apesar do tamanho, o Chalé Negro não foi feito para abrigar visitantes.

Greavesdrake Manor

Genevieve está esticada no divã de brocado de seda no escritório de Natalia comendo figos cobertos com açúcar e estricnina. Desde o Solstício de Verão, é como se ela estivesse de férias, cantarolando e comprando vestidos luxuosos em suas lojas preferidas da capital. Ela age como se matar Arsinoe já lhes tivesse garantido a Coroa, e isso está começando a irritar Natalia.

— Por que você não está no Volroy, irmã? — Natalia pergunta.

— Minha presença não é necessária hoje — Genevieve responde. — Eles estão discutindo sobre um pedido de Rolanth. Fundos para restaurar o teatro abobadado.

— Você deveria estar lá para aconselhar.

— Eles já sabem minha opinião. Nossos olhos em Rolanth dizem que estão gastando demais com essa renovação do distrito central. Se continuarem assim, eles logo irão à falência e pedirão à Coroa para salvá-los. — Ela come mais um figo e lambe o veneno dos dedos. — Apenas Lucian Marlowe ficará do lado deles. Ele diz que os cofres da Coroa são para todas as rainhas, não só a nossa. Você pode imaginar?

Natalia olha para além de Genevieve, pelas janelas que dão para a entrada da mansão. Katharine está em algum lugar lá fora, cavalgando pelos caminhos sinuosos com seu pretendente e Pietyr. Ela é a única que merece um momento de comemoração. Não o Conselho. Eles devem continuar com os preparativos para a jornada a Rolanth para a Lua da Colheita.

— Se eu morresse — Natalia diz de repente —, você seria a chefe da família.

Genevieve larga os figos.

— Irmã? Você não está bem?

— Estou ótima. — Natalia vai até a janela, esperando conseguir dar uma olhada em Katharine e seu cavalo. Ela lhe presenteou com um belo garanhão novo, todo negro, com pernas elegantes e passada suave. Ele não substituirá Half Moon, mas ela espera que eles se deem bem.

— Então no que você está pensando?

Gencvieve senta e deixa seu prato grudento de lado.

— Acho que estou pensando em nossa mãe — Natalia responde. — E no que ela diria se estivesse viva para nos ver agora.

— Mãe — Genevieve diz, se arrepiando.

Sim. Sua mãe era aterrorizante. Ela comandou o Conselho e a Rainha Camille com punhos de ferro. Quando ela controlava os Arron, toda a ilha os temia. E a única coisa que os Arron precisavam temer era ela.

Natalia, embora tivesse tentado, nunca foi igual à mãe. E Genevieve, menos ainda. Genevieve herdou toda a crueldade, mas nada da iniciativa. Ela é violenta, mas pouco confiável. Ela nunca sabe quando atacar.

— E o que nossa mãe diria? — Genevieve se pergunta em voz alta.

Natalia cruza os braços.

— Ela certamente diria que somos péssimas reprodutoras. Nada de filhos para mim e nada de filhos para você. E apenas um menino para Christophe.

— Mas Antonin tem duas garotas e provavelmente terá mais.

Genevieve não comenta nada sobre ter seus próprios filhos. Ela nunca mostrou muita inclinação romântica e, entre os amantes que teve, os mais duradouros foram mulheres. Já para Natalia, a Deusa enviou Katharine, o que já é mais que suficiente.

Ela sorri ao observar Katharine e Pietyr cavalgando lado a lado para fora das árvores. O novo garanhão se empina quando Katharine tenta freá-lo. Ela parece tão delicada sobre o lombo massivo do cavalo, mas logo o faz trotar docilmente em círculos.

Natalia suspira.

— Chega disso. Alguma notícia da garota Milone? Ou do corpo de Arsinoe?

— Nenhuma. E ninguém espera que haja alguma. A naturalista conhece bem suas florestas. Se ela esconder o cadáver ou enterrá-lo, ninguém vai encontrá-lo, exceto os vermes. — Genevieve arqueia uma sobrancelha. — É a garota Milone o verdadeiro problema. Tão forte e com a maldição da legião... E com a dádiva da guerra, ainda por cima. Algo precisa ser feito.

— Algo será feito — Natalia diz. — Mas não ainda. A maldição da legião é uma abominação. Eu arrisco dizer que o templo cuidará dela por nós. O que nos dará a chance de mantermos nossas mãos limpas em relação a Wolf Spring.

Natalia pressiona o osso do nariz com os dedos.

— Você não poderá fazer isso por muito mais tempo, irmã — diz Genevieve.

— Fazer o quê?

— Se esconder em sua mansão na montanha. Logo Katharine irá viver na Torre Leste com seu rei consorte, e você não terá mais desculpas para evitar assumir seu lugar no Conselho.

— Não me lembre disso — Natalia aperta os olhos ao avistar um cavaleiro se aproximando pelo longo caminho de entrada, ladeado de árvores. Um mensageiro. Vindo velozmente. Katharine intercepta a carta e a abre. Natalia fica tensa. Ela sai correndo do quarto assim que Katharine começa a gritar.

Katharine dá tapinhas no pescoço de seu novo cavalo. Juntos eles levaram Pietyr e Nicolas em uma alegre perseguição pelos bosques, que o garanhão não queria que acabasse tão cedo. Mas ela mantém suas mãos firmes nas rédeas até que ele se aquiete.

— Devemos entrar para o chá? — Ela pergunta aos meninos. — E mais tarde vamos à cidade, comprar sardinhas para alimentar o urso de minha pobre irmã?

— Não gosto de você tão perto daquela coisa — Pietyr diz, e ela revira os olhos. Durante o desfile de retorno à cidade, Pietyr se encolheu toda vez que o animal quis brigar com as cordas que o prendiam. — Ele não está feliz com você, Kat, pelo que você fez à dona dele.

— De verdade, Pietyr, eu pensei o mesmo de início. Mas eu já o alimentei várias vezes desde então, e qualquer raiva que ele possa ter sentido já passou. É como se ele realmente nem ligasse mais.

— Talvez não seja mais um Familiar, agora que ela está morta — Nicolas acrescenta. — De qualquer forma, eu gosto de vê-lo, Rainha Katharine. E talvez gostaria de caçá-lo, no Festival do Beltane deste ano?

Ela sorri, um pouco nervosa.

— Talvez.

O som de passadas de cavalo os interrompe. Eles param suas montarias e esperam que a mensageira chegue à entrada.

— Boa tarde, Rainha Katharine — a garota diz, sem fôlego por conta da cavalgada. Sentada em sua sela, ela faz a mesura mais profunda que pode. — Tenho uma mensagem para a Madame Arron.

— Eu recebo — Katharine estende uma mão enluvada e a mensageira lhe entrega a carta. Ela os saúda antes de ir embora.

Katharine rompe o selo do Conselho Negro e abre a correspondência. Uma outra carta está dobrada dentro dela e cai no chão. Ela desmonta para pegá-la, enquanto Pietyr segura as rédeas de seu cavalo. Quando ela vira o papel, vê o selo azul e branco de Rolanth. O remetente é sua irmã Mirabella.

Katharine lê e começa a gritar.

— Kat! — Pieter desmonta rapidamente. — Kat, o que é?

Ela amassa a carta de Rolanth em suas mãos. Não era dirigida a ela. Não era dirigida a ninguém. Era apenas uma notificação, encontrada presa aos portões do Volroy.

Pietyr segura Katharine pelos ombros, mas ela se solta, gritando tanto que assusta os cavalos, e seu novo garanhão corre para a segurança dos estábulos. Nicolas, com a expressão confusa, luta para manter sua égua quieta.

— Katharine! — Ela ouve Natalia chamando, correndo até ela pelo pátio. — Kat! Você está bem?

— Quantas dessa existem? — Katharine grita. Segurando o papel amassado em uma das mãos, ela marcha até Natalia e Genevieve. — Quantas? Vocês deveriam saber! Quando iam me contar?

— Contar o quê? — Genevieve grunhe. Natalia arranca a carta dos dedos de Katharine e a lê.

— É um desafio — Natalia diz. — Mirabella desafiou Katharine para um duelo, que deve acontecer na grande arena de Indrid Down.

— O quê? — Pietyr pergunta. — Quando?

— Na próxima lua cheia.

Genevieve geme. Faltam menos de duas semanas.

Natalia agarra a carta do Conselho que veio junto.

— Aqui diz que essa mensagem está em toda parte — Katharine diz. — Presa em todo quadro ou poste de Indrid Down.

— Como ela conseguiu isso? — Genevieve pergunta, estridente. — Ela precisaria de um pequeno exército para aprontar uma dessas.

— Então ela deve ter usado um pequeno exército — Natalia responde.

Katharine range os dentes. Ela recita o desafio de cabeça, em uma voz amarga.

— Um duelo. A acontecer na lua cheia de julho, na arena de nossa grande capital, Indrid Down. Todos são bem-vindos para testemunhar o fim da Ascensão e o início de um novo reino elemental...! — Katharine agarra seu cabelo e o puxa, soltando seu coque. — Quem viu isso?

— Não há como saber — diz Natalia. — Mas, se fosse eu, eu mandaria cavaleiros para todos os cantos. Eu me certificaria de que toda a ilha está sabendo do desafio.

— Todos têm que estar aqui para testemunhar isso? — Genevieve sibila. Ela aponta para a égua de Pietyr, que se afastou apenas alguns passos. — Até os cavalos? Devo chamar o pessoal da cozinha e as criadas?

— Não era para ser assim — Katharine começa a andar de um lado para o outro, roendo as unhas e resmungando para si mesma. — Não é o que planejamos. Não é o que esperávamos. Nós queríamos vê-la desgraçada em sua própria cidade. — Ela se vira com raiva e aponta para a carta. — Todos são bem-vindos para testemunhar. Isso é alguma provocação pela forma como despachei Arsinoe?

— Se é, não vejo como.

Katharine respira fundo, então ajeita seu cabelo bagunçado. Mirabella não vai se safar dessa. A pirralha suprema viverá apenas o suficiente para se arrepender de um dia ter vindo à capital.

— Kat — Pietyr diz gentilmente —, um triunfo ainda é um triunfo, seja em Rolanth ou Indrid Down. Assim será ainda mais gratificante, em vários sentidos, porque será na frente de todos aqueles da cidade que te viu crescer. A confiança de Mirabella só tornará tudo mais fácil. E mais doce, quando ela perder.

Katharine para. Ela expira, e todos à sua volta relaxam um pouco.

— Talvez você esteja certo. De qualquer forma, ela morrerá. E aqui podemos arranjar tudo como quisermos. E eu não precisarei incomodar o urso com uma viagem! — Ela pega a notificação das mães de Natalia e a rasga ao meio, sorrindo docemente quando as metades saem flutuando. — Eu darei um baile, na noite anterior. Para recebê-la.

— Sim — diz Natalia. — Essa é uma ótima ideia.

Katharine assente e olha para eles. Todos parecem aterrorizados.

— Natalia, sinto muito! Eu não queria ter reagido assim!

— Está tudo bem, Kat. Embora você precise controlar seu temperamento. O que te deu? Você está agindo como uma elemental.

Katharine baixa a cabeça. Ela faz uma reverência para Natalia e ruma sozinha em direção à casa. Não demora muito para Pietyr alcançá-la.

— Um duelo — ele diz. — Katharine. O que vamos fazer? Eu não acredito que o templo tenha permitido isso! O risco é grande demais, para os dois lados.

— Ela acha que pode ganhar — Katharine diz enquanto eles entram na mansão, a escuridão fresca do lugar envolvendo-os e fazendo a pele dela arrepiar. — Que a Deusa está do lado dela. — Ela pega algumas frutinhas de beladona que estão empilhadas em uma tigela dourada sobre a mesa do *foyer* e as enfia na boca.

— Ela *pode* ganhar — Pietyr alerta. — No espaço aberto da arena, ela terá vantagem.

— Ela não terá nenhuma vantagem.

— Katharine. Chega de frutas. — Ele pega o braço dela, mas ela se solta e come ainda mais, o suco correndo por seu queixo. — Kat, você vai passar mal!

Katharine ri.

— E se Mirabella estiver certa? — Pietyr pergunta. — E se a Deusa estiver ao lado dela?

Katharine se vira para ele, sorrindo com os dentes cheios de veneno. Por um momento, a visão dela escurece e o rosto dele se torna um grande vazio escuro e sem fim, como a Fenda de Mármore.

— Não importa. *Elas* estão do meu.

Rolanth

A notificação que Bree preparou desafiando Katharine para um duelo na arena de Indrid Down, escrita em tinta preta brilhante, é absolutamente perfeita. Ela traz a assinatura de Mirabella, recriada na gráfica, mas Bree fez questão de mandar o original para ser fixado aos portões do Volroy.

— Estão em todos os lugares? — Mirabella pergunta.

— Todos — responde Bree. — Daqui a Bastian City e até a noroeste, em Sunpool.

— E Wolf Spring?

— Claro.

— Ótimo — Mirabella diz. — Quero que a família de Arsinoe esteja lá para ver a envenenadora cair. — Ela ri de leve.

— Você está alegre?

— Só quando imagino a cara de Katharine ao ler isso. — Mirabella diz, mas seu sorriso não dura. É fácil pensar em matar Katharine quando está com raiva. Mas quando a raiva passar... Ela não pode deixar que a raiva passe.

Ao lado delas, Elizabeth está entretida com seu pulso esquerdo.

— Você está bem, Elizabeth? — Mirabella pergunta. — Ainda sente dor?

— Não com frequência — Elizabeth responde. Ela olha para a pele, esticada por cima da ponta do osso. As cicatrizes dos pontos empalideceram até ficarem profundamente rosa. — Só estou pensando no bracelete tatuado. Será estranho adorná-los em algo feio assim.

Elizabeth gira seu pulso, brincando com sua única pulseira, de fita e contas. Logo o ritual em que tatuarão as faixas negras em sua pele será realizado, e ela será uma sacerdotisa plena, pertencente ao templo para sempre.

— Seu braço não é feio, Elizabeth — Bree diz com fervor. — Feio foi o que fizeram com você.

— Quando elas querem realizar a cerimônia? — Mirabella pergunta.

— Assim que eu consentir. Já passou da hora… Eu sou inicianda há quase três anos.

— E você vai consentir? — Bree pergunta. — Não deveria. Você deveria se livrar dessas vestes e ficar conosco. Você sempre será bem-vinda à casa Westwood. — A voz de Bree é forte. Determinada. Ela não entende por que Elizabeth ficou depois do que fizeram com ela. Bree não foi feita para servir, como Elizabeth.

— Eu ainda não decidi — Elizabeth diz. — Eu não me importaria de continuar sendo inicianda por mais algum tempo. Talvez mais alguns anos. Talvez para sempre. Assim eu poderia manter Pepper e ainda poder escolher entre ir ou ficar.

Mirabella olha para a frente, para a sua escolta em vestes brancas. Ela e as amigas ficaram para trás, a uma boa distância, mas ela tem certeza de que ainda as estão escutando. Ela aperta o cotovelo de Elizabeth.

— Você vai nos avisar? Para que possamos estar lá?

Elizabeth faz que sim, e Mirabella beija o rosto das duas amigas antes de separar-se delas para ver Luca.

Ela encontra a Alta Sacerdotisa em seus aposentos, no alto do templo, limpando uma xícara de chá derramado com uma de suas almofadas de seda.

— Talvez um pano? — Mirabella sugere, e Luca dá um pulo.

— Mira, você me assustou. — Ela levanta a almofada encharcada e faz uma cara de arrependimento, então a atira ao lado da escrivaninha, arruinada. — Rho acabou de sair.

— Ah — Mirabella arqueia as sobrancelhas, incapaz de fingir estar desapontada. — Vocês duas estão fazendo planos de novo?

— Não sei do que você está falando.

— Claro que sabe. Eu ouvi os rumores sobre o Beltane. Sua ideia de sacrificar minhas irmãs na fogueira e fazer de mim uma Rainha de Mão-Branca. — Ela pausa para observar Luca tentando manter uma expressão impassível. — Suas sacerdotisas esquecem que eu tenho ouvidos. Elas não tomam cuidado quando falam. Com toda essa sua manipulação, não posso acreditar que você desaprove esse duelo.

— Se eu desaprovo ou não, não importa. Você o anunciou na frente da cidade toda.

— Você acha que deveríamos deixar Katharine vir para Rolanth?

— Pelo menos teríamos a vantagem de o ataque dela acontecer aqui, em casa, onde ela se sentiria pouco à vontade, desconfortável.

— Sim — diz Mirabella. — E como isso funcionou para Arsinoe? Vir aqui é o que Katharine quer. Ela quer que eu caia em Rolanth. Que eu seja humilhada na frente do meu povo. Eu nunca fui o alvo na floresta de Wolf Spring! Sempre foi Arsinoe. Desde o início foi Arsinoe.

Debaixo de seu capuz branco, Luca a estuda em silêncio.

— Talvez tenhamos perdido nossa chance — Luca diz. — Houve um tempo em que você era a rainha escolhida. Agora tudo é incerto. Agora nossas fortunas foram invertidas.

— Um duelo na arena me favorece — Mirabella insiste. — Rainhas elementais já se deram bem antes...

Luca se volta de novo para o chá derramado e serve mais um pouco sobre o que sobrou da primeira xícara. Quando ela bebe, o líquido pinga em suas vestes.

— Eu sinto a mão da Deusa nisso, Luca. você precisa confiar em mim.

— A mão dela, talvez — a Alta Sacerdotisa diz suavemente. — Mas a Deusa nem sempre é gentil, Mira. Nós não conhecemos Sua vontade. Nem mesmo nos momentos em que me senti mais próxima dela... em que pensei poder ver uma ponta de seus planos... — Ela acena com uma mão trêmula. — Em um instante tudo está claro, no seguinte, já se foi.

— Então como sabemos se estamos fazendo a coisa certa?

— Não sabemos. Apenas fazemos nosso melhor, conscientes de que não há escolha e que Ela sempre terá as coisas à sua maneira, no final.

Chalé Negro

Willa passa por Arsinoe no caminho para a cozinha.

— Torta de ganso com cebola hoje à noite. — Willa segura uma pequena cebola amarela e cutuca o queixo de Arsinoe com ela.

— Humm... — Arsinoe responde, incerta. — Isso era... um dos meus pratos favoritos?

— Você não se lembra?

— Não. — Arsinoe a segue pela sala de estar, observando as pinturas e os móveis. O lugar não deve ter mudado muito, mas nada parece familiar. — Mirabella se lembra de tudo. Se ela estivesse aqui, aquela pateta sentimental provavelmente estaria abraçando a poltrona.

— Mesmo quando menina, Mirabella era digna demais para abraçar poltronas. Diferente de você. Como está a cicatrização?

Arsinoe a segue até a cozinha e gira o ombro. A ferida da flecha já se fechou. Em pouco tempo não será mais que uma cicatriz recente e profunda. Ela pode sentir o pedaço morto se formando em suas costas, assim como os pedaços mortos de seu rosto. Mais uma ferida, mais uma ruína.

— Estou bem.

— Bom. Então pode ir embora. — Willa pega uma tigela cheia de massa que preparou de manhã. Arsinoe ri.

— Você sempre foi tão afetuosa assim? Ou nos prendia em bercinhos e nos pendurava pra fora de casa?

Willa ri.

— Nós não prendemos rainhas faz sete gerações. — Ela para de sovar e olha com atenção para Arsinoe. — Não é que eu queira que você vá. Eu só nunca imaginei que fosse te ver de novo depois do dia em que vocês foram levadas. Se o Conselho Negro te encontrar aqui, isso vai custar meu pescoço e o de Caragh.

— Não por muito tempo — Arsinoe diz. — Depois que Mirabella for coroada e substituir os Arron do Conselho pelos Westwood, tudo vai mudar. Talvez eles até deixem Caragh ir.

— Talvez. — Willa aperta os lábios, mas não consegue esconder seu sorriso muito bem.

Arsinoe inclina a cabeça.

— É isso o que você quer que aconteça? Por que você fez isso? Por que nos trocou quando bebês?

A velha mulher atira a massa contra o balcão e polvilha farinha por cima.

— O que te faz pensar que fui *eu* que as troquei?

— Quem mais poderia ter sido?

— Quem mais estava aqui? — Willa pergunta. — A Rainha. Sua mãe. Eu era só a parteira, e a parteira faz apenas o que mandam.

— Mas por que ela faria isso?

— Você preferia que ela não tivesse feito? — Willa olha sagazmente para Arsinoe. — De todo jeito, ela não disse nada. Eu imagino que os Arron não tenham sido bons com ela. Durante seu reinado, acho que ela não gostou do que viu no Conselho de envenenadores. Além disso, em Mirabella ela vislumbrou a escolhida, e a Rainha sempre sabe o que tem. Assim, não havia mal em sabotar as outras duas.

— Sabotar as outras duas — Arsinoe repete com ironia, seus lábios se curvando.

— A Rainha Camille era uma garota doce. Mas a única pessoa que a amou de verdade foi seu rei consorte. Ela ficou feliz por partir. Ela estava feliz por ter cumprido seu dever.

— Hunf — Arsinoe diz. — Deveria doer ouvir isso. Mas não.

— Não dói porque você é uma rainha. Vocês não são como as outras mães e as outras filhas. Vocês não são como as outras pessoas.

Arsinoe pega uma faca e começa a fatiar cebolas. Ver Willa sovando a massa começou a deixá-la com fome.

— Ela foi, então? Com seu rei consorte, viver feliz fora da ilha? — Arsinoe pergunta.

— Como eu saberia? Talvez. É o que ela queria. Embora digam que as rainhas fracas não vivem por muito tempo depois que suas trigêmeas nascem. A vida de uma rainha é gloriosa e curta. Quer ela reine, quer ela morra em seu Ano da Ascensão. É assim que as coisas são. Ficar chateada com isso não vai muda nada.

— As fracas — Arsinoe diz, espetando um cogumelo. — Mas Mirabella será uma rainha que reinará até seu quinquagésimo ano. Então ela terá suas trigêmeas, partirá e morrerá em algum lugar grandioso, já velha.

— Não me aperte contra a sua bunda — Caragh reclama, batendo no lombo de um dos cavalos castanhos que Joseph e Madrigal trouxeram. Ele e os outros cavalos estão tendo que dividir uma baia no pequeno estábulo do chalé, e a falta de espaço os deixa irritados.

— Você costumava usar sua dádiva em vez das mãos. Ou você a perdeu, estando aqui há tanto tempo?

Caragh tensiona o maxilar e olha para sua bela irmã.

— Eu nunca usei minha dádiva para algo tão frívolo quanto limpar um estábulo.

Ela abre a porta da baia e sai, deixando o tridente encostado na parede antes de prosseguir. Ela então coloca uma medida de grãos no balde do cavalo negro e acaricia seu nariz.

— Frívolo — Madrigal repete. Ela suga a bochecha, indignada. — Não, suponho que você não usaria mesmo. Frivolidade é minha área, não é?

— Eu não disse isso.

— Claro que não. Você nunca diz o que quer dizer.

Caragh trava o maxilar. Ela volta a olhar para o cavalo negro, sentindo o cheiro salgado de seu hálito enquanto ele mastiga os grãos.

— Há muito tempo eu não via um cavalo tão bem-criado. E esses outros, vocês pegaram emprestado em Addie Lane? Nada mal também.

Madrigal põe as mãos na cintura e bate o pé. Ela não está nem há uma semana no chalé, mas já gastou até a última gota de paciência de Caragh.

— O que você quer, Madrigal?

— Cuidar da minha filha.

— Não foi isso o que eu quis dizer. Quis dizer neste momento. Tem algo que você queira me dizer? — Os olhos dela baixam para a barriga de Madrigal.

— Se é que você está grávida, isso eu já pude ver.

Madrigal olha para sua cintura. Ainda é cedo, mas seu corpo esguio deixa aparecer o suficiente para que Caragh perceba.

— Jules deve estar feliz por agora ser uma irmã mais velha — Caragh continua. — Eu estou tão orgulhosa de vê-la crescida, forte e feliz. E Joseph... Ele se parece tanto com Matthew. Por um momento, eu quase corri e pulei nos braços dele.

Madrigal engole em seco. Ela resmunga algo para si mesma.

— Maddie, fale mais alto.

— Não me chame de Maddie — Madrigal dispara.

Há algo que Madrigal quer lhe contar. Algo desagradável, pela forma como ela está parada ali, desenhando irritantemente na poeira.

— O bebê — Madrigal diz. — É do Matthew.

Os dedos de Caragh agarram a porta da baia. Todos os cavalos no celeiro param de comer e olham para ela, até a mula brava e marrom de Willa. Matthew. Seu Matthew. Que já não é mais seu Matthew.

— Só queria que fosse eu a te contar — Madrigal diz, com uma voz vacilante. — Eu não queria que Jules ou Joseph acabassem soltando. — Ela se aproxima da irmã, dando passos leves e hesitantes pela palha e pela poeira. — Caragh?

— O quê?

— Diga alguma coisa.

— O que você quer que eu diga? Que eu estive esperando aqui como uma tonta, quando na verdade eu sabia que não havia esperança? Que as coisas mudam lá fora, mas nada muda aqui? Você não precisa que eu te diga essas coisas. Eu vou sair daqui velha e encurvada, como Willa. E você não precisa da minha bênção se quer viver minha vida por mim.

— Não é isso o que estou fazendo — Madrigal diz, então o cão marrom de Caragh começa a uivar.

— Quieta. O uivo significa que temos companhia. E termos companhia significa que vocês precisam se esconder.

O velho e seu carrinho puxado por um pônei não se apressam para chegar ao Chalé Negro. O que é bom, pois dá a Arsinoe bastante tempo para se acomodar em seu esconderijo, sentada sob uma janela. Espiando para fora, ela vê Jules e Joseph correrem para o estábulo. Quem sabe onde estará Madrigal.

Quando o velho Worcester chega à casa, Willa o ajuda a descarregar os sacos de grãos e as jarras de vinho, além de três ou quatro embrulhos. Eles conversam pelo que parece uma eternidade, antes que ele finalmente pegue o caminho de volta com seu carrinho. A maior parte do que eles discutiram aparentemente tem a ver com uma carta que ele entregou a Willa. Ela para no meio das provisões e a lê várias vezes, até que Arsinoe perde a paciência, levantando-se e abrindo a cortina.

— Willa! O que é isso?

Willa volta com a carta para o chalé. Os outros emergem dos estábulos como esquilos saindo de suas tocas.

Arsinoe pega a carta e começa a ler.

— O que é isso? — Jules pergunta ao entrar.

— É um anúncio — Arsinoe diz. — Mirabella está desafiando Katharine para um duelo.

— Isso é sensato? — Madrigal pergunta. — Uma caçada é arriscada, mas um duelo é ainda mais. Uma exibição de ataques frontais. Ambas podem morrer.

— A Deusa não permitirá que as duas morram — diz Willa.

— Como você sabe? — Joseph pergunta.

— Porque nunca, em nossa longa história, ela permitiu que todas as suas rainhas morressem. E eu sei disso como ninguém. Metade da biblioteca daqui é composta de volumes sobre a história das rainhas.

— Mas todas as rainhas *não estariam* mortas — Jules diz. — Se Mirabella e Katharine morrerem no duelo, Arsinoe ainda estará viva.

Olhares se voltam para Arsinoe, e ela dá um passo para trás.

— Talvez esse seja o plano — Jules diz. — O plano da Deusa.

Willa dispensa essa hipótese com um gesto de mão.

— Não. Mirabella será a Rainha Coroada. A Rainha Camille já sabia. A ilha toda sabia, até pouco tempo atrás. Arsinoe ganhou sua vida, uma vida fugitiva e em segredo. Nada mais.

— Você não viu quantas vezes Ela já salvou Arsinoe — Joseph diz. — E a trouxe de volta. Tudo isso pra viver como uma fugitiva? Eu não acredito.

Arsinoe desdenha. Eles estão todos loucos, olhando para ela desse jeito. Olhos grandes como pratos e mais brilhantes que o normal.

Através deles, ela observa uma grande tapeçaria pendurada na parede. Ela representa a Caçada aos Veados, o ritual realizado pelos pretendentes durante o Beltane do ano da coroação. A tapeçaria mostra jovens homens com rostos ferozes e facas reluzentes. Um deles está caído e eviscerado, em segundo plano, e o veado caçado está de joelhos. Há tanto sangue que é um milagre a tecelã não ter ficado sem linha vermelha. O homem eviscerado poderia ser Billy, sangrando até a morte no chão sagrado de Innisfuil.

— Todas essas tradições brutais — Arsinoe diz em voz baixa.

— Arsinoe? — Madrigal pergunta.

Por muito tempo, Arsinoe sonhou com uma chance como esta. De fugir. Desaparecer. Mas a Deusa sempre deu um jeito de movê-la como uma peça de xadrez, colocando-a onde queria. Ela até lhe deu Jules, Jules com sua maldição da legião, que Luke sempre disse ter entrado na vida dela por alguma razão. Mas qual seria essa razão? Lhe dar liberdade? Ou lhe dar a Coroa?

De qualquer forma, Arsinoe está cansada dessas perguntas. Ela engole em seco, sentindo suas cicatrizes, cada uma delas, de suas bochechas a suas costelas. A partir de agora, ela vai fazer o que quiser.

— Nós precisamos ir a Indrid Down — ela diz.

— Sim — Jules concorda, batendo palmas. — Mirabella e Katharine se enfrentarão pela última vez. Quando elas caírem, você estará lá, esperando.

— Não, Jules. Willa está certa. Mirabella é a rainha escolhida. E eu acho que fui poupada justamente pra poder ajudá-la. — Ela agarra Jules pelo ombro e amassa a notificação do duelo com uma das mãos. — Eu vou à capital. Vou ajudar Mirabella a derrotar a rainha envenenadora.

O duelo das rainhas

Rolanth

As carruagens de Mirabella estão enfeitadas com adornos de prata e plumas negras. A insígnia azul dos elementais estampa bandeiras hasteadas ao lado da bandeira negra da rainha. E há também carruagens brancas, puxadas por cavalos igualmente brancos e repletas de sacerdotisas, para que toda a Indrid Down saiba que o templo está com Mirabella.

— Você tem certeza de que não prefere ir pelo mar? — Sara pergunta enquanto elas guardam os últimos pertences de Mirabella em baús. — Seria mais seguro.

— Ela queria desfilar pela minha cidade — Mirabella diz. — Então eu desfilarei pela dela.

Sara levanta um vestido.

— Este, para o baile?

Mirabella mal olha para ele. É uma coisa brilhante, feita de cetim, com um corpete justo e alças largas.

— Esse está bom. — Ela observa o quarto. Seu quarto na casa Westwood desde que foi levada do Chalé Negro. O cômodo não está vazio, ela não está levando coisas demais. Mas ainda assim lhe parece deserto, como se sua voz fosse ecoar se ela falasse alto.

— E as joias?

— Qualquer coisa, menos pérolas negras — ela diz. — Ouvi dizer que Katharine gosta de pérolas negras e não quero que estejamos parecidas.

— Vocês nunca poderiam ficar parecidas — diz uma voz.

Mirabella e Sara se viram. Billy está ao lado da porta. Sara arqueia uma sobrancelha para a camisa vermelha dele. Ele não deveria usá-la a caminho da capital, por sinalizar luto por outra rainha quando ele já se declarou rei consorte de Mirabella. Mas ninguém lhe pedirá para trocá-la. E o vermelho os fará ganhar mais simpatia dos naturalistas.

Sara faz uma mesura e sai para deixá-los sozinhos.

— Quanto tempo o luto ainda vai durar? — Billy pergunta.

— Não muito mais — Mirabella responde.

Logo as velas e o vermelho desaparecerão. As preces feitas em honra à Arsinoe no altar vão cessar. Depois do Ano da Ascensão, não mais se fala de rainhas vencidas. Não há nenhuma sala no Volroy com seus retratos. Ninguém nem se lembra de seus nomes.

— Você está pronto? — ela pergunta. — Você tem uma roupa para o baile?

— Tenho. Embora eu não consiga acreditar que a gente vá dançar e comer com eles uma noite antes de você matá-la.

— O baile é apenas uma maneira de Katharine tentar reassumir o controle. Eu marquei o duelo, então ela marcou o baile. Tudo transparente assim. Mas não vai funcionar para ela.

Billy levanta uma longa caixa retangular.

— Eu trouxe algo pra você.

Ele a abre e tira de dentro uma gargantilha de gemas negras, facetadas de forma oval e presas com prata. Elas brilham quando ele as move na luz, e Mirabella se pergunta há quanto tempo ele a comprou e se era na verdade para outra pessoa. Mas ela não vai estragar o momento perguntando nada disso.

— Aqui — ele diz. Mirabella então levanta seu cabelo para que ele a coloque em volta de seu pescoço.

— É linda.

— Muito mais do que qualquer coisa que a envenenadora tenha — ele diz.

— Eles podem arrumar aquela bruxinha como quiserem. Mas ela continuará sendo um monstro.

— Não diga essa palavra — Mirabella avisa. — Nós não dizemos "bruxa" por aqui. Não importa o que você sinta por Katharine, é preciso ter cuidado quando estivermos na capital. Eu gostaria que você fosse um rei consorte popular com o povo.

Billy cerra os dentes.

— É claro. É só que o que ela fez...

— Eu sei.

— Eu a odeio. Você não? Ela a tirou de mim. De nós.

A mão de Billy continua no ombro dela depois que ele fecha a gargantilha, e Mirabella coloca a dela por cima.

— Conheci Katharine antes do Beltane — ele diz. — Meu pai queria que eu fosse apresentado a todas vocês antes dos outros pretendentes.

— Você nunca veio até mim.

— Eu escolhi Arsinoe antes de ter chance de vir. Mas é muito estranho. Quando conheci Katharine, ela parecia tão doce. Inofensiva até. Tive até pena dela. A garota que conheci naquela época não tinha nada a ver com a que estava em Wolf Spring. Mas eu acho que só vi o que ela quis mostrar.

— Suponho que sim — diz Mirabella. — Billy, antes de irmos, gostaria que você escrevesse uma carta que precedesse a nossa chegada à capital.

— Uma carta? Dizendo o quê?

— Dizendo que você será meu rei consorte e não cortejará Katharine. Seja cruel o quanto quiser. Quero dar mais um golpe no ego dela antes de encontrá-la no baile.

Indrid Down

Natalia e Genevieve andam apressadas pelas ruas agitadas da capital após supervisionarem as melhorias feitas na arena: reparos nas barracas e torres extras construídas, uma nova pintura na galeria e todo o grande campo de competição nivelado e suavizado, as pedras e a grama comprida removidas à mão. Faz muito tempo desde que a arena foi usada para algo além de feiras e carnavais. Muito tempo desde a última vez que a ilha viu um duelo ou teve uma rainha da guerra que gostava de assistir a batalhas esportivas.

— Os hotéis ficarão lotados — Genevieve resmunga. — Haverá tendas ao lado da estrada. As pessoas dormirão nas ruas.

— Apenas por alguns dias. E, enquanto estiverem aqui, gastarão dinheiro.

Por toda a passagem principal da High Street, as vitrines estão cheias de produtos novos. Carrinhos repletos de dourados patos defumados e de cestas de frutas descem por vielas para serem descarregados nos depósitos. Esta é a chance de mercadores não envenenadores mostrarem seu melhor, e eles têm estado no Porto de Bardon desde o amanhecer, brigando com as lojas envenenadoras pelos melhores peixes, antes que sejam recheados com meimendro e e beladonas.

— Eles gastarão dinheiro, mas também ganharão dinheiro — diz Genevieve. — Os mercadores elementais montarão barracas para vender suas pinturas, tapeçarias e bugigangas de vidro.

Natalia observa sua irmã emburrada. Depois que o duelo acabar, Genevieve com certeza estará usando uma ou duas bijuterias elementais e desfilando por aí com uma nova echarpe de seda. Todos sabem que as melhores vêm de Rolanth.

— Paramos para comer algo? — Genevieve pergunta, inclinando a cabeça na direção de sua loja de queijo favorita.

— Tomaremos chá no Highbern, já que precisaremos ir até lá de qualquer forma para finalizar os preparativos do baile. — Natalia dá um grande passo para atravessar um bueiro e puxa a manga de Genevieve para apressá-la. — Sorria. Não devemos ser vistas com expressões preocupadas.

— Mas estamos preocupadas — Genevieve diz, iluminando sua expressão. — Um duelo é sempre desastroso. Elas estarão cara a cara, presas aqui até que uma delas morra. É quase a mesma coisa do que terminar a Ascensão com elas trancadas na Torre Leste. É exatamente o que estávamos tentando evitar.

— Bem, talvez não precisássemos ter evitado. Kat não é mais a rainha fraca que um dia foi. Eu não sei o que mudou, mas é como se ela enfim tivesse acordado.

— Você sabe o que mudou. Mesmo que não me diga. Você sabe o que aconteceu quando ela desapareceu depois do Beltane. Você deve saber.

— Eu não sei.

— Ela está tão estranha agora. — Genevieve semicerra os olhos. — Com aquelas facas que ela atira e aquela risada insana que ela dá às vezes. Comendo tanto veneno… e praticamente gostando de passar mal com a intoxicação.

— Não fale dela assim. Kat não é estranha.

— Ela também não é sua filha, ela é uma rainha. Então pare de chamá-la de "Kat".

Natalia interrompe o passo no meio e aperta os punhos. Se elas não estivessem no meio de uma rua pública e movimentada, ela daria um tapa no rosto da irmã.

Genevieve limpa a garganta e baixa os olhos.

— Perdão. É a tensão do duelo.

Natalia volta a andar. Elas não estão longe do Highbern. Ela já pode ver sua bandeira flutuando acima dos outros prédios à frente.

— Não se preocupe tanto, Genevieve — Natalia diz, baixo. — Katharine foi esperta o suficiente para nos dar a oportunidade de um baile. Amanhã à noite, Mirabella estará lá, entre comida e multidão. Quando o baile terminar, ela não será mais uma ameaça no duelo.

— Você pretende envenená-la? — Genevieve pergunta, correndo para acompanhar o passo da irmã.

— Não até a morte. Só enfraquecê-la, para que Katharine não tenha dificuldades na arena. Assim ela poderá executá-la na frente da ilha inteira como quiser.

— E como você fará isso? Você é boa com as mãos, mas eles não vão deixar que cheguemos perto de Mirabella. Você não vai conseguir chegar perto o suficiente.

— Eu não preciso — Natalia diz. — Por que você acha que mantive a aliança com o Chatworth esse tempo todo? Por que você acha que ele ganhou a confiança dos Westwood? — Ela gira os ombros para trás. — Ele vai servir.

— Você não pode confiar essa tarefa a um continentino! E se a velha Luca o fez mudar de lado?

— Impossível. O templo não é rico o bastante. Mirabella acha que vai atingir a capital como um trovão. Mas, quando eu tiver terminado, ela sequer conseguirá fazer chover.

Hotel Highbern

O Hotel Highbern é um lugar grandioso, maior e mais requintado que qualquer lugar em Rolanth. O pé-direito é alto e, o teto, quadriculado em preto e dourado. As colunas do salão de baile são folheadas a ouro, e o lustre é o maior que Mirabella já viu. Nos aposentos dela há grandes camas macias e as colchas são bordadas com linha vermelha e dourada.

— Que lugar agradável para se hospedar — Mirabella reflete. — Se eu não estivesse aqui para matar ou morrer.

Mirabella se senta ao lado da janela e olha para fora, por cima dos telhados. Indrid Down é muito bonita. Os cheiros fortes da cidade superlotada não chegam até ali, então a brisa é limpa e possui uma temperatura agradável. Highbern fica exatamente na frente da Torre Oeste do Volroy, separada do hotel apenas por uma larga rua e pelo longo pátio cercado e coberto por roseiras e lilases. Mais perto da fortaleza, ela avista uma jaula obscurecida por arbustos. Dentro dela está uma montanha marrom e imóvel de pelo. O urso de Arsinoe. Ele sobreviveu, afinal, e agora é prisioneiro de sua irmã envenenadora — embora Mirabella não saiba bem o que ela pretende com o grande Familiar.

Alguém bate na porta que separa o quarto dela da sala de estar, e ela então desvia o olhar do urso.

— Mirabella, saia agora e mantenha-se forte — Billy diz, sua voz abafada pela madeira. — Eu trouxe um prato de comida que praticamente não precisou ser cozinhada.

Praticamente não precisou ser cozinhada. É realmente impressionante que ele não tenha melhorado nem um pouco nisso. Não tenha melhorado nada, na verdade.

Mirabella se junta a ele na sala de estar, onde ela encontra um pedaço de pão que ele cortou e passou manteiga. Também há algumas maçãs em conserva e um pedaço de queijo azul.

— Sinto falta do seu avental — ela diz, fazendo-o rir.

Eles comem em silêncio por alguns momentos. Está quieto no andar de cima, mas lá embaixo deve estar barulhento, cheio de pessoas finalizando os preparativos do baile de amanhã à noite. Sara, Bree e Elizabeth estão lá, bem como Luca e seu exército de sacerdotisas, decididas a observar cada movimento dos Arron.

— Você viu o urso? — Mirabella pergunta em voz baixa.

— O nome dele é Braddock — Billy responde, sua voz grave. — E, sim. Eu andei pelo pátio e lhe dei escondido algumas nozes açucaradas que comprei de um vendedor na rua.

— Ninguém tentou te impedir?

— Não há uma cerca em volta da jaula. Eles não devem achar que alguém seria estúpido o bastante pra enfiar o braço entre as barras. Talvez eu tenha sido, já que fiz justamente isso.

— Não seja tolo. Ele ainda é o Familiar dela, mesmo que ela não esteja mais aqui. Ele se lembra de quem ela amou.

A fatia de pão de Billy para no caminho entre seu prato e sua boca.

— Nós o deixaremos ir, depois que tudo terminar? — ele pergunta. — De volta para a floresta em Innisfuil, onde ela o encontrou?

— É isso o que ela iria querer?

— Não sei. Acho que sim. Ou ela gostaria que a Jules ficasse com ele. — Billy passa uma mão pelo rosto.

Mirabella respira fundo e olha em volta do quarto. É calmo e elegante, as janelas fechadas para evitar o barulho das ruas e das sacerdotisas armadas que foram dispostas em pares no corredor.

— Vai acabar logo — ela diz. — Uma noite insone. Então o baile. E então o duelo.

— E então você será a rainha — Billy diz.

Mirabella se cala. Até agora tudo foi movido por ímpeto e determinação. Mobilizar rapidamente as sacerdotisas e os Westwood e pensar em formas de atacar Katharine. Mas agora ela está aqui, com apenas horas antes de concretizar seu destino, e sua certeza está começando a fraquejar. O que foi mesmo que Luca disse sobre a vontade da Deusa? Clara em um momento e obscura no seguinte.

— Mirabella? Você está bem?

— Não muito — ela diz.

— O que foi?

— Depois do duelo, eu serei uma rainha presumida. Não serei coroada oficialmente até o Beltane, na primavera. Então você terá o outono e um longo inverno de espera antes de se tornar rei.

Billy limpa os cantos da boca com um guardanapo. Ele preferiria esperar ainda mais. Antes de Mirabella ser coroada, ele ainda pode se arrepender do trato que fizeram.

— Nós somos amigos, não somos, Billy? E amizade é uma sólida base para o casamento.

Hesitante, ele desliza a mão pela mesa e vira a palma para cima. Igualmente hesitante, ela coloca a sua sobre a dele.

Ela não sente nenhuma faísca. Seu pulso não acelera. Olhar nos olhos dele não é como olhar nos de Joseph. Ela aperta a mão de Billy.

— Mas eu não sou ela — diz, suspirando. — Eu não sou Arsinoe. Se quando o Beltane chegar você não quiser participar da Caçada aos Veados e não quiser mais se tornar rei…

Ele aperta levemente a mão dela.

— Não pense nisso agora. Ainda há muito tempo. Só que… Eu não achei que ainda haveria uma caçada. Já que nos declaramos um ao outro.

— Será apenas uma formalidade. Nicolas Martel talvez ainda participe, e pode ser que ele tente te matar e tomar sua coroa. Mas teremos sacerdotisas na caçada para te proteger.

— Bom, está bem, então — ele diz, sarcástico. Billy se vira para a janela. — Que som é esse? Parece um canto.

Os dois vão até a janela e olham para baixo. Uma multidão está reunida, gente o suficiente para bloquear a rua entre o Highbern e o Volroy, provocando gritos de ambos os lados enquanto carrinhos tentam passar. Aqueles no centro da rua olham para o andar da rainha elemental. Xingando-a. Dizendo para ela voltar a Rolanth.

— Mira — Billy diz. — Você está sorrindo.

— Estou? — Ela olha para baixo e ri. — Ao ouvir Luca falar, parece que a ilha toda está cansada dos envenenadores e eu sou a salvadora que eles tanto esperam. Que mentira.

— É verdade, para alguns. Para muitos.

Ela então usa sua dádiva. Abaixo, uma sombra pesada cai sobre as faces viradas para cima quando suas nuvens de chuva se reúnem sobre o hotel. As pessoas param de gritar. Mirabella faz um relâmpago estalar no céu e todos se assustam, agarrando-se uns aos outros.

— O que você está fazendo? — Billy pergunta.

— Nada — ela responde. — Só tendo certeza de que eles saibam que a rainha elemental está aqui.

Greavesdrake Manor

Pela janela, Pietyr olha com raiva para Nicolas, que pratica arco e flecha, desta vez montado a cavalo. Toda vez que Nicolas passa galopando, Katharine nota Pietyr desejando que ele caia. E cada vez que Nicolas atira, ela se arrepia, esperando que a flecha quebre o vidro e perfure o peito de Pietyr.

— Há algo estranho nele, Katharine — Pietyr diz. — E não é só porque ele é do continente.

— Pietyr. Saia da janela.

— Você deveria se livrar dele. Ele nunca será seu rei consorte, de qualquer forma. Você sabe que Natalia pretende escolher o garoto Chatworth.

Katharine faz uma careta. Chatworth está com Mirabella agora. E, antes disso, esteve com Arsinoe.

— Não sei o que ela está pensando — Katharine diz. — O que isso vai parecer, afinal? Eu aceitando as sobras das minhas irmãs? Além do mais, eu não gosto dele.

— Mas você gosta de Nicolas? — ele pergunta. Quando Katharine não responde, ele apenas diz: — Isso é ridículo. Você não pode gostar de Nicolas.

De início, era divertido deixar Pietyr com ciúmes. Fazê-lo sofrer. Ele merecia algo ainda pior que isso, aliás. Mas a brincadeira já não é mais uma brincadeira. Ele está fervendo de raiva por causa de Nicolas, e a aparente indifereça do continentino a deixa nervosa. No momento em que ele sentir o cheiro de poder, encontrará um jeito de machucar Pietyr. Humilhá-lo, ou matá-lo, ela não sabe ao certo, mas sente que ele é capaz de ambos.

Eles estão no salão de bilhar, mas nenhum dos dois tem foco suficiente para jogar. Ela dá uma tacada e ouve as bolas se chocarem, sem ver para onde vão. Em vez disso, ela observa Pietyr ficar emburrado. Mesmo emburrado, ele é bonito.

— Eu não gosto das ideias que ele põe na sua cabeça. Ele te encoraja a ser irresponsável! — Pietyr se afasta da janela e começa a rolar a bola branca pela mesa, enfiando-a raivosamente em uma caçapa.

— Talvez seja você quem eu deveria mandar embora — ela sussurra. Mas ele apenas desdenha e cruza os braços, como se ela não pudesse estar falando sério. — Nicolas é um par melhor para mim agora, de muitas formas. Até mesmo melhor que você.

Ele levanta os olhos para ela.

— Kat. Isso não é verdade.

— Nossos objetivos estão mais alinhados. Temos mentes semelhantes. E, se eu decidir realmente desafiar Natalia, ele será um forte rei consorte. — Ela inclina a cabeça e tenta ser gentil. — Não é justo esse jogo que eu fiz você jogar. Fazer você pensar que nós poderíamos ficar juntos de novo. Que havia alguma esperança para nós dois. — Houve um tempo em que ela achou que Pietyr seria sempre seu amante, não importando com qual pretendente se casasse. Mas esse é um sonho muito antigo, sonhado por uma outra Katharine.

— Pietyr, eu quero que você vá.

— Vá? — ele pergunta. — Vá para onde?

— Eu não me importo. Embora daqui. De volta para o campo. Mas você deve ir, e ir já.

Os olhos azuis dele mergulham em algo que parece arrependimento. Ele vai chorar? Se ele começar a chorar, ela não terá coragem de mandá-lo embora. Pelo contrário, ela o tomará em seus braços.

— Por que você está dizendo isso?

Quando ela não responde, ele sacode a cabeça, duro.

— Eu não posso ir. Você vai disputar um duelo em dois dias. Você não sabe o que está dizendo. Esta Ascensão… ela te deixou volátil demais. Quando você colocar a cabeça no lugar, vai me agradecer por eu ter ficado.

Ele fala com ela como se ela fosse uma criança, então sussurros surgem na mente de Katharine. Sussurros doces e raivosos, que fazem seus dedos se moverem para seu tornozelo, para a faca envenenada que ela sempre mantém ali. Ela a retira do estojo quase sem se dar conta do que está fazendo.

Pietyr dá as costas para ela. Um erro. Mas ele se vira no último instante, e a faca corta o ar em vez de sua pele.

— Katharine!

— Eu disse vá, então você vai — ela diz.

— Kat, pare!

Ela o ataca de novo, acertando a manga da camisa dele, o tecido cinza escuro se manchando de vermelho. Ele recua em volta da mesa de bilhar, indo na direção do bar, derrubando uma bandeja e uma garrafa do conhaque envenenado favorito de Natalia.

— É para o seu próprio bem — ela diz, arrasada. — Há perigo para você aqui.

— Eu não me importo. Eu não vou te deixar, Kat. E você ainda me ama, eu sei disso.

Katharine para abruptamente.

— O que sobrou em mim que ainda é capaz de amar — ela diz — te ama.

Antes que ele possa falar qualquer coisa, ela levanta a faca e a enfia no próprio rosto, entre o couro cabeludo e a orelha, como se estivesse cortando fora uma máscara. O sangue dela escorre vermelho vivo por seu pescoço e seu corpete.

— Katharine — ele sussurra. — Ah, minha Katharine.

— Pietyr Renard — ela diz, em uma voz mórbida. — Nós não somos mais sua Katharine desde que você me jogou na Fenda de Mármore.

Pietyr cambaleia para fora de Greavedrake atordoado. Katharine o mandou ir, mas ele não arruma suas coisas. Em vez disso, ele corre para os estábulos e sela o melhor cavalo que encontra. Suas mãos tremem enquanto ele firma o cabresto. Tudo o que ele consegue ver é a imagem de Katharine cortando a si mesma.

— Não é culpa dela. — Ele rapidamente guia o animal para fora da baia e o monta. — É minha culpa, e eu vou achar uma forma de consertar.

Pietyr bate os calcanhares no cavalo e galopa pela saída, correndo até a estrada que se curva na direção norte, em volta da capital, rumo a Prynn. Ele cavalgará o dia todo e durante a noite, então descansará de manhã e trocará de cavalo.

Ele viajará até o Vale de Innisfuil. De volta para o coração frio e escuro da ilha: a Fenda de Mármore.

Estrada para Indrid Down

— Jules — Arsinoe diz. — Você está olhando esse mapa há horas.

Eles estão viajando pelas tranquilas estradas na parte mais escura da montanha, todos a cavalo, exceto Arsinoe, que teve que pegar emprestada a mula mal-humorada de Willa. Faz um calor pegajoso, mesmo quando eles estão na sombra, mas Jules e Caragh insistem para que todos mantenham os capuzes levantados, caso alguém passe por eles.

— Jules! Ainda bem que você é uma naturalista, ou seu cavalo já teria dado de cara com uma árvore, com toda a atenção que você está prestando no caminho.

Jules responde com um grunhido e continua estudando o mapa da capital.

— Deixe ela em paz, Arsinoe — Joseph diz, posicionando-se ao lado dela. — Se ela estudar agora, quando chegarmos em Indrid Down, Jules conseguirá cruzar a cidade como água num riacho. E nós não vamos precisar estudar tanto.

— Ainda assim vocês deveriam estudar — Jules resmunga.

— Me dê isso aqui, então — ele diz, estendendo o braço. Mas ela não abre mão do mapa. — Foi o que eu pensei.

— É a dádiva da guerra? — Arsinoe pergunta em voz baixa. — A estratégia? A preparação?

Joseph dá de ombros. Em sua sela, Jules franze o cenho. Ninguém sabe. Há tantas coisas sobre a dádiva da guerra que nenhum deles entende.

Arsinoe abaixa seu capuz e sacode seu cabelo curto.

— Eu sinto falta da brisa da baía — ela comenta.

— Coloque seu capuz de volta — Caragh diz, cavalgando atrás dela em sua firme égua da montanha, de cor marrom.

— Deixe-a ficar sem — Madrigal contrapõe. Ela também abaixa o capuz e inclina a cabeça para trás, para sentir o vento. — Nós não vimos ninguém desde que saímos do chalé. Essas estradas são praticamente desertas, você mesma disse.

— Isso não quer dizer que não devemos ter cuidado.

— Você nem devia ter vindo, de qualquer forma. Você vai nos causar problemas se formos pegos com você fora do Chalé Negro.

— Madrigal — Caragh diz suavemente —, nós estamos viajando com uma rainha dada como morta e uma fugitiva com a maldição da legião. Se formos pegos, eu estar fora do chalé será o menor dos nossos crimes.

Madrigal desdenha. Ela então se vira em sua sela, olhando para trás, para onde Jules está.

— Quanto falta até Indrid Down?

—Amanhã. À tarde, talvez. Ou logo antes do anoitecer.

— Que bom — Arsinoe diz. — Quero ver o Braddock.

Jules abaixa o mapa. O duelo não foi a única notícia que Worcester trouxe. Ele também contou da volta triunfante de Katharine à capital e de como os envenenadores desfilaram com o urso Familiar da rainha naturalista vencida.

— Eu sei que você quer — Jules diz. — Mas não podemos arriscar. Quando todo mundo estiver distraído com o duelo, Caragh e Madrigal vão soltá-lo às escondidas. Então você poderá vê-lo depois.

— Mas eu o deixei pra morrer — Arsinoe replica. — Eu preciso explicar pra ele por que eu simplesmente o deixei lá, pra que ela o enjaulasse.

Do chão, Camden se levanta e apoia as patas no joelho de Arsinoe, antes de pular para a sela dela para oferecer seu pesado consolo felino.

— Obrigada, Cam — Arsinoe agradece enquanto o puma a lambe. — Mas você está irritando a mula.

Camden boceja, ignorando os resmungos e coices pouco eficazes da mula, ocasionalmente chicoteando-a na cara com seu rabo.

— Camden, seja boazinha com a mula — Jules diz e então olha para Arsinoe. — Braddock é um bom urso. Ele vai te perdoar.

Arsinoe fica quieta e deixa Jules se concentrar no mapa. Ela é quem terá mais a fazer quando eles chegarem à capital. É ela quem precisará usar a dádiva da guerra para sabotar as armas envenenadas de Katharine e desviá-las com segurança de Mirabella. Só de pensar nisso o estômago de Arsinoe se contrai.

Joseph nota a expressão no rosto dela. Ele se aproxima e a cutuca com o joelho.

— Vai ficar tudo bem — ele diz.

Porto de Bardon

Um luxuoso barco do continente está atracado em uma marina privativa dos Arron, na costa oeste do porto. Dentro dele, Natalia está nos braços de William Chatworth, o balançar suave da água ameaçando fazê-la adormecer.

— Estou surpreso — ele diz, exalando fumaça de charuto. — Eu não achei que você fosse conseguir dar uma escapada tão longa. Não com o baile marcado para hoje à noite.

— Tão longa. — Natalia ri, observando a fumaça se enroscar pelo ar. Não foi realmente tão longa assim. Mas foi agradável. Eles não ficavam juntos há meses, e ela está surpresa por perceber que sentiu falta disso. Que sentiu falta dele, de alguma forma.

Chatworth tira o braço de debaixo da cabeça dela e apaga seu charuto.

— Você tem, então? — ele pergunta.

— Claro que tenho. É a principal razão de eu ter vindo.

Ela lhe entrega uma pequena garrafa, e ele a segura cautelosamente entre dois dedos.

— Pare de ter medo — ela diz. — Você poderia beber o vidro inteiro e ainda assim não morreria. E também não se machucará se molhar as mãos.

Ela se senta na pequena cama e alcança suas roupas: um uniforme de criada que ela vestiu na carruagem ao vir de Greavesdrake.

— Se é tão fraco — ele começa —, para que se dar ao trabalho?

— Garantia. Eu conseguiria tirar o vento daquela elemental. Minha Katharine quer ter a chance de humilhá-la. Então ela terá. — Natalia se levanta e fecha os últimos botões do uniforme. Chatworth continua na cama, lânguido e confiante. Talvez confiante demais, e ocorre a ela que, além de se gabar e ter dinheiro, ele nunca demostrou nenhuma habilidade em particular.

— Se você for pego… — ela diz, pausando em seguida. — Não seja pego.

— Não se preocupe. Todo mundo do outro lado confia no meu filho. E Sara Westwood também passou a confiar em mim.

— Mesmo? Então ela é bem mais tola do que eu pensei.

— Não fique com ciúmes — ele diz, querendo dizer o exato oposto disso. Ele é um homem tão belo e vaidoso. Ela se pergunta se o filho dele envelhecerá e se tornará tão vaidoso quanto, tão arrogante como o pai. Se ele será difícil de comandar quando for o rei consorte de Katharine.

— Volte para a cama.

— Não tenho tempo.

— Mas gosto tanto de você nessa roupa. — Ele tenta agarrá-la, mas ela desvia e acerta o braço dele com seu avental de algodão.

— Só envenene a pirralha elemental, por favor, e pare de brincadeiras! — Ela se vira e sai, enquanto ele ri. Natalia então se esgueira pelas docas para voltar para casa sem ser notada.

Baile das rainhas

Jules gira para fora do caminho quando um criado com uma bandeja de vinho quase se choca com ela. Ele a chama de imbecil e ela cerra os dentes, mas se contém e faz uma mesura. Ela precisa manter a cabeça abaixada. Ordens de Joseph, já que ele disse que os seus olhos de cores diferentes a tornam fácil demais de notar, mesmo com Camden escondida em um estábulo perto dali.

— Há um preço pela sua cabeça — ele disse. — E a cidade está fervilhando de guardas. Você não deveria ir!

Mas Arsinoe não ficaria tranquila sem ter pelo menos um par de olhos em Mirabella, então aqui está Jules.

Ela baixa a cabeça e passa pelos corredores ao lado da cozinha mais próxima do salão de baile norte. Muitos convidados já estão lá dentro, e mais pessoas passam pela porta a cada minuto. Perto da entrada há muitos olhares curiosos e impressionados com o luxo, esperando conseguir dar uma olhada nas rainhas. Mas esses provavelmente irão embora assim que Mirabella e Katharine fizerem suas entradas e chamarem toda a atenção para si.

Jules adentra um corredor, os saltos de suas botas fazendo barulho contra o chão. A pedra do piso do Hotel Highbern amplifica o som de tudo e, embora as passagens pela porta da frente sejam largas e arejadas, para Jules elas são sufocantes. Nada na capital parece ser aberto o suficiente, e ela sente falta dos campos e das docas de sua casa.

Quando outro criado passa por ela, Jules se vira e finge estar arrumando um vaso.

— Nada vai acontecer aqui, de qualquer forma, com todas essas pessoas e sacerdotisas circulando por aí — ela murmura antes de lembrar que Camden não está ali para ouvi-la. Ela deveria ter ficado com Joseph e Arsinoe, ou ido com a Tia Caragh e Madrigal para a arena. Ela está a ponto de fazer exatamente isso quando uma capa negra chama sua atenção, passando pela cozinha.

— O que é agora? — ela sussurra, seguindo-a pelo corredor.

Mirabella e Billy esperam na escada do lado de fora da entrada leste do salão, duas estátuas no meio do caos, enquanto criadas dão os toques finais na maquiagem de Mirabella e arrumam o caimento de seu vestido, bem como o fraque de Billy. Os dedos de Mirabella descansam na curva do braço dele. Em alguma outra escada, ela não duvida que os de Katharine descansem do mesmo modo no braço de Nicolas Martel.

Billy olha para ela. A gargantilha de gemas negras brilha em seu pescoço, e ele sorri. Seu futuro rei consorte. Seu pretendente, agora de verdade.

Do outro lado da grande porta de madeira, o barulho do salão cessa, e ela ouve a voz abafada de Luca anunciando sua entrada.

— Está na hora — Sara sussurra por cima de seu ombro e a porta se abre.

— Nós devemos sorrir e acenar? — Billy pergunta. — Como agradar a plateia quando mais da metade dela quer te ver morta?

Mirabella ri. Isso quebra o silêncio, e os convidados começam a cochichar entre si. Eles murmuram sobre seu vestido. Sobre suas joias. Sobre como ela e seu pretendente são adoráveis juntos. Billy a ajuda a subir os degraus que levam até a mesa dos Westwood, e eles se posicionam atrás de suas cadeiras, esperando por Katharine.

Eles não precisam aguardar muito. Quando ela aparece, os convidados se calam, envenenadores e não envenenadores. A saia de Katharine esvoaça com seus longos passos, seu cabelo em cachos brilhantes. Ela já não parece pequena. Ela já não se parece em nada com a garota pálida e rígida que Mirabella avistou no topo dos penhascos, no Desembarque, quando a viu de novo pela primeira vez em muito tempo.

—A Rainha Morta-Viva — eles sussurram. Mas ela nunca pareceu mais viva.

— Ela quer isso mais do que eu — Mirabella diz, vendo os lábios de Katharine se torcer quando ela se vira para cochichar no ouvido de Nicolas.

— Não importa — Billy replica, duro. —Ainda assim ela não vai conseguir.

Antes que Katharine e seu pretendente assumam seus lugares entre os Arron, deslumbrantes em suas cobras e escorpiões, Katharine inclina a cabeça para Mirabella e dá uma piscada com um olho. Nicolas sorri para Billy e cospe discretamente no chão.

O maxilar de Billy se contrai.

— Você está certo, não importa — Mirabella diz, apertando a mão dele.

— Ótimo — ele diz assim que se sentam. — Se ele participar da Caçada aos Veados este ano, com certeza vai sentir minha bota em suas costas no meio da floresta.

Mirabella não tem dúvidas quanto a isso. Billy é tão parecido com Arsinoe. Que belo par eles teriam feito se ela tivesse sobrevivido. Pensando em Arsinoe, ela observa Katharine intensamente até que o hotel é sacudido por uma grande lufada de vento frio. Do lado de dentro, os convidados tremem e se encolhem.

— Amanhã — Bree diz com o canto da boca. — Guarde para o duelo! — Ela estica sua longa perna, atravessando a saia de Sara, para chutar Mirabella por baixo da mesa, e então a rainha elemental desvia os olhos da irmã para que o vento pare.

Sim. Amanhã.

Os músicos começam a tocar. Os criados circulam com pequenos cachos de uva. Há animação no ar. As pessoas estão alegres, celebrando, e, se há algo abaixo da superfície, é alívio. Uma rainha foi morta e duas estão ali, prontas para reivindicar a coroa. As coisas são como deveriam ser.

Bree se levanta da longa mesa e puxa Mirabella e Billy pela mão.

— Venham, vamos dançar!

Eles vão para a pista de dança e a multidão abre caminho, sacerdotisas de guarda se reunindo nas bordas. Bree fica com eles só por um momento, sorrindo e girando antes de sair para achar um parceiro para si. Não será muito difícil. Bree está luminosa como sempre, e seu vestido é facilmente o mais bonito do baile: um tomara-que-caia preto com contas prateadas costuradas no tecido.

Billy gira Mirabella, mantendo-se próximo da mesa dos Westwood.

— Você dança muito bem — Mirabella elogia.

— E eu de fato deveria, depois de seis anos de aulas forçadas. Posso dançar qualquer coisa que você pedir, para qualquer ocasião formal.

— Você provavelmente conhece danças das quais eu nunca ouvi falar.

— Possivelmente. Mas não se preocupe, eu também sou um ótimo professor. — Os olhos dele são calorosos. Encantadores e enrugados nos cantos. Por um instante, Billy parece sentir o olhar de Arsinoe observando as costas de Mirabella, e ele então erra um passo.

— Qual o problema? — ela pergunta.

— Nada — ele diz rapidamente. — Nada. Eu só pensei ter visto... Não importa.

Ela puxa Billy para mais perto e o aperta contra si.

— Eu acho que posso senti-la também — ela sussurra.

Eles seguem dançando, mas com pernas rígidas. Quando ele a gira na direção da mesa dos envenenadores, ela fuzila Katharine com o olhar, desejando que sua irmãzinha possa sentir o ódio que emana deles dois.

— Olhe — Billy diz quando eles se viram para os Westwoods de novo. — Meu pai está aqui.

William Chatworth está inclinado sobre a mesa de Mirabella, falando com Sara. Ele está tão abaixado que suas mangas estão quase mergulhadas nas taças de vinho.

— Ele não me disse que estaria aqui hoje — Billy a gira mais rápido. — Ele provavelmente está bravo por eu não ter contado sobre o nosso noivado. — Ele a puxa com força.

— Ai!

— Ah, desculpa — ele diz. Os olhos dele se estreitam na direção do pai, que anda ao redor da mesa e toma o lugar vazio de Mirabella, ao lado de Sara. — Nada me distrai como ele. Eu te machuquei?

— Não. Você... — Ela para. Por um momento ela acha que está vendo coisas, mas Joseph está realmente ali. Observando-os da multidão. — O que você está...? — ela sussurra.

Joseph sacode a cabeça. Ele dá um passo para trás para tentar desaparecer no meio dos outros convidados, mas Bree também o vê, então o agarra e o puxa até a pista de dança, falando furiosamente em seu ouvido.

— Bree — Mirabella chama. A amiga aperta os lábios de uma forma muito séria e não característica, dançando com Joseph enquanto o leva mais para perto.

— Ele não deveria estar aqui — Bree sibila, segurando-o com mãos de ferro.

— Por que não? — Billy pergunta. — Ele é meu irmão de criação, não é?

— Billy — Joseph diz. Ele olha em volta furtivamente. Seu cabelo escuro está penteado para trás, e aqueles olhos azuis cor de tempestade são capazes de derrubar Mirabella só com um olhada. — Jules está aqui em algum lugar.

— Ah. — Billy se afasta sutilmente de Mirabella. — O que ela está fazendo aqui? Quando ela voltou?

— Eu não posso explicar agora — Joseph diz. — E eu não posso ficar. Te encontro mais tarde. — Ele gira Bree para fora da pista e a solta, desaparecendo discretamente na multidão.

— Isso foi estranho — diz Mirabella.

— Vou dizer às sacerdotisas que ele está aqui — Bree sussurra, mas Mirabella a impede.

— Não, Bree. Não foi nada. Ele é inofensivo.

Bree parece hesitante, mas ela eventualmente concorda e sai para procurar outro parceiro de dança.

— Eu quero saber o que aconteceu com Arsinoe — Billy diz. — Eu quero saber pra onde Jules a levou. Eu quero saber...

— Eu também — diz Mirabella, virando-se para olhar com raiva para Katharine mais uma vez.

Jules alcança a figura de capa negra quando ela pausa para assistir à dança através de uma cortina. Ela então agarra a figura por trás e cobre sua boca, levantando-a para que, a despeito da pequena estatura de Jules, as pernas da figura coberta chutem o ar, inúteis.

— O que você acha que está fazendo? — Ela pergunta, puxando o capuz e encurralando Arsinoe em um canto.

— Pare de me empurrar — Arsinoe sussurra, seus braços se chocando contra os ombros de Jules. — Você vai fazer nós duas sermos pegas! — Ela ajeita o capuz para cobrir o rosto. — Eu só queria ver.

— Eu te disse pra ficar longe, que eu tomaria conta dela. Você não confia em mim? E como você escapou de Joseph?

— Ah, como se isso fosse difícil — Arsinoe diz, sarcástica. — Me livrar de Camden é que foi o verdadeiro desafio.

— Onde eles estão agora?

— Aqui, provavelmente. Me procurando.

Jules contrai os lábios. Ela agarra Arsinoe pelos ombros e começa a empurrá-la por um corredor silencioso, na direção de uma das saídas de serviço laterais.

— Você é irresponsável — Jules diz.

— Eu sei, mas... — Arsinoe briga para se soltar.

— Não me faça usar minha dádiva da guerra pra te chutar pra fora daqui.

— Você não faria isso — Arsinoe diz, sorrindo. Mas então o sorriso some de seu rosto. — Você viu como eles estavam dançando? Mirabella e Billy?

Jules põe um braço em volta dela. Desta vez, quando ela a empurra de novo em direção à porta, é com mais doçura.

— Você diz que a Mirabella te ama. Bom, o Billy também. Eles acham que você está morta, Arsinoe. Eles provavelmente sentem sua falta juntos.

— Mas ele vai ser o rei consorte, não vai? E se eu continuar morta, eu não poderei... fugir com ele... pra lugar nenhum. — Ela olha para baixo. — Ele deveria saber, Jules.

— Eu sei que é difícil. Mas você não pode ser vista agora. Que bem isso faria? Nós só precisamos fazer Mirabella ganhar o duelo, depois podemos decidir com calma o que fazer.

— Tudo bem — Arsinoe diz, deixando que Jules a leve para as ruas escuras da capital.

Os olhos de Katharine se apertam enquanto ela observa Mirabella. Sua bela irmã, tão facilmente amada pela ilha. Com uma dádiva tão fácil. Para quem tudo sempre foi tão fácil. Nada nunca conquistado. Nunca merecido.

Sentado ao lado de Katharine, Nicolas continua dando a ela provas de comida e comentando sobre as roupas de estranhos. Ele é como uma mosca zumbindo em seu ouvido. Katharine esmaga uma uva em sua mão enluvada. Mas o tecido é tão grosso, para cobrir suas cicatrizes decorrentes de envenenamento, que ela nem sente o suco escorrer por seus dedos.

— Faça-a olhar para mim de novo — Katharine sussurra. — Faça-a se importar.

Mas Mirabella não o faz. Ela continua dançando com o menino Chatworth, rígida como se tivesse sido amarrada a um poste.

— O que você disse, Rainha Katharine? — Nicolas pergunta.

— Nada — ela responde. O salão todo está focado em Mirabella. Os Arron nunca viram tantas costas viradas para eles.

— Traidores — ela sussurra.

Katharine afasta sua cadeira da mesa e se levanta. O público dá tão pouca atenção a ela que ela poderia se mover pelo salão sem sequer ser notada.

Então é isso o que ela faz.

Katharine surge do nada e se enfia como uma cobra entre Mirabella e Billy, tão rápida que nenhum dos dois consegue reagir. Tudo para. Os arcos dos músicos congelam nas cordas dos instrumentos.

— Toquem — Katharine ordena. Ela enrola sua mão enluvada no pulso de Mirabella e a arrasta até o meio da pista, que se esvazia.

A música soa estranha e desafinada.

— O que você está fazendo? — Mirabella pergunta, com os olhos arregalados.

— Dançando com a minha irmã — Katharine responde. — Apesar de que eu não chamaria esse seu movimento exatamente de dança. Suas pernas são feitas de madeira?

Mirabella tensiona o maxilar. Ela agarra os pulsos enluvados de Katharine.

— Você tem tanto medo — Katharine lhe dá um belo sorriso. — A rainha escolhida não teria tanto medo.

— Eu não estou com medo. Eu estou com raiva.

Katharine puxa Mirabella mais para perto enquanto elas giram devagar pelas mesas, movimentando-se entre as expressões atônitas de convidados e criados, congelados com suas bandejas no ar. Depois de passar pela mesa dos Westwood, Luca se levanta e anda rapidamente até a cadeira de Natalia.

— Isso não se faz, Katharine.

— Então como fazemos? — Katharine sorri. Ela inclina a cabeça para examinar o rosto e o cabelo de Mirabella. — Você é linda, irmã. Cabelo tão bem escovado. Pele tão perfeita, livre de base ou pó. Nenhuma cicatriz ou urticária, mesmo depois de todos os presentes que eu mandei. Me diga, pelo menos algum chegou a você?

— Um chegou a uma sacerdotisa.

Katharine estala a língua.

— Pobre menina. Mas isso é culpa sua, por deixá-las cuidar dos seus problemas.

Ela dá um passo para trás e gira Mirabella. O movimento delas é o único no salão. Até a música é desajeitada, já que os violinistas também estão olhando fixamente para as duas.

— Você sabe o que eu acho? — Katharine pergunta. — Eu acho que você é uma vergonha. Que você é um desperdício.

Seus dedos acompanham os contornos das veias de Mirabella, invejando sua pele sem marcas.

— Você é a mais forte — ela diz. — Você poderia ser única. Mas, de perto, você é tão decepcionante. Seus olhos têm tanto medo quanto os de um cachorro que foi chutado, mesmo nós duas sabendo que você nunca foi chutada em toda a sua vida. Não como eu, que fui violentada com venenos e bolhas estourando, forçada a vomitar até chorar. É por isso que eu vou ganhar — ela continua enquanto elas giram. — Eu posso ser a mais fraca, mas sou uma rainha até o fim. Até o fim de meu sangue e meus ossos mortos.

— Katharine, pare com isso agora — A voz de Mirabella está carregada de pena. Ela se arrepia quando a irmã se aproxima mais.

— Você sabe o que eles fazem com as rainhas mortas, irmã? — Katharine pergunta. — Você sabe o que eles fazem com os corpos?

Ela interrompe a farsa da dança e para no meio da pista, puxando Mirabella para si até que o peito das duas se encoste e elas se olhem nos olhos.

— Eles as jogam na Fenda, para serem devoradas pela ilha. E posso te contar um segredo?

Os lábios de Katharine pressionam a orelha de Mirabella, quase como um beijo.

— Elas estão cansadas disso.

Fenda de Mármore

Pietyr guia sua égua lentamente pelo Vale de Innisfuil. Ela está cansada. Ele também. Ele trocou um bracelete de prata por ela na última parada que fez antes de passar pelas montanhas e não dormiu desde então. Foram quase dois dias de viagem rápida, de carroça e usando três cavalos diferentes, mas ele conseguiu. Ou pelo menos ele acha que sim. Ele só veio a Innisfuil uma vez, para o Beltane, e, sem a multidão de tendas pretas e brancas, o lugar lhe parece totalmente desconhecido.

Pietyr cavalga pela borda sul, próximo às árvores. Ele hesita em entrar. Apesar do sol estar tão forte a ponto de quase o cegar, o vale não parece seguro ou sereno, e sim alerta, desejoso de visitantes.

Ao penetrar as árvores, a égua se inquieta e ele desmonta. Se ela se assustar quando eles chegarem na Fenda, ela pode derrubá-los lá dentro. Ele a guia devagar, acariciando sua crina. Ela não gosta mais do que ele destas árvores sem pássaros, desta floresta sem sons.

Logo o solo muda, e as ferraduras da égua passam a ecoar nas pequenas pedras semienterradas. Pietyr levanta a cabeça e então avista a Fenda, embora ele possa jurar que, apenas um momento antes, ela não era visível.

A Fenda de Mármore. Um corte profundo e escuro no coração da ilha. É mais negro que a asa de um corvo, mais negro que a noite. É onde eles costumam jogar o corpo das rainhas vencidas, onde ele jogou sua Kat quando pensou que as sacerdotisas iam decapitá-la.

Pietyr prende as rédeas da égua em um galho baixo. A longa corda com nós que ele carrega em sua bolsa foi comprada de um mercador confiável em

Prynn. Voltas e voltas, com nós grossos e fortes, que até deixaram a égua torta de um lado enquanto eles cavalgavam. Voltas e voltas e ele ainda não tem certeza se comprou corda o suficiente.

Ele estuda as árvores, mas nenhuma parece forte o bastante para ele amarrar a corda. Nem mesmo aquelas que são grossas como sua cintura, quando a Fenda de Mármore está olhando por cima de seu ombro. Pietyr preferiria um tronco grosso como sua égua. Ele considera prender uma linha de segurança à sela dela, mas, se ela corresse, ele seria arrastado de volta. E, além disso, uma linha extra custaria corda demais.

— Termine logo com isso — ele grunhe, alto, para quebrar o silêncio e ganhar coragem. — Eu não vim até aqui para nada. — Ele segura a cara do cavalo entre as mãos. — Se eu tiver sorte — ele diz a ela —, verei o que Kat viu.

A égua pisca. Não é preciso ser um naturalista para perceber que ela sabe que ele está mentindo. Se Pietyr tiver sorte, ele não verá, ou sentirá, nada.

Ele escolhe uma árvore e amarra a corda, então a solta até a boca da fissura. O suor brilha em sua testa. Suas mãos tremem. Ele está apavorado por causa de um buraco no chão. Como Nicolas Martel riria dele se estivesse aqui agora.

Pietyr joga a ponta solta da corta por cima das pedras e ela se desenrola por longos segundos. Ele não a ouve chegar ao fundo. Ela só termina, repuxando seus punhos.

Talvez os rumores sejam verdade. Talvez não exista fundo.

Com a corda no lugar, ele volta até seu cavalo e pega uma pequena lamparina. Ele a amarra ao cinto e coloca fósforos extras em cada bolso. Ele então respira profundamente, vai até a borda e começa a descer.

Os nós da corda tornam a descida fácil o suficiente. Seus pés não escorregam e suas mãos estão firmes e seguras. Mesmo assim, ele mantém os olhos no pedaço de céu azul e branco sobre sua cabeça. Quando o pedaço fica desesperadoramente pequeno e suas pernas começam a cansar, ele finalmente olha em volta, se recostando na parede da fenda. As paredes são de rocha pura e íngreme. Ele não faz ideia de como Katharine conseguiu frear sua queda.

Ele continua, indo mais e mais fundo na escuridão. Até que seus pés buscam o próximo nó, mas ele não está lá.

As mãos de Pietyr agarram a corda com força quando ele tenta voltar para o nó anterior. É difícil não entrar em pânico pensando na distância para se escalar de volta e em uma altura de que ele ainda pode cair. E agora está tão escuro que ele não consegue ver sequer a corda à sua frente.

Um vento súbito passa por seus ombros. Ele desvia e seu quadril bate dolorosamente contra a pedra. Mas é só vento vindo da superfície. Não faz diferença que, de alguma forma, esse vento cheire à morte e podridão. Ou que, quando Pietyr ri de sua tolice, não haja eco.

Não há nada aqui, ele pensa enquanto os pelos de sua nuca se arrepiam. *Não há ninguém aqui embaixo, ninguém observando. Isso foi um desperdício de tempo.*

Ele pega a lamparina em seu cinto. Ele quer acendê-la só para ter certeza, para olhar a escuridão e o vazio abaixo dos seus pés. Porém, quando seus dedos encontram um fósforo, Pietyr não quer acendê-lo. E se ele estiver perto do fundo? Ele verá tudo o que foi descartado ali? Rainhas mortas há tempos, reduzidas a pilhas de ossos e farrapos pretos, olhando para ele com suas órbitas vazias e acusadoras, seus maxilares nus, eternamente abertos.

Ou ele verá Katharine, sua Katharine, apodrecendo onde ele a jogou? E as marcas de garras nas pedras do que quer que tenha escalado para fora dali e tomado o lugar dela?

Não, ele pensa. *Isso é tolice. Um delírio de uma mente assustada.*

Ele risca o fósforo.

O fogo oscila e ele o encosta rapidamente no pavio da lamparina. Uma chama amarelo-alaranjada ilumina suas roupas, sua corda e a pedra ao lado. Com cuidado, ele desamarra a lamparina e a levanta, olhando para baixo, para além dos seus pés.

Não há nada. Nada ossos de rainhas mortas. Nada de cavernas ou estalagmites. É só um vazio, e isso por si só já é espantoso, considerando o quanto ele desceu. A corda necessária para chegar ao fundo teria sido demais para que seu cavalo pudesse carregar. Tudo o que ele pode fazer agora é atirar a lamparina para baixo e tentar ver algo no momento em que ela aterrissar.

Antes que ele possa soltá-la, no entanto, algo raspa na rocha, provocando um som nada sutil. Pareceu próximo, mas ele não consegue ver nada.

Eu imaginei, ele pensa. *Deve ter sido um lagarto. Ou algum movimento natural das rochas.*

Um vento fedorento bagunça seu cabelo, enrolando-se em seu pescoço como dedos pegajosos.

— Quem está aí?

Uma pergunta tola, e ninguém responde. Contudo, em sua mente ele vê dentes e um sorriso largo aberto na escuridão.

Ele balança a lamparina para todos os lados. Há mais sons agora: algo arranhando e ossos batendo.

— Não é possível! — Ele grita, abandonando qualquer tentativa de se conter. — Não há nada aqui!

Mas todos sabem que a Fenda de Mármore é mais que um buraco vazio no chão. Quem saberá o que aconteceu com as rainhas que foram atiradas no escuro? No coração da ilha, onde o olho da Deusa está sempre aberto. Quem sabe o que ela fez com essas rainhas, no que ela as transformou.

Pietyr tenta estabilizar sua respiração acelerada.

— O que você fez com ela? O que você fez com a minha Katharine?

À menção do nome dela, o ar esquenta. Katharine foi uma delas. Uma das jogadas ali. Há séculos de irmãs neste buraco, prontas para escutar os lamentos e amparar Katharine com suas mãos de esqueleto.

Mas isso é uma mentira. Qualquer que tenha sido a ajuda que elas ofereceram, não foi para Katharine. Foi para elas mesmas, e elas se enrolaram nela como uma hera venenosa.

— Quem são vocês? — Ele grita, mas ele já sabe a resposta, então as rainhas que vivem na Fenda não se importam em responder. O que sobrou delas é mais feio do que ossos e pele cinza e decomposta. São esperanças destruídas. O ar fede à sua amargura.

Pietyr sobe desajeitado pela corda. Ele precisa voltar para Katharine.

— É minha culpa — ele diz, largando a lamparina para poder escalar com as duas mãos. Quando a luz escorrega pela escuridão, ela mostra um rosto virado para cima. É só por um instante, mas o faz gritar, a imagem daqueles olhos vazios impregnando a escuridão. Pietyr sobe o mais rápido que pode. É só quando ele sente ossos tocarem seus tornozelos que ele se dá conta de que Katharine é uma rainha e, embora ela tenha conseguido sobreviver à Fenda, ele talvez não consiga.

Indrid Down

A grande arena de Indrid Down fica nos arredores da cidade, no centro de um grande campo aberto, fácil de ser encontrada. Fácil o suficiente para Jules e Arsinoe se esgueirarem para dentro dela depois de escurecer, encontrando Caragh e Madrigal se arrastando pelo lado sul, cheio de andaimes e material de construção.

— Você acha que alguém nos viu? — Arsinoe pergunta, ofegante.

— Shhh — diz Jules, olhando fixamente para a escuridão da noite, buscando algum sinal de movimento.

— Não se preocupe tanto — diz Madrigal, assustando Jules e Arsinoe. — São poucos guardas, e eles estão no alto. Ou patrulhando os bastidores. Venham — ela diz —, eu levo vocês até a Caragh.

Elas passam sob um andaime e Arsinoe olha para cima, espantada. A arena é enorme, um grande espetáculo, apesar de várias seções estarem decadentes. Parte do muro norte desmoronou completamente, e a idade da estrutura é revelada pelas rachaduras e extremidades gastas.

— Onde está a tia Caragh? — Jules pergunta.

— Embaixo das cadeiras extras, perto de uma das entradas para a área de competição. É um bom lugar.

Jules sente algo e para subitamente, fazendo Arsinoe trombar com as suas costas e Camden dar de cara com as duas, ronronando e batendo com a cabeça no rosto delas.

— Blergh — Arsinoe diz, tirando pelo de puma da boca. — Eu achei que Camden estivesse presa no estábulo.

— Tente fazer ela ficar lá — Caragh replica. Ela está encostada em uma viga, os braços relaxadamente cruzados. — Melhor trazê-la para cá no escuro, de qualquer forma. Amanhã precisaríamos de um carrinho, para escondê-la sob uma pilha de alguma coisa.

Arsinoe olha para o esconderijo delas e agarra um dos suportes embaixo da seção reparada às pressas acima de sua cabeça.

— Por que aqui? — ela pergunta. — A visibilidade seria melhor do lado oeste.

— É exatamente por isso que aqui é melhor. — Jules responde. — Ninguém vai querer se enfiar aqui pra assistir ao duelo da parte debaixo das piores cadeiras deste lugar.

Arsinoe empurra a viga. Amanhã a arena estará lotada, as pessoas se empilhando umas em cima das outras.

— Espero que elas não caiam.

— E eu espero que Jules de fato possa fazer o que diz que pode — Madrigal olha para o terreno da arena e suspira. — Nunca deveríamos ter te atado. Se você tivesse tido todos esses anos pra desenvolver suas habilidades, isso seria ridiculamente fácil.

Arsinoe não diz nada, mas ela vê a forma como Caragh contrai os lábios. Atar a maldição da legião pode ter sido a única coisa que manteve Jules sã. Pode ser a única coisa que ainda a mantém sã.

— Se você acha que não consegue — Arsinoe diz —, ou se você não quiser, podemos encontrar outro jeito.

— Não — diz Jules. — Eu consigo. Eu consigo desviar as armas envenenadas de Katharine por tempo suficiente para que Mirabella possa matá-la. Essa foi minha ideia, e é a forma menos arriscada de você ser pega. Não podemos mudar os planos agora.

O estômago de Arsinoe está apertado de nervoso. Não há tempo para mudar os planos, de qualquer jeito. Já é tarde da noite. Tão tarde que já é quase de manhã. Jules pode não ter usado muito sua dádiva da guerra, mas ela não a deixou na mão quando mais precisou. Além disso, Mirabella é muito forte. O duelo acabará após o primeiro raio.

Hotel Highbern

Mirabella tira seu vestido de baile e se arrepia.

— Há alguma corrente de ar aqui? — Ela pergunta.

— Aqui, Mira. — Elizabeth puxa a colcha da cama e usa seu braço bom para enrolá-la em volta de Mirabella. — Assim está melhor?

— Sim. — Na verdade, o cobertor parece ter saído de um monte de neve, não de uma cama. E ela sente dor, como alfinetes fincando em sua pele. Ela respira fundo, e até isso também dói.

— Você está pálida — Elizabeth toca o rosto de Mirabella, que engasga. Um bracelete negro recém-tatuado circula o pulso da iniciante. Bree também o vê, então levanta o braço da amiga. A tatuagem foi feita em seu braço esquerdo, logo acima do fim do pulso. Elizabeth fez os votos e se tornou oficialmente uma sacerdotisa.

— Você disse que ia nos avisar — Bree diz. — Nós teríamos estado lá.

— Onde está Pepper? — Mirabella procura dentro do capuz de Elizabeth e embaixo de seu cabelo longo e escuro. Ela não tinha percebido há quanto tempo não via o garboso pica-pau, mas havia presumido que ele estivesse pelas árvores, fora do hotel.

— Ele se foi — Elizabeth sussurra. — Rho me fez escolher. Ela estava com ele. — Uma lágrima escorre por seu rosto. — Acho que ela sempre soube.

Mirabella treme, em parte de raiva, e, por um momento, a raiva acelera seu pulso e respirar se torna mais fácil.

— Eu poderia tê-la impedido — ela diz. — Eu vou impedi-la.

— Não. — Elizabeth seca o rosto com a manga da roupa. — Eu teria escolhido isso de qualquer maneira. Ser uma sacerdotisa.

Sara e Luca entram no quarto. Sara está com uma bandeja de chá e a coloca em cima de uma pequena mesa redonda.

— Você deve estar abalada depois daquela dança — Sara diz, servindo uma xícara fumegante. — Que espetáculo. A Rainha Katharine tem coragem de sobra.

— Sim — diz Luca. — Tenho certeza de que Natalia nunca imaginou que nós duas precisaríamos separar vocês como duas crianças brigando por brinquedos.

— Não foi uma briga — Mirabella diz. — Não foi nada.

— Ela só estava tentando te assustar — Bree sorri. — Como se ela pudesse.

Mas Katharine a assustou. E, a julgar pelos rostos sérios e pálidos que a cercam, ela assustou a todos.

Mirabella pisca. O quarto está girando. E piscando. Sara lhe entrega uma xícara de chá.

— Eu preciso sentar — ela murmura. A xícara de chá cai, despedaçando-se aos seus pés, e Mirabella cai no chão.

— Mira! — Elizabeth grita.

Sara dá um passo para trás, levando as mãos ao rosto.

— É veneno! — ela engasga. — Onde está o provador? Onde está ele?

— Não foi culpa dele — Mirabella sussurra.

Luca ajoelha ao lado dela e grita por Rho. Leva menos de um minuto para que a sacerdotisa com a dádiva da guerra isole o quarto, fechando as janelas e comandando a guarda.

— Como? — Rho pergunta.

— Deve ter sido Katharine — Luca diz. — Devia ter algo nas luvas dela.

Luca segura a mão de Mirabella, estudando sua pele em todos os lugares em que Katharine tocou durante a dança. Não há vermelhidão ou bolhas. Nenhum sinal de irritação.

— Onde está Billy?

— Ele ficou para trás — Bree diz. — Com Joseph Sandrin.

— Ele deveria estar de olho nela. — Sara range os dentes. — Protegendo-a!

— Assim como todos nós deveríamos — Luca diz. — Mas isso não importa agora.

— Eu chamei curandeiras — Rho avisa da porta.

— Não sinto dor — Mirabella diz. — Só estou fraca. Talvez não seja… — Sua voz fraqueja. — Talvez não seja veneno, afinal.

Sara toca sua face. Bree e Elizabeth estão chorando. Ela queria conseguir mandá-las parar. Dizer que está tudo bem.

Quando as curandeiras chegam, elas a colocam na cama. Elas tiram sangue de seu braço e cheiram seu hálito. Então cutucam, puxam e levantam suas pálpebras para ver como seus olhos se movem.

— Ela não está piorando — elas murmuram depois de algum tempo. — O que quer que seja, não está progredindo.

— Por que eles a envenenariam se não fosse para matá-la? — Bree pergunta.

— Porque eles a mataram — Luca diz suavemente.

Sara se ajoelha ao lado da cama e toma a mão de Mirabella. O veneno não corre pelo seu corpo. Ela não tem espasmos nem sofre para respirar.

— Covardes — Rho ruge da porta, e Mirabella ouve algo se quebrando quando a sacerdotisa com a dádiva da guerra perde a paciência.

— O duelo pode ser adiado? — Sara pergunta.

Luca sacode a cabeça. Não há regras contra isso. Uma envenenadora pode envenenar como quiser. Como puder. Não importa como Mirabella passe a noite, ela ainda estará fraca demais para lutar de manhã. Ela entrará na arena como se não tivesse dádiva alguma.

— Foi culpa minha, criança — diz Luca, com tristeza. — Eu baixei minha guarda.

A ARENA

A arena se enche rapidamente. Os vendedores chegam primeiro, antes do amanhecer, para preparar a comida que será vendida em suas barracas: espetos de frango e ameixas, nozes adoçadas, barris de vinho fresco e cidra. Diversas comidas que Arsinoe nunca provou. O estômago dela ronca. Ela mandou Madrigal ir comprar algo assim que a multidão formada ali pudesse encobri-la, dando-lhe dinheiro suficiente para trazer um pouco de tudo. Mas ela ainda não voltou.

— Tanta gente — Arsinoe comenta enquanto as barracas improvisadas estalam acima deles. — Com suas melhores roupas. Cabelos presos, rostos pintados, e tudo isso pra assistir a uma rainha morrer.

— Não pense nisso — Jules diz, se escondendo nas sombras com Camden. — Isso precisa ser feito. Quando acabar, a ilha terá uma nova rainha elemental. E nós estaremos livres pra partir.

— Eu deveria ir sozinha — diz Arsinoe. — Você não deveria ter que desistir de tudo por mim.

— Do que eu estaria desistindo? — Jules pergunta. — De uma cidade que quer me caçar por conta da minha dádiva da guerra? Também não há paz pra mim aqui, agora que sabem da minha maldição.

— Nem todos pensam assim. Não Cait ou Ellis. E Madrigal e sua nova irmãzinha ou irmãozinho?

Jules baixa os olhos e Arsinoe prende a respiração. Ela não sabe o que fará se Jules decidir voltar para Wolf Spring. Ela não sabe como ficar sem ela.

— Eu nunca tive nenhum caminho além do seu — Jules diz. — Então vou ficar com você. Até o fim. — Ela sorri, travessa. — Ou até que a maldição me enlouqueça.

Ao som de pegadas se aproximando, elas se enfiam nas sombras, e Arsinoe puxa o capuz de sua capa por cima dos olhos. Mas são apenas Madrigal e Caragh. E Joseph também, após ser encontrado caminhando pela arena.

Madrigal entrega para Arsinoe vários espetos de diferentes carnes.

— Não divida — ela avisa assim que Arsinoe dá a primeira mordida. — Alguns estão envenenados.

— Você foi seguido? — Jules pergunta a Joseph.

— Não — ele responde. — Eu queria ter vindo na noite passada, mas quando percebi que vocês já tinham ido embora do baile, era tão tarde que eu dormi nos estábulos. Então me misturei com a multidão da manhã. — Ele olha para as filas de pessoas. — Sinceramente, não precisávamos ter nos preocupado tanto com nos esconder. Só tem uma coisa na mente das pessoas hoje, e não somos nós.

Caragh se enfia por baixo das vigas e espia para cima.

— Há tantos envenenadores — ela diz. — Tantos elementais.

— Quase nenhum naturalista — Madrigal acrescenta. — Não que eu esperasse que eles fizessem essa viagem.

— Jules — Caragh diz. — Olhe ali. — Ela aponta. No lado oeste da arena está um grupo de rostos sérios, vestindo capas com bordas de lã vermelho vivo. Eles estão tão quietos que se destacam, um ponto de calmaria no meio do caos.

— Quem são eles? — Jules pergunta.

— Acho que são guerreiros. De Bastian City.

— Há oráculos também? — Arsinoe pergunta. — Eles podem nos dizer o que vai acontecer e acabar logo com o suspense?

Os cantos da boca de Caragh se viram para cima.

— Nós deveríamos voltar ao Volroy, pra nos prepararmos pra soltar o urso. Nós o guiaremos até a margem do rio enquanto a cidade estiver quase vazia — ela diz à Madrigal.

Madrigal franze o cenho. É claro que ela preferia ficar e ver a ação. Mas ela assente e vai sem reclamar.

— Vocês acham que elas vão conseguir chegar lá sem se matar antes? — Arsinoe se pergunta em voz alta, e Joseph para entre ela e Jules, passando um braço pelo ombro de cada uma.

— Pra onde vamos? — ele pergunta. — Depois disso?

— Sunpool, talvez — responde Jules. — Eu sempre quis conhecer. E com tantos oráculos por lá, eles já saberão quando estivermos indo.

— Não é o fim que esperávamos — diz Joseph —, mas é bem melhor do que o que temíamos. Só vai faltar o Billy.

Arsinoe tenta sorrir. Aproveitar o sonho deles três juntos, finalmente. Mas um sonho é só um sonho. Em Sunpool ou em qualquer outro lugar, eles serão caçados. Eles terão que viver disfarçados e em segredo, sempre se movendo e fugindo. E que tipo de vida é essa? Melhor que nenhuma, Jules diria, mas Arsinoe não tem tanta certeza disso.

Eles ouvem um ruído sobre suas cabeças quando a galeria começa a se encher com os convidados mais ilustres: membros do Conselho e os Arron.

— Não falta muito agora, Jules — Arsinoe diz. — Você está pronta?

Jules estala os dedos.

— O mais pronta possível.

Katharine aperta sua armadura de couro. As cordas de seu arco foram trocadas e sua aljava está cheia de flechas envenenadas enfeitadas com elegantes plumas pretas e brancas. Em seu cinto, suas facas de atirar, finas e afiadas, foram mergulhadas em *curare* suficiente para derrubar um cavalo. Ela também está equipada com uma espada curta. Embora ela não planeje chegar perto o suficiente para usá-la, poderá servir para um belo e chamativo golpe final.

— Você vai levar a besta? — Natalia pergunta enquanto abotoa o colete de seda preta de Katharine e ajeita as mangas de sua camisa.

— Não. Eu já a usei com Arsinoe. Cada uma de minhas irmãs merece uma despedida personalizada.

Natalia ergue as botas altas e leves de Katharine. Sua saia de couro preto e macio chegará exatamente até elas, e Giselle, sua criada, trançou seu cabelo em um coque. Não haverá longas tranças para serem puxadas nem nada que possa cair em seus olhos.

— Você parece tão calma, Natalia — Katharine nota. — Tão confiante.

— Eu sempre sou calma e confiante. — Natalia se ajoelha para amarrar as botas. Quando ela começa a cantarolar, Katharine estreita os olhos. Antes do baile, Natalia estava apavorada. Estourando com os guardas e perguntando centenas de vezes onde Pietyr estava. Uma mudança muito drástica entre o baile e hoje.

Um criado entra carregando uma bandeja de venenos comestíveis: frutinhas de beladona e uma torta salgada de cogumelos, além de leite fresco misturado com um pouco mais da ageratina de Nicolas.

— Katharine — Natalia considera. — Isso é sensato?

— Eu não vou entrar em um duelo com fome.

— Então deixe-me pedir outra coisa.

Katharine corta um grande pedaço de torta e engole metade do leite.

— A dor não é nada — Katharine lhe garante, limpando o queixo. — Eu já aguentei muito pior. — Ela coloca uma frutinha na boca enquanto seu estômago começa a se contrair, então olha para seu reflexo no espelho. Ela não é uma garotinha que se esconderia nas saias de Natalia para chorar. Ela não é uma rainha fraca que será atirada na Fenda de Mármore novamente. Ela está vestida para a batalha. E, depois de hoje, ela será a nova Rainha Coroada.

Mirabella se recupera do veneno mais rápido do que todos ousaram esperar, e as sacerdotisas agradecem à Deusa. Ainda assim, sua recuperação não é rápida o suficiente.

Quando ela estende a mão para uma vela, ela consegue acendê-la, mas não fazê-la pegar fogo. Água é perda de tempo. Ela não tentou testar seu raio, e Luca diz que ela nem deve, para não dar satisfação demais aos Arron quando apenas uma pancada de chuva se formar acima da arena.

— Eu sinto que falhei com você — Billy diz, em pé atrás dela. — Agora eu falhei com vocês duas.

— Você não falhou com ninguém. Não comigo. E certamente não com Arsinoe. — A tristeza nos olhos daqueles que ela ama é difícil de aguentar. Ninguém imaginou que ela poderia perder o duelo antes mesmo de começar. — Mais cedo ou mais tarde, Billy, o veneno encontraria seu alvo. Isso não foi culpa sua.

A sacerdotisa que abotoa seu leve vestido de lã preta começa a chorar. Rho lhe dá um tapa atrás da cabeça e então termina o que ela começou, apertando firme o corpete de Mirabella.

— Evite-a — a sacerdotisa ruiva sussurra. — Use seu escudo e evite-a pelo tempo que você conseguir. Guarde sua dádiva para uma boa oportunidade.

O duelo das rainhas

Quando o duelo começa, todos os espectadores ficam de pé e gritam, independente de sua afiliação. Nenhum deles já viu um duelo antes. O ar está vibrando com entusiasmo, a única coisa mais forte que o aroma de doces de canela e de carne assada em espetos.

Mirabella anda até o centro da arena. O vento sopra seu cabelo de seus ombros, e ela finge que é *seu* vento, mesmo o medo enchendo seu coração como água gelada. Antes do baile, seu maior medo era que sua vontade falhasse quando ela olhasse nos olhos de Katharine. Quão tola ela foi.

Ela faz um gesto de cabeça para os Westwood e para Luca, acomodados na galeria. Ela levantaria um braço, mas o reluzente escudo de prata parece pesar mais que ela.

— Quando eu era criança, eu pedia para brincar aqui — Katharine diz quando ela e Natalia param na entrada do terreno de competição. — Mas você nunca deixava. Lembra?

— Eu me lembro — Natalia responde. — Mas isto não é um jogo, Kat.

Katharine toca as facas em seu cinto e sente o peso da espada presa às suas costas. A multidão grita para Mirabella assim que ela entra, mas tudo bem. É a última vez que alguém torcerá por ela.

— Pobre Mirabella — Katharine diz. — Tão ousada e impulsiva. Vir até a minha cidade para me desafiar. Depois que isso acabar, vão chamá-la de tola.

Mas isso não seria justo. Mirabella não sabia quem Katharine realmente era. Como ela poderia? Nem mesmo Natalia sabe, e isso porque Katharine sempre achou que Natalia soubesse de tudo.

— Vá e sente-se na galeria — Katharine diz. — Eu entrarei sozinha. — A boca de Natalia se contrai, então Katharine suaviza sua voz. — Eu não quero que você perca nada.

Natalia toca o cabelo de Katharine. Seus olhos percorrem cada centímetro dela: seu rosto, suas mãos, os cadarços de suas botas, como se ela estivesse tentando guardar todos os detalhes na memória.

Katharine quase a afasta. Ela quer começar logo. Ela quer que a multidão grite para *ela*.

Natalia sai e Katharine espera até ver seu cabelo loiro platinado na galeria, então entra com os braços levantados.

A multidão grita. Da mulher mais velha nas barracas às crianças assistindo das janelas nos prédios próximos, todos eles gritam. Só as sacerdotisas continuam quietas e silenciosas. Mas claro que assim fariam, afinal são sacerdotisas.

O barulho enche Katharine de prazer, mas não se compara ao que ela sente quando olha para Mirabella. Sua irmã, bela e aristocrática, a observa com raiva. Porém, embaixo da raiva há tanto medo que Katharine quase pode sentir o cheiro.

— É um belo escudo — ela grita e a multidão se aquieta. — Você vai precisar dele.

Do outro lado da arena, Mirabella aperta os olhos quando Katharine posiciona seu arco e dispara uma flecha. Logo após o disparo, ela rola no chão para se desviar de qualquer possível defesa com raios. Mas nada vem, além da decepção da plateia quando a flecha bate no escudo. Ela lança outra e a deixa voar, e Mirabella mergulha desajeitadamente no chão. Katharine desvia de novo, antecipando um contra-ataque. Mas de novo, nada vem.

Algo está errado.

— O que foi, irmã? — ela grita. — A grande elemental está com medo de lutar? Mirabella espia por cima do escudo.

— Isso de fato seria estranho — ela grita de volta, embora sua voz esteja aguda e fraca —, sendo que fui eu que lancei o desafio.

Desconfiada, Katharine avança até ficar perto o suficiente para ver suor brotando da testa de Mirabella e para notar o rápido movimentos de suas costelas, sua respiração cansada demais, cedo demais. Seus olhos têm a expressão de um cachorro acuado.

Está claro que ela foi envenenada.

Katharine se vira para a galeria, de onde Natalia a assiste confiante junto ao restante do Conselho Negro.

— Então é por isso que você não estava preocupada. — Não importa o que ela tenha feito nos últimos meses desde o Beltane. Para Natalia, ela sempre será um fracasso.

Katharine larga seu arco e sua aljava de flechas no chão recentemente nivelado. Ela puxa uma faca de seu cinto e mira com cuidado. Mirabella não pode cobrir o corpo inteiro com aquele escudo.

Com sua irmã agachada e lenta por causa do veneno, a vitória não será gloriosa como Katharine planejou. Mas o resultado final ainda será o mesmo.

Ela joga a faca.

É só quando a lâmina se curva inesperadamente para a direita que Katharine suspeita que a luta ainda possa ficar interessante.

Mirabella desvia de mais uma faca. As tábuas estalam e poeira cai sobre a cabeça de Arsinoe quando a multidão acima se move para ver melhor.

— Isso foi você? — Arsinoe pergunta a Jules. — Ou ela só lançou mal?

— Eu não sei — Jules responde, irritada. — Eu nunca fiz muito isso.

Na arena, Mirabella rola e quase perde o escudo.

— Qual é o problema com ela? — Joseph pergunta por cima do ombro de Arsinoe. — Por que ela não ataca?

— Eu não sei — Arsinoe diz. Mas algo está errado. A plateia sente isso também, murmurando confusa cada vez que Mirabella desvia de um ataque e não revida.

— Por que ela não faz nada? — Jules grunhe enquanto usa sua dádiva da guerra para desviar mais uma das facas de Katharine. Suas bochechas estão vermelhas por causa do esforço, e seu cabelo castanho está suado nas raízes. — Isso não vai funcionar se ela se recusar a matar! Com a maldição da legião ou não, eu não posso fazer fogo!

— Minha boa Deusa — Arsinoe sussurra quando Katharine volta para seu arco. Ela dispara uma flecha e prende a cauda da saia de Mirabella nas tábuas ao redor da arena. — Mirabella foi envenenada.

Mirabella sente a pluma da flecha envenenada tocar sua perna ao passar. Isso foi o quão perto tudo esteve de terminar. O som da flecha mergulhando na madeira fez seu sangue gelar. Ela pensou que fosse o som da flecha mergulhando em sua coxa.

Ela larga o escudo para soltar sua saia, tentando rasgá-la. Mas ela está bem presa, e o material é grosso demais para rasgar.

Mirabella entra em pânico. Ela grita e chama o vento para fazer sua irmã voar pela arena. Mas não acontece nada além de uma lufada forte, que desestabiliza Katharine e a faz cair sobre um joelho, porém nem mesmo a derruba.

Katharine ri e pega a espada de suas costas.

— Não era assim que deveria ser — Mirabella diz.

— Pobre irmã — Katharine diz. — Você ouviu tantas vezes aquelas sacerdotisas te dizerem que você era a escolhida que realmente acreditou .

— Luca! — Mirabella grita. — Bree! Elizabeth! — Ela para e respira profundamente, apavorada. — Virem-se! Virem-se e não olhem!

Acima de sua cabeça, o céu de verão está sem nuvens e sem qualquer sinal de tempestade. É a última vez que ela o verá, enquanto sua irmã levanta a espada. Que estranho e que humilhante que seja assim que a envenenadora a mate, de uma forma em que o veneno na espada sequer seja relevante.

— Katharine! Afaste-se dela!

Mirabella se encolhe quando Katharine é puxada para trás, jogada no chão. O grito veio do lado oposto da arena, e Mirabella simplesmente não pode acreditar no que vê.

É Arsinoe. Arsinoe e Juillenne Milone.

Quando Arsinoe viu a espada pronta para ser baixada e cortar fora a cabeça de Mirabella, ela não pensou, apenas correu para a arena, seguida por Jules. Jules a seguiu como sempre, usando sua dádiva da guerra para fazer Katharine voar.

A plateia grita ao ver Arsinoe voltar dos mortos, e então ela se dá conta do que acaba de fazer.

Katharine se ajoelha, seus lábios contorcidos em uma careta de descrença.

— Você! — Ela grita e aponta para as duas. — E você, de novo!

— Sim, eu de novo — Jules rosna. Ela entra na frente de Arsinoe. Joseph e Camden correm para Mirabella.

A plateia finalmente encontra sua voz.

— É a naturalista!

— Não pode ser, ela está morta!

Arsinoe apoia seu peso em um pé, depois transfere para o outro. Não há como confundi-la, sem sua máscara perante a cidade. Eles agora veem todas as cicatrizes espalhadas por seu rosto.

— Você está morta! — Katharine grita. — Eu te matei!

— Você devia ter checado — Arsinoe grita de volta. — A flecha envenenada não atravessou minha armadura de couro. — As arquibancadas fervem com sussurros de choque.

— Eu vi o sangue! — Katharine grasna, encolhendo-se quando Jules cerra os punhos.

— Você viu o que queria ver.

— Arsinoe? — Mirabella pergunta. — Arsinoe, você está viva?

Arsinoe mantém um olho em Katharine enquanto anda até a outra irmã. Ela estica sua mão e os dedos de Mirabella se enrolam em volta.

— Mas eu te vi cair... na floresta...

— Sou uma boa atriz. Nasci para o palco. — A mentira é um blefe. Tudo o que Katharine precisa fazer é pedir para que ela mostre as costas ou que levante um braço rapidamente para seu segredo de envenenadora ser revelado. Mas Katharine ainda não ousou nem ousará se mover, não enquanto Jules estiver ali.

— Deixe-me te ajudar — Com a ajuda de Joseph, Arsinoe solta a saia de Mirabella da flecha e a deixa cair, rasgada, por cima de seus joelhos. — Eu nunca te vi tão horrível — Arsinoe diz, fazendo Mirabella rir. — E você é tão alta. Mas você sempre foi a mais alta.

Os olhos de Mirabella suavizam assim que ela assimila as palavras de Arsinoe. Ela sabe que Arsinoe se lembra.

— É porque eu sou a mais velha — Mirabella diz, levantando o queixo.

— Por menos de cinco minutos, pelo que Willa diz.

Jules assobia do centro do ringue. Ela aponta com a cabeça para Katharine, depois para a multidão. Não há como escapar. As orelhas de Camden se movem para a frente e para trás, traindo o medo de Jules. Joseph se coloca ao lado de Arsinoe.

— Bom? — ele pergunta. — Qual o plano agora?

— Você sabe qual era o plano — ela diz com o canto da boca. — Bem, o plano não funcionou. Por que você acha que tivemos que correr pra cá?

— Fantástico — Joseph suspira.

— Guardas! — Genevieve Arron grita da galeria, se inclinando tanto na grade que parece que vai cair. Mesmo a meia arena de distância, Arsinoe consegue ver como os nós dos dedos dela estão brancos. — Levem a rainha fugitiva e os naturalistas para as celas!

Arsinoe, Jules, Joseph e Mirabella formam um círculo estreito quando os guardas do Volroy inundam a arena. Mesmo com Jules e Camden, eles não podem lutar para escapar. E também não podem correr, exceto talvez até as arquibancadas, mas Mirabella nunca conseguiria, ainda tão fraca.

— Arsinoe — Mirabella diz. — Você poderia ter se livrado. Você não deveria ter tentado me salvar.

— Acho que nunca houve salvação pra nós — Arsinoe responde amargamente. — Eu só não queria ser o que eles pensavam que eu era.

— Parem! — Katharine agita os braços para os guardas e para o Conselho. — Isto não terminou! Eu ainda posso matá-las! Eu posso matar as duas se vocês removerem essa... — Ela aponta para Jules e cospe, com raiva — ... essa garota naturalista amaldiçoada!

— Não toque nela! — Joseph e Arsinoe rosnam juntos.

— Isto está acabado! — Arsinoe grita para a galeria. — Ela não pode me matar, não importa o que ela diga. E eu me recuso a matar qualquer uma das duas.

— Eu também — Mirabella acrescenta, e a Alta Sacerdotisa, em pé ao lado de Natalia Arron, fecha os olhos. Luca inclina a cabeça e faz movimentos de sim enquanto Natalia cochicha algo para ela. Natalia então sussurra para o Conselho. Ao mesmo tempo, guardas e sacerdotisas correm para a Arena, separando Arsinoe e Mirabella de Katharine. Jules dá um soco no olho do primeiro guarda que se aproxima e nocauteia mais três.

— Não resista — Arsinoe diz. — Acabou, Jules. Mas eu vou achar um jeito de te tirar dessa.

— E você? — Jules pergunta, os guardas segurando-a, nervosos. Ela olha com raiva para eles e se agita para a frente e para trás, não com força suficiente para se soltar, mas suficiente para eles saberem que ela poderia. — Arsinoe, e você?

Arsinoe olha fixamente para Jules enquanto ela é carregada para fora com Joseph e Camden. Mas ela não tem resposta.

Volroy

Os guardas os levam para o Volroy, assim como Arsinoe imaginava. Mas, em vez de serem arrastados para a sala do Conselho e atirados aos pés de Natalia Arron e da Alta Sacerdotisa Luca, eles são levados rápida e silenciosamente para baixo, colocados em celas nas profundezas do castelo.

— Você não pode nos deixar aqui — Arsinoe argumenta enquanto a porta se fecha. — Nós queremos falar com o Conselho! Mirabella, chame as sacerdotisas! — Ela se vira, mas Mirabella fica em silêncio e se senta em um dos bancos de madeira. Eles as trancaram juntas, pelo menos, e em uma das melhores celas, com quatro paredes, uma porta com uma janela gradeada e bastante palha no chão.

Gritos e ruídos de briga soam no corredor, e Arsinoe vê Jules e Joseph sendo arrastados. Jules dá com a cabeça de sua escolta na parede quando Camden solta um grito de dor. Eles prenderam a pobre puma entre dois longos postes, amarrando cordas em volta de seu pescoço.

— Soltem a puma — Arsinoe diz. — Vai ser mais fácil pra vocês.

Eles franzem o cenho, mas a soltam. A garganta de Arsinoe queima de raiva ao ver a pobre Camden correr assustada para trás das pernas de Jules.

— Vai ficar tudo bem, Jules — ela grita. — Joseph, se cuidem! Não ficaremos muito tempo aqui embaixo! — Não há resposta. Apenas o som de sapatos ficando cada vez mais baixo.

— Nós somos uma maldição para aqueles que amamos — Mirabella diz.

— Sim. Mas o que deveríamos ter feito? Morrer como nos disseram que era o certo? — Arsinoe sai de perto da porta e se senta no banco, ao lado da irmã. — Como você se sente?

— Envenenada. Mas eu acho que você sabe como é.

— Na verdade... — Arsinoe começa, mas para assim que ouve a voz de Billy.

— Me deixem entrar! — ele grita. — Ela é minha prometida. Eu vou vê-la!

— Ele está falando de você? — pergunta Arsinoe.

Mirabella ri.

— Não, sua tonta. Claro que não.

Arsinoe corre para a porta da cela e bate contra a madeira, seu rosto pressionado nas grades.

— Se afastem — ela ordena aos guardas, ficando surpresa quando eles a obedecem. Parece que no Volroy rainhas são rainhas, mesmo as fugitivas.

— Arsinoe!

Billy corre para ela. Seus dedos se enrolam entre barras e ele sacode a porta, depois a chuta.

— Barras do inferno!

— Não ligue pra elas. — Arsinoe põe suas mãos sobre as dele e ele as encara como se não pudesse acreditar que o toque delas é real.

— Você está viva — ele sussurra, seu sorriso como uma luz no corredor escuro. — Eu deveria torcer seu pescoço.

— Boa sorte tentando — ela diz e ele ri. — Desculpa. Eu queria ter achado uma forma de te dizer, mas não sabia como.

— Não importa. — Ele desliza a mão para dentro das grades, para tocar o rosto dela.

— Acho que nos meti em uma encrenca.

— Como sempre. Mas vamos sair dessa. Tudo vai ficar bem. Agora que sei que você está viva.

— Ainda assim, sinto muito por você ter achado que eu não estava.

— E eu sinto muito por ter aceitado me casar com a sua irmã — ele diz, apontando com a cabeça para Mirabella, por cima do ombro de Arsinoe. — Como você está, Mira? Aguentando firme?

— Estou bem — Mirabella responde e Arsinoe cora. Todas as suas palavras para Billy foram ouvidas pela irmã. Mas o que importa? Ela não consegue se segurar, e Mirabella está aparentemente maravilhada, sentada sobre os joelhos e inclinada na direção deles como uma criança ouvindo uma história de ninar.

— Billy — Arsinoe sussurra, sua voz tão baixa que ele mal pode ouvir —, Madrigal e a tia de Jules, Caragh, estão na cidade. Procure-as nos estábulos em frente ao Highbern ou na floresta ao sul do rio. Elas estão esperando por nós, com Braddock. Avise Cait e Ellis. Eles precisam vir ajudar Jules e Joseph, pelo menos.

— Farei isso — ele promete. Ele sai correndo e Arsinoe quer gritar. Ela agarra as grades e cerra os dentes para não implorar que ele fique. Mas Billy para e retorna.

— Eu te amo — ele diz de repente. — Eu deveria ter te dito antes. Talvez eu mesmo não soubesse. Mas eu amo. E você me ama também. Diga.

Por um momento, Arsinoe só pisca. Então ela ri.

— Continentino. Você não pode me fazer dizer isso.

— Então diga quando eu te tirar daqui. Prometa.

— Eu prometo. — Os olhos dela se voltam para o teto. — O que está acontecendo lá em cima, na sala do Conselho?

Os olhos de Billy se voltam para o teto também.

— Nenhuma notícia ainda. O que talvez seja algo bom — ele enrola. — Não quero te deixar aqui. Nenhuma de vocês duas.

— Eu sei. Mas você precisa, por enquanto. Descubra o que puder sobre Jules e Joseph — Arsinoe diz. — Não os deixe sem ajuda.

— Não vou. — Ele desliza os dedos por entre as barras para tocar o rosto dela de novo. — Você sairá daqui antes do fim do dia.

Natalia está cautelosamente quieta na sala do Conselho, esperando a Alta Sacerdotisa. Cautelosamente quieta para não parecer um pássaro confuso e estúpido, como Sara Westwood.

— A Rainha Mirabella deveria ser colocada em um quarto seguro na Torre Leste — Sara diz, com uma voz fraca. Não é a primeira vez que ela faz essa sugestão. — Uma cela não é o lugar dela!

— As rainhas estão seguras e bem acomodadas — Lucian Marlowe responde. — Quanto mais cedo nos sentarmos para discutir calmamente, mais cedo uma resolução será deliberada. — Ele olha para Natalia em busca de apoio, mas ela apenas o encara. Que tolo, tentando argumentar com uma Westwood. Ele deveria agarrar Sara e atirá-la pela porta.

E onde está Luca? A Alta Sacerdotisa leva uma eternidade para chegar a qualquer lugar e usa suas velhas pernas como desculpa. No entanto, todos sabem que ela é rápida e sagaz como uma cobra quando quer.

Parece que uma era se passou até que eles enfim ouvem o farfalhar das vestes de Luca. Ela chega acompanhada da gigante ruiva.

— Finalmente — Genevieve sussurra, convidando as sacerdotisas a entrar. — Todos estão aqui, e as rainhas, em uma das celas. — De alguma forma, ela faz soar como se os envenenadores tivessem feito tudo do jeito deles. Como se qualquer coisa a respeito deste dia tivesse acontecido conforme a vontade deles.

Natalia é a última a se sentar, e ela o faz com elegância, embora na verdade queira atirar pela janela todos os presentes na sala.

— Isso é inconcebível — Antonin diz, encarando as próprias mãos. — Pessoas demais na arena ouviram as palavras delas hoje. Como se já não houvesse rumores suficientes sobre essas rainhas.

— Rumores? — Margaret Beaulin interrompe. — Os rumores se tornaram uma tempestade. E muito antes de hoje. Tudo começou com a pequena Katharine morta-viva. Elas não são rainhas comuns, o povo diz. Há algo de errado com elas.

— Não fale assim das rainhas — Sara Westwood sibila. — Elas são sagradas!

— Chega de palavras — Primo Lucian esfrega as têmporas com seus longos dedos. — A única coisa que importa agora é o que vamos fazer. E o que for decidido precisa ser feito publicamente. Katharine deve executá-las com suas próprias mãos. Sem nenhuma interferência aparente do Conselho.

— Executá-las? Isso não foi discutido! A Rainha Mirabella não cometeu crime algum. Ela não fez parte da armação da naturalista!

— Não importa — Genevieve diz com desprezo. — Você a ouviu. Ela se recusa a matar Arsinoe. E uma rainha que se recusa a matar está cometendo traição.

— Contra quem?

— Contra a ilha!

Sara olha para a Alta Sacerdotisa em busca de apoio. Mas Luca olha apenas para Natalia, e Natalia para ela, como se a opinião delas fosse a única que importasse. Porque na verdade é.

— Eu gostaria de falar com a Alta Sacerdotisa a sós — Natalia diz.

Apreensão corre pelo Conselho, indo e voltando entre seus parentes, que trocam olhares furtivos até que Genevieve é forçada a falar.

— Irmã. Trata-se de uma decisão de nós todos.

— De fato. Depois que eu e Luca terminarmos de conversar, vocês concordarão com o que nós decidirmos. Agora saiam.

Genevieve fecha a boca. Ela se afasta da mesa com violência, expressando seu descontentamento ao mover ruidosamente sua saia. Ela sai e então os outros a seguem.

— Membros do Conselho — Luca diz antes que as portas se fechem —, lembrem-se de falar baixo no corredor. Os guardas e criados têm ouvidos.

Renata Hargrove desdenha e, em seguida, a pesada porta negra da sala se fecha com um baque.

— Como é possível que Genevieve e eu tenhamos o mesmo sangue? — Natalia pergunta, suspirando pesadamente. — Devo pedir um chá?

— Não. Mas eu não recusaria um copo daquilo — Por cima do ombro de Natalia, Luca espia o canto da sala, onde há um pequeno estoque de álcool. — A menos que seja tudo envenenado?

Natalia vai até lá e serve dois copos.

— Não com Renata e Margaret no Conselho. — Ela entrega um copo a Luca e elas sentam-se juntas na longa mesa de madeira brilhante da câmara. Lado a lado, elas olham para o alto relevo em mármore preto e branco que circunda a sala, cenas mostrando todas as dádivas da ilha como se fossem uma só.

— Você sabe que coroar Mirabella se tornou impossível — Natalia diz com a voz baixa.

— Não impossível — Luca replica, seus olhos caindo para o copo. — Nós lhes daremos até o Beltane, como é o direito delas. Se ainda assim elas se recusarem, então as jogamos na torre.

Natalia entorna sua bebida e se levanta. Quando retorna, depois de ter enchido o copo de novo, ela traz a garrafa consigo.

— Você sabe que isso não será permitido. Não quando uma rainha está disposta a matar as outras.

— Sim — diz Luca. — Sua garota morta-viva. Como você deve estar feliz.

Os olhos da velha mulher se direcionam para Natalia. A Alta Sacerdotisa parece ser feita de aço. Mas nem aço pode impedir o amor por uma rainha.

— Eu sei que você não quer que Mirabella morra. Eu sei que ela significa... mais para você do que apenas ambições do templo. — Natalia pousa o copo sobre a mesa e o encara. — Nós duas sabemos o que fizemos para garantir que Katharine e Mirabella sobrevivessem.

— Todos os nossos planos — Luca sussurra. — Todas as preparações. Todas falharam.

— As rainhas são incontroláveis. Imprevisíveis. Elas tiraram a escolha de nossas mãos, talvez sem nem mesmo saber o que estavam fazendo. — Ela observa Luca beber. A Alta Sacerdotisa sabe de tudo isso. Ela não é tola. — Não é assim que eu queria que Katharine tomasse a Coroa.

A resposta de Luca é rápida.

— Mas você quer que ela a tome.

— Genevieve estava certa quando chamou o ato das outras duas de traição — Natalia diz. — E Antonin estava certo quando disse que o povo duvidará de nós, não importando o desfecho. Então eu gostaria de ter sua voz no Conselho novamente. Se a Coroa vai passar por essa tempestade, ela vai precisar do apoio do templo.

— Você está me subornando — Luca diz. — Pela vida de Mirabella!

— Não um suborno. Nunca um suborno. Nenhuma de nós está ganhando aqui, Luca. Se não nos juntarmos, nós perderemos o que sobrou.

Natalia fica muito quieta, deixando que Luca a estude. Deixando que ela tente identificar se a chefe do Conselho está sendo honesta ou armando algo. No final, a Alta Sacerdotisa acabará aceitando. Natalia só fez a oferta como uma cortesia, de qualquer forma. Mirabella morrerá, quer Luca concorde em lucrar com isso ou não.

Finalmente, Luca assente com a cabeça.

— Não devemos executar Arsinoe na frente do povo — ela diz. — Ela já causou problemas demais. Quem sabe o que ela ainda pode tentar se dermos chance.

— Eu concordo — diz Natalia. — Embora eu também concorde com o Conselho e pense que Katharine deva executar pelo menos uma delas publicamente.

O rosto de Luca se contrai ao pensar em como será presidir a execução de Mirabella.

— As pessoas sentem que lhes roubaram um duelo — Natalia pressiona. — E o que eles viram na arena não é a imagem que queremos deixar.

— Não vai ser fácil fazer Sara e os Westwood aceitarem isso.

— Eu sei — Natalia responde. — Mas você pode convencê-los.

Natalia enche o copo de Luca e o empurra na direção dela. Luca então pega o copo e o bebe de uma vez. Quando ela o coloca de volta na mesa, sua mão treme.

— Três cadeiras no Conselho — ela diz. — Três cadeiras, que eu escolherei.

— Feito. — Natalia bate com a mão no tampo da mesa.

Pobre e velha Luca. Seus olhos estão cheios de dúvidas, como se ela tivesse deixado tudo fácil demais. Como se ela devesse ter pedido mais em troca da vida de sua rainha.

— Ordene as execuções — a Alta Sacerdotisa murmura. — De manhã Katharine será coroada. Eu mesma o farei.

Natalia expira. Poderia ter sido pior. A negociação, as discussões se arrastando noite adentro. Sara Westwood chorando.

— É um alívio — ela diz, mais gentil agora — ter uma Alta Sacerdotisa com a sua fortitude.

— Ah — Luca responde —, Natalia, cale a boca.

Indrid Down

Madrigal e a tia de Jules, Caragh, não estavam nos estábulos em frente ao Hotel Highbern. Ele deveria saber que elas não estariam, depois de passar pela jaula vazia de Braddock no pátio do Volroy. Mas Billy começou sua busca por ali de qualquer forma, sabendo que seria muito mais difícil encontrá-las no bosque.

O bosque ao sul, Arsinoe disse. Perto do rio. Ele pergunta a um vendedor de nozes qual o caminho a seguir e parte, alternando entre ir pé ante pé pelas árvores e fazer barulho para que elas possam achá-lo. Ele caminha pela maior parte da tarde. Até estar suado e cansado.

— Eu não posso ficar aqui quando escurecer — ele diz para si mesmo, abrindo caminho por um arbusto.

Braddock o cumprimenta ficando em pé em suas pernas traseiras e Billy grita.

— Shhh! Shhh! — Madrigal sibila. Ela dá um tapa nos ombros dele enquanto seu coração dispara, e o urso se abaixa para farejar seus bolsos. — O que há de errado com você? E por que demorou tanto? Onde está Jules?

— Eu não consegui ver Jules — ele responde baixo. — Tenho uma mensagem de Arsinoe. — Ele conta do duelo e das rainhas presas nas celas do Volroy. Os rostos delas se enchem de terror.

— Eu não sei o que aconteceu com Jules e Joseph depois que foram presos — ele diz. — Mas acho que estão a salvo. Por enquanto.

Madrigal começa a andar de um lado para o outro.

— Eles nunca vão soltá-la. Eles nunca soltarão minha Jules agora que a pegaram. Agora que sabem da maldição da legião. Eles vão condená-la à morte!

A mulher que deve ser a tia de Jules, Caragh, levanta os olhos para o pôr do sol, observando a luz que diminui. Ela se parece um pouco com Madrigal, ele acha, ao redor dos olhos e o formato do rosto. Mas o restante é vovó Cait. A mesma dureza e as mesmas linhas firmes. Ele se sente olhando um retrato da Cait de vinte anos atrás.

— Eu preciso voltar para a cidade — Madrigal diz. — Pra ver o que está acontecendo.

— Fique — diz Caragh. — Eu não quero ter que revirar a capital atrás de você também. — Ela põe uma mão nas costas de Braddock enquanto ele fareja as roupas de Billy. É triste ver o urso tão diminuído. Os dias na jaula o enfraqueceram. As flechas envenenadas o enfraqueceram. Medo não é algo que grandes ursos marrons costumam conhecer.

— Desculpa, garoto — Billy diz. — Eu não trouxe nada pra você.

— Não é isso — Caragh acaricia o urso com ternura. — Ele está procurando por Arsinoe. Ele sabe que você esteve com ela. Ele pode não ser o Familiar dela, mas qualquer que seja a magia baixa que ela tenha usado para ligá-lo a ela é forte. — Ela olha para Madrigal e seu corvo. — Temos que avisar nossos pais. Mande Aria.

— Temos que fazer mais que isso — Madrigal protesta.

— Faremos.

— Bom, o quê? — Madrigal pega seu pássaro e sussurra algo para ele antes de soltá-lo no ar.

— Eu vou falar com meu pai — Billy diz. — Ele pode pressionar seus amigos da capital pra que soltem Joseph e Jules. E Luca e o templo soltarão Arsinoe e Mirabella antes do anoitecer, com certeza.

— Engraçado — Madrigal diz, sem parar de se mover. — Você nunca me pareceu idiota antes. Nós estamos em Indrid Down agora, Billy. Onde os envenenadores mandam. Se você acha que eles não vão aproveitar essa oportunidade pra se livrar de Arsinoe *e* da naturalista com a maldição da legião, você está se enganando.

— Você não sabe disso.

— Não. Ela está certa — Caragh diz e Madrigal lhe dá uma piscada. — Nós precisamos de apoio nisso. Natalia Arron vai continuar tentando sair ganhando sempre que puder.

— Mesmo que corramos pra lá direto — diz Madrigal —, trocando nossos cavalos cansados por outros novos, ninguém em Wolf Spring vai voltar a tempo. Nem mesmo se Matthew os trouxer no *Whistler*.

— Não estou pensando em Wolf Spring. Estou pensando em Bastian City. Os guerreiros que vimos na arena hoje. Eles ainda podem estar aqui. Nós podemos encontrá-los antes de irem embora da capital.

— Por que eles nos ajudariam? — Billy pergunta.

— Por causa de Jules — Madrigal exclama, animada. — Ela não é só uma das nossas. Ela é uma deles.

— Eu ainda digo que é desnecessário — diz Billy. — Meu pai tem influência aqui. Amigos entre os Westwood e os Arron. Ele não vai deixar Joseph apodrecer naquela cela. Eu vou até o Highbern e esperar por notícias com ele. Ele vai resolver. Vocês verão.

— Quando ele não resolver — Caragh diz —, você volta pra nos ajudar, então. Nós estaremos aqui com os guerreiros e suas capas de borda vermelha.

Celas do Volroy

Jules pressiona seu rosto contra as barras da cela pequena e fria. É uma mudança bem-vinda parar de pressionar seu rosto contra as duras paredes de pedra. Ela não sabe onde exatamente dentro do Volroy eles estão, mas sabe que estão em suas profundezas. Muito mais que Arsinoe e Mirabella. O percurso até ali foi cheio de escadas. E cheio de cotoveladas.

Camden descansa sua pesada cabeça sobre a perna de Jules, e ela coça as orelhas da puma. Elas só dormiram um pouco, sem ter ideia de quanto tempo se passou, alternando de cansadas para inquietas e agora de volta para cansadas.

— Como está Cam? — Joseph pergunta da cela ao lado.

— Ela está nervosa — Jules responde. — Nós já deveríamos ter sido levados ao Conselho a essa altura.

— Talvez eles queiram se esquecer de nós. — A voz de Joseph é deliberadamente leve. — E nos deixar aqui pra sempre.

Uma bola quente sobe pela garganta de Jules. Eles que tentem. Cait nunca permitiria. Nem a mãe de Joseph. E as duas famílias juntas poderiam causar barulho mais que suficiente para perturbar os Arron.

— Joseph — Jules sussurra. — Eu sinto muito por ter te metido nisso tudo.

— Não há outro lugar em que eu preferia estar. Exceto talvez pela mesma cela que você.

Jules sorri suavemente. A única tarde que tiveram juntos na cama de Joseph parece ter sido anos atrás, e pensar nisso a deixa triste, como se essa lembrança pertencesse a outra vida, antes da Caçada das Rainhas e de Arsinoe quase morrer, antes de tudo dar tão terrivelmente errado.

— Desculpa por ter te deixado aquele dia depois que nós... depois da Caçada das Rainhas. Desculpa por ter desaparecido quando fui para o Chalé Negro.

— Você precisava. Você precisava salvar Arsinoe. Eu teria te dito pra fazer isso se você não tivesse feito sozinha.

— Eu sei. Mas eu estava pensando em você, Joseph.

— Tudo bem. Arsinoe vem primeiro. — Ele ri. — Eu parei de ter ciúmes disso quando tínhamos oito anos.

— Então você teve ciúmes por dois anos?

— Por aí. Acho que foi o tempo que levei pra começar a amá-la também. E porque... você sempre foi a pessoa mais importante pra mim. Todo mundo tem alguém assim, acho. E pra mim, esse alguém sempre será você — ele suspira. — Ou pelo menos durante essas últimas quarenta e oito horas.

— Não diga isso — ela diz, com raiva. — Nós vamos sair daqui. Aquele dia no seu quarto... Não será nosso único dia.

— Melhor dia da minha vida — ele sussurra e ela o escuta se mover em sua cela. — Jules?

— Sim?

— Se algo der errado... se não pudermos salvar Arsinoe... Eu quero que você vá embora comigo. Embora de Fennbirn. Eu poderia construir uma vida pra nós lá fora, em algum lugar onde não veríamos o fantasma dela cada vez que olhássemos pra fora.

Jules engole em seco. Se ela não puder salvar Arsinoe, ela verá seu fantasma todo dia. Não importa onde esteja.

— Arsinoe vai dar um jeito de sair disso. Ela sempre dá.

— Eu sei — Joseph diz. — Mas se não... se ela não puder... você vai embora comigo?

Jules olha para Camden, que pisca para ela com esperançosos olhos verde-amarelados.

— Sim, Joseph. Eu vou embora com você.

Hotel Highbern

Billy espera com seu pai no Highbern, olhando pela janela com os braços cruzados sobre o peito. Eles estão esperando há tanto tempo que ele está a ponto de estourar. Ele quer andar, mas isso só faria seu pai o olhar com cara de desapontado. Então, em vez disso, ele encara o Volroy, pensando em Arsinoe presa lá dentro. Esperando que ela esteja dando trabalho para os guardas.

Talvez a tia de Jules, Caragh, estivesse certa e ele devesse ter ficado com elas, ajudando a mobilizar os guerreiros. Já se passou muito tempo sem qualquer novidade do Conselho e, por serem gente de fora, ele e o pai provavelmente estarão entre os últimos a receber notícias. O céu lá fora escureceu, adquirindo um tom de cinza, e os bosques estão visíveis apenas como borrões. Caragh não esperaria muito tempo. O plano delas já deve ter começado, e ele ficou de fora.

Caragh. Ela não é nada do que ele imaginava ao ouvir as lembranças carinhosas que Jules e Joseph têm dela. Em sua cabeça, ela era uma pessoa cuidadora, alguém gentil e acolhedora, uma mulher que daria a vida por amor a uma criança, mesmo que essa criança não fosse sua. Mas a mulher que ele conheceu é dura e decidida. Talvez o Chalé Negro a tenha mudado. Ou talvez uma mulher tenha mais facetas do que ele consiga compreender.

Uma batida na porta o surpreende. É o mensageiro do Volroy, mas ele não o viu chegar. O jovem entrega ao pai de Billy uma carta selada e faz uma reverência antes de sair.

— O que diz? — Billy pergunta enquanto o pai lê. Ele sabia que Arsinoe não ficaria muito tempo naquela cela. Talvez ela e Mirabella já tenham sido soltas.

William enfia a carta no bolso da jaqueta. Seu rosto não demonstra nenhum sentimento, nenhum interesse, de nenhuma forma. Ele não o faz quase nunca, e isso tem perturbado Billy durante quase toda a sua vida.

— A coroação é amanhã — seu pai diz.

— Que coroação?

— Da rainha — William diz, impaciente. — Rainha Katharine. Sua futura noiva.

Billy pisca. Ele não consegue assimilar a notícia. Não sua futura noiva. Jamais sua futura noiva.

— Mas e Arsinoe? E Mirabella?

William dá de ombros.

— De acordo com a carta, a garota de Wolf Spring provavelmente já foi executada. A outra sobreviverá até depois da coroação, para ser executada publicamente depois do seu casamento.

— Você precisa impedir isso — Billy diz. Seu pai levanta os olhos e Billy recua um passo. — Faça um acordo com os Arron. Mantenha Arsinoe e Mirabella vivas em segredo. Eu sei que você pode. Eu sei que você tem sido aliado deles desde antes disso tudo começar.

— Fique calmo. Você sempre soube o que ia acontecer.

— É diferente agora.

— É. Nós ganhamos.

Seu pai se vira de costas. Billy pode vê-lo praticamente se esquecendo de que o filho está ali, enquanto visões prósperas tomam sua cabeça. Planos para seus novos negócios. Comércio exclusivo com a ilha pela próxima geração. E o apoio dos envenenadores para silenciar qualquer concorrente que não goste disso.

— Você agiu bem — seu pai murmura distraidamente. — Estou orgulhoso de você, filho.

— E por muito tempo eu quis que você estivesse — Billy sussurra. — Mas por que você está orgulhoso, pai, quando eu não fiz nada além de tentar te sabotar? Eu me apaixonei pela rainha errada. E eu nunca envenenaria Mirabella, então você teve que envenená-la por sua conta. Eu não tinha percebido isso, pra ser sincero. Até Luca dizer que Katharine não tinha evenenado Mirabella ao tocá-la no baile. Foi aí que me lembrei de você na nossa mesa naquela noite.

— O veneno não a matou. E manteve nossa aliança. Te tornou rei.

— Se eu aceitar.

Seu pai o encara.

— E eu vou aceitar — Billy continua. — Desde que você vá até os Arron agora e impeça a execução de Arsinoe.

— Deixe-a para lá. É como se ela já estivesse morta. Provavelmente está.

— Não custa tentar.

— Billy — William diz com firmeza. — Você vai fazer o que eu mandar.

— Não vou.

— Você vai.

— Não vou! — Billy grita e seu pai levanta a mão para lhe dar um tapa. Mas ele para abruptamente quando Billy não recua. Billy ainda não havia notado que seu pai já não é mais tão grande quanto um dia foi. Que, com o passar dos anos, Billy se tornou mais alto.

William olha para baixo enojado e procura por um charuto em seu casaco.

— Você não vai jogar tudo fora por causa de uma garota — ele resmunga.

— Você está errado, pai — Billy diz, logo antes de se virar e sair porta afora.

A rainha coroada

A COROAÇÃO

Katharine está sobre um bloco de madeira, estudando seu reflexo no espelho enquanto Natalia ajeita a saia do seu vestido.

— Algum simpatizante da naturalista soltou o urso — Natalia comenta. — Estamos procurando pela cidade, mas ainda não o encontramos.

— Deixe-o ir — Katharine diz. O urso não importa mais. Tudo o que importa agora é o cetim negro contra sua pele. E os convidados se reunindo na câmara interior do Volroy.

— Quando você me vestiu para o meu aniversário no ano passado, você pensou que chegaríamos até aqui? Momentos antes da minha coroação?

— Claro que sim, Kat. — Natalia diz. Mas Katharine sabe a verdade. Ela surpreendeu a todos.

Natalia a ajuda a descer do bloco e Katharine dá um giro. O vestido é simples, mas elegante. Ela não usa joias e seu cabelo está solto e igualmente sem adornos. Ela parece estranhamente inocente. Quase como a garota que costumava ser.

— Você está linda, Rainha Katharine — Natalia a elogia, ajeitando o cabelo dela por sobre o ombro. — Eu me pergunto por que Pietyr não está aqui para ver isso. É uma pena.

Katharine franze o cenho.

— Bem — ela diz. — Não vou sentir falta de um convidado entre tantos outros. — Ela se recusa a pensar em Pietyr num dia como este. Logo ela será coroada. Depois assassinará sua irmã Arsinoe, desta vez de verdade, sem escapatória. E aí se casará.

Ela ajusta os dedos de suas luvas pretas simples e sorri.

— Então você não está decepcionada que tudo precise ser feito com tanta pressa? — Natalia pergunta.

— Nem um pouco — Katharine responde. — O que me importa é que seja feito.

A coroação de Katharine é pequena para os padrões usuais. Não foi permitido que o público a assistisse. Apenas o Conselho Negro, as sacerdotisas do templo e os membros da família Arron. É uma ocasião solene, mas sem alegria no rosto das sacerdotisas. Sem alegria no rosto dos Arron tampouco. Somente apreensão. Na coroação cerimonial, que ocorrerá durante o Festival do Beltane na próxima primavera, eles farão melhor.

A Alta Sacerdotisa Luca comanda a cerimônia, de postura ereta e imponente em suas vestes formais, especialmente para alguém tão velha. Ela começa lendo o decreto conjunto do Conselho e do templo: Katharine será coroada, e Arsinoe e Mirabella, executadas por ela. O decreto não menciona as irmãs pelo nome. Depois de hoje, elas nunca mais serão mencionadas pelo nome.

Em meio ao ar frio e obsoleto de dentro da câmara, Katharine se ajoelha perante a Alta Sacerdotisa. Luca colocará pessoalmente a coroa sobre a cabeça da rainha envenenadora, simbolicamente unindo o Conselho e o templo mais uma vez.

Katharine tenta conter seu sorriso arrogante. Não deve ser fácil para essa velha mulher orgulhosa admitir que estava errada.

Quando Luca abaixa a cabeça para rezar, Katharine olha para os convidados. Nicolas, com seu sorriso secreto. William Chatworth, o pai do pretendente que Natalia diz que ela deve escolher. Genevieve, com seus olhos gelados cor de violeta. E Natalia.

As orações terminam e as sacerdotisas presentes se levantam. Elas oferecem água de uma jarra de prata a Katharine. Elas dizem que essa água é proveniente do Rio Cro, que corre desde o pico do Monte Horn. Se isso for de fato verdade, ela não faz ideia de como elas conseguiram trazê-la de lá tão rapidamente. Talvez elas sempre mantenham uma jarra à mão. Mas não importa. Ela bebe e a água escorre por seu queixo, gelada, e Katharine fica surpresa ao ver que é Cora, a sacerdotisa-chefe do templo de Indrid Down, quem segura a jarra.

— Levante-se, Rainha Katharine — Luca diz, abrindo as mãos. — Filha da Deusa. Filha da ilha. — As mãos dela estão untadas com óleo aromático e um pouco de sangue. Em uma coroação normal, o sangue teria sido colhido de um dos veados mortos durante a caçada. Como nada disso aconteceu, Katharine se pergunta de quem é esse sangue. Ela teria se oferecido para cortar a garganta do urso de Arsinoe, se alguém não o tivesse soltado.

Exceto pelas poucas palavras de Luca, a coroação é silenciosa. Eles não pedem que Katharine faça votos ou um juramento. Uma rainha é feita da ilha assim como a ilha é feita dela. Eles não têm direito ou necessidade de pedir que ela jure coisa alguma.

A Alta Sacerdotisa pega o instrumento para fazer tatuagens, uma ferramenta de madeira entalhada de forma simples com um conjunto de agulhas na ponta.

A tatuagem da coroa não é feita há gerações. Foi ideia de Natalia. Talvez uma má ideia, Katharine pensa, enquanto ela observa a mão de Luca tremer. Ela terá sorte se a coroa em sua testa não ficar parecendo um ziguezague.

— Não se preocupe — Luca sussurra, como se pudesse ler a mente de Katharine. — Sou eu quem ainda tatua os braceletes em minhas sacerdotisas. — Ela então encosta o instrumento na fronte de Katharine.

O primeiro golpe é um choque. E ela não tem tempo de se recuperar antes do próximo e do próximo, uma sequência de dor aparentemente infinita enquanto Luca pressiona as agulhas e a tinta preta contra a pele de Katharine, logo abaixo de seu cabelo.

A tatuagem leva muito tempo. Muito tempo e muita dor, mas é uma coroa que não desbotará e que não poderá ser tirada de sua cabeça e entregue a outra pessoa.

— Levante-se Katharine — Luca diz. — A Rainha Coroada da Ilha de Fennbirn.

Katharine se levanta e os convidados batem palmas, até que ela ergue uma mão.

— Eu escolherei meu consorte — ela anuncia.

— Como quiser — Luca responde. — Quem você escolhe?

— Eu escolho… — Katharine olha para William Chatworth. Ele lembra um porco e é arrogante e confiante demais, além de seu filho nem ter se dado ao trabalho de comparecer. Natalia deve estar louca por recomendá-lo. Mas Natalia não é a rainha.

— Eu escolho o pretendente Nicolas Martel.

Celas do Volroy

Arsinoe bate sua cabeça contra a parede pelo que parecem horas. Mas não há como ter certeza. O único jeito de medir a passagem do tempo é pela troca de turno dos guardas.

— Você está se sentindo melhor? — Ela pergunta para Mirabella.

Mirabella puxa a perna para baixo de sua saia preta rasgada e apoia o calcanhar na ponta do banco de madeira.

— Eu me sinto quase bem, na verdade. O que quer que tenha me envenenado, parece já ter passado. Acho que não era para me matar.

— É claro que não — Arsinoe diz. — *Ela* era quem deveria te matar. — A naturalista suspira e se recosta, então aponta com a mão para a porta de madeira. — Você pode queimar uma saída daqui?

— Não. A madeira é grossa demais. Eu precisaria de um fogo tão quente que queimaria você junto. Isso se a fumaça não nos matasse antes.

Arsinoe olha para a irmã. Mirabella tira sua leve jaqueta e senta em cima de seu corpete de alças largas. Deve ser verdade o que dizem, que elementais não sentem correntes de vento ou umidade.

— Por que te fizeram usar saia? — Arsinoe pergunta. — Eles não sabiam que estavam te vestindo pra um duelo?

— Eu estou de botas — Mirabella responde. — E sem combinação ou anágua. — Ela vira a cabeça na direção de Arsinoe e sorri, cansada. — Aparências, aparências.

Arsinoe ri.

— Pelo menos quando estivermos mortas isso vai acabar.

— Você acha que vamos morrer, então? — Mirabella pegunta e Arsinoe levanta uma sobrancelha. Ela tem que se lembrar que sua irmã não foi criada como ela. Mirabella sempre foi tratada como a rainha escolhida. A morte deve parecer algo impossível para ela.

Arsinoe suspira.

— Eu não acho que me deixarão sair e causar mais problemas. Mas você tem a Alta Sacerdotisa. E os Westwood. Eles são espertos, talvez me troquem por você. Embora eu não goste de pensar no que eles farão com Jules e Joseph.

— Eles não farão nada — Mirabella diz, o ar na cela começando a estalar. Arsinoe olha para o braço da irmã, espantada quando seus pelos se arrepiam.

— Você promete? — Arsinoe pergunta. — Se você sair daqui, você promete cuidar deles?

— Claro que sim.

Arsinoe se levanta e alonga as costas.

— Que bom. Porque é minha culpa, você sabe. Joseph ter sido banido cinco anos atrás. Jules ter sido envenenada depois do Beltane. Até Cam ter sido aleijada por aquele urso velho e doente.

— Eles não veem as coisas assim.

— Claro que não. Eles são bons demais.

Passos soam no corredor. Poderia ser Billy vindo dizer que elas serão soltas, que estarão livres para mais um dia de matanças. Até serem trancadas juntas na torre seria preferível a esta cela.

Mas os passos são leves demais e acompanhados por muitos outros. E há também bastante barulho de tecido.

O rosto de Katharine aparece na abertura gradeada da porta de madeira.

— Irmãs — Katharine diz. Seus belos olhos com longos cílios passam de Arsinoe para Mirabella, que se levanta rapidamente e limpa a poeira e a palha de seu vestido.

Arsinoe espera que Katharine diga mais alguma coisa. Mas ela só fica parada em frente à cela, sorrindo. Como se estivesse esperando por algo. Mirabella engasga.

— O quê? — Arsinoe pergunta.

— A testa dela — Mirabella sussurra. — Olhe a testa dela.

Arsinoe aperta os olhos e espia pelas barras. Uma linha fina e negra foi traçada sobre a fronte de Katharine, logo abaixo de seu cabelo.

— Eu queria mostrar a vocês — Katharine diz, animada. — Para que não haja confusão. Para que ninguém lhes conte mentiras. Eu queria que vocês vissem a minha coroa com seus próprios olhos.

Arsinoe engole.

— É isso o que isso aí é? — Ela pergunta. — Achei que você tivesse caído com a cara em um pedaço de carvão.

Katharine ri.

— Brinque o quanto quiser. Está feito. E eu devo isso a vocês, em parte. Graças ao seu grande anúncio de misericórdia, o Conselho e o Templo perceberam que não tinham escolha. Sua recusa a matar os fez ver que eu sou a única rainha verdadeira nascida neste ciclo.

Arsinoe desdenha. Ela provavelmente deveria sentir medo, mas está irritada demais para isso. Quase com raiva. A pobre Mirabella parece que vai passar mal, vendo a coroa tatauada na testa de Katharine.

— A única rainha verdadeira — Arsinoe ironiza. — A única assassina verdadeira.

— Mas ela não foi sempre assim — Mirabella diz. — Você nem sempre foi assim, Katharine. Um dia você foi doce. Você costumava...

— Não tente fazer eu me sentir culpada — Katharine interrompe. — Tinha que ser uma de nós. É assim que se joga o jogo. É isso o que nós somos.

— Faça como você quiser, então — Arsinoe diz. — Nos tire desta cela e nos leve de volta para a arena. Veja quem de nós sairá viva.

Katharine estala a língua.

— Acho que não, irmã. Vocês duas já tiveram chances suficientes.

— Você veio apenas para se vangloriar? — Mirabella pergunta. — Onde está a Alta Sacerdotisa? Ou Sara Westwood? Onde estão os Milone, para Arsinoe? Nós com certeza os veríamos se isso fosse mesmo verdade.

— Sim — Arsinoe diz, acenando com a mão. — Deixe que eles venham e nos contem pessoalmente as novidades. Você deveria ir, Rainha Katharine. E se você voltar... — Arsinoe fica na ponta dos pés para olhar melhor sua pequena irmã. — ... traga um banquinho.

A escuridão que anuvia os olhos de Katharine é tanta que Arsinoe até baixa os pés de novo. Mais uma vez ela pensa que há algo de errado com a irmã. Algo estranho. E ela não sabe por que, mas tem certeza de que os Arron também não sabem o que é.

— Abra a porta — Katharine ordena. Após um barulho de chaves, a porta se abre e a nova rainha entra.

— Você não me entendeu — ela diz, e Arsinoe e Mirabella recuam assim que guardas enchem a cela. Eles empurram Mirabella contra a parede e seguram com força os braços de Arsinoe. — Eu não vim trazer novidades! Eu vim trazer a sentença de vocês.

— Do que você está falando? — Arsinoe se sacode nos braços dos guardas.

— Na ilha, só rainhas podem matar rainhas — Katharine diz com doçura. — Isso não mudará só porque vocês duas são traidoras do seu legado. Você, Arsinoe, é uma rainha. Então não pode ser executada por mais ninguém além de uma das suas irmãs. — Ela coloca uma mão dentro da manga de suas vestes e puxa um frasco de vidro que contém um líquido âmbar. — Guardas, segurem a Rainha Mirabella.

Mirabella mostra os dentes. As chamas das tochas do corredor sobem quase até o teto.

— Diga a ela para ficar quieta — Katharine diz a Arsinoe. — A não ser que você queira que eu volte com a cabeça da menina amaldiçoada e a da puma.

As chamas baixam e o calor cessa quando Mirabella para de resistir.

— Lutar não vai mudar o destino de vocês — Katharine continua. — Mas o do seus amigos ainda não foi decidido.

— Você quer nos envenenar — Arsinoe diz calmamente.

— Sim. Mas só você, por enquanto. A Rainha Mirabella será executada amanhã de manhã, na praça. — Katharine sorri com maldade. — Porque é assim que a Alta Sacerdotisa quer.

— Não — Mirabella grita. — Você está mentindo!

Katharine pode não estar mentido, mas ela certamente é cruel. Arsinoe olha pela porta aberta, para o corredor. Jules e Joseph não devem estar muito longe. Só a alguns andares de distância. Ainda assim, há muitos guardas. Guardas fortes e armados. Então só resta a ela esperar que Mirabella seja ainda mais forte do que eles. Elas não terão outra chance.

— Agora venha, vamos acabar com isso — Katharine diz. — Eu ainda preciso me casar esta noite.

— Não lute — Arsinoe diz para Mirabella. — Pelo bem de Jules e Joseph.

— Não! Arsinoe, não! — Mirabella protesta, mas os guardas a empurram contra a parede.

Arsinoe encara o veneno na mão de Katharine. Ela força seus olhos a se arregalar. Ela respira fundo uma vez, depois de novo. Mais e mais rápido. Não é difícil fingir estar apavorada. Ela está apavorada. Mas não por causa do que está dentro do frasco.

Katharine remove a tampa e Arsinoe finge se desesperar, se retorcendo e tentando se libertar, seus calcanhares afundando no chão coberto de palha. A expressão nos olhos de Katharine é perturbadamente alegre, e Arsinoe fica tentada a abandonar o plano. Quase valeria a pena, só para ver a cara de Katharine quando ela bebesse o veneno e ele não lhe causasse nada.

— Deitem-na de costas — ordena Katharine.

Arsinoe chuta e grita. Ela pressiona os lábios um contra o outro quando Katharine se inclina para derramar o veneno, de modo que a irmã precisa forçar sua boca a abrir, espremendo suas bochechas com as mãos enluvadas.

O veneno é oleoso. Amargo. Tem um cheiro forte de vegetação. Ele corre por sua boca e sua garganta e Arsinoe quase engasga, tossindo, fazendo os guardas recuarem. Ela ouve Mirabella gritando do outro lado da cela e sente o chão tremer quando um grande raio atinge a fortaleza lá fora.

Katharine grita. Ela se afasta de Arsinoe e corre para a porta, cobrindo a cabeça.

— Você — ela diz, apontando para Mirabella. — Você terá que ser enfraquecida antes da sua execução. Não quero nenhuma exibição de raios distraindo a atenção das pessoas.

— Você tem tanto medo assim? — Mirabella grita, com a voz embargada. Ela passa pelos guardas e cai de joelhos ao lado de Arsinoe, que tosse e convulsiona.

Katharine assiste a tudo até que Arsinoe começa a parar de se mexer. Quando o peso de Mirabella pressiona seu peito, Arsinoe deixa que seus olhos se fechem.

— Eu não tenho medo — Katharine diz. — E eu tenho misericórdia. — Ela se vira para os guardas. — Deixe que ela chore um pouco antes de levar o cadáver embora. E então preparem-no para ser mostrado. Quero exibi-lo na execução. Para que depois elas possam ficar lado a lado.

Mirabella puxa o corpo mole de Arsinoe para o seu colo. Ela chora tão alto que é difícil distinguir o momento exato em que os sons da escolta de Katharine finalmente desaparecem no corredor.

Ainda assim, Arsinoe espera até que o único som no ar seja o do choro de Mirabella, para então finalmente abrir os olhos.

O CASAMENTO

Enquanto Nicolas faz seu juramento perante a Alta Sacerdotisa, a mente de Katharine voa longe. Não que ela não esteja animada de estar se casando com ele. Ela está. Mas seu casamento parece quase um *denouement*, depois da excitação da coroa sendo tatuada em sua pele. Depois do prazer de derramar veneno pela garganta apavorada de sua irmã. Ela esperou tanto tempo por aquilo. Katharine pode até quase começar a dançar só de lembrar como Arsinoe lutou e como Mirabella *gritou*.

Ela relaxa a postura mas, ao ver que Natalia a está observando, se endireita de novo. É que são tantos juramentos. Nicolas nem é uma rainha, e ele precisa jurar e jurar e jurar sua lealdade.

Só Natalia e o Conselho Negro estão presentes no casamento, além de Luca e algumas sacerdotisas. A pequena sala na Torre Leste é iluminada por três altos candelabros. Alguém devia ter aberto uma janela. O cheiro do incenso sagrado faz Katharine querer tossir.

— Beba e seja ungido — Luca diz.

Elas o fazem beber da taça de coroação e o pintam de sangue e óleo. Pobre Nicolas. Ele está se esforçando para parecer que pertence a este lugar. Mas ele segue olhando para Katharine, como se a qualquer momento ela pudesse ir até ele em vez de ficar de lado. Ninguém havia lhe dito que o casamento de um rei consorte é mais com a Deusa do que com a rainha. Que ela sequer iria tocá-lo. Que eles nem se beijariam.

Katharine o estuda sob a luz das velas. Ele é tão bonito e um par tão bom para ela. Mas ele não é Pietyr.

Uma bola gelada se acomoda na boca de seu estômago. Pietyr tentou matá-la. Porém só porque ele pensou que ela seria morta de qualquer forma e de um jeito horrível, com facas de serra e estranhos desmembrando-a.

É claro que ele poderia tê-la escondido em vez disso. Mas os Arron não fazem as coisas assim. Arrons ganham ou perdem. Tudo ou nada. E Katharine nunca esperou que ele fosse diferente.

Finalmente, Nicolas termina seus votos e recebe permissão para encarar a rainha. As sacerdotisas fazem uma reverência para ela. Até mesmo Luca. Em seguida, elas saem da sala em fila, seguidas pelo Conselho. Natalia se retira sem olhá-la nos olhos, ainda com raiva por sua escolha de pretendente. Mas Natalia é como uma mãe para ela, então não ficará brava para sempre.

Nicolas pega as mãos enluvadas de Katharine.

— É isso? — ele pergunta. — Eu achei que elas fossem tomar meu sangue ou queimar seu símbolo no meu peito. Achei que fôssemos ser amarrados juntos com uma corda enorme.

— É isso o que se faz no seu país?

— Não. No meu país, nós dois faríamos votos. E minha noiva usaria branco.

— Não se ela fosse uma rainha — Katharine diz.

Nicolas leva a mão dela à boca. Ele a beija com tanta vontade que seus dentes raspam o tecido da luva. Ele foi respeitoso em sua corte. Ele sequer a beijou na boca de verdade. Agora, entreanto, quando ele a puxa para si e a aperta contra seu peito, suas mãos deslizam pelos cabelos dela e envolvem sua nuca. Ele não é gentil ou tímido.

Katharine levanta os cotovelos e se desvencilha do abraço dele.

— Não agora — ela diz.

— O que você quer dizer com "não agora"? Nós somos casados. Você é minha.

— Nós somos um do outro — ela o corrige. Ele tenta agarrá-la de novo, mas ela desvia, seu vestido fazendo barulho como a cauda de uma cascavel. — Gostaria de ver a Natalia. Não gosto quando ela fica brava comigo.

— Veja-a mais tarde, Katharine. Eu não quero esperar. Eu quero você fora dessas roupas. Pele contra pele. — Os olhos dele se movem famintos pelo corpo dela. — Eu fui paciente, agora aqui estamos, em nosso castelo.

— Você foi paciente — ela diz. — Mas nossa noite de núpcias não será aqui. Como tudo foi tão apressado e repentino, não houve tempo de preparar um quarto na Torre Oeste. Está tudo coberto de lençóis. Cheio de sacerdotisas tossindo enquanto removem teias de aranha.

— Onde, então? E quando?

— Meus aposentos em Greavesdrake. Natalia preparou uma carruagem para nos levar.

292 KENDARE BLAKE

***

Quando a porta do escritório de Natalia se abre, no alto da Torre Leste, ela espera que seja um criado. Algum garoto bom e atencioso lhe trazendo uma xícara de chá quente e envenenado. Mas não é. É William Chatworth.

— Outra hora, William — ela diz, voltando para a carta que estava escrevendo. Outra carta para seu irmão, Christophe, perguntando pelo paradeiro de Pietyr e contando tudo o que aconteceu. Talvez as novidades finalmente façam o irmão sair de debaixo daquela esposa dele, fazendo-o deixar sua casa de campo e voltar para a capital, a qual ele pertence.

— Não outra hora. Agora. — William marcha para dentro do quarto e se serve de uma dose do conhaque dela, tão rápido que ela mal consegue dar um tapa em sua mão.

— É envenenado — ela diz, os dois olhando para o caos de líquido e vidro quebrado no chão. — Com flores e frutas venenosas.

Chatworth expira. Ele flexiona a mão e a estica. Então ele a levanta com força e dá um tapa no rosto de Natalia.

O rosto dela se vira. Ela dá um passo para trás, mais de choque do que de qualquer outra coisa. É o choque, mais que a dor, que enche seus olhos de água.

— Talvez eu devesse ter te deixado beber — ela diz. O impacto do tapa fez Natalia morder a bochecha, e ela cospe um pouco de sangue nos sapatos dele. — Mas vejo que você já está bêbado.

— Você casou sua pirralha com o Martel.

— Não houve nada que eu pudesse fazer. Você estava lá. Ela fez a escolha na frente de todos. Talvez se seu filho tivesse ao menos se dado ao trabalho de aparecer...

— Então diga que ela mudou de ideia. Que ela estava com raiva dele por ele não ter comparecido à coroação.

— Eu não posso — Natalia diz calmamente. — Ela é a rainha. Além disso, nós precisamos agir rápido. Estamos em uma situação precária.

— Desfaça isso.

— Eu disse que não posso. — Natalia faz uma careta, cansada do hálito e das preocupações de continentino dele. Os olhos de William, normalmente claros e belos, estão apertados e inchados. Ela não gosta dele assim. Embora talvez isso seja o que no fundo ele realmente é. Raivoso, feio e pequeno. — Eles já estão casados. Ele está a caminho do quarto dela agora.

— O que importa? Ela pode dormir com ele e se casar com Billy depois. Suas rainhas não são damas. Nenhuma de vocês daria uma verdadeira esposa. Meu filho terá que ensiná-la.

— Ele não ensinará nada a ela — Natalia dispara. — Agora vá embora, William. Você está bêbado.

Mas Chatworth não vai embora. O rosto dele fica vermelho e saliva voa de seus lábios.

— Eu passei anos alimentando Joseph Sandrin para conseguir um lugar em Fennbirn para Billy. Para que ele conseguisse a Coroa. Eu envenenei a elemental. E, antes disso, a garota em Wolf Spring.

— Nós não nos esqueceremos disso — Natalia dá as costas para ele. Um erro, talvez, mas ela não aguenta mais encará-lo. — Você terá o máximo de nosso comércio que eu conseguir arranjar. Eu não acho que a família de Nicolas estará muito interessada em negócios. Assim, tudo o que faltará a você é apenas o título e, para isso, você ainda tem seu filho. Isso deve te agradar, certamente.

Ele fica quieto, e Natalia volta a escrever sua carta. Por trás dela, as mãos dele se enrolam em seu pescoço, uma surpresa tão grande que ela sequer tem tempo de gritar.

Ele é forte, e está com tanta raiva que leva apenas alguns instantes para a visão de Natalia começar a embaçar. Suas mãos se agarram aos dedos dele, depois à mesa, em busca de algo que possa ajudá-la. Tudo o que ela consegue alcançar é um peso de papel de vidro, um bonito objeto lilás redondo e não muito grande. Um presente de Genevieve. Ela então o pega e o afasta o máximo que pode antes de batê-lo contra a cabeça dele.

O golpe é tangencial, mas o faz cambalear. Natalia cai no chão, engasgando. Ela tenta chamar ajuda, mas sua voz não é mais que um grasnado. William então a chuta no estômago e todos os músculos do corpo dela se contraem.

Ele bate nela. E bate nela. Sem emitir ruído algum. Ela olha para os olhos bêbados e injetados dele, sem ouvir nada além do pulso e da respiração acelerada de William.

Eu não posso acabar assim, ela pensa. *Eu sou Natalia Arron.*

Ela levanta os braços para lutar, arranhando como uma selvagem.

— Kat — ela grasna. — Katharine.

As mãos de Chatworth se fecham novamente em torno da garganta dela, e o mundo de Natalia se apaga.

***

Rho entra pela porta e encontra o continentino em pé, encarando Natalia, que está deitada no chão.

— Isso é culpa sua — ele murmura, depois cospe no corpo imóvel dela. — Você deveria ter feito o que...

Suas palavras param abruptamente assim que Rho entra. Em suas usuais vestes brancas, ela passa por ele e se ajoelha para sentir o pulso de Natalia, embora ela saiba que já não há nenhum. O pescoço dela foi esmagado. Seus olhos estão vermelhos devido às veias estouradas.

— Limpe isso — o continentino diz. — Limpe isso e me ache outra pessoa com quem eu possa tratar.

Rho se levanta. Ela o olha nos olhos. Sem uma palavra, ela apanha sua faca de serra e enfia fundo a lâmina entre suas costelas. Ver a expressão no rosto dele enquanto ela o abre dos pulmões ao coração é uma delícia para sua velha dádiva da guerra. Se não fosse pelo voto que ela fez ao templo de deixar sua dádiva para trás, ela o empurraria apenas com a força da mente, arremessando-o contra a parede com tanta força que ele até quicaria.

— Você... — ele grunhe. — Você...

— Você não devia ter tocado nela, continentino.

Ela solta a faca. William cambaleia para trás, sua mão encharcada do sangue que escorre de seu lombo. Ele então cai no tapete, morto antes mesmo de atingir o chão.

Rho limpa a faca na parte de trás de suas vestes. O sangue pode ficar ali por quem sabe quanto tempo, invisível, como um distintivo secreto. Ela grita por ajuda e duas iniciandas vêm correndo.

Ao alcançar a porta, elas gemem e tampam a boca com as mãos.

— Enrolem-no no tapete — Rho diz. — E joguem no rio.

Elas demoram mais tempo para agir do que Rho gostaria, mas as iniciandas são novas, então ela tenta ser paciente.

— E a... Madame Arron? — pergunta a mais alta assim que consegue recuperar a voz.

Rho olha para o corpo de Natalia. Tantos problemas ela causou ao longos dos anos... Mas Natalia era da ilha. Da Deusa, assim como a própria Rho também é. E, no fim das contas, ela morreu como uma aliada.

— Vá encontrar a irmã dela. Traga-a aqui e conte o que aconteceu. Seja gentil.

Celas do Volroy

— **Eu ainda não entendo** — Mirabella sussurra. — Então Katharine realmente acertou você com uma flecha envenenada?

— Sim — Arsinoe diz, deitada no chão da cela, ainda fingindo estar envenenada e morta.

— Mas você não morreu do veneno porque *não pode* morrer envenenada... Você estava realmente usando uma armadura de couro sob as roupas?

— Não.

— Então como você não morreu da ferida?

— Só fique feliz que eu não morri — Arsinoe sussurra. — Agora continue a chorar.

Mirabella olha por cima do ombro. Diferente de Arsinoe, ela não nasceu para o palco. Seu choro falso parece com uma foca que Arsinoe e Jules encontraram um dia ao lado da baía, com dor de barriga e gases horríveis.

— Não tão alto — Arsinoe sibila. — Nós não queremos que eles te deem a noite toda pra sofrer! Chore em um volume suficiente pra te ouvirem. E acreditarem que estou morta.

Mirabella finge choramingar novamente, desta vez muito mais suave. Arsinoe fecha os olhos. Ela precisa tentar ter paciência. Afinal, as primeiras lágrimas de Mirabella eram reais, antes de ela olhar para baixo e perceber que Arsinoe estava sorrindo.

Mirabella se aquieta e Arsinoe abre um olho.

— Eles a coroaram — Mirabella murmura. — Eu não consigo acreditar que eles a coroaram.

— E mandaram te executar — Arsinoe acrescenta. — Minha boa Deusa, eles realmente te fizeram querer ser rainha, hein? Eles colocaram aquela coroa na sua frente como se fosse um prêmio.

— Eu estou com raiva por mandarem me executar — Mirabella diz, fechando a cara. — Mas deve haver alguma razão... Por que Luca os deixaria...

— Porque não deixamos nenhuma escolha — Arsinoe aperta a mão da irmã. — Mas você precisa ser corajosa agora. Eu não posso sair daqui sem você.

— Sair daqui para quê? — Mirabella pergunta, amargurada. — Eu não vou voltar para Rolanth, para um templo que quer me ver morta. Nem mesmo se eles prendessem Katharine no meu lugar. Nem mesmo se eles dissessem que você poderia continuar a viver.

— O que eles nunca diriam — Arsinoe resmunga.

Elas são fugitivas agora. Exiladas. Arsinoe não pode voltar para Wolf Spring tanto quanto Mirabella não pode voltar para Rolanth. Ela não pode voltar para os Milone e lhes causar ainda mais problemas do que os que eles já têm.

— A ilha coroou sua rainha — Arsinoe diz. — Outra envenenadora, e sequer é a envenenadora mais forte da ninhada — ela suspira. — Eu não sei você, mas eu não quero mais nada com eles.

— Nem eu — Mirabella concorda. — Então o que faremos? Ficaremos lado a lado amanhã, unidas enquanto somos executadas?

— Não. Você tem um péssimo senso de rebelião — Arsinoe diz. Ela então se deita e encosta a cabeça no chão coberto de palha.

— A ilha coroou sua rainha — Mirabella murmura. — Você está certa. Talvez não sejamos nós que estamos fartas dela, mas ela que está farta de nós. Talvez ela nos deixe ir.

Arsinoe olha para cima, esperançosa. Mas a esperança é fugaz.

— Eu já tentei isso. Duas vezes.

— Você não tentou comigo.

Isso é verdade. A dádiva de Mirabella é tão forte que ela poderia abrir um buraco na névoa. E morrer no mar seria melhor, de qualquer forma, do que morrer na mão dos Arron.

Mirabella estende a mão para a irmã.

— Tudo bem — Arsinoe diz, segurando-a.

Ela sorri, mas passos começam a soar no corredor, então ela fica mole. Muitos fatores precisam favorecê-las para que essa fuga funcione. É a única chance que elas têm.

A chave gira na fechadura. A porta se abre com força. Guardas entram, murmurando desculpas. Para eles, e para todos os outros guardas com quem encontrarem, Arsinoe e Mirabella ainda são rainhas, e as irmãs usarão isso a seu favor.

— Perdoe-nos, Rainha Mirabella. Mas precisamos levá-la.

— Não! — Mirabella se joga sobre o peito de Arsinoe. — Mais um pouco!

Arsinoe gostaria de poder abrir os olhos para ver quantos guardas são. Pelos passos, ela chutaria não mais que três.

— É melhor agora. Mais tempo só tornará tudo ainda mais difícil.

Mirabella encena um chilique tão grande que Arsinoe quase ri. Mas a atuação dela está muito mais convincente agora.

— Afastem a Rainha Mirabella — o guarda diz. Mirabella grita, resistindo e criando um caos generalizado. Eles levantam Arsinoe pelos braços e ela deixa sua cabeça cair para trás. Ela espera até eles a erguerem alto o suficiente para que seus pés toquem o chão, então arrisca.

Ela puxa seu braço direito e dá um soco no meio da cara da guarda à sua frente. A pobre garota cai como um saco de batatas. Jules ficaria orgulhosa. Em seguida, Arsinoe torce seu braço esquerdo, preparada para também puxá-lo, mas ela tem sorte. O choque ao vê-la voltar à vida fez com que a outra guarda afrouxasse os dedos. Arsinoe aproveita e se afasta, batendo nela também.

O último guarda que ainda segura Mirabella encara Arsinoe espantado. Ele é uma coisinha magra, não muito mais velho que Jonah, o irmão caçula de Joseph.

— O quê... — ele gagueja. — Como? Ele solta Mirabella e dá alguns passos desorientados.

Arsinoe se posiciona para acertá-lo antes que ele possa voltar a si e alertar o resto da prisão.

Mas, para sua surpresa, Mirabella entrelaça seus dedos e bate forte na nuca dele. Os olhos do guarda se cruzam e ele cai no chão.

— Ahá! — Mirabella exclama baixo.

— Ahá mesmo — Arsinoe diz. Ela se abaixa e pega as chaves com a guarda principal, depois apanha a lamparina que colocaram perto da porta. — Agora rasgue essa sua saia para fazermos mordaças e vamos sair daqui.

A última refeição de Jules e Joseph foi boa. Os guardas foram gentis e lhes trouxeram pato assado, pão e queijo macio. E até mesmo um saco de nozes açucaradas, comprado de um vendedor na rua.

— Não consigo comer isso — Jules diz, ouvindo Joseph jogar seu prato de metal no chão logo em seguida.

— Nem eu — Joseph responde. — O que é pato assado quando estaremos mortos de manhã? Eu posso te dar um pouco disso aqui, se você quiser. Para a Cam.

Jules empurra seu prato para a felina, que está deitada com a cabeça em seu joelho, mas Camden nem cheira a comida.

— Ela também não quer. — Jules acaricia a cabeça larga e dourada da puma. Ela não pode acreditar que eles passarão suas últimas horas assim. Ela parece estar anestesiada. Nem medo sente mais. Jules não consegue sentir nada desde que um guarda veio lhe contar que Arsinoe havia sido executada. E que eles seriam amarrados em postes amanhã pela manhã, para serem executados também, seus corpos deixados ali para que Mirabella visse.

Jules ouve Joseph se movendo em sua cela, se virando contra as barras.

— Eu fico pensando no que deveríamos ter feito — ele diz. — O que poderíamos ter feito diferente. Mas talvez nada. — Ele ri pelo nariz. — Às vezes a gente só perde e é isso. Afinal, alguém tem que perder.

— Eu quero Cait — Jules diz, sua garganta apertada pelas lágrimas. — E Ellis. — Ela quer tia Caragh e até mesmo Madrigal.

— Eu sei — Joseph diz. — Eu também. Eu queria que a gente estivesse em qualquer lugar, menos nas entranhas deste castelo. Mas Camden está aqui. E eu estou aqui. Não chore, Jules.

— Preciso te contar uma coisa. — Ela seca o rosto. — Eu preciso te contar o que Arsinoe me contou. Sobre magia baixa.

— Que magia baixa?

— Na noite em que você voltou, ela fez um feitiço do amor pra nós. Mas ela fez errado. Ela o estragou e acha que é por isso que… por isso que você e Mirabella… — ela para. Joseph fica quieto por um bom tempo.

— Joseph? Você não tem nada a dizer?

— Como o quê, Jules? — ele pergunta suavemente.

— Bom… você acha que foi por isso que aquilo aconteceu? A magia baixa de Arsinoe é tão forte. Pode ter sido. Realmente pode ter sido.

— Eu sei o que você está fazendo.

— O quê?

— Tentando me perdoar — ele diz, e ela pode sentir o sorriso em sua voz. — Você não quer sair daqui amanhã ainda me odiando.

— Eu não te odeio.

— Eu espero que não. Mas o que aconteceu com Mirabella foi culpa minha. Talvez a magia baixa nos tenha colocado no caminho um do outro, talvez tenha ajudado, mas isso não me torna inocente, Jules. Eu errei. Eu queria não ter errado, mas isso não muda o que eu fiz.

No fundo, Jules já sabia de tudo isso. De algum modo, no entanto, agora ela se sente mais livre depois do que ele disse.

— Bom, de qualquer forma — ela diz, em tom de brincadeira —, eu só estava tentando fazer você se sentir melhor sobre isso, já que vamos morrer.

Joseph ri.

— Como eu te amo, Jules.

Passos ecoam no corredor, e Jules seca suas lágrimas com a manga de sua roupa. Nenhum guarda verá marcas de choro no seu rosto. Nunca.

— O que é agora? — Joseph pergunta.

Jules fica tensa quando ouve um barulho parecido com o de um corpo caindo. As orelhas de Camden se levantam e ela fica de pé num pulo, o rabo se agitando para a frente e para trás.

— Jules! — Arsinoe sibila. — Jules, você está aí embaixo?

— Arsinoe! — Jules e Camden correm até as barras enquanto Arsinoe corre até elas. Elas se abraçam como podem, com braços e patas. Camden ronrona e lambe o rosto dela.

— Camden, blergh. — Arsinoe sorri e limpa as bochechas.

— Eu quase te lambi também, de tão feliz que estou por te ver — Jules engasga. — Eu achei que você estivesse morta. Achei que eles tivessem te matado.

— Ah, eles tentaram. Mas tentaram do jeito errado. Eles mandaram aquela minha irmã me envenenar. — Arsinoe se atrapalha com o molho de chaves até encontrar a que abre a porta. Então ela o joga para Mirabella, para que a irmã abra a cela de Joseph. — Você e Cam estão bem?

Jules sai da cela exatamente no momento em que Joseph tromba com elas e as beija uma por vez: garota, garota, puma.

— Estamos bem.

— Ótimo. Precisamos sair daqui agora. Você está forte o suficiente? Pode lutar?

Jules fecha os punhos.

— Essa é uma pergunta idiota.

Através do corredor, ela olha para Mirabella e lhe cumprimenta com um aceno de cabeça. Jules então escorrega para fora dos braços de seus amigos e deixa que Arsinoe os guie para fora.

Greavesdrake Manor

Nicolas ajuda Katharine a descer da carruagem, e ela olha nervosa para a luz da janela do seu quarto. O cômodo deve ter sido preparado pelas criadas, com vasos de flores venenosas e velas de cera perfumada. A cama deve ter sido arrumada com esmero.

Katharine respira fundo. Nenhuma viagem de carruagem da cidade até Greavesdrake Manor jamais foi tão rápida como esta.

Nicolas a puxa pelo caminho que leva até a entrada, e o mordomo de Natalia abre a porta.

— Edmund — ela diz. — Natalia está em casa?

— Ela ainda não voltou do Volroy, minha rainha — ele responde. — Mas tudo foi arrumado de acordo com as especificações dela.

— Isso é bom. — Katharine enrola um pouco enquanto ele a ajuda a tirar a capa. O vento em seus ombros faz com que ela se sinta nua. — Apesar de que eu esperava que ela já estivesse aqui... se não ela, ao menos Genevieve... Embora eu ache que deveria ficar feliz por *ela* não estar aqui...

— Chega — diz Nicolas, puxando-a para beijar seu pescoço. Ele pega uma lamparina na mesa do *foyer* e leva Katharine rapidamente pelo corredor.

Quando passam pelos quartos, Katharine é tomada por uma inesperada tristeza. Logo ela terá que dizer adeus a Greavesdrake, a seus antigos chãos barulhentos e quartos sem sol, cheio de pontos frios. Depois desta noite, ela não voltará mais. Não como agora. Greavesdrake não será mais seu lar.

— Nicolas, devagar. Vou acabar torcendo meu pé!

— Não vai, não. — Ele ri.

A casa parece tão vazia. Onde estão as criadas fofoqueiras, os empregados bisbilhoteiros? Não há sequer um farfalhar de saias pelo caminho. Eles chegam ao quarto de Katharine e Nicolas a empurra pela porta com tanta força que ela quase cai.

O interior do cômodo está suavemente iluminado com velas. Os tapetes e a cama estão cobertos com pétalas de flores vermelhas. Ela já havia imaginado esta noite antes. Mas nunca foi Nicolas que ela pensou que estaria ao seu lado.

Nicolas a vira para que ela o encare. A respiração dela já está acelerada.

— Não sei por que estou tão nervosa — ela diz.

— Não fique.

Ele a beija.

Não é como os beijos de Pietyr. Não é como as barragens de uma represa se rompendo. Ela vai precisar de um tempo para se acostumar, mas pelo menos os lábios dele são macios. Nicolas tira as luvas dela.

— Essas cicatrizes — ele encara as mãos dela. — Elas sumirão?

— Eu não sei — ela diz, tentando puxar as mãos. Mas, em vez de enojá-lo, a visão das cicatrizes parece excitá-lo ainda mais. Ele as morde e traça seu contorno com os dedos. Então beija o pescoço e as clavículas de Katharine. Seu toque é grosseiro, como se o casamento o tivesse tornado atrevido demais. Ela já tinha ouvido que às vezes era assim com os homens do continente. Embora ela não se lembre de quem. De Pietyr, talvez, durante sua educação. Ou de Genevieve, querendo assustá-la.

Nicolas tira a camisa e se empenha nos fechos do vestido dela.

Katharine se vira.

— Pare. Espere. — Ela atravessa a saleta, indo até o quarto de dormir. Tudo aconteceu tão rápido. O duelo, a coroação, o envenenamento de Arsinoe. Ela mal teve tempo de respirar, e agora ela sente que todas essas respirações perdidas se agarram à sua garganta.

— Esperar pelo quê? — Nicolas pergunta. Ele a segue e beija o ombro dela. Mais gentilmente agora. Ela fecha os olhos.

De manhã, tudo terá acabado. Ela executará Mirabella e o murmúrio em seu sangue vai se aquietar. As rainhas mortas da Fenda de Mármore estarão satisfeitas. Neste momento, porém, mesmo enquanto se entrega aos braços de seu rei consorte, ela sente as rainhas mortas espiando, querendo emergir através dela. Elas a tornam forte, mas nunca a deixam em paz.

Pietyr, eu nunca deveria ter te mandado embora, ela pensa, arrepiando-se por causa da umidade deixada em seu pescoço pelos beijos de Nicolas.

Nicolas para. Ele puxa o rosto dela para cima e segura seu queixo, para que ela o olhe nos olhos.

— Você está pensando nele? — ele pergunta.

— Não — ela mente.

— Que bom. — Ele a ergue nos braços e a carrega para a cama. — Porque ele não está aqui.

Volroy

O sangue de Arsinoe lateja em seus ouvidos enquanto eles sobem as escadas do Volroy. Ela se sente mais segura agora que está com Jules, embora ainda seja ela à frente do grupo. Parte dela pensou que, assim que Jules e Joseph estivessem livres, Jules assumiria o comando da fuga. Mas eles conseguirão escapar de lá de qualquer jeito.

Eles chegam ao próximo andar, e Arsinoe se encosta na parede. Este é o último portão. Ela se lembra do ornamento de ferro no centro da sala, de quando elas estavam sendo arrastadas para as celas. Ela então se inclina para a frente por um segundo e rapidamente se inclina para trás. Há tantos guardas. Não menos que dez. Alguns estão sentados em volta da mesa retangular. Outros, encostados nas paredes. Três estão posicionados logo depois do portão. Todos armados com bastões e facas. Dois ainda carregam bestas.

Arsinoe se vira e levanta dez dedos. Jules confirma. Joseph e Mirabella empalidecem. Mas não há outro jeito de sair. Arsinoe respira fundo. Ela espera que todos saibam o que fazer. E que realmente consigam fazê-lo.

Ela entra na sala e avança no guarda mais próximo, batendo seu ombro no peito dele com tanta força que até ouve um estalo. Isso deve ser bom, porque ele se dobra e cai no chão sem dar sequer um soco.

— A rainha com as cicatrizes! As rainhas! — o guarda perto do portão grita. Cadeiras caem quando os guardas sentados à mesa se levantam. Eles hesitam em apontar armas contra as rainhas. Especialmente contra a que parece ser capaz de voltar dos mortos.

Jules dispara para fora das sombras do corredor e ataca um dos homens armados com uma besta. Camden, rugindo, rapidamente imobiliza outro, e Joseph tira as armas das mãos deles.

— Quietos! Ninguém se move! — Arsinoe comanda, com as mãos para cima. — Vão para o meio da sala. Deitem de barriga no chão!

Uma guarda usando uma faixa negra no braço, provavelmente a capitã, balança a cabeça.

— Nós não podemos deixá-la sair, minha rainha — ela diz.

— Vocês podem e vocês vão — responde Arsinoe.

Mas a mão da capitã vai até sua pequena espada. Ela a empunha e se afasta de Arsinoe, mirando Joseph. É um movimento tolo. De pronto, a dádiva da guerra de Jules impede a espada de descer, e Joseph instintivamente dispara a besta. A flecha afunda com força no peito da capitã.

A visão da comandante cuspindo sangue atordoa os outros. Arsinoe então é imediatamente atacada e precisa se desviar rápido para evitar o golpe de um bastão de laca preta. O som dele se chocando contra as pedras a deixa tonta. Poderia ter sido a cabeça dela, aberta em duas. Abaixada, ela apanha a faca no cinto do guarda e a enfia na perna dele, depois em seu ombro, e ele cai.

Algum outro bastão a acerta nas costas. Sua visão nubla, ficando primeiro brilhante e em seguida escura, e ela cai no chão.

Há tanto barulho. Tanta luta. Alguém pisa em sua mão e a esmaga. Mirabella está gritando.

— Jules? — Arsinoe grunhe. — Cadê a Jules?

Ossos se quebram e o guarda que acaba de acertar Arsinoe cai morto no chão. Alguém então a segura por baixo e a puxa para cima.

— Te peguei, Arsinoe — Jules diz. — Estou aqui.

Arsinoe se vira para olhá-la e seus olhos instantaneamente se arregalam.

— Jules, cuidado!

Mas antes que a faca possa descer contra ela, o guarda pega fogo. A expressão de Mirabella é furiosa, seu fogo tão quente que o guarda grita apenas por um segundo. Ela baixa o fogo quando o fedor de carne queimada se espalha pesadamente pelo ar. Jules tosse, cercada de fumaça, e dispara uma flecha no corpo agonizante, para livrá-lo do sofrimento.

— Eu tive que fazer isso — Mirabella diz. — Eu... — Camden, que provavelmente estava protegendo-a, encolhe o focinho e desliza para se esconder atrás das pernas de Jules.

Arsinoe olha em volta. Tudo aconteceu tão rápido. Todos os guardas estão mortos ou inconscientes. A sala está repleta de fumaça fedida. Joseph está ajoelhado, ofegante da briga.

— Vamos sair daqui — Arsinoe murmura.

Joseph se levanta, seu lado direito coberto de sangue.

— Joseph!

Jules sai de debaixo do braço de Arsinoe e vai até ele, apertando a ferida com força.

— Aqui. — Mirabella rasga mais uma tira de sua saia para fazer um curativo.

— Eu estou bem — ele diz. — É só um corte. Nem é tão fundo.

Jules levanta a camisa dele. Ela e Mirabella o enrolam com força, usando tanto tecido que as pernas de Mirabella ficam visíveis acima de suas botas.

— Eu estou bem, Jules. — Joseph toca o rosto dela. Sua mão treme.

— Eu sei — ela responde. — Você estará ótimo assim que sairmos daqui. — Ela passa o braço dele por seus ombros e acena para Arsinoe com a cabeça.

— Certo — Arsinoe diz. Ela engole em seco ao olhar para ele. Haverá muito mais guardas quando eles chegarem ao andar de cima, ainda no Volroy.

Ela agarra uma tocha da parede e pega um dos bastões dos guardas caídos.

— Mirabella, fique atrás de mim — Jules diz. — Você não precisa estar na frente pra usar sua dádiva, precisa?

Mirabella balança a cabeça.

O mais rápido que podem, eles atravessam o último portão e sobem as escadas até o térreo. Perto do topo, Arsinoe apaga a tocha antes que a luz os denuncie.

Deve haver mais guardas ali. Certamente sacerdotisas também. Serão necessários todos eles e mais a ajuda da Deusa para que consigam sair do Volroy e, mesmo assim, eles provavelmente serão pegos assim que pisarem no pátio.

Eles viram a esquina, prontos para lutar. Mas não há ninguém. Apenas velas queimando levemente nos candelabros nas paredes. Então eles avistam os corpos.

Cadáveres de guardas estão espalhados pelo chão. Braços e pernas saem de debaixo de mesas e de detrás de portas meio abertas.

— O que aconteceu aqui? — Joseph pergunta, e Jules se agacha assim que uma dúzia de figuras encapuzadas aparece com as armas em punho.

O vento se intensifica quando Mirabella reúne seus elementos.

— Esperem, esperem!

O líder baixa o capuz e Arsinoe solta o bastão que está segurando.

306 KENDARE BLAKE

— Billy! — Ela grita, correndo para os braços dele.

— Arsinoe!

Ele a levanta do chão, apertando-a tão forte que ela mal consegue respirar. Ele beija o cabelo e as cicatrizes no rosto dela.

— Você está bem? — ele pergunta. — Eu estava morrendo de medo de chegarmos tarde demais.

— Eu estou bem — Arsinoe diz, radiante. — Mas quem somos "nós"?

Uma garota dá um passo à frente, usando uma capa de borda vermelha.

— Eu me lembro de você — Arsinoe diz. — Da arena. Você estava no duelo. — Ela olha para o restante deles, uma dúzia no total. Eles foram os que deram fim em todos os guardas no térreo e na fortaleza. — O que vocês estão fazendo aqui?

A garota a olha respeitosamente e faz uma leve mesura.

— Nós somos guerreiros de Bastian City — ela diz, apontando com a cabeça para Jules. — E viemos por causa dela.

Greavesdrake Manor

Katharine acorda no escuro com Nicolas se sacudindo e se contorcendo, preso na teia de algum pesadelo. Ela estende a mão e toca seu ombro, e ele volta a dormir calmamente.

O quarto está repleto de sombras. As velas e lamparinas se apagaram ou foram apagadas, ela não se lembra. O que ela recorda faz um calor subir às sua faces. Nicolas foi tão diferente de Pietyr. Mas não menos apaixonado. Ele a apertou com força, pele contra pele.

Ela rola na direção dele e coloca a mão embaixo das cobertas.

— Nicolas? Você está acordado?

Ele não se mexe. Seu rei consorte está exausto. Katharine passa os dedos pelo peito dele, divertida.

Os dedos dela deslizam por um líquido quente. Primeiro ela faz uma careta, pensando ser saliva. Mas então ela reconhece o cheiro no ar. O cheiro de sangue súbito e quente.

Katharine se senta. Ela se debruça sobre a mesa de cabeceira em busca de uma vela e de fósforos. Suas mãos tremem assim que a acende, embora ela já saiba o que vai encontrar.

Nicolas está morto, coberto de sangue. Há uma piscina em seu peito e nas dobras do tecido, tingindo o lençol de um vermelho vivo. Sangue escorreu de sua boca e de seu nariz. Até mesmo de seus olhos. Suas veias estão inchadas, um roxo raivoso por baixo da pele em quase todos os lugares em que ela o tocou.

Katharine se ajoelha e observa seu novo marido. Pobre Nicolas. Pobre menino do continente, sem dádiva para ajudá-lo a aguentar as toxinas. Ela olha para sua pele, suas mãos, seu corpo todo, onde o veneno reside. O veneno dentro dela deve ser realmente forte se pode causar tal efeito tão rápido.

Pobre Nicolas. Ele se deitou com uma rainha e morreu por isso.

Ela ouve ferraduras nas pedras da entrada, então pula da cama e enfia os braços em sua camisola.

— Natalia. Natalia vai me ajudar.

Ela arruma e dobra os lençóis bagunçados e ensanguentados, ofegante, começando a chorar. Ela toca o rosto de Nicolas, que já está esfriando, e puxa o lençol sobre ele. Natalia não pode chegar e encontrá-lo assim.

— Eu sinto muito — ela sussurra, ouvindo passos soar no corredor.

— Kat? — Pietyr chama, batendo à porta. — Eu vi a luz da sua vela lá de fora. Você está acordada?

— Pietyr! — Katharine grita. Ela corre até ele e se aperta contra o seu peito enquanto ele passa pela porta.

— Você está tremendo. O que...?

Ela fecha os olhos. Ele viu. Viu o que ela fez. Ele se afasta para olhar para ela. Na luz suave e penumbrosa, ele mal pode notar a coroa de tinta tatuada na testa dela. Ele a toca com o polegar.

— Então você o fez — ele diz, com tristeza. — Me conte o que aconteceu.

A história sai da boca dela como uma torrente. A farsa do duelo. A coroação. O assassinato de Arsinoe. Sua noite de núpcias e o rei consorte morto em sua cama. Quando ela termina, ela espera, certa de que ele vai rejeitá-la.

— Minha doce Katharine — ele diz, enxugando as lágrimas do rosto dela.

— Como você pode dizer isso? — Os dedos dela deixam trilhas vermelhas na camisa dele. Ela se solta e retorna para dentro do quarto, onde o corpo de Nicolas está deitado, o que sobrou do sangue dele se acumulando em suas costas e pernas.

— Eu o matei. Só de tocá-lo. Há algo errado comigo!

Pietyr a contorna. Ele pega uma lamparina na mesa e puxa o lençol. Katharine desvia o olhar ao ver como a pele de Nicolas está cinza e o quanto os olhos dele estão afundados. Pietyr ergue um braço de Nicolas e inspeciona os dedos dele.

— Tanto veneno — ele sussurra.

Katharine é praticamente feita dele. Ela é como disseram, a Rainha Morta-Viva.

Ela arranha o próprio rosto, enojada, esfregando a cicatriz fresca de sua tatuagem de coroa até que ela fique borrada em sua testa, sangrenta e preta.

Pietyr apoia a lamparina e vai até ela, segurando os braços dela ao lado do corpo.

— Pare. Você é a rainha. Você foi coroada. Nada disso foi culpa sua.

— Você não está surpreso. — Katharine diz. — Por quê?

Pietyr olha no fundo dos olhos dela por um longo tempo. Quase como se esperasse encontrar outra pessoa ali.

— Porque depois que você me mandou embora, eu fui até a Fenda de Mármore. E desci.

Os dedos dele apertam sua pele, e ela nota que eles estão frios.

— Do que você realmente se lembra, Kat? De quando você caiu?

— Apenas de você me empurrando — Katharine diz, soltando-se. Ela baixa os olhos. — Eu não me lembro de nada depois disso.

— Nada. — Pietyr repete. — Talvez não. Talvez você esteja mentindo. O que eu vi lá, ou o que eu penso que vi lá, me fez gritar como eu não gritava desde criança.

Ela olha para cima. *Ele sabe.*

Há séculos as rainhas mortas remoem as injustiças que sofreram, e ele jogou Katharine bem no colo delas. Por culpa dele, elas puderam derramar seus desejos nela, enchendo-a de ambição e de uma força perturbadora.

— Pelo menos eu não senti mais medo por você — ele diz baixo. — As velhas irmãs nunca deixariam que você fosse morta. Não quando você era o caminho delas até a Coroa. Para fora daquele buraco.

— Mas foi tudo em vão. — Ela encara Nicolas desesperançosa, ele ficando cada vez mais cinza embaixo do lençol. Ela se tornou veneno. Nenhum rei do continente jamais poderá se deitar com ela e sobreviver. Nenhuma criança com um pai do continente sobreviverá a longos nove meses em sua barriga.

— Eu não poderei ter as trigêmeas — ela sussurra. — Eu não posso ser a rainha.

Ela começa a chorar e Pietyr a puxa para ele.

— Natalia. Ela ficará tão desapontada. O quanto você também deve estar desapontado… enojado…

— Nunca. — Pietyr beija a coroa borrada na testa de Katharine. Ele beija as bochechas dela e as lágrimas que escorrem por elas.

— Pietyr, eu sou um veneno.

— E eu sou um envenenador. Você nunca foi tão preciosa para mim quanto agora. — Ele levanta a cabeça ao ouvir uma carruagem se aproximando, então aperta os braços em volta dela com mais força.

— Eu falhei com você uma vez. Eu te traí uma vez. Mas não vou cometer esse erro de novo. A partir de agora, eu vou te proteger, Kat, do que quer que aconteça.

Indrid Down

Os guerreiros em suas capas bordadas de vermelho são liderados por uma garota chamada Emilia Vatros e seu pai. Ela tem rápidos e inexpressivos olhos de ave de rapina, e Jules gosta imediatamente dela.

— Por que você está nos ajudando? — Jules pergunta.

— É como eu disse — Emilia responde e Madrigal confirma.

— Não foi difícil convencê-los a vir. Você era o motivo de todos eles estarem na capital.

— Ela devia ter sido mandada para nós, de qualquer jeito — diz o pai de Emilia, olhando para Madrigal. — Vocês deveriam ter deixado que ela escolhesse entre ser nossa ou de vocês.

— Ela era minha — Madrigal diz. — Ela nasceu de mim.

— A Deusa pensa diferente.

— Como você sabe o que a Deusa pensa? — Madrigal dispara, mas Jules a faz ficar quieta. O pai de Emilia tem uma postura tão rígida quanto Cait, o cabelo castanho-escuro e o rosto levemente enrugado. Se Madrigal começar uma discussão com ele, eles ficarão ali se alfinetando até o sol raiar e todos serem descobertos.

— Vamos andando, então — Arsinoe diz. Dois guerreiros tiram Joseph dos ombros de Jules. Jules olha para Arsinoe e ela assente. Eles aceitarão ajuda agora e farão perguntas depois.

Rápida e silenciosamente, eles deslizam pelo andar térreo do Volroy, correndo e desviando caminho pela muralha do castelo e pelo claustro interior, até chegarem ao arco do portão exterior, onde se escondem nas sombras.

Jules, nervosa, engole em seco. Emilia a puxou para a frente, e ela não consegue deixar de sentir que sua dádiva da guerra está sendo testada.

— Lá estão eles — Emilia sussurra. Jules se afasta da parede de pedra do arco para conseguir ver o que ela vê: quatro piscadas rápidas, na escuridão, vindas de seus compatriotas que estão vigiando o terreno à frente.

— Quatro piscadas — Jules diz. — Quatro guardas entre nós e o fim do pátio.

— Sim. Você os vê?

Jules se arrasta para a frente e olha para as ameias. Ela vê apenas dois.

— Onde?

— Os outros dois estão perto da cerca-viva. Perto demais um do outro para atacá-los separadamente. O que morresse depois iria gritar, dar um alarme.

Emilia arma seu arco.

— Não podemos esperar até que eles saiam? — Jules pergunta. — E então nos esgueirarmos até a floresta? — Uma vez que estiverem nas ruas, à noite, tudo ficará mais fácil. Jules ainda se lembra do mapa de Indrid Down. Não é uma corrida de mais de vinte minutos até eles alcançarem o pasto e as árvores, conseguindo uma boa cobertura.

— Nós já esperamos demais. É um milagre que ninguém tenha acordado a guarda inteira ainda. — Emilia lança uma flecha e assobia. Do outro lado do corredor, outro guerreiro faz o mesmo. Os dois miram nos guardas que estão conversando perto da cerca-viva.

— Guie minha flecha — Emilia sussurra.

— O quê? Não posso!

Emilia sorri.

— Pode sim — ela diz. — Mas tudo bem. Eu consigo acertar o tiro sem você.

Mais um assobio e flechas voam. Os dois guardas caem quase sem fazer som algum.

— Ei — Jules rosna e agarra o braço de Emilia. — Não faça isso. Temos rainhas aqui. Não perca tempo brincando comigo!

Emilia inclina a cabeça. Seu olhar se volta para os postos de vigia assim que outro guerreiro assobia.

— As ameias! Eles nos viram!

Jules levanta os olhos quando um dos guardas dispara uma besta. Ela se arrepia, força sua mente, e a flecha acerta as pedras à direita de Emilia.

— Vamos, agora! — Jules acena para Arsinoe. Elas correm pelo pátio. Os guardas nas ameias alertaram outros, e flechas atingem o chão, perto demais para o gosto de Jules. Ela se vira e empurra as flechas para fora, desviando o máximo delas que consegue. Mesmo com o sangue latejando em suas orelhas, o esforço é exaustivo.

Um guerreiro então dispara uma flecha ao seu lado, e ela avista um guarda cair da muralha logo em seguida.

— Jules! — Arsinoe chama. — Vamos!

Jules e Emilia se viram para correr, auxiliadas pela cobertura dos outros guerreiros. Quando elas passam pelos guardas caídos próximo à cerca, um braço se levanta e agarra o tornozelo de Jules. Ela cai de cara no chão e se vira para chutá-lo, mas Emilia salta em cima dele antes. Ela agarra sua cabeça e a torce.

— Morto agora — ela diz. — Vamos?

As rainhas fugitivas e sua equipe de resgate se separam pelas ruas, uns indo para uma direção, outros indo para outra. Com o mapa da cidade memorizado, eles se encontram em vielas, correndo ofegantes e silenciosos até chegarem ao pasto, separando-se em grupos de dois e três, como gotas de tinta na água.

— Você foi bem lá em cima — Emilia sorri. — Eu não gosto de pensar em quantas flechas envenenadas sua executora precisaria para conseguir vencer sua dádiva.

— Como você pode dizer isso a ela e ainda sorrir? — Arsinoe pergunta.

— Como vocês podem falar qualquer coisa? — Billy pergunta, ofegante. Ele assumiu Joseph e está lutando com o peso extra.

Jules faz um movimento para ajudar, mas Joseph a dispensa com um gesto de mão.

— Eu estou bem, Jules. Estou bem. — Ela se aproxima e lhe dá um beijo no rosto. Ele está gelado e coberto de suor.

— Precisamos de uma curandeira.

— Nós viemos de barco — diz o pai de Emilia. — Ele pode te levar para onde você quiser.

Greavesdrake Manor

A porta do quarto de Katharine se abre, mas a pessoa que entra não é quem eles esperavam. Não é Natalia. É Genevieve.

— Me perdoe, Rainha Katharine. Eu não queria interromper, mas eu sinto que você deveria saber que...

Genevieve para quando vê Katharine nos braços de Pietyr. E sua boca cai assim que ela vê Nicolas morto na cama.

— O que...?

Genevieve passa correndo por Katharine e Pietyr, então olha o corpo. Ela não pergunta se outra pessoa poderia tê-lo envenenado. Ela mesma é uma envenenadora e sabe o que aconteceu.

— Katharine, o que você fez?

— Não foi de propósito! — Katharine grita.

— Vai ficar tudo bem — Pietyr sussurra no cabelo dela.

— Como pode ficar bem? — Genevieve pergunta, seus olhos lilases ensandecidos. — Nós a tornamos veneno!

— Nós a tornamos a Rainha Coroada — diz Pietyr.

— Não — Katharine replica. — Como posso ser rainha, Pietyr, se não posso ter um rei consorte? Se não posso ter as trigêmeas?

— O veneno pode diminuir com o tempo — Pietyr diz, mas há dúvida em sua voz.

Genevieve desmonta na cama. Sua mão escorrega para uma poça de sangue já frio e ela a sacode, respingando nos lençóis. Quando ela se inclina na direção da lamparina, em busca de algo com o que se limpar, a luz mostra o rosto dela, inchado de choro.

— Genevieve — Katharine pergunta. — O que aconteceu?

Os braços de Genevieve caem em seu colo. Ela parece encolher bem na frente deles.

— Natalia está morta. Assassinada.

Katharine congela. Isso não pode ser verdade. Natalia assassinada? Ninguém ousaria. Ninguém *poderia.*

— Deve haver algum engano — Pietyr diz. — Quem? Quem fez isso?

— Não importa quem foi. Nós estamos acabados. Terminados. — Os dedos de Genevieve se enrolam nas pontas dos lençóis, tremendo. — Olhem para o rei morto! O Templo não vai aceitar isso… nem o Conselho… — Ela olha em volta, desesperada, como se pudesse encontrar Natalia em algum lugar ali, se escondendo. — O que faremos? Nós precisamos cancelar a execução de Mirabella! Dar a Coroa a ela! Como aqueles Westwood rirão…

— Pare! — Pietyr cruza o quarto, com raiva. — Ele agarra o braço de Genevieve e a puxa até ela ficar de pé. — Nos diga o que aconteceu com Natalia. Nos diga agora.

— William Chatworth a estrangulou — Genevieve diz. — A sacerdotisa com a dádiva da guerra o encontrou e enfiou uma faca no peito dele. Mas já era tarde demais.

Uma pesada lágrima desce pelo rosto de Katharine. Tarde demais. E o assassino está morto também, então ela não pode sequer se vingar, não pode envená-lo por dias, semanas, assim como ele mereceria. Ela teria planejado algo especialmente para ele, algo que o fizesse ter espasmos tão fortes que ele quebraria a própria coluna.

Katharine agarra seu estômago. A dor e a raiva que fervem dentro dela são tão intensas que ela pode sentir até mesmo as rainhas mortas com medo.

— Natalia — ela sussurra —, minha mãe.

— Onde ela está? — Pietyr pergunta. — Queremos vê-la.

— Ela está no Volroy, sendo guardada pelas sacerdotisas. Talvez eles deixem vocês entrarem. — Genevieve seca as próprias lágrimas. — Antes de executarem Katharine como uma abominação.

— Você é uma desgraça — Pietyr diz de repente. Ele estava olhando pela janela, para o Volroy, enquanto elas falavam. Agora ele empurra Genevieve na cama, ao lado do rei consorte morto. — Ninguém vai executar nossa rainha. Nenhum Arron de verdade permitiria isso.

Genevieve pula da cama, punhos tremendo.

UM TRONO NEGRO   **315**

— Natalia está morta! — ela grita. — Você não ouviu o que eu disse?

Lá fora, embaixo das janelas, o som de ferraduras anuncia a chegada de outro cavaleiro. É um mensageiro.

— Elas escaparam! — ele grita para a casa. — As rainhas! Elas escaparam da cela e sumiram!

— Rainhas? — Katharine pergunta. — Como podem ser rainhas? Eu mesma envenenei Arsinoe.

— O que vamos fazer? — Genevieve geme. — Eu não sou Natalia… eu não…

— Fique quieta, Genevieve, e me ouça — Pietyr diz. — Kat, ouça. Ninguém pode entrar aqui, vocês entenderam? Ninguém pode ver esse corpo.

— O que faremos com isso? — Katharine pergunta. — Com ele?

— Nós inventaremos uma mentira. — Pietyr toma o rosto dela entre as mãos. — E você será a Rainha Coroada, como planejamos. — Ele olha para Genevieve. — Como prometemos.

Ele arruma suas roupas e ajeita seu cabelo, então vai trancar a porta.

— Nós encontraremos Mirabella. E Arsinoe, se ela de fato estiver viva. E vamos matá-las. Sem as outras rainhas, o templo não terá escolha.

— Eu não entendo — Genevieve diz. — Se ela ainda assim não pode ter as trigêmeas…

— Isso não importa. — Pietyr fecha a porta, depois gira a chave.

— Katharine será a Rainha Coroada — ele diz. — Só que ela será a última.

Floresta de Indrid Down

O urso de Arsinoe recepciona o grupo ficando em pé sobre as pratas traseiras. Ele não conhece essas pessoas em capas com borda vermelha, então os agride defensivamente quando passam. Arsinoe para embaixo do peito dele. Ela está ofegante demais para dizer seu nome, mas o nariz dele fareja o ar, ansioso, e ele se apoia nos ombros dela, cobrindo-a de pelo de urso e rolando com ela pelo chão.

— Braddock — ela diz assim que consegue —, você está a salvo.

Ele está a salvo, mas não é mais o mesmo. Ele agora é só pelo e ossos. Aqueles envenenadores não souberam alimentá-lo direito.

— Não devemos demorar muito aqui — diz Emilia, olhando para as rainhas. Ela está bem mais acostumada a dar ordens do que a receber. Arsinoe percebeu isso logo de cara.

— Jules!

— Caragh!

Jules e a tia se abraçam sob o peso do braço de Joseph. Foi preciso Jules e Billy para segurá-lo e auxiliá-lo a atravessar a floresta.

— Você pode ajudá-lo? — Jules pergunta, mas Joseph se solta.

— Eu estou bem — ele diz. — Só enrole o tecido mais forte.

Arsinoe se levanta. Ela vira Joseph para a luz do luar e afasta as mãos dele quando ele tenta impedi-la. Ela levanta a bandagem. Caragh se inclina e olha por um momento antes de se levantar de novo.

— Viu? — Joseph sorri. — Não é nada. Só um arranhão.

Os olhos de Caragh são grandes e suaves.

— Que bom — Jules diz, mas ela beija Joseph com força. Um soluço escapa dela quando ela pega a mão dele e o segura em pé. Mas apenas um. Ela pressiona sua testa contra a dele.

Arsinoe se vira para Mirabella. É claro que ela estava escutando. Os nós de seus dedos estão pressionados contra sua boca.

— E se o levássemos de volta para a cidade? — Arsinoe pergunta. — É Indrid Down. Eles têm os melhores curandeiros. Eles devem ter.

— Não — Joseph diz. — Eu estou bem. Eu vou com vocês, pra onde for. Então, pra onde?

Arsinoe toca o rosto dele. Ele ficará bem. Ele tem que ficar. Joseph Sandrin é metade de Jules.

— Existem médicos no continente — Billy sugere. — Bons médicos. Cirurgiões bem melhores que os daqui. E é só uma pequena viagem através do nevoeiro. Depois nós podemos voltar e encontrar vocês — ele acrescenta quando Joseph começa a protestar.

— Não — Arsinoe diz. — Isso é bom. É pra onde vamos, de qualquer forma.

Todos param e olham para ela. Até Mirabella.

— Vocês poderiam voltar para suas cidades — Madrigal sugere. — E reunir apoio. Nem todo mundo será a favor da decisão do Conselho de executar as rainhas.

— Nós poderíamos levar vocês — diz Emilia. — Escondê-las em Bastian City. Você é bem-vinda, Juillenne. Você e qualquer pessoa que deseje que protejamos.

Jules olha de Emilia para Arsinoe. Então seus olhos se voltam para baixo.

Antes da Ascensão começar, Arsinoe sempre pensou que encontraria um jeito de voltar para Wolf Spring. Que a loucura do ano logo terminaria e tudo voltaria ao normal. Os dias passados com Jules na casa dos Milone. As noites ao lado da fogueira quente do Lion's Head com Billy e Joseph. Com Cait e Ellis. Luke e seu bonito galo, Hank. Mas essa vida — esse tempo bom, familiar e querido — terminou.

A aliança entre as rainhas pode durar tempo suficiente para derrubar Katharine. Mas depois o povo vai querer que elas comecem tudo de novo. Mirabella e ela. Uma tendo que matar a outra. É assim que sempre foi.

— Você tem certeza de que quer fazer isso? — Arsinoe pergunta para a irmã.

— Eu não vou voltar — Mirabella diz solenemente. — O Conselho ordenou minha morte e todos aceitaram. Luca aceitou.

Arsinoe respira fundo. Uma rainha já esta sentada no trono. A ilha não precisa mais delas. Ela *deve* deixá-las ir. Ela precisa.

— Então vamos para o Porto de Bardon — Arsinoe diz. — Vamos roubar um grande barco e partir desta ilha esquecida pela Deusa.

Porto de Bardon

Jules ajudou os guerreiros a providenciar o pequeno barco fluvial que os levou ao Porto de Bardon. A embarcação não é muito grande, mal cabem todos e, com certeza, não é forte o bastante para aguentar as águas agitadas do mar, mas eles embarcaram mesmo assim. Agora, Jules está ao lado dos guerreiros, empurrando o barco com a mente. Joseph ri ao ver Camden aos pés de Jules, colocando todo seu foco felino no barco também.

— Olha só pra nossa menina — ele diz para Arsinoe, que está sentada ao lado dele, sua mão pressionando com força a ferida. — Ela está crescendo demais pra nós.

— Isso não é verdade — ela replica, apesar de supor que seja, sim. Ela e Joseph correm atrás de Jules desde que eram crianças.

Ele ri de novo e faz uma careta.

— Aqui — ela diz. — Deixe-me apertar isso.

— Não, Arsinoe. Está tudo bem.

— Joseph, você está sangrando através das bandagens. Você devia ter ficado pra trás com a tia Caragh. Devia ter encontrado uma curandeira.

— E perder a aventura? — ele sorri seu sorriso torto de Joseph.

— Você está fazendo caretas de dor.

— Sim. Um lado do meu corpo dói porque tem um buraco nele. Quando chegarmos ao continente, Billy vai me levar a um médico. E eles vão me costurar direitinho.

O barco continua a navegar sob o luar, flutuando pela superfície escura do rio. Arsinoe olha para trás. Alguns guerreiros ficaram na ilha, para servir de isca caso eles estejam sendo perseguidos. Caragh e Braddock ficaram para trás também.

— Não tinha como colocar o urso neste barco, Arsinoe — Joseph diz, lendo os pensamentos dela.

— Eu sei.

— Você realmente o salvou. E Caragh vai cuidar bem dele no Chalé Negro.

Peixes do riacho e frutinhas do bosque pelo resto de seus dias. E ele estará seguro. Mas Arsinoe nunca mais o verá de novo.

Jules deixa os guerreiros e se agacha perto dos dois. Ela toca o rosto de Joseph e Camden sobe nas pernas dele para mantê-lo aquecido. — Ele está bem?

— *Ele* ainda está consciente e pode responder sozinho — Joseph responde.

— Não falta muito agora — Jules diz. Quando ela olha preocupada para o rio, o pequeno barco parece se mover mais rápido. Se os guerreiros notam, eles não demonstram, mas Madrigal, Mirabella e Billy olham por cima dos ombros.

— Bom — Joseph diz —, os pescadores acordam cedo. Se queremos roubar um barco para substituir este, não teremos muito tempo.

Eles chegam à boca do rio e o Porto de Bardon surge diante deles. Os barcos ancorados no porto são muito maiores do que os da Enseada de Sealhead, seus extensos mastros se elevando pela neblina do amanhecer. São navios de longa distância, feitos para perseguir baleias no mar aberto, com pequenos botes presos em suas laterais. Eles são grandes demais para serem navegados por uma equipe tão pequena, mas é para isso que serve Mirabella. Além disso, eles precisarão de um barco grande se o mar decidir arrumar uma briga.

O barquinho desliza em silêncio até a doca mais próxima, perturbando apenas um grupo de gaivotas.

— Devagar, devagar — Madrigal diz, ajudando Mirabella a descer. — Estas docas são desconhecidas e a lua não está iluminando muito.

Billy ajuda Arsinoe e Jules a levantar Joseph e faz uma careta ao ver todo o sangue que ele derramou. Arsinoe lhe lança um sorriso encorajador.

— Vai ficar tudo bem — ela diz.

— Eu espero que sim. Vocês rainhas têm todo um jeito de consertar as coisas. Tudo bem, Joseph. Não enrole. Você pesa mais do que a sua forma esguia aparenta. — Ele tira Joseph das mãos delas e o ajuda a mancar até a doca.

— Você está pronta, Jules? — Arsinoe pergunta. Mas Jules se volta para Madrigal e para Emilia e os guerreiros.

— Logo atrás de você — ela diz.

***

Jules observa seus amigos se arrastarem pelas docas. Na neblina pesada da manhã, eles parecem mágicos, como fadas, aparecendo e sumindo de vista.

— Você não vai partir realmente, vai, Jules? — Madrigal pergunta. Suas mãos estão apoiadas sobre sua barriga. Ela está sempre tão preocupada com seu futuro bebê. Jules então estende a mão e toca a barriga da mãe.

— Tente fazer as pazes com a tia Caragh. Ela é sua irmã. E também parteira agora. Ela pode te ajudar com isso.

— Pazes. Pode até não haver paz, mas se você for comigo, eu terei esse bebê no Chalé Negro — Madrigal diz, mas Jules não responde. Será melhor se ela partir. Melhor para Wolf Spring. Sem ela, o Conselho Negro pode decidir dar uma trégua para a cidade. A Deusa sabe que eles já têm coisas suficientes com que lidar depois deste caos de Ascensão.

— Você deveria ficar conosco — Emilia diz, firme. — Deixe as rainhas e os continentinos irem.

— Eu sou a guardiã dela. — Os olhos de Jules seguem Arsinoe pelo porto. — E continuarei sendo a guardiã dela. Até o fim.

— Aqui *é* o fim — diz Emilia. — Embora não para você. Eu pressinto um grande destino para você, Juillenne Milone. — Ela oferece sua mão, rija como uma rocha. Os guerreiros vieram ajudá-la justamente por ela ser um deles. Eles a aceitariam, até mesmo Camden. E Jules realmente gostaria de conhecer Bastian City.

— Cuidar dela é um grande destino.

Nas docas, Arsinoe puxa Mirabella pela mão. O afeto entre elas é simples e natural, e faz o peito de Jules doer. O lugar dela ao lado de Arsinoe é menos essencial agora que Mirabella está lá. Ela não precisa tanto de Jules como antes.

— Eu não posso deixá-la ir sozinha — Jules diz. — Ainda existem batalhas para serem lutadas. — Ela se vira para os guerreiros e para Madrigal. — E eu também não posso deixar Joseph.

Os olhos de Emilia brilham. Mas ela morde a língua, então Jules e Camden saem do barco, que balança quando o peso delas some.

— Quando sua batalha terminar — Emilia diz —, estaremos aqui. Até lá, fique bem. Cuide de sua rainha. — Sob o luar, ela sorri para Camden. — E de sua puma.

Emilia empurra o barco, que desliza silenciosamente pela água, e volta a se juntar ao restante dos guerreiros. Madrigal anda pela borda, mas não há risco de ela pular. Ela beija a palma de uma das mãos e acena. Talvez ela esteja chorando. Se está, com a neblina, Jules não consegue ver.

Mirabella espera nervosa enquanto Billy e Arsinoe soltam as amarras do navio. Há tristeza e inquietação nela, mas, por baixo disso, ela vibra com entusiasmo. Preparando-se para encarar as ondas abertas, a neblina e a Deusa que quer vê-las mortas — é como Luca lhe disse naquele dia. Está claro, e ela está exatamente onde deveria estar.

— Você tem certeza de que não é grande demais pra você? — Joseph pergunta, hesitante. Ela está com o braço dele apoiado em seus ombros.

— Ainda não foi construído um barco grande demais para mim.

Passos e patas soam pelas docas, e Jules desliza por baixo do outro braço de Joseph.

— Deixe-me ajudar — ela diz, e ela e Mirabella o levam até o plataforma de embarque, baixando-o com cuidado ao lado da porta do deque principal.

— Você consegue segurá-lo? — Mirabella pergunta.

— Você consegue dissipar a névoa? — Jules pergunta de volta, começando a amarrá-lo com cordas. Mirabella empurra o vento, impulsiona a corrente, e o barco se move para a frente. Jules quase se desequilibra e olha feio para ela, mas depois sorri.

Billy e Arsinoe içam as velas e Mirabella vai para a proa. Ela olha para trás, para a costa, para a ilha. Mesmo que ela tivesse ganhado a Coroa e agora fosse a rainha, ela eventualmente teria deixado a ilha. Mas ela nunca pensou que seria assim. Uma rainha fugitiva, que nem mesmo pôde se despedir de suas amadas Bree e Elizabeth.

— Vocês estão prontos? — Arsinoe pergunta, um pouco ofegante após puxar as cordas. Billy está no leme, para ajudá-la a navegar. Mas ele não vai precisar ajudar muito.

— As pessoas que deixamos para trás — diz Mirabella. — Elas vão cuidar umas das outras?

— Eu espero que sim — Arsinoe responde. — Eu acho que sim.

Mirabella se vira para encarar o mar cinzento da manhã.

— Então sim. Estou pronta.

Volroy

No alto da Torre Oeste, Katharine e Pietyr esperam notícias das rainhas fugitivas. A Alta Sacerdotisa também está presente, bem como o Conselho Negro, além de um bando de sacerdotisas e Sara Westwood. Eles teriam admitido a presença de Cait ou Madrigal Milone também, se alguma das duas tivesse se dado ao trabalho de viajar até a cidade para assistir ao duelo.

— Onde está seu rei consorte? — A Alta Sacerdotisa Luca pergunta, e os olhos de Genevieve se mexem freneticamente. Pietyr vai ter que colar os olhos dela para evitar que ela os denuncie.

— Em Greavesdrake, Alta Sacerdotisa — Katharine responde. — Descansando.

Eles estão surpreendentemente apáticos, este grupo. Esperando com calma e aparentando paciência. Mas não é paciência de fato. É choque. Suas rainhas fugitivas escaparam de sua cela, e todos na sala sentem o vazio de onde deveria estar Natalia Arron.

— Isso nunca deveria ter acontecido — Antonin diz, sentado à mesa escura e oval, com a cabeça entre as mãos. — Duas rainhas envenenadoras no mesmo ciclo. A Rainha Arsinoe deveria ter vindo para nós. Nós é que deveríamos tê-la educado.

— Junto com você, Rainha Katharine — Genevieve rapidamente complementa, e Antonin levanta os olhos.

— Obviamente, junto com ela.

Katharine sorri com os lábios fechados. Claro. Mas Arsinoe parece ser a envenenadora mais forte. Se elas tivessem sido criadas juntas, Katharine só teria vivido até que Mirabella fosse morta. Então ela teria ido parar na ponta afiada de uma faca. Possivelmente segurada por um Arron.

Katharine se vira para a porta. Um mensageiro se aproxima, e as pessoas reunidas se levantam de suas cadeiras.

— Notícias de Mirabella? — Luca pergunta, áspera. — Notícias das rainhas?

— Nós chegamos tarde demais — o garoto diz, sem fôlego. — Eles escaparam em um navio.

— E você não os perseguiu? — Pietyr dispara, mas o pobre mensageiro olha para o chão.

— Não faria sentido, com Mirabella no leme — Luca responde por ele. — Com seus ventos e suas correntes, ninguém conseguiria pegá-los.

— Com uma dádiva forte como a dela, ela poderia naufragar seus perseguidores só por tentarem — Sara acrescenta, e Katharine estreita os olhos.

— Em que direção eles foram? — Luca pergunta.

Katharine anda pelo quarto, indo para as janelas que dão para o leste. De lá, ela pode ver claramente até depois do porto, até o mar. Mas não há nenhum pequeno navio subindo a costa para Rolanth. Não há nenhum pequeno navio que ela possa avistar.

— Eles navegaram para fora da ilha, Alta Sacerdotisa — o garoto informa. — Para fora e para o leste.

— É preciso encontrá-los — Pietyr diz. — Pará-los. — Quando ninguém faz menção de se mover, ele se vira com raiva para o grupo. — Foram vocês que determinaram o destino delas! Nenhum de vocês vai fazer o decreto ser cumprido?

Katharine coloca a mão em cima do parapeito de pedra gelada. Em sua testa, a tatuagem de coroa foi limpa e arrumada, voltando a ser um fino contorno negro. Ela olha para longe e, no fundo de seus ossos, sente o murmúrio das rainhas mortas. Ela fez o que elas queriam. Se tornou o que elas planejavam.

Do outro lado da cidade, a aurora sobe brilhante, iluminando os prédios negros e as ruas de pedras, tingindo-os de rosa e laranja. Katharine olha para além da ilha, para a água reluzente. Mais adiante, o céu permanece escuro. Nuvens de tempestade se reúnem e, quando ela escuta com atenção, ouve raios estourando suavemente em águas longínquas.

— Não se preocupe, Pietyr — Katharine diz, e as discussões cessam. Ela se vira e sorri um sorriso de rainha, com a confiança de uma rainha. Ela então olha de novo para o mar, para o confronto que está prestes a acontecer ali.

— Nenhuma das minhas irmãs voltará para a ilha. A Coroa e o trono são meus.

Mar

Arsinoe vai até as grades laterais e observa a costa ficar gradualmente mais distante. Se eles conseguirem atravessar a rede de neblina, verão toda a ilha se tornar cada vez menor, até ser apenas uma silhueta, depois um ponto, e então nada.

Algo peludo se esfrega em seu ombro. Camden, patas apoiadas na grade ao lado dela, ruge para as ondas. Arsinoe bagunça o pelo da grande puma e a puxa para baixo, para levá-la de volta à amiga.

Aninhado nos braços de Jules, Joseph sorri para ela.

— Aqui estamos de novo — ele diz. — Nós três em um barco.

Arsinoe tenta rir. Mas ele está tão pálido. O curativo improvisado está encharcado de sangue.

— Nós deveríamos deixar Cam lá embaixo — ela diz para Jules. — Em algum lugar macio, ou dentro de uma caixa aberta, antes que a viagem fique agitada.

— Você a leva lá pra mim? — Jules pergunta. Ela não quer sair do lado de Joseph. Não até acharem um médico no continente.

Arsinoe leva a felina para baixo para encontrar um lugar para ela.

— Coloque-a em uma cabine — Billy diz, seguindo-as. — É o lugar mais seguro.

Juntos, eles encontram a mais confortável, e Arsinoe beija a cabeça de Camden antes de fechá-la lá dentro.

— Quanto tempo até o continente?

— Acho que depende de Mirabella, não? E da neblina? Quero dizer, eu não quero nem pensar no que aconteceu da última vez...

Antes que ele possa dizer algo tolo, Arsinoe lança os braços em volta dele e o beija. Surpreso, ele fica rígido, mas desta vez é melhor, sem Arsinoe com a boca suja de veneno. Ela se encosta no peito dele e ele a aperta com força. É melhor que muitas coisas.

— Acho bom subirmos — ela diz assim que ele a solta.

— Certo. Subirmos — ele balbucia, então a segue escada acima.

O Porto de Bardon ficou para trás. A cidade acordou, mas os guardas chegaram tarde demais, seus cavalos empacando na costa. Ninguém nem se deu ao trabalho de embarcar em outro navio para segui-los, já sabendo que não poderiam alcançar Mirabella. Agora, a aurora se derrama por cima das águas em mil fagulhas amarelas, e o mar está calmo.

Talvez eles realmente estejam livres para ir embora e a névoa se abra como uma cortina.

O vento levanta a gola das vestes e joga um pouco de cabelo no rosto deles. Enquanto o céu permanece limpo, eles fingem acreditar que é só um vento casual. Um bom vento de navegação, para ajudá-los. Quando o início da névoa desliza por sobre as ondas, eles ainda tentam fingir que é apenas um pouco de neblina. Mas logo o nevoeiro torna-se um muro, e a tempestade, um tufão. É a Deusa agindo.

— Você acha que ela ainda nos quer aqui? — Arsinoe grita ao ir para o lado de Mirabella, na proa.

Enquanto se concentra, Mirabella mantém os braços esticados e rentes ao corpo.

— Talvez seja um último teste.

Ninguém diz que eles deveriam voltar. Mas todos estão com medo. A rede de névoa é pesada sobre a água, branca e muito espessa.

— Não tenha medo! — Mirabella grita.

— É fácil pra você falar! Você não sabe como é tentar atravessar! Como ela sufoca e empurra!

Mirabella pega a mão de Arsinoe.

— Você está pronta, irmã? — ela pergunta.

— Estou. Ou nós passamos, ou afundamos!

Mirabella impulsiona vento para as velas, com tanta força que o navio inteiro pula para a frente, como um cavalo se livrando de uma carroça. Esta tempestade é a maior que Mirabella já viu. A rainha ficaria apaixonada por ela, se ela não estivesse tentando atrapalhar seu caminho.

— Volte para lá, para junto deles — ela diz para Arsinoe.

— Tem certeza?

— Sim. Vá para trás com eles e se agarrem forte a algo. — Ela olha para o rosto apavorado de sua irmã mais nova, a água do mar jorrando contra o navio. Ela sorri. — Segure firme em Billy, talvez.

Os olhos de Arsinoe se desviam da tempestade e ela consegue sorrir.

— Se você está dizendo.

Mirabella a observa ir. Jules tem os braços enrolados em volta de Joseph e segura forte nas cordas, ambos molhados e parecendo miseráveis. Arsinoe se junta a Billy no leme e os dois se agarram ao timão enquanto o navio sobe e desce.

Mirabella se volta para a tempestade. A eletricidade no ar vibra em suas veias elementais. A aurora se foi. Tudo está escuro. As ondas os levantam só para derrubá-los de novo, e os primeiros raios estouram pelo céu.

A rede de névoa engole o barco e, com seus dedos brancos e espessos, inclina um dos lados da embarcação. Mirabella os empurra para a frente a toda velocidade. Ela usa o vento para afastar a névoa, então chama mais chuva, mais trovões para dançar com a tempestade da ilha.

Se a Deusa realmente queria mantê-la ali, ela não deveria ter tentado mandando uma tempestade.

Por baixo da volumosa tormenta, está escuro como à meia-noite. Apenas raios iluminam o caminho deles, todos aterrorizantes e quase constantes. Arsinoe nunca viu um raio se chocar com outro raio antes e, depois que esta tempestade acabar, ela não gostaria de ver novamente.

Juntos, ela e Billy lutam para manter o leme estável, ora manejando, ora se segurando para não serem jogados em alto-mar. Joseph e Jules estão embrulhados perto da grade, braços enrolados em volta de cordas. Mirabella está sozinha na proa, usando uma tempestade para combater a outra.

— Não sei por mais quanto tempo poderemos fazer isto — Billy grita entre os trovões. — Eu não sei por mais quanto tempo *ela* conseguirá!

Sob a chuva e o vento, Arsinoe bate o queixo de frio, seus dentes fazendo barulho demais para ela responder.

Eles sobem em uma onda e despencam com tudo. Ela morde o lábio e sente um gosto morno de sal, mas não consegue dizer se é sangue ou água do mar. Uma onda inclina o deque com força para estibordo e, por um momento, parece que eles não vão voltar. Mas eles voltam. Arsinoe mal tem tempo de respirar aliviada antes que outra onda os atinja, com tanta força que parecem ter sido atirados contra um muro.

— Você está bem? — Billy grita. Ela faz que sim, tossindo. Há tanta água e tanto frio. Ela limpa o sal em seus olhos. Mirabella ainda está de pé, em meio a tudo isto, e Arsinoe sorri. Ela não sabe como alguém pôde achar que ela ou Katharine conseguiriam competir com *isso*.

Quando as ondas os jogam contra a grade, Jules agarra o braço de Joseph e o puxa para seu peito.

— Joseph, se segure em mim! Se segure em mim e não solte!

— Nunca — ele diz, sua voz suave e limpa, tão próxima do pescoço dela. A respiração dele é curta e rápida, e ele já não treme mais. Ela se afasta para olhá-lo nos olhos. Há água do mar demais para poder distinguir lágrimas.

— O que faremos — ela pergunta com doçura — quando chegarmos no continente?

— Tudo o que quisermos. — Os olhos dele se fecham. — Há uma ótima escola lá, e sinos que soam como música... Podemos aprender o que quisermos.

— Qualquer coisa — ela diz. — Todas as coisas. Estaremos juntos.

— Estaremos. Exatamente como eu planejei — ele sorri aquele sorriso de Joseph e Jules o beija sem parar, mesmo quando ele para de retribuir.

A tempestade os joga para a frente e para trás dentro da névoa, mas Mirabella se agarra à grade como se fosse um crustáceo, apesar de estar ofegante e de a força parecer abandonar suas pernas.

A névoa ainda os segura em sua rede.

— Estou aqui, irmã — Arsinoe diz. — Eu te ajudo.

Mirabella pisca. De alguma forma, Arsinoe consegue atravessar o deque. De alguma forma, ela está de pé, puxando Mirabella para ajudá-la a se levantar. Ela desliza os dedos para a mão da irmã e a segura forte.

— Eu não sou uma elemental — Arsinoe diz. — Mas eu ainda sou uma rainha.

Mirabella ri. Ela grita. Elas então encaram a tempestade mais uma vez, enquanto o vento empurra as velas do barco e as ondas batem com força suficiente para rasgar as roupas das duas.

Talvez se Katharine estivesse lá, talvez se as três estivessem juntas, tudo fosse mais fácil. Mas elas são apenas duas, e, ainda assim, a Deusa precisa de um pouco mais que isso para derrotá-las.

Quando a tormenta cessa, é tão rápido que a tempestade de Mirabella continua raivosa por longos momentos antes de ela se dar conta. Mirabella treme, e Arsinoe a segura quando parece que ela vai cair.

Em volta deles, a névoa branca se enrola e se abre, revelando a luz do sol na água. Ao longe, uma silhueta escura de terra surge à vista.

— É isso! — Billy grita. — Casa. Eu reconheceria em qualquer lugar!

Casa. A casa dele. Arsinoe joga os braços em volta de Mirabella e elas se abraçam na proa, tão cansadas que suas risadas soam quase como lágrimas.

— Eu tive medo de que fosse a ilha — Arsinoe diz. — Como aconteceu no Beltane. Mas nós conseguimos desta vez! Jules! Jules, olhe!

Jules está sentada ao lado da grade, com Joseph em seu colo. Ele não está se movendo.

Billy salta do leme e corre para baixo para deixar Camden subir; eles podem ouvir a pobre puma se debatendo contra a porta. Em instantes, ela salta no deque, agitando o rabo com raiva, mirando Jules. Porém, ao sentir o cheiro de Joseph, ela solta um gemido longo e baixo.

— Não. — Arsinoe corre para eles. — Não!

Ela se ajoelha e toca o rosto frio dele.

Billy desvia os olhos e xinga. Ele agarra as grades e grita para ninguém.

— Mas nós estamos aqui — Arsinoe diz. — Nós conseguimos!

Jules a agarra e elas se abraçam com força.

Mirabella se aproxima em silêncio, sua saia em farrapos e ensopada de água do mar.

— Ah, Joseph — ela sussurra, começando a chorar.

— Eu sinto muito — Arsinoe diz. Com dificuldade, Jules sai de perto delas. A expressão de Joseph é serena. Ele não pode estar realmente morto. Não o Joseph delas.

Jules anda pelo deque.

— Você fará um funeral pra ele? — ela pergunta. — Billy, você fará?

— É... é claro que farei — ele diz.

— Jules? — Arsinoe pergunta. — O que você está fazendo?

Jules está virada para a névoa que cobre o fantasma da ilha.

— Toda esta viagem — ela sussurra. — Ainda assim, não está longe. Eu nem precisarei remar muito pra chegar a um porto.

— Jules! — Arsinoe se levanta, desajeitada. Ela vai até Jules e a toma pelo braço. — Do que você está falando? Você não vai voltar.

Jules se desvencilha, e a boca de Arsinoe se abre.

— Eu não posso ficar — Jules diz. — Você sabe que não posso. Eu perten-ço a um lugar, e esse lugar é lá. — Ela inclina a cabeça na direção da ilha. Jules não pode de fato estar quererndo voltar. Ela só deve estar com medo. E triste. Mas todos eles também estão tristes.

Jules solta um dos pequenos botes a estibordo.

— Não. — Arsinoe dá um tapa na mão dela. — Eu sinto muito por Joseph. Eu sei que você o amava. Eu também o amava! Mas você não pode ir!

— Você não precisa mais de mim — Jules diz, chegando a sorrir. — Você lutou e você venceu.

— *Nós* vencemos. Você não vê? — Arsinoe se vira e aponta para o continen-te. — Está tudo ali, bem ali! Liberdade, escolhas, uma vida juntas! Ninguém pra nos dizer que não deveríamos estar vivas. Nenhuma coroa. Nenhum Conselho. Nenhuma matança. Nós podemos decidir quem somos agora, fora de tudo aquilo.

O barco sacode suavemente. O continente brilha verde sob o sol de verão. Não há névoa. Ninguém esperando para matá-la ou mandá-la matar.

O bote cai na água. Jules e Camden já estão dentro dele.

— Espere — Arsinoe diz. Ela agarra o cordame, mas Jules já começa a partir. — Espere, eu disse!

Jules e Camden olham para cima com tristeza.

— Eu não quero ir sem você — Arsinoe sussurra.

— Eu sei. Mas você precisa.

No momento em que os remos de Jules tocam a água, a névoa da ilha apa-rece. Ela se enrola gananciosa em volta do bote, parecendo até alíviada. Quase afetuosa. Como se na verdade fosse Jules quem a ilha estava tentando segurar.

— Cuide deles por mim — Jules grita para Billy e Mirabella.

— Jules, volte já pra esse barco! — Arsinoe respira fundo, pronta para pu-lar na água, mas Billy a segura pelos ombros. Ele a puxa para o seu peito e ela grita e luta, observando Jules ficar cada vez menor, até que a névoa se adensa e Arsinoe já não mais consegue ver seu rosto.

— Vai ficar tudo bem — Billy diz. Ele a aperta com força. Mirabella se aproxima e segura a mão dela.

— Vai — Arsinoe sussurra enquanto lágrimas pingam de seu queixo.

Ela vira a cabeça para olhar para o sol, para um país desconhecido. Para um futuro desconhecido. Qualquer coisa pode esperar por eles ali, e as infinitas possibilidades confundem sua mente. Ela não se lembra do que é não ter que viver com medo, ou preocupada com ser assassinada, ou com ter que matar. Ela então ouve a voz de Jules gritando através da água.

— Eu te amo, Arsinoe.

— Jules, volte! — Ela se vira. — Vai ser diferente, você vai ver!

Quando ela olha de novo, porém, Jules e a ilha já se foram. A névoa de Fennbirn desapareceu, e onde Jules estava apenas minutos atrás, agora há apenas o mar, limpo e reluzente.

As rainhas de Fennbirn retornarão

AGRADECIMENTOS

Seria de se pensar que, quanto mais destes eu escrevo, mais fácil fica, como se escrever eventualmente fosse algo como uma lista de compras: obrigada, obrigada, feito, feito. Mas não é assim, porque, em cada livro, as pessoas que você tem a agradecer fizeram tão mais do que já haviam feito que qualquer agradecimento parece inadequado. Toda esta página deveria estar coberta de mãozinhas de jazz, é isso o que eu acho.

Obrigada à minha incrível editora, Alexandra Cooper, por controlar o chicote do ritmo, o chicote do detalhe e ainda dominar a arte do chicote da sutileza (que é bem difícil), além de todos os outros milhares de chicotes que você precisou comandar para deixar este livro pronto. Obrigada à minha agente, Adriann Ranta-Zurhellen, que é, vou logo dizer, a melhor agente que já agenciou ou vai agenciar neste ou em qualquer outro planeta. Obrigada à Olivia Russo, por lidar com a publicidade com tanta destreza e organização.

Obrigada a todo o time da HarperTeen: Jon Howard, Aurora Parlagreco, Erin Fitzsimmons, Alyssa Miele, Bess Braswell e Audrey Diestelkamp. Eu sei que deixei alguns de fora e isso me dói. Obrigada a Robin Roy, cujo nome eu vejo nos comentários de edição destas páginas.

Obrigada a Morgan Rath e Crystal Patriarche, da Book-Sparks, por serem incríveis de se trabalhar junto e também pelo frango frito.

Obrigada a Allison Devereux e Kirsten Wolf, da Wolf Literary.

Obrigada à minha mãe, que gosta de tudo o que eu escrevo; ao meu pai, que na verdade ainda não começou a ler esta série; e ao meu irmão, Ryan, que *impressionada* já começou. Obrigada à Susan Murray, por ficar animada com cada nova coisa sobre as rainhas que eu conto a ela. Obrigada à maravilhosa romancista April Genevieve Tucholke, pelo apoio e pelos sábios conselhos que vieram por meio da arte do tarô.

E a Dylan Zoerb, por dar sorte.

Este livro, composto na fonte Fairfield,
foi impresso em papel Avena 70 g/m² na gráfica Imprensa da Fé.
São Paulo, Brasil, outubro de 2017.